I0823492

LA VOZ DEL AGUA

MAGGIE STIEFVATER

LA VOZ DEL AGUA

Traducción de
Manu Viciano

PLAZA & JANÉS

Papel certificado por el Forest Stewardship Council®

Título original: *The Listeners*
Primera edición: junio de 2025

Printed in Spain – Impreso en España

ISBN: 978-84-01-03258-5
Depósito legal: B-6.401-2025

Compuesto en Comptex & Ass., S. L.

Impreso en Rotoprint by Domingo, S. L.
Castellar del Vallès (Barcelona)

L 0 3 2 5 8 5

Para Richard, que soñó con el Avallon

«Solo existe una cosa que no tiene cabida
en un buen hotel: una discusión».

The Hotel Monthly, enero de 1940

7 de diciembre de 1961
Jillian Pennybacker
Colegio Mayor 3
Universidad William & Mary

Querida señorita Pennybacker:

Esta es la historia del hotel que le mencioné en la fiesta, el del grandioso edificio con el agua mágica debajo. He pensado que apreciaría usted el papel que tuvo su padre en él.

¡Alégrese! Resulta que los milagros existen.

Afectuosamente,

ERIC PARNELL
DEPARTAMENTO DE ESTADO DE EE. UU.
WASHINGTON D. C.

·✧· Primera parte ·✧·

ARRIBA

PEDIDO, HABITACIÓN 411, 31 DE ENERO DE 1942

Periódico *The New York Times*
Revista *Vogue*
Revista *Britannia and Eve*
Revista *Modes & Travaux*
2 limones
2 cruasanes
2 metros de lana mostaza (muestra adjunta)
1 metro de algodón estampado (muestra adjunta)
El río del francés, Daphne du Maurier
El sol es mi perdición, Marguerite Steen
Barridos por el viento, Mary Ellen Chase
Lápiz opacador

1

El día en que el hotel cambió para siempre empezó como cualquier otro.

June Porter Hudson despertó antes del amanecer en un apartamento del sótano, en el alojamiento de personal más cercano a las aguas termales. Salió de la cama desplazando a tres dachshunds, dos de pelaje suave y uno de pelaje hirsuto, que bajaron al suelo para seguirla a una distancia prudencial. June pasó agachada por debajo de la cuerda de tender, extendida por el centro de la habitación, y descolgó su blusa y la ropa interior antes de tender la colcha en su lugar para que se airease durante el día.

A la luz de una única lámpara en la mesita de noche, se vistió con su atuendo habitual: pantalones anchos de cintura alta, blusa arremangada con esmero, un delicado reloj de muñeca, un toque de pintalabios. Su oscuro cabello estaba cortado a media melena, por debajo de las orejas, y para trabajar lo llevaba elegantemente engominado hacia atrás. Su aspecto general contrastaba con los rizos de horquilla y los vestidos formales que se veían en el hotel, pero los clientes, los Rockefeller y los Roosevelt del mundo, ya esperaban que June no se pareciese a las demás mujeres. Desde luego, no sonaba como ellas, con su acento del valle cerrado. Los clientes esperaban que los hoteleros tuvieran acento francés, si es que tenían alguno, pero lo único que sabía decir June en francés era *Vive l'empereur!*, la frase que musitaba entre dientes un camarero cada vez que aparecía el chef. Daba lo mismo. Los huéspedes la adoraban de todos modos.

Después de ponerse sus merceditas de tacón bajo, June se bebió en silencio dos vasos enteros de agua mineral junto a la única ventana de la cocinita. En verano, ese pequeño ojo de buey que interrumpía la pared a la altura de sus ojos le ofrecía la gris y matutina vista del mantillo y los arbustos que rodeaban el porche, pero, estando en invierno, el oscuro cristal reflejaba solo su rostro de ojos separados, cejas arqueadas y labios pragmáticos como un lápiz. Aguadulce, la llamaban los lugareños, aunque en realidad sabía a labio partido y a polvo. Pero el agua no recibía su nombre por el sabor, sino por lo que le hacía al cuerpo. ¿Qué dolencia te aquejaba? ¿Reumatismo, estreñimiento, infertilidad, gripe? ¿Dispepsia, malaria, colemia, anginas? ¿Añoranza, malandanza, eccema, gota? ¿Indigestión, inflamación, apoplejía, dudas? Las revistas de medicina y los huéspedes expertos en medicina debatían la efectividad del manantial, pero June no les hacía demasiado caso. Ella se limitaba a comenzar y terminar cada día del mismo modo, sin saltarse nunca esos cuatro vasos de agua mineral. Después de tomarse los dos de la mañana, añadió otro vaso al bebedero de los dachshunds, les dio unos pedazos de carne de la nevera y se fue al trabajo.

Trabajo, trabajo. Nunca terminaba. June supervisaba a 450 empleados, 420 habitaciones, 212 ovejas Shropshire, 170 hectáreas, 110 manzanos Golden Delicious, 60 cabinas de cuadra, 21 casitas de campo, siete cabañas, cuatro casas de baño, tres embotelladoras y dos arroyos de agua mineral. Siempre tenía a personal que organizar, inventarios que hacer y actividades que llevar a cabo, y cada resuello de aquel carísimo animal tenía que estar contabilizado hasta el último penique para que los Gilfoyle, los propietarios del hotel, no creyeran que una parte de su fortuna se había ido de guateque sin ellos.

El negocio del lujo: eso era lo primero que tenía en mente al despertar y lo último que tenía en mente al meterse en la cama.

Ese día, el 25 de enero, el Avallon iba a albergar un baile escocés en honor a Robert Burns, un poeta muerto hacía mucho pero todavía alabado. Seguida por los perros salchicha, June se reunió con su jefe de personal Griff Clemons en la galería elevada del salón de baile, para supervisar el ensayo general de los componentes técnicos. El salón de baile era impresionante. En su centro, una fuente de aguadulce cubierta de azaleas talladas llenaba el espacio de un agradable aroma a tierra y flores silvestres. El techo, allá en lo alto, lucía un vistoso mural de escenas de Virginia Occidental pintado por Susie M. Barstow, de la Escuela del Río Hudson. Ocupaba la pared septentrional un enorme escenario donde la glamurosa Geraldine Farrar había retomado en una ocasión su papel de la Metropolitana de Nueva York como Madama Butterfly. En la meridional había una chimenea transportada piedra a piedra desde las ruinas de la Mansión Battlesden, donada con mucho gusto por los herederos del duque de Bedford. Durante una estancia presidencial, la primera dama Grace Coolidge había participado en la selección del parquet. Herederas. Presidentes. Realeza. Tal era la naturaleza del huésped medio del Avallon: gente de tanta altura social que tenían que agacharse para dejar pasar al sol.

—¿Cómo van tus chicas, Griff? —preguntó June.

—Bastante bien —respondió él.

—Por tu tono, nadie lo diría.

La directora del Avallon y su jefe de personal eran unos empleados atípicos para un hotel de aquella categoría: una sonriente mujer blanca montañesa y un hombre negro cegato. Sin embargo, los dos habían pasado a ocupar su puesto como debía ser, ascendiendo desde abajo del todo. No era nada probable que ninguno de los dos fuese a ver a alguien parecido a ellos en una futura lista de huéspedes.

—Una ha decidido que está enamorada —explicó Griff—. La otra busca venganza.

Las hijas gemelas de Griff acababan de cumplir cinco años.

—Veo —dijo June— que son tiempos difíciles en casa de los Clemons.

—¿No se suponía que las chicas eran dulces?

—¿Yo soy dulce?

El jefe de personal se frotó un ojo con aire meditabundo, un gesto irreflexivo que solía salpimentar sus conversaciones. Aquellos grandes ojos de color avellana lo salvarían del reclutamiento forzoso. El izquierdo era normal y corriente, pero el derecho llevaba siendo meramente decorativo desde que Griff recibiera, a los seis años de edad, una coz en la cara de una vaquilla irritable. June daba gracias por ello. El alto y nervudo jefe de personal era su mano izquierda, el responsable de todo lo que ocurría en la trastienda, fuera de la vista de los huéspedes.

—A eso no pienso contestar, jefa.

Llegaban golpes, estruendos y tintineos de abajo, los sonidos de la preparación del banquete que escapaban de la Gruta. Trinos y gemidos desde el foso de la orquesta. La mayoría de las Noches de Burns que se celebraban en otros sitios eran modestas *cèilidhs* de sala de estar, con violines y gaitas y *haggis*; las del Avallon, en cambio, contaban con orquesta completa, banda de gaiteros contratada en Nueva York, cena de cinco platos y copas como estanques. El baile podía prolongarse hasta las cuatro o las cinco de la madrugada.

Por lo general, habría sido un acontecimiento modesto, de temporada baja, para lo que acostumbraba a organizar el Avallon. Pero aquel año era distinto, por supuesto. Iba a ser la primera fiesta que se celebraba desde que don Francis Gilfoyle, propietario del hotel y mentor de June, muriera el día 7 de noviembre, derrumbado con medio cuerpo dentro y medio fuera de un ascensor en la cuarta planta. Y la primera fiesta desde que los japoneses habían atacado Pearl Harbor el 7 de diciembre, arrastrando a Estados Unidos a la guerra. Por tanto, aquella Noche de Burns iba a ser más que una fiesta. Iba a suponer una decisión: ¿seguirían celebrándose fiestas en los tiempos que corrían? La revista *The Hotel Monthly*, creada por hoteleros para hoteleros, había publicado poco tiempo antes un artículo de seis páginas, «La definición del lujo estadounidense», en el que situaba el Avallon como un listón que la mayoría no sería capaz de rebasar, pero al que harían bien en aspirar. La posición que adoptase el establecimiento respecto a las actividades en tiempos de guerra sería notoria e imitada.

Y lo que June había decidido era lo siguiente: durante décadas, los presidentes, los dignatarios extranjeros y quienes dictaban las tendencias en moda y política habían confiado en que el Avallon fuese un lugar donde el pasado y el futuro quedaran borrados, sustituidos por un inmutable y despreocupado presente. Titubear sería romper ese hechizo para siempre.

La fiesta iba a continuar.

Llegó una voz desde abajo:

—Jefa, ¿eres tú a quien oigo?

—Estoy aquí —respondió June—. ¿Con quién hablo? ¿Eres Johnny?

—Sí. ¿Ves los anclajes desde ahí arriba? ¿Parecen todos nivelados?

June puso acento escocés al responder, en honor a Burns.

—Ajá, zagal.

Johnny le siguió el juego.

—¡Ajá, zagala! Estamos ya casi preparados.

La noche anterior, a las tres, cuando June por fin había logrado escabullirse a su sobrio despacho tras el mostrador de recepción para cenar (pollo frío, patatas al limón y sobras de arroz pilaf), había aprobado un gasto de treinta mil dólares en textiles, nailon, ropa de cama y goma elástica, materiales que suponía que iban a escasear pronto, incluso si la guerra terminaba antes del verano como algunos predecían. Mientras concluía los pedidos, había tenido la sensación de estar firmando el reconocimiento oficial de que la guerra existía. Hasta ese momento había intentado evitar pensar en ella: no soportaba imaginarse a Sandy, el benjamín de la familia Gilfoyle, de uniforme. Edgar David Gilfoyle, el caballeroso hijo mayor de don Francis y el heredero del Avallon, le había dicho a June que no creía que el hotel terminara viéndose afectado. Eso fue solo unos días después de Pearl Harbor, aproximadamente un mes tras el funeral de su padre. June y él estaban juntos en la cama, situación que ya se había dado antes pero que no debería haberse repetido, y Gilfoyle estaba acariciándola con una turgente rosa rosa del arreglo de la mesita de noche en un periplo que comenzaba en un punto sudoroso entre sus pechos y terminaba en un punto sudoroso bajo su ombligo. «La guerra no llegará hasta el Avallon —le había dicho—. ¿Cómo iba a encontrarnos siquiera?».

Hasta la fecha, tenía razón. La guerra solo había asomado un poco al interior de las montañas, cuando habían movilizado el 150.º Regimiento de Infantería de la Guardia Nacional de Virginia Occidental a la Zona del Canal de Panamá y habían abierto oficinas de reclutamiento en unas pocas calles mayores manchadas de carbón. Eso último había provocado que June cambiara su forma de catalogar mentalmente a sus empleados. Unos atributos que antes eran irrelevantes habían pasado a ser ventajosos. Su mejor carpintero renqueaba, a su reparador de calderas le faltaban varios dedos, su secretario más amable estaba, por suerte, afectado desde hacía tiempo de tuberculosis miliar. Griff tenía su único ojo bueno. Pequeñas bendiciones.

—Allá vamos —avisó Johnny, demasiado mayor para reclutarlo a sus cuarenta y tantos años—. Jefa, da una voz si ves que algo se suelta.

—Ajá.

—¡Ajá!

June apoyó los codos en la barandilla de la galería elevada, expectante. Griff, nunca tan relajado, se acercó para observar con la columna vertebral recta como una traviesa. Por encima de ellos, el techo cobró vida. Los dachshunds se encogieron al oír un quedo rugido, que sonaba menos como una máquina que como una tormenta creciente.

—¿Tiene que sonar así? —preguntó Griff.

—Las gaitas lo taparán —dijo June.

¿Qué era el lujo? Una criatura esquiva. Durante una sequía, era un vaso de agua; durante una inundación, un lugar seco en el que estar. Lo que había hecho del Avallon un establecimiento lujoso un año antes no sería lo que lo hacía lujoso en esos momentos. Para la Noche de Burns, una famosa diseñadora que también resultaba ser la huésped más persistente del hotel había ayudado a preparar una sorpresa cuyo objetivo era recordar a los clientes que, incluso en tiempos de guerra, el lujo perseveraba. June tenía una opinión muy formada sobre el lujo y, al principio de su carrera, don Francis, orgulloso de ella y defensivo con su novicia de clase obrera, enviaba contrincantes hacia June. El más reciente había sido un miembro de la familia Delafield, muy conocida en el mundillo inmobiliario de Nueva Inglaterra, que la acorraló en su despacho.

La batalla fue rápida.

Delafield: Frank dice que defiende usted una especie de teoría religiosa según la cual el lujo y la riqueza no tienen nada que ver entre ellos.

June: Buenas tardes tenga usted también, señor Delafield. Es una cuestión bastante simple, ¿no le parece? La riqueza es solo seguridad. El lujo es vivir despreocupado.

Delafield: Yo vivo despreocupado.

June: Claro, claro. ¿Qué quiere de mí, señor Delafield? ¿Un sermón? Muy bien, pues predicaré entonces. A la riqueza le trae sin cuidado quién sea usted en el fondo, de noche, cuando no logra conciliar el sueño. Al lujo no le importa ninguna otra cosa. Así es como adivinamos lo que necesitan ustedes, los parroquianos, antes de que sepan siquiera que lo necesitan. ¿No se ha fijado en que esta vez tiene una habitación distinta? En recepción se han asegurado de que nunca tenga que compartir ascensor con la señorita Q. durante esta visita. De nada. Y el servicio de limpieza ha movido su mesita de noche para que no se le vuelvan a caer las gafas detrás. Y los mozos de cuadra saben que su favorito es Comandante, pero estuvo un poco descarado con usted en sus últimas estancias, ¿verdad?, así que han estado haciéndole trabajo con cuerda para que lo tenga fino y suave esta semana. ¿Recuerda haber solicitado alguna de estas cosas? Exacto, ninguna: para el Avallon es un placer anticiparse a sus deseos. Y, ahora, me encantaría escuchar su opinión sobre el asunto, dado que este es mi negocio y siempre busco mejorarlo, pero lo cierto es que ya sé que coincide usted conmigo. Porque está aquí con nuestro lujo y no allá en Connecticut con su riqueza. ¿Para qué trasladarse al quinto pino, si la riqueza y el lujo fueran lo mismo?

Delafield: ...

Delafield: Véngase a la cama conmigo.

June: No sé de dónde sacaría el tiempo, señor Delafield, pero lo que sí puedo hacer es recomendarle un par de buenos libros.

June no había confundido aquello con ninguna atracción significativa. Era solo que había pillado a Delafield por sorpresa. La gente poderosa siempre olvidaba que podían sorprenderla. June lo sabía por experiencia propia, dado que —oh, maravilla— ella misma se había convertido en una persona poderosa. June Hudson, montañesa, mujer, directora del Avallon. Era un milagro que todas esas palabras convivieran. En su primer congreso de hoteleros, durante el cóctel de bienvenida, cuando había hablado en voz alta por primera vez, los hombres que tenía más cerca se habían reído. No por crueldad, sino por asombro. ¿Qué hacía allí esa mujer delgada con ese acento tan horrible?

«Anda —había dicho un tipo—, usted es la directora del Avallon».

Dios, June se había puesto más contenta que un cochino al sol. A casi quinientos kilómetros de distancia, habían oído hablar de ella.

«¿Cómo se le ocurren esas estrategias suyas?», le preguntaron.

«La aguadulce está llena de ideas», había dicho ella, porque ya entonces sabía cuatro cosas sobre cómo se creaban las leyendas.

En el salón de baile, el equipo de June accionó varias manivelas para bajar a trompicones un aparato construido a medida desde donde había estado guardado, cerca del mural del techo. De sus largos brazos de madera colgaban centenares de láminas de grueso papel Bristol, en cada una de las cuales estaba escrito un poema de Robert Burns.

El viento acerado, el cielo nublado,
el apagado día invernal

—¡Es como un perro tiritando bajo la lluvia! —gritó Johnny—. ¡Suave, suave!

El movimiento del aparato se hizo más fluido. Las láminas dejaron de caer a plomo hacia el suelo y comenzaron a ondear, flexibles, flemáticas. Parecían vivas, orgánicas, retorciéndose y girando, floridas, flotantes.

La maquinaria quedó en silencio.

La poesía oscilaba a la altura de los ojos, como un móvil de cuna. Ese era el aspecto que tenía el lujo en esos precisos instantes, antes de verse obligado a cambiar de nuevo. Una criatura esquiva.

June y Griff emitieron unos murmullos inarticulados. Ella no las había tenido todas consigo, pero en ese momento visualizaba a los invitados maravillándose por el descenso del móvil, deteniendo el aleteo de un poema para leérselo a sus acompañantes y luego retomar el baile trazando lentos y ensoñados bucles entre las nubes de papel. June sabía lo que se sentía cuando la sangre se te transformaba en efervescente champán, a qué sabían las fresas cuando te las llevaba a la boca otra persona en aquellos sofás de cuero blanquecino. Podía hacerse pasar por uno de aquellos invitados, durante un tiempo. Notó que sus dedos daban un leve pellizco en su costado, como si ella misma estuviera intentando alcanzar un poema. Casi saboreó las palabras en su boca:

Un afectuoso beso y separarnos

¡Ah! June no debería haber regresado a la habitación de Gilfoyle después del funeral. Qué esperanza más ridícula. Sabía que no debía hacerlo. Lo sabía desde hacía años. La mente recordaba, el cuerpo olvidaba.

—¡Cuidado!

Un grito y un golpetazo, a la vez.

Había caído un objeto desde algún lugar por encima de June y Griff, no dándole por los pelos a un trabajador. Medio rebotó, medio resbaló por el parquet del suelo hasta detenerse a los pies de Johnny.

—¡Diantres! —exclamó June, y examinó el aparato en busca de taras visibles—. ¿Qué es eso? —Pero, cuando Johnny sostuvo en alto el proyectil, June vio que era solo un travesaño de madera caído de la galería superior. Preguntó—: ¿Lo ha arrancado el aparato al bajar?

Y alguien, a quien June no veía, respondió:

—¡Lo han arrojado!

—¿Qué le pasa en la punta? —quiso saber ella.

—Está podrida, jefa —dijo Johnny.

Los trabajadores estaban murmurando: no había ningún responsable humano a la vista, y todos conocían los rumores acerca de la cuarta planta. Aquello era obra de una malevolencia sobrenatural.

—No saquemos conclusiones precipitadas —les dijo June. Que el travesaño estuviera dañado por el agua era un misterio, pero explicaba que el aparato pudiera haberlo sacado de su sitio—. Eh, eh, Griff, no te vayas para abajo detrás de ese madero.

El jefe de personal estaba asomado sobre la barandilla, intentando llegar a ver la planta de arriba. El cuarto piso era el de los huéspedes de larga duración, los que disponían del dinero y la inclinación para alojarse allí todo el año. June los conocía bien a todos, lo cual era, en buena medida, el motivo de que se quedaran, y ninguno era muy proclive ni a las diabluras ni a la torpeza.

June vio la expresión de Griff y exclamó:

—¡Venga, no me digas que tú también!

Él se frotó el ojo malo.

—Después de que falleciera don Francis, es posible que...

—El agua no funciona así, Griff —lo interrumpió ella.

Incluso para quien no se bañara nunca en las piscinas ni en las termas, en el Avallon era imposible evitar la aguadulce. Aquel líquido volátil fluía por las cañerías de las paredes, llenaba las fuentes y emergía a piletas en todas las plantas. Pero no arrojaba proyectiles desde el cuarto piso.

O, al menos, no hasta la fecha.

—¿Jefa?

Allí estaba el nuevo recadero de Griff, un chico llamado Theophilus Morse que tenía más o menos la misma edad que June cuando llegó al Avallon. Once o doce años. Demasiado joven para el reclutamiento. Su historia era trágica, pero aquello era Virginia Occidental, donde la tragedia era barata y abundante. El chico hacía lo que podía por imitar la inmutable buena postura de Griff, pero estaba resollando. Había llegado a la carrera.

—¿Qué se quema, Theo? —preguntó June.

—El señor... —Theo aspiró una bocanada de aire—. El señor Gilfoyle ha llamado y...

Solo oír su apellido bastó para que June notara un calorcillo en la garganta. No había visto a Gilfoyle desde aquella noche. Un mes. Una cantidad de tiempo interminable, una cantidad de tiempo minúscula. Aún notaba aquellos pétalos sobre la piel.

—Recupérate, chaval —ordenó Griff.

Se irguió. Theo se irguió. Juntos inhalaron, exhalaron, imágenes especulares uno del otro. Theo logró recobrar el suficiente aliento para explicarse.

—El señor Gilfoyle ha llamado. —Bocanada—. Está saliendo de Nueva York ahora mismo para una reunión aquí. —Bocanada—. Tenemos la lista de asistentes. —Bocanada—. Quiere que usted también esté.

Gilfoyle venía hacia allí, hacia el Avallon, hacia ella.

—¿Quién es el cliente? —quiso saber June.

—Son los federales, jefa. El Departamento de Estado.

Griff torció el gesto.

—¿Qué quieren de nosotros los federales? —preguntó June.

Theo titubeó.

June había descubierto mucho tiempo atrás que a la mayoría de la gente se le daba muy mal escuchar; creían que escuchar era sinónimo de oír. Pero lo que se decía era solo la mitad de una conversación. Las verdaderas necesidades, las querencias, los miedos y las esperanzas no se ocultaban en las palabras pronunciadas, sino en las implícitas, y todas ellas formaban el núcleo del lujo. June había aprendido a escuchar como era debido.

Así fue como oyó la palabra que ninguno de los presentes estaba diciendo en voz alta.

Empañando la verdad con humo y excavando trincheras en sus corazones.

—Van a requisar el hotel —dijo Theo—. Para que contribuya en la guerra.

Guerra.

Ya iba a por su hotel.

«La guerra no llegará hasta el Avallon —le había dicho Gilfoyle—. ¿Cómo iba a encontrarnos siquiera?».

Resultaba que tenía suficiente con llegar conduciendo montaña arriba, y él mismo le abriría la puerta principal.

2

Al agente especial Tucker Rye Minnick no le habían permitido cruzar la puerta principal.

Como a ningún otro agente. Al llegar al hotel Avallon, los federales apenas habían captado un fugaz atisbo de su invernal fachada, perfecta como una postal, antes de que unos empleados de uniforme y manos enguantadas se los llevaran de allí. El viaje se les había hecho interminable. Habían conducido desde Washington a sesenta kilómetros por hora, la velocidad oficial que supuestamente Roosevelt estaba a punto de proponer para ahorrar en neumáticos y gasolina, y estaba dándoles la sensación de que iban a internarlos aún más en las grises montañas. En torno a sus vehículos, la nieve caía en círculos apáticos, contemplativos, mientras la niebla se alzaba desde las quebradas. El paisaje de enero en Virginia Occidental era crudo, austero, objetivamente hermoso.

Tucker se preguntó por qué el ser humano se sentiría atraído por la belleza natural. No estaba hecha para él, eso era evidente. Allí mismo, de hecho, se oponía con ímpetu a la humanidad. Todo lo que hacía bonito el paisaje —la situación remota, las escarpadas pendientes, los impetuosos rápidos— era peligroso. Y, sin embargo, como ratones frente a serpientes, como venados frente a cazadores, como un cierto tipo de mujer dulce frente a cierto tipo de hombre brutal, los humanos anhelaban y añoraban esas vistas. Incluso él, con toda su experiencia vital y toda su formación, veía algo adorable en aquel entorno. Toda su parte lógica estaba inquieta; todo lo demás, embelesado.

Su último destino había sido también como aquel, aunque con una estética de lo más diferente. Albino Ridge, en Texas, un pequeño pueblo fronterizo que tenía la mala fortuna de servir de base de operaciones a Joey «Cantarín» Puglisi, quien traficaba con opio que llegaba a través de México con destino Nueva York. El seco terreno que rodeaba el pueblo era pinchudo y venenoso, capaz de matar a cualquiera tras un día o dos..., pero, durante los primeros meses en el puesto, Tucker había salido cada tarde al porche para ver cómo el ocaso teñía los montes Chisos de rojo y luego de negro. Se había recordado a sí mismo una y otra vez que aquel lugar despiadado lo quería ver muerto, había intentado impedir que lo conmoviera aquella belleza.

Pero, aun así, había seguido saliendo a ese porche todas las noches, ¿verdad?

El sendero que rodeaba el Avallon terminó llevándolos a una entrada de personal, donde los esperaba un portero con las manos enguantadas y el uniforme gris y dorado del hotel.

—Hola, hola, hola. Hola, joven, aquí estamos.

Así se presentó don Benjamin Pennybacker, el representante del Departamento de Estado que encabezaba la misión. El Departamento de Estado no era exactamente una agencia rival del FBI al que pertenecía Tucker, pero tampoco eran amiguitos del alma. Se suponía que los hombres del FBI debían dirigirse a él como «agente Pennybacker» o, más apropiadamente, como «agente especial Pennybacker», pero en privado los tres agentes, por acuerdo tácito, lo llamaban el señor Penique, poniendo todo el énfasis y casi gritando a pleno pulmón la sílaba central: ¡PeNIIIque! ¡Dame ese PeNIIIque! En esos momentos, Pennybacker estaba ante el portero manteniendo el equilibrio sobre un solo pie, para quitarse mejor la gravilla del otro zapato mientras parloteaba sobre el tiempo, el golf, la fauna de la zona, el problema de que se atascaran teclas en la máquina de escribir y las revueltas galesas del siglo xv, alejando más y más la conversación con cada cambio de tema del asunto que los había llevado allí, no acercándola.

¡Dichoso Departamento de Estado! No eran agentes. Eran colegiales que no habían reparado en que llevaban la camisa fuera del pantalón por detrás, que se habían graduado en un archivador mientras los hombres del FBI entrenaban sobre el terreno.

Tucker intervino.

—Tenía entendido que la reunión iba a celebrarse en el hotel en sí.

—Nos han pedido —respondió el portero— que aparquemos sus vehículos aquí atrás, para no molestar a los huéspedes.

—¿Los huéspedes aún están aquí?

—¿Señor?

Ante esa revelación, los ojos de Pennybacker fueron suplicantes hacia el portero en primer lugar y luego hacia Tucker. No parecía tener palabras para expresar su decepción. Era un crío al que acababan de apalear para robarle las golosinas. Tucker le preguntó al portero:

—¿El señor Gilfoyle ha venido para reunirse con nosotros?

—Ah, sí, señor.

Bueno, entonces se solucionaría, pensó Tucker. Lanzó una mirada atrás hacia los otros dos agentes del FBI.

—Limpiaos los zapatos, socios.

Con las montañas a su espalda, frotaron las suelas para quitarse la aguanieve de enero antes de entrar en el hotel. Benjamin Pennybacker, con la mandíbula tensa de renovado optimismo; el agente especial Hugh Calloway, desenvuelto como Fred Astaire; el agente especial Doble Harris, con su sonrisa de cocodrilo. Y el agente especial Tucker Minnick, tenso como un pistón. Cabezas gachas, sombreros en las manos. Frota, frota, frota.

—¿Querrán colgar las chaquetas? —preguntó el portero.

Pennybacker entregó la suya al instante, dejando a la vista una camisa arrugada. Los hombres del FBI, en cambio, miraron a Tucker. Todos llevaban su revólver Colt reglamentario del calibre 38 en la pistolera bajo el brazo. Tucker respondió:

—Así estamos bien.

Por dentro, el hotel era una conejera bañada en oro. Pasillos que se ramificaban de pasillos. Escaleras que se sumergían en la penumbra, algunas de solo seis u ocho peldaños, crías de escalera que parecían estar creciendo todavía. Puertas y más puertas sin ninguna orientación predecible. En las paredes, unas pétreas estatuas de osos y pumas, águilas y ciervos, escupían agua mineral a jofainas desde bocas manchadas de negro. Y Pennybacker no dejaba de hablar. Cruceros, competiciones de armónica, tintes para lana, santos en América.

Tucker lo interrumpió.

—¿Ha solicitado los planos?

—Bien pensado —respondió Pennybacker—. Muy bien pensado. Pasadizos secretos. Hombres saltando desde agujeros en las paredes. Mujeres desapareciendo en plena noche. Este lugar provoca la imaginación.

Tucker señaló con el dedo a uno de los asistentes del FBI que los seguían.

—Consíguemelos.

—Haré lo que pueda, señor —respondió el asistente.

—No —dijo Tucker—. Con eso no basta. Consíguemelos.

—Sí, señor.

Mejor así.

Al contrario que Tucker, aquel asistente regresaría a Washington después de la reunión, libre como el viento. Era joven, tan novato que seguro que aún le daban tirones musculares por el entrenamiento en la academia. Le quedaban años de trabajera antes de alcanzar categoría alguna, unos años que Tucker había estado ansioso por dejar atrás. Pero en esos momentos envidió aquellos días de certeza, de ambición, de sentir que el único camino a seguir era hacia arriba. Hoover había enviado allí a Tucker como AEM, agente especial al mando, con otros dos agentes a sus órdenes, lo cual sobre el papel era un paso lateral en su carrera, si no ascendente, pero tanto Hoover como él sabían que aquello era un exilio. Tucker se lo había ganado con creces.

Los empleados aparecían y desaparecían de la vista de los agentes para abrir y cerrar puertas con tanta fluidez que, más que empleados, daban la impresión de ser extensiones del propio hotel, apoyos para quienes flaquearan. Resultaba inquietante, sí, pero no tanto como el complicado aroma del hotel, a perfume, a sangre, a fruta, polvo, caverna, flor. El olor de los manantiales minerales.

Tucker recordaba bien ese olor.

«No pasarás mucho tiempo aquí —pensó—. Tú termina el trabajo y ya está».

El personal del hotel estaba lanzando miradas discretas hacia Hugh. No era el único hombre negro presente en el edificio, pero sí el único que estaba a la vista, porque todos los empleados que trabajaban cara al público eran blancos. Tal vez fuese mera curiosidad: si ya era raro ver a polizontes federales en aquel lugar, más lo sería ver a uno negro. O quizá su atención revelara algo más oscuro. Había muchísimas cosas horribles vestidas con uniformes bonitos, ¿verdad?

—¿Tu padre no te enseñó a parpadear? —le espetó Doble a un botones, que se apresuró a agachar la cabeza.

—Lo que te pasa es que tienes envidia de mis admiradores —le dijo Hugh a Doble.

Doble hizo el saludo marcial con la mano en la frente a un segundo empleado mirón, enseñándole todos los dientes.

—Eh —dijo Tucker—, cada uno a lo suyo.

Amonestados, los otros dos agentes entraron en la biblioteca, dejándole a Tucker una sensación incluso más desagradable. No tenía ningún problema con la autoridad que ostentaba sobre el asistente, muchos años más joven que él, pero no estaba tan seguro de cómo tratar a sus iguales, Hugh y Doble. Hugh podría haberse encargado él mismo de aquella misión, solo que Hoover jamás habría puesto al mando a un hombre negro. Y Doble... Bueno, el joven Pete había informado a Tucker, cuando se conocieron, de que su mote procedía de un doble de whisky, como si aquella nota autobiográfica fuese a impresionarlo. Doble era el joven impetuoso que Tucker nunca había sido, y el único papel que Tucker veía cómo interpretar con él era el de padre decepcionado. Ninguno de ellos era el típico agente del FBI, y no costaba nada imaginar que los otros dos agentes estuvieran allí formando parte del exilio de Tucker, o Tucker del de ellos.

Agarró del brazo a Pennybacker para detenerlo en el umbral y le dijo:

—Se acabó esta actitud tan informal. Entre los hombres del FBI, quiero decir.

Pennybacker se enderezó nervioso la pajarita, como si la crítica hubiese ido dirigida a él.

—Ah, no pasa nada, solo es un hotel.

—Si fuera solo eso —repuso Tucker—, no estaríamos aquí.

En la Biblioteca Smith —la más íntima de las tres que tenía el hotel, según su personal, a pesar de contener miles de títulos con sus sobrecubiertas— comenzó la reunión. Además del FBI y el Departamento de Estado, también estaban las fuerzas de la ley locales, un alcalde, dos agentes de inmigración y Edgar David Gilfoyle, playboy de la alta sociedad, sentado en la cabecera de una larga mesa con un aire más profesional que el que cabría esperar por su reputación, con el pelo rubio oscuro bien peinado y respetable y con su larga nariz que denotaba buena cuna. La cruda luz invernal arrojaba una sombra de bordes marcados detrás de él, detrás de todo en realidad. Las sillas de cuero verde apiñadas, las lámparas de pie con pantalla cobriza, las estatuillas metálicas de galgos, los agentes acomodándose en sus asientos: todo tenía su oscura versión especular. Mientras Gilfoyle y Pennybacker se enzarzaban en la clase de charla insustancial elíptica que los hombres poderosos e indirectos empleaban para evaluarse entre ellos, ante Tucker apareció una impecable tartaleta, pegajosa por el glaseado de fresa, como un regalo feérico. Él le frunció el ceño con desconfianza.

Un camarero se materializó a su lado.

—Agente Minnick, ¿qué le apetece beber?

¡Eso sí que era magia! Conque «agente Minnick», ¿eh? Qué absurdo resultaba que el hotel se las hubiera ingeniado para averiguar el apellido de Tucker y, aun así, no hubiera cumplido el requisito previo más crucial para aquella reunión: deshacerse de sus huéspedes.

—¿Qué tienen que no sea agua? —preguntó.

—Café, té, limonada, zumo y Coca-Cola.

El café estaría preparado con agua del grifo, el té sumergido en agua del grifo, la limonada diluida con agua del grifo. Tucker no podría evitar la aguadulce para siempre.

—Una Coca-Cola ya me va bien —dijo.

Podía evitarla por el momento.

—Como desee —respondió el camarero.

Tucker se descubrió interesado en la..., no en la igualdad del asunto, porque aquel hombre iba a traerle la bebida, a fin de cuentas, pero sí en la dignidad con la que se comportaba. Todos los camareros hacían gala de una actitud bienhumorada, como si fuese solo por pura casualidad que aquellos hombres elegantes estuvieran dedicándose a servir la comida en vez de recibirla, y como si no lamentaran en modo alguno ese destino. En aquella vida eran ellos quienes llevaban la bandeja; en la siguiente, tal vez, lo harían los hombres que estaban sentados. No había un ambiente servil en absoluto. En vez de ello, parecía que estuvieran invitados también a participar en aquel juego del lujo sin escrúpulos.

Gilfoyle alzó la voz.

—Ah, aquí la tenemos.

La recién llegada, impuntual, era la primera mujer que veían en el hotel. Tenía una apariencia no muy convencional: pantalones anchos, chaqueta de lana, pelo corto engominado hacia atrás, y llegaba seguida por tres dachshunds que, a un gesto suyo con el dedo, se sentaron junto a la pared, tan obedientes como el personal del hotel. No era una persona estrafalaria, pero sí parecía confiada, y en aquella sala los dos conceptos daban la misma sensación. Atraía la mirada de la gente. O tal vez solo la de Tucker.

—¿Les ha gustado la tartaleta? —preguntó—. ¿Las bebidas? No les habrá faltado nada, ¿verdad?

Su acento estaba tan fuera de lugar allí como su vestimenta, como su feminidad. Era el acento montañés de la zona, voz aguda, vocales largas, participios abreviados. Gustao. Faltao. No era un gato doméstico como Edgar Gilfoyle, sino un león de montaña. Una leona de montaña.

—Les presento a June Hudson —dijo Gilfoyle—, la directora del hotel.

La sala se removió a ojos vistas.

June Hudson compuso una expresión astuta que daba a entender que estaba acostumbrada al revuelo que provocaba.

—Está todo..., está..., ¡está muy bueno! —El señor Pennybacker encabezó la carga contra el silencio. Movió su tartaleta con un tenedor—. Riquísimo, de verdad. ¡Echaré de menos estas delicias cuando llegue el racionamiento!

—¿Quieren saber cómo se prepara esa pequeña y dulce tarta? —preguntó June Hudson—. Tengo a todo un escuadrón de mujeres jóvenes que recorren una y otra vez el hotel y el pueblo, recogiendo las tarrinas de mermelada que la gente cree que ha apurado. Entonces las hervimos en la cocina, ¿saben? Las tarrinas, no a las mujeres. Y, en un gran caldero, esas tarrinas se desprenden del poquito de deliciosa mermelada que tenían atrapado al fondo. Luego otro escuadrón de hombres jóvenes extrae las tarrinas, y otro más se ocupa de cocer la mermelada a fuego lento, de reducirla a ese glaseado. No hay ni un gramo de azúcar nuevo en esas tartas, solo la dulzura olvidada por otros. Seremos un hotel de lujo, pero, como todo el mundo, hemos aprendido alguna que otra cosa esta última década.

Sonrió. Fue una sonrisa de vaquera, torva, con arrugas en las comisuras de los ojos. Tucker tuvo la sensación de estar de nuevo en aquel porche de una cabaña texana, viendo cómo el sol hacía arder en oro un paisaje mortífero.

Pero no podía permitirse la fascinación.

Llegar, cumplir, marcharse.

—Me encanta que sea así, señorita Hudson —dijo Pennybacker, entusiasmado—. Es justo la clase de innovación que aprecio encontrar, el motivo exacto por el que el Avallon es la elección perfecta para servir a nuestro gran país.

La gelidez de enero se infiltró en la voz de June.

—El señor Gilfoyle no nos informó hasta anoche de que nuestro gran país se había interesado en el Avallon.

Gilfoyle estaba observando la chimenea.

Había una antigua tensión en el aire, intensa como el aroma del agua mineral. De pronto, Tucker comprendió cuál era la razón de que los empleados no conociesen su cometido: que Gilfoyle había querido que fuesen los federales quienes les dieran la noticia en su lugar. Era como reunirse con un informador en una plaza pública. Rara vez se recibía un disparo en el vientre habiendo testigos.

—Ah, sí, eso. ¡Debió de haber algún malentendido acerca de las necesidades de seguridad! —Pennybacker era un niño interponiéndose en una pelea de sus padres—. Hemos perdido un poco de tiempo, ¡pero agradecemos mucho la discreción del señor Gilfoyle!

Benjamin Pennybacker, del Departamento de Estado, deslizó una carpeta sobre la mesa.

June Hudson, directora del hotel, no la abrió.

—No —dijo.

Era un «no» bien sólido, un «no» sobre el que se podía poner jamón y queso. La sala quedó en silencio para apreciar su contundencia.

—Eh..., ¿no? —dijo Pennybacker—. Pero si ni siquiera lo ha mirado.

—No —repitió ella—. El Avallon no está equipado para cumplir peticiones especiales ahora mismo, pero hay varios hoteles entre aquí y Washington que seguro que estarán encantados de echarles una mano. Se me deben favores a lo largo y ancho de estas montañas. Puedo hacer unas llamadas.

La chimenea crepitó. Una cañería de la pared gimió. Los tacones de un empleado repicaron en el pasillo, fuera de la puerta cerrada. Pennybacker carraspeó tres veces, se planteó una cuarta. Su garganta no terminó de decidirse.

—No es eso, señorita Hudson —dijo Gilfoyle.

«¡Que Dios nos libre de hombres como estos!», pensó Tucker. Siempre había alguien como Gilfoyle, dispuesto a aplastar con su zapato bien pulido el cuello de Virginia Occidental. Hombres de buena escuela con las manos suaves y los nudillos ilesos, hombres de sabia voz tartamuda dispuestos a decirle a una mujer fiera y competente como aquella lo que tenía que hacer. Se suponía que el trabajo de Tucker no era ese. Aquel estado, aquel hotel, el acento de ella, el pasado de él, aquella gente...

—¿No es qué? —preguntó June.

«Tú cumple y ya está —pensó Tucker—. Recupera tu vida».

Pero...

Pennybacker estiró el cuello.

—Agente Minnick, ¿se ha puesto de pie? ¿Va a hablar?

Tucker se vio a sí mismo como desde fuera, cruzado de brazos, con los dedos enganchados en la correa de su pistolera. Vio a June mirándolo, o, más concretamente, mirándole el cuello. Sus ojos habían encontrado una marca que su camisa ocultaba casi por completo, una marca en la que casi nadie reparaba y que quienes lo hacían casi nunca identificaban: un tatuaje de carbón. Los niños que jugaban en casas espolvoreadas de carbonilla y los mineros que sobrevivían a los derrumbamientos de túneles quedaban marcados cuando el polvo de carbón se les asentaba en las heridas para siempre. Tucker ya estaba dudando de aquel acto de levantarse, de hablar. Era un hombre para el que la palabra no pronunciada tenía muchísimo más valor que la que se decía. Pero la mirada de esa mujer en su tatuaje de carbón lo mantuvo en pie, firme como una marioneta.

El agente del FBI se había puesto de pie. Iba a hablar. Era el mismo agente de pelo oscuro en el que June se había fijado nada más entrar en la biblioteca. Y, si le preguntasen, quizá diría que el tatuaje de carbón le había llamado la atención, pero estaría mintiendo: no lo había visto hasta que el hombre se levantó. Era su cara lo que había atraído su mirada. Había un lugar en los terrenos del hotel donde los manantiales calientes y los fríos estaban tan cerca que, si una se tumbaba en el musgo entre ellos, podía tocarlos ambos y maravillarse por el contraste. El rostro del agente era así: cejas duras, ojos suaves, expresión dura, boca suave. Agente federal, tatuaje de carbón.

—Soy el agente Tucker Rye Minnick —dijo el hombre—, de la Oficina Federal de Investigación. Señorita Hudson, creo que está claro que nadie ha sido sincero con usted ni con su personal. No está contenta con la situación; permítame garantizarle que el FBI tampoco está satisfecho. Usted querría que esta reunión fuese para tomar decisiones, pero no lo es. Su único propósito es comunicarle lo que debe hacerse y dejarla por su cuenta para que lo haga.

—Bueno, creo que exagera un poco, tampoco creo que su *único* propósito sea... —empezó a decir Pennybacker.

El agente Minnick prosiguió como si el hombre del Departamento de Estado no hubiera hablado, enumerando afirmaciones con los dedos.

—Uno. Los actuales huéspedes tendrán que marcharse, y de inmediato. En el hotel solo podrá haber empleados, representantes de la agencia y los individuos que figuran en ese documento.

»Dos. Cuarenta agentes de la Patrulla Fronteriza ensamblarán torres de vigilancia temporales y se encargarán de proteger el perímetro.

»Tres. Un enlace suizo actuará como intermediario neutral entre gobiernos.

»Cuatro. El agente Pennybacker y yo necesitaremos una lista pormenorizada de los empleados actuales. Los entrevistaremos a todos y llevaremos a cabo una exhaustiva investigación sobre sus antecedentes. Deberá informarse al personal de que una negativa a cooperar significará su despido inmediato.

»Cinco. El miércoles llegarán trescientos ciudadanos extranjeros que permanecerán aquí hasta que el Departamento de Estado negocie su repatriación, estimada para el 21 de abril.

»Seis. El agente Calloway, situado a mi derecha, el agente Harris a mi izquierda y un servidor retiraremos todos los teléfonos, receptores de radio y periódicos de las zonas de huéspedes y, actuando en nombre del FBI, supervisaremos toda comunicación que pase por la centralita y la oficina de correspondencia.

Gilfoyle parecía un poco enfadado, Pennybacker en un estado de gran angustia. El segundo farfulló:

—Agente Minnick, me da la impresión de que está haciendo que la señorita Hudson se sienta...

El agente Minnick levantó la mano y concluyó:

—Esos reclusos van a llegar. El tiempo vuela, y despegó antes de nuestra llegada. No puede negarse, señorita Hudson. Alguien que la supera en rango ya ha dicho que sí.

Estiró el brazo sobre la mesa y abrió la carpeta para revelar el primer documento. No dijo nada mientras June lo leía, de arriba abajo, hasta llegar a la firma del presidente.

Varios años antes, June había acompañado a don Francis a una reunión con los próceres de Constancy, la localidad más cercana, para tratar un acuerdo al que el Avallon había llegado con el ferrocarril para la mejora de las infraestructuras de la zona. En esos tiempos era joven e inexperta, y había expuesto los requisitos del proyecto igual que acababa de hacer el agente Minnick. Esquematizados. Por orden de necesidad. Al terminar, un silencio incómodo había magullado la estancia. Don Francis la había rescatado con soltura, haciendo que aquella lista sonase como si en su mayoría fuese idea de la junta directiva, reconfortando egos heridos. June se había vuelto una persona más sabia, pero también sabía, al contrario que el resto, que el agente Minnick no estaba siendo cruel. Solo estaba reduciendo aquella mermelada a su expresión más básica.

—Pase la página —le aconsejó el agente Minnick.

June la pasó. El siguiente documento gritaba todo lo que el agente Minnick no había dicho. Minnick los había llamado ciudadanos extranjeros, pero aquellos no eran unos extranjeros normales y corrientes. Eran diplomáticos.

Diplomáticos nazis.

Bueno, no todos.

La siguiente página contenía una lista de nombres japoneses. Luego los había italianos, húngaros, búlgaros. Muchos idiomas, una palabra muda: el enemigo. Había muchas palabras mudas en aquella carpeta. Otra que no se utilizaba nunca era «arresto». En vez de eso, el hotel iba a ser un «punto de encuentro» para diplomáticos del Eje y sus familias. Los ciudadanos extranjeros iban a ser «albergados», «contenidos», «salvaguardados». Se «proporcionarían» agentes de la Patrulla Fronteriza, como quien proporciona toallas y batines. La comunicación iba a «gestionarse con tacto», igual que si fuese un cóctel. Simple reciprocidad diplomática: si vosotros les servís caviar a un lado del océano, nosotros les serviremos caviar a los vuestros en el otro.

June podía oír el tono de amable burla en la voz de Sandy Gilfoyle: «Bienvenida a la disipada y enrarecida atmósfera de la legislación internacional, Atún».

Las protestas pugnaban por salir de sus labios. El hijo de su gobernanta acababa de morir en Pearl Harbor. A June le venían a la cabeza tres nombres de judíos polacos entre el personal del comedor, sin pararse a pensarlo siquiera. El reclutamiento forzoso iba a cosechar hermanos, maridos, hijos. Qué grotesco era que les pidiesen aquello.

El joven Sandy iba uniformado y June no tenía noticias suyas desde hacía semanas.

Qué grotesco era que le pidiesen aquello a ella.

Pero el agente Minnick había dicho que no estaban en una reunión donde fueran a tomarse decisiones.

June pasó el dedo con ligereza por las palabras «Takeo Nishimura». Era el enviado japonés al que solía verse acompañando a Saburō Kurusu y al embajador Nomura, que había estado prometiendo soluciones pacíficas hasta el mismísimo ataque a Pearl Harbor. Luego estaba Friedrich Wolfe, agregado cultural de la Alemania nazi. Y, por último, Erich von Limburg-Stirum, un piloto de exhibición aérea lo bastante famoso para que incluso ella reconociera el nombre. No solo eran diplomáticos, por tanto. Había periodistas. Empresarios. Pilotos de exhibición.

—¿Y a todos estos tipos están expulsándolos de Washington? —murmuró June.

—¿Expulsarlos? —repitió Pennybacker, y se rio un poco, para aligerar el ambiente—. La idea es garantizar su protección ante una ciudadanía estadounidense sobrexcitada. Cualquier acontecimiento negativo supondría, como podrá imaginar, un incidente internacional. Es importante ostentar la... ¿cómo se llama? La superioridad moral. Estamos hablando de reciprocidad diplomática. De sentar precedente. De excelencia. El Avallon es uno de los mejores establecimientos de lujo a tiro de piedra de Washington. Escuche, señorita Hudson, el Greenbrier ya acogió a un grupo inicial poco antes de Navidad y, si ellos están colaborando, ustedes...

¡El Greenbrier! ¿Por eso llevaba un tiempo sin saber nada de Loren, el director del Greenbrier? Era raro imaginarse a su único verdadero competidor en lujo planteándose las mismas cuestiones éticas que ella.

—¿A cuántos tienen allí? —preguntó.

Pennybacker negó con la cabeza con gesto reprobador, como si acabara de pillarla intentando engañarlo.

—Es mejor que no revelemos detalles de los otros hoteles.

«Otros hoteles», plural. Gilfoyle debía de estar al tanto de aquello desde hacía días, si no semanas. Había desvalijado a June de su recurso más valioso, el tiempo, aunque costaba saber si era consciente de lo grave que era el robo. Durante años, Gilfoyle había hecho su casa de las casas de otros, revoloteando de una amistad a la siguiente, de una fiesta a la siguiente, llenando las páginas de sociedad de tres países. Corbata negra y champán, mujeres y juergas: para Gilfoyle, los años veinte nunca habían dejado de rugir. ¿Qué era el Avallon para él? Un edificio.

—Señor Pennybacker, terminaré averiguándolo de un modo u otro. ¿De qué otros hoteles estamos hablando?

—Del Homestead —respondió él.

El Greenbrier y el Homestead eran grandes hoteles, con capacidad para cientos de huéspedes. June contempló la lista desde aquel nuevo punto de vista. Le había parecido enorme, pero estaba comprendiendo que en realidad era abreviada, parcial. Tenía el tamaño exacto para llenar el Avallon casi hasta los topes porque era solo una parte de una lista mucho más larga, dividida en pedazos con forma de hoteles. Por primera vez, June de verdad creyó que el país había entrado en guerra un mes antes.

Se levantó. Los dachshunds se levantaron. El agente Minnick asintió, satisfecho por algún motivo.

Gilfoyle parecía electrificado, con los ojos como platos por la alarma.

—Señorita Hudson —dijo—, no irá a marcharse.

Pues claro que iba a marcharse. Gilfoyle la había metido en un ascensor con los cables cortados. Mientras June había trabajado como directora para don Francis, él le había permitido olvidar que en realidad el hotel no le pertenecía. Todas las decisiones le habían correspondido a ella. Pero habían pasado a corresponderle a Gilfoyle, que en consecuencia podía decir que sí cuando June habría dicho que no. Sin llamarla antes. Si June había estado esperando alguna señal que le revelara si su tiempo juntos había significado algo, allí la tenía. El ascensor se precipitó al vacío.

—Como acaban de explicarnos, señor Gilfoyle —respondió June—, tenemos mucho trabajo por delante.

3

Por lo menos, la decoración para la Noche de Burns no iba a desperdiciarse.

Al haber tantos huéspedes abandonando el hotel a la vez, los trámites se llevaron a cabo en el salón de baile. La poesía revoloteaba mientras June recorría la cola arriba y abajo, disculpándose en persona con todo el mundo. Los camareros, todavía con los fajines a cuadros que se habían puesto para el malogrado baile, repartían paquetes de comida para el camino, compuestos de las viandas duraderas que iban a servirse en el banquete de la Noche de Burns. Aquí y allá, los huéspedes levantaban el brazo para leer las páginas colgantes, tal y como June había imaginado ese mismo día. Era una escena memorable. Una escena inquietante. ¡Ver a aquella gente haciendo cola para recoger sus abrigos y sus coches…! Esa clase de personas nunca hacía cola. Esa clase de personas tenía a otras personas que hacían cola por ellas.

—«Con francos votos y prieto abrazo, / tierna fue nuestra despedida. / Jurándonos reencuentro algún día / ¡uno de otro nos arrancamos!».

El señor Astor, que era el señor Astor en el que la gente pensaba al oír «señor Astor», el amigo íntimo de Roosevelt (el Roosevelt en el que la gente pensaba al oír «Roosevelt»), ocupaba una de las últimas posiciones de la fila. Menos mal que tenía una de sus rachas simpáticas, no la irascible.

—Señor Astor, cómo lamento que se marche —le dijo June—. ¿Algún consejo que pueda darme, con las cosas que usted sabe?

El señor Astor soltó el poema y miró a June desde debajo de sus pobladas cejas.

—Evite los barcos.

—¡Querida! —intervino otra voz—. Menuda aventura es esta.

El último huésped era en realidad un cuarteto: la familia Morgan. Llevaban pasando en el Avallon la última semana de enero desde antes de que nombraran a June directora. El hotel había salvado el matrimonio de una generación, aliviado una desavenencia fraternal, enterrado a una abuela y presenciado cómo la nueva generación contraía feliz matrimonio. Una década de una vida. De la vida de una familia entera.

Los dos hijos de los Morgan, conmoviendo a June por lo mucho que le recordaban a Sandy, acariciaron a los perros salchicha y le dieron un tímido abrazo a ella, una estrafalaria muestra de afecto que solo era posible porque la habían conocido siendo mucho más jóvenes. Aquella reticencia era lo que distinguía a la clase alta, o eso había intentado enseñarle don Francis a June. Este es el idioma de la clase baja: inmediatez, posesión, lujuria, hambre, lo evidente. Este es el idioma de la clase dirigente: legado, humor, artificio, generosidad, sutileza. Si quieres que alguien te considere por encima de donde estás, deberás callarte la mayoría de lo que deseas. Decirlo en voz alta es demostrar tu grosería. Y tú no eres grosera, June Hudson. Yo no soy grosera, don Francis. Estás destinada a la grandeza, June Hudson. Eso puede decirlo usted, no yo, porque así son las normas, ¿verdad? Ja. Así son las normas, June.

—Mi queridísima señorita Hudson —dijo la madre Morgan (llamada para despertarla a las 9.00, un ponche romano esperándola en la terraza a su llegada, tres sesiones de tratamiento termal por semana). Se rumoreaba que era una despiadada perra de presa social fuera de aquel hotel, pero allí era una persona amabilísima—. Le hemos dejado un regalo en recepción.

Los huéspedes solían llevarle a June cerámica, joyas, libros, obras de arte. Regalos adecuados para una dama de la alta sociedad, más que para una esforzada directora de hotel. El más memorable se lo había hecho una heredera recién divorciada, que en una ocasión le había enviado por correo, procedente del catálogo de Sears y Roebuck, un enjambre de las mejores abejas italianas. Las obreras habían llegado en una caja, la reina en otra, sin nada más en su interior que un poco de jalea real para sustentarla, sin ni siquiera unos dachshunds que le hiciesen compañía. Esas abejas, por lo menos, seguían haciendo un buen trabajo.

—John —añadió la madre Morgan a su manera recatada—, dile a la señorita Hudson lo que necesita saber.

—¿Sobre...? —dijo el padre Morgan—. Ah. Claro. Señorita Hudson, quiero que me escuche muy atentamente.

Fuera de aquel hotel, el padre Morgan (zurdo, aficionado al winnet, apostador ocasional, no servirle anchoas) controlaba el destino de miles de hombres. Allí agradecía con gesto tímido que el personal recordara que le gustaba tomarse una aguamiel tocada de whisky antes de acostarse. En voz baja, le describió a June los siguientes bienes que se racionarían, la legislación bélica que estaba planteándose, las órdenes de detención actuales que manejaba el FBI, las industrias y ciudades que probablemente florecerían gracias a la producción militar, lo que tenía entendido sobre el poder que había ganado el Departamento de Estado y cuáles eran los futuros planes de reclutamiento, en opinión suya y de su círculo. Fue el mejor regalo que los Morgan le habían hecho nunca.

Y luego, sin más, ya no había nadie. En el salón de baile solo quedaron las catenarias de cordón trenzado, la poesía flotante de la Noche de Burns y unos cuantos empleados pensando en cómo proceder a continuación.

June nunca había vaciado el hotel entero. Ni siquiera durante la Gran Depresión, cuando tanto los ríos como las fiestas se secaron y los hombres se arrojaban desde ventanas, un pasatiempo igualitario que unió en el lamento a magnates de los negocios y jefes de comedor. Otros hoteles de lujo se habían reconvertido en centros de convenciones o edificios de apartamentos para consolidar sus posibilidades de supervivencia. En cambio, June había echado mano a las arcas de los Gilfoyle para remodelar las habitaciones y modernizar los menús. Apartando a un lado el espantoso pasado y el sombrío futuro, pretendía que el Avallon ofreciera un glorioso presente. El dinero devaluado fluyó de las cuentas bancarias de los Gilfoyle más raudo que la aguadulce de la roca. «¿Estás muy segura de esto, June?», le preguntó don Francis después de que la noticia de un desembolso particularmente vertiginoso llegara a su oficina de Nueva York, y se sabía que era vertiginoso cuando inquietaba a don Francis. «No podemos dar sensación de miedo —había respondido June—. Paguemos las facturas y recemos para que llueva». Era toda una apuesta para una directora joven recién ascendida. Una apuesta que le salió bien. Si el hotel había entrado en la Gran Depresión siendo todo un referente, salió siendo toda una leyenda.

Y esa leyenda acababa de expulsar a los ciudadanos culturales que constituían su savia.

A todos excepto a una.

—Jefa, 411... —dijo Griff, frotándose el ojo.

—Lo sé, lo sé.

June subió a la cuarta planta. Tenía un ascensor para ella sola. Todos los demás, los que utilizaban los huéspedes, los manejaban operadores bien entrenados, pero aquel no. Don Francis distaba mucho de ser la primera persona que había muerto en el hotel —¿a cuántos huéspedes ancianos y acaudalados había tenido June que envolver en su propia ropa de cama y sacar a hurtadillas en el estante inferior de dos carritos del servicio de habitaciones atados entre sí?—, pero había sido un referente dentro de un referente. Los Gilfoyle poseían diversas sociedades, la mayoría en los estados de Nueva York y Massachusetts, y casi cualquier otro propietario habría contratado a un director de hotel para poder disfrutar de las ganancias a su antojo. Pero don Francis siempre había estado en la trinchera junto con sus empleados, había criado a sus hijos en la propiedad, apenas había abandonado los terrenos del hotel durante ningún periodo significativo hasta que por fin le cedió el testigo a June. Aunque ya había transcurrido una década desde entonces, don Francis seguía siendo un personaje mítico.

Pero a June no le daban miedo los fantasmas. De hecho, ojalá don Francis pudiera encantar aquel ascensor.

En la penumbra, la moqueta parecía reptar por el pasillo del cuarto piso, hojas grises y bucles de color azul medianoche que serpenteaban bajo las fuentes de aguadulce con forma de cabeza de animal. Los paneles de madera absorbían la luz de los ornamentados apliques. Las puertas, que intimidaban por el mero hecho de ser idénticas y numerosas, se extendían pasillo abajo. Algunas doncellas habían expresado su temor a que esas puertas se abrieran de sopetón, revelando fantasmas al otro lado. June, en cambio, se imaginaba las puertas abriéndose para revelar a los vivos, todos ellos con necesidades urgentes a las que nadie se había anticipado. Horrores sencillos.

Llamó con un solo nudillo a la puerta de la habitación 411. Suave pero audible, como le habían enseñado cuando trabajaba en el servicio de limpieza.

Sonó un estruendo desafiante.

Llegó una voz desde dentro de la habitación.

—Eso era una mesita auxiliar. Las patas estaban talladas con forma de lirios. ¡Estaréis contentos! Venga, llama otra vez si te atreves, que aún quedan muchas cosas que…

—411 —interrumpió June.

La puerta se abrió. Lo justo para que un brillante ojo verde escrutara desde el interior.

—Directora Hudson —dijo 411—. Pensaba que vendrías antes.

A la mayoría de los huéspedes les gustaba que los llamaran por su apellido, pero a 411 no. Llevaba en el hotel desde antes que la propia June y durante ese tiempo nunca había salido de su suite, que supiera nadie. Le llevaban la comida, los libros y el resto de las comodidades de la vida. Una vez por semana se encerraba en el baño, bajo llave, para que una única empleada del hotel entrara a limpiar, una doncella que hacía mucho que había ascendido a gobernanta y, en teoría, ya no se ocupaba de esas tareas. Un antiguo rumor sostenía que se había visto a 411 en su terraza durante la visita presidencial de Roosevelt, pero nadie era capaz de nombrar al empleado que la había visto con sus propios ojos. Lo que June sabía sobre 411 era lo siguiente: que había sido una diseñadora eminente, que era divorciada, que tenía un humor mordaz y que había hecho un trabajo espléndido al concebir el cachivache de los poemas para la Noche de Burns.

—Aquí arriba hay bastante ruido, 411.

Siempre tan teatral, 411 había dicho al personal del hotel que, cada vez que intentaran convencerla de marcharse, tiraría algo por la ventana de la habitación. Como les sucedía a muchos pequeños estados nación que dependían en buena medida de importar productos, el poder de 411 tendía a la astucia y la manipulación. Guerra de guerrillas. Batallones en las sombras. Esas cosas. ¿Qué sería de ella si la expulsaban? Allí tenía todo lo que necesitaba y nada de lo que no. Quizá no fuese capaz ya de vivir en ningún otro lugar.

—Yo te diré lo que hacía mucho ruido: el señor Beekhof anoche —replicó 411—. Sonaba como si hubiera soltado un cerdo en su habitación.

—El señor Beekhof ya no está en el hotel.

—Menudo cobarde. Nuestra pelea aún no había terminado. Elige tus próximas palabras con cuidado, porque no quiero destrozar nada más.

—Yo no soy ningún portero tembloroso, 411 —le dijo June—. Hará falta algo más que unas travesuras a lo espíritu furioso que lanza objetos para que me vaya de tu puerta.

—Sabes de quién es el número de teléfono que figura como contacto en mi ficha del hotel, ¿verdad? No tengo por qué irme a ningún sitio.

—Ahora todo esto lo maneja el Departamento de Estado, no yo. ¿Qué más les da a ellos que tengas el número de Francis Gilfoyle en tu cuenta?

411 soltó una carcajada. Fue como crema de mantequilla: dulce, rica, perjudicial para la salud en grandes cantidades.

—June Hudson, criadora de zarigüeyas. Es verdad que solo comprendes el estatus tal y como funciona dentro de este hotel, ¿eh? Frank no solo era el propietario del Avallon. ¿No has visto a sus amigos en el vestíbulo? Contrátame. El anterior secuaz que ha subido aquí me ha dicho que solo pueden quedarse los agentes federales y el personal. Así que añádeme al personal. Seguro que se te ocurrirá algún puesto que cuele.

June pensó en echarla, por las malas, mediante un documento legal, aunque fuese solo para darle la lección de humildad que necesitaba desde hacía tiempo. Pensó en la noche de la que nunca hablaban, la noche en la que June había regresado desde Nueva York. June pensó en cómo 411, pese a ser una persona horrible, era la mejor amiga que tenía en el hotel.

No, June no iba a sacarla a patadas.

—Estás convirtiéndote en uno de los mayores obstáculos de mi vida —le dijo.

—Querida, si eso es cierto —repuso 411—, tu vida no está tan mal.

La puerta se cerró. 411 estaba dando por hecho que había ganado. ¿Y acaso no era verdad? Porque June ya estaba haciendo el gesto de escribir en el aire hacia sus empleados, y uno de ellos acudía al galope para tomar nota de sus instrucciones.

—¡Consultora! —le gritó June al terminar, poco antes de que se cerrase la puerta de servicio—. Dale el alta con fecha de hace un mes. Y sube otra vez lo que quede de su mesita de noche ahí abajo.

—Sí, jefa.

4

Esa tarde, los preparativos para el baile de la Noche de Burns siguieron dando frutos cuando cuarenta agentes de la Patrulla Fronteriza llegaron en tropel al Comedor Magnolia para zamparse el banquete que habían preparado para los anteriores huéspedes. Después de aquello, los desterrarían a los dormitorios de personal, pero de momento, en su primera noche tras un largo viaje, estaban malcriándolos. El comedor más grande y formal del hotel tenía todas sus superficies adornadas: gruesa moldura de corona, paneles de madera en el techo, papel de brocado en las paredes, suelo de mármol de Carrara a cuadros blancos y negros. June todavía atesoraba las cartas que había recibido de sus colegas —¡sus colegas, hombres que habían obtenido el certificado de la Escuela Cornell de Hostelería!— acerca de su decisión de remodelarlo durante la Gran Depresión.

Un enjambre de empleados había preparado el comedor como de costumbre, fregándolo todo a conciencia, refrescando los centros y utilizando varas cortadas a medida para asegurarse de que cada servicio se colocaba a la misma distancia exacta de su vecino y del borde de la mesa. Los hombres de la Patrulla Fronteriza reían, exclamaban, se removían y vociferaban, ahogando el sonido del cuarteto de cuerda como si fuesen colegiales o ganado, que cada cual escogiera su símil, pero en todo caso un grupo muy distinto a los corteses huéspedes del Avallon. Llevaban las manos sucias y las rodillas manchadas y la barba polvorienta. Eran hombres a los que habían sacado de sus puestos en el salvaje Texas y las remotas fronteras canadienses, hombres que solo habían recordado quitarse el sombrero vaquero cuando, al llegar, el jefe de camareros les había murmurado: «Señores, el Comedor Magnolia tiene un código de etiqueta».

Los hombres se habían recolocado sus pistolas de tamaño territorio salvaje para poder sentarse a las mesas, habían embutido los sombreros bajo las sillas tapizadas y se habían despatarrado. El personal del comedor les había ido informando, con mucho tacto, de qué tenedor había que emplear para cada plato.

June se quedó en la entrada, observando las vistas mientras las vistas la observaban a ella. Al contrario que los hombres de la primera reunión en la Biblioteca Smith, aquellos tipos no se molestaban en ocultar su interés. June les devolvió la mirada con su habitual sonrisita, se la sostuvo hasta que sonreían ellos también.

Cuando llegaron los tres agentes del FBI, en el comedor los recibieron con chiflas y silbidos. Costaba saber si era por lo bien afeitados que iban, por el color de la piel del agente Calloway o sencillamente por sus formas estrictas, comparadas con los hombres de la Patrulla Fronteriza. El agente Doble Harris respondió enseñándoles todos sus dientes de cocodrilo, con una mirada cómplice; el agente Hugh Calloway compuso una sonrisa tensa, sin dientes; el agente Tucker Rye Minnick dijo algo en voz baja y brusca a la mesa de agentes fronterizos que tenía más cerca y todos callaron de sopetón, con gesto adusto.

Al contrario que los agentes de la Patrulla Fronteriza, los hombres del FBI tenían un estatus. Les habían asignado habitaciones en el Avallon propiamente dicho, y les habían prestado el bonito despacho de Gilfoyle en la planta superior para sus papeles y el Estudio de Cristal para sus entrevistas. Se habían puesto a trabajar inmediatamente después de la reunión. El agente

Calloway había empezado a entrevistar al personal, el agente Harris había organizado un sistema de clasificación del correo y el agente Minnick había confiscado las radios. Seguro que también se habían dedicado a otros trabajos de los que no habían hecho partícipe a June. Por lo general, el hotel no movía el rabo ni un ápice sin que ella lo supiera. Los hombres del FBI reptaban como intrusos, como pulgas. Apuestas pulgas. De camino hacia una mesa vacía, la mirada ceñuda del agente Minnick encontró a June en su sitio, con las manos en los bolsillos, apoyada en la jamba de la puerta. June le lanzó su sonrisita, pero no hubo forma de que Minnick imitase la expresión con tanta facilidad como los agentes fronterizos.

—Hola, hola, hola, señorita Hudson —dijo Benjamin Pennybacker, el agente del Departamento de Estado, al llegar junto a June con la pajarita un poco torcida, igual que antes, y las hombreras del chaquetón arrugadas.

—Hola, hola, señor Pennybacker.

A diferencia de los agentes de la Patrulla Fronteriza y de los hombres del FBI, Pennybacker era el único miembro de su organismo oficial, y parecía un pez fuera del agua. Era un hombre de aspecto inefectivo, cosa que June comprendía que seguramente formaba parte de lo que lo hacía efectivo. Su fachada, ya fuese por naturaleza o por voluntad propia, sugería que era un hombre afable y acomodadizo, dispuesto a escuchar con ánimo comprensivo antes de dejarse apartar sin problemas. Un lacayo. Pero en aquella misión concreta superaba en categoría a todos los demás, por lo que June supuso que toda aquella blandura personal encubría, o resultaba admisible gracias a, un inmenso poder profesional. Era muy probable que tuviera más en común con el típico huésped del Avallon que cualquier otro recién llegado presente en el comedor.

—¿De veras van a servirles caviar? —preguntó June—. A nuestros diplomáticos retenidos en el extranjero, digo. ¿De verdad es eso lo que hay en juego aquí?

—La guerra ya no es como antes. Y esta es de las feas. —Pennybacker intentó acariciar a un dachshund, que lo esquivó con expresión asqueada. Quizá, como June, estaba pensando que la última guerra tampoco había sido muy bonita—. Existen reglas en los conflictos armados, ¿sabe?, unas normas de cortesía humana. Confiamos en avergonzar a los países del Eje para que las recuerden. Negaré haberle dicho esto, pero hay prisioneros de guerra muriéndose de hambre ahora mismo. Mujeres. Niños.

—A mí no me venga con carteles de propaganda.

—Muy bien, de acuerdo, también hombres —respondió Pennybacker—. También hay hombres muriéndose de hambre. Hombres horribles, que hacen trampas a las cartas y tienen rostros demasiado desagradables para ponerlos en carteles.

Apiadándose de él, June empujó a la dachshund más amistosa, una de los de pelaje suave, hacia Pennybacker.

—Eso ya es otra cosa. ¿Y cuánto dice que va a pagarnos el gobierno por esto?

—¡Diez dólares al día por cada adulto! Diez dólares por cada hombre horrible. Cinco dólares por cada niño. ¿Le parece razonable?

Goteaba cera de las arañas del techo. Los costillares asados rebosaban de los platos. El cristal centelleaba. El Comedor Magnolia no solo era lujoso al nivel de los mejores hoteles del país, sino que podría competir sin problemas con un palacio.

—Mire a su alrededor —respondió June— y pregúnteselo usted mismo: ¿lo ve un precio razonable?

—Cambiará de opinión cuando tenga a diplomáticos en estas mesas, señorita Hudson. Ya lo verá. No serán tan distintos de la clientela que suele ocuparlas. —Y Pennybacker añadió—: Por cierto, ¿qué es eso que he oído sobre demonios? En el guardarropa me han dicho que los baños están encantados y que usted es la única que habla su idioma. Que seguramente corramos peligro. Me encantan estas historias montañesas.

—No son historias —dijo June—. Y no hay demonios. Solo el agua.

—Tal vez podría darme un baño. No me vendría mal un pelín de magia. Tiene usted unos perritos muy buenos. ¿Cómo se llaman?

—Ni idea. Los dejó aquí un huésped.

Los clientes del hotel se dejaban toda clase de cosas. Libros, suéteres, cajas de bombones a medio comer, máquinas de escribir, juegos de mesa, palos de golf, cazos de winnet, prometidas, perros. Entonces le correspondía al hotel determinar, con exquisito tacto, si el objeto había quedado abandonado sin querer o a sabiendas y, en los casos adecuados, organizar su devolución. No era cuestión de llamar a casa de un huésped y mencionarle a su esposa un anillo, por ejemplo, solo para descubrir que era propiedad de otra amistad femenina del huésped. Los objetos abandonados para siempre pasaban a formar parte de una colección llamada «Buen comportamiento», que luego Griff Clemons repartía entre los empleados más ejemplares en la cena que se celebraba al final de cada año. La última se había cancelado a consecuencia de Pearl Harbor, por lo que el cajón del buen comportamiento debía de estar a rebosar. A los dachshunds, sin embargo, no los había querido nadie, ni siquiera su antiguo amo, que los había encontrado difíciles de manejar. A June no le resultaban difíciles. Era solo que no habían confiado en su antiguo director, nada más.

—¿Y cómo los llama, entonces? —preguntó Pennybacker.

—Así. —June chasqueó los dedos y los tres perros la miraron atentos—. Los empleados los llaman la Pinta, la Niña y la Santa María.

Pennybacker, con expresión agradecida, frotó la cabeza de la dachshund que June le había asignado.

—¿Esta es la Santa María?

—No.

June y Pennybacker observaron juntos cómo Sebastian Hepp, el mejor camarero del hotel, se deslizaba hacia ellos. Incluso equilibrando una pesada bandeja, su postura era firme. Más que firme. ¡Grácil! Había pocos como él, y resultaba inquietante que, con toda probabilidad, June y el centro de reclutamiento de la zona estuvieran de acuerdo en eso, y por motivos similares. Un buen soldado aprovecharía bien el entrenamiento, aprendería a disparar, se mantendría limpio y sano y cumpliría las órdenes. Un gran soldado haría lo mismo, pero con tanto optimismo pragmático que los demás lo seguirían a la oscuridad. Un soldado *excelente* también haría lo mismo, pero además comprendería que el terrible juego de la guerra nunca dejaba de cambiar, así que dedicaría tiempo a innovar, no solo a sobrevivir.

Y todo ello era cierto también para los camareros. June tenía miedo a que llegara el día en que lo llamaran a filas.

Los perros se irguieron sobre las patas traseras alrededor de Sebastian, pidiendo. La bandeja del camarero no osciló ni una pizca mientras los acariciaba. Con su levísimo acento alemán, dijo:

—Jefa, es el chef.

Pennybacker, intuyendo que estaban a punto de dejarlo solo, lanzó una mirada torva hacia los hombres del FBI. En teoría, todos los agentes federales deberían tener mucho en común. En la práctica, los esbeltos agentes del FBI parecían acostumbrados a cazar su comida. Pennybacker parecía más bien lo que podrían cazar, así que June le propuso:

—Podemos servirle la cena en su habitación, si tiene que adelantar trabajo.

La expresión de Pennybacker se iluminó.

—Muy buena idea, señorita Hudson.

—No las tengo de otra clase.

June pensó en Gilfoyle, que había desaparecido hacia el apartamento de su familia en el ala norte. También él cenaría en su habitación. Antes, June había deseado que mandara a buscarla para poder rechazar la petición. En ese momento quería que mandara a buscarla para dejar de preguntarse si iba a rendirse e ir ella a su puerta.

—Es muy graciosa, señorita Hudson.

—No es usted el primer parroquiano que se fija.

—¡Ja!

—Ja.

June se escabulló para ir a hablar con el chef. Fue sola, igual que había subido sola en el ascensor, no porque en la cocina hubiera nada tenebroso, sino porque lo había en el chef. Estaba muy orgullosa de haberse hecho con los servicios del chef Maurice Fortéscue. Era difícil atraer a personal así de cualificado tan lejos del circuito habitual. En general, June se las apañaba con los exiliados (los afligidos, los marginados, los caídos en desgracia), los soñadores (los jóvenes, los corazones recién partidos, los aspirantes a novelista) y los excéntricos (los chiflados, los poetas, los fisgones). El chef Maurice Fortéscue era un poco de todo ello. La mayoría de los chefs eran famosos por su mal genio, y todo empleado de cocina, desde el humilde *plongeur* hasta el *rôtisseur* pasando por el *commis*, contaba alguna historia sobre chefs iracundos, pero Fortéscue no era un hombre furioso. Era un hombre melancólico.

Fuera de la Gruta, June les dijo a los miembros del personal de cocina que estaban apiñados en el pasillo:

—Descanso para fumar, chicos.

Los chicos en cuestión eran un grupo mixto, sin segregar, una mezcla de personal importado desde Europa y lugareños, en contraste con las brigadas masculinas principalmente francesas que ocupaban la cocina en la mayoría de los hoteles de lujo. Durante su tiempo como directora, June había propiciado unos cambios sustanciales en la claustrofóbica Gruta. Los carpinteros habían derribado paredes para dejar al descubierto los arcos de piedra originales. Los ingenieros habían excavado la roca subterránea para abrir ventanas. La propia June había reorganizado los tres turnos de cocina del hotel. Fortéscue era difícil, pero necesario. El resto de la Gruta tenía que estar en equilibrio.

Cuando se hubo quedado sola con el chef, June empezó a pasearse por la cocina, mirando dentro de las cazuelas y los hornos, investigando las tablas de cortar. Fortéscue no dijo nada entretanto: se limitó a contemplar el vapor que manaba de una olla sopera como si intentara atisbar en él su propio futuro.

—¿Qué es esto? —preguntó June—. ¿Y eso de ahí?

El chef respondió con voz monótona:

—Eso será ñame confitado. Lo otro, buñuelos de maíz.

—¿Y esto?

—Ostras fritas con *rémoulade*.

—Mmm. ¿Y esto?

—Pimientos rellenos. Y estofado de apio.

Fortéscue había sido un borracho no funcional a su llegada; en parte, era gracias a eso que June había podido quedárselo. No tardó mucho en empezar a faltar a turnos, igual que había hecho en el Royal-Montague. Acompañada por Griff Clemons y cinco camareros del servicio de habitaciones, June había entrado en la Casita Dorada sin llamar. Dentro encontraron comida abandonada cubierta de hormigas, cajas que no se habían abierto ni una sola vez en todo su periplo desde Saint-Julien-lès-Metz hasta Virginia Occidental pasando por Londres y Nueva York, botellas vacías escondidas debajo de muebles como si hubiera podido verlas alguien aparte del chef *tournant*, y al propio Fortéscue, semiinconsciente en el suelo de la cocina. June hizo un asentimiento y Griff y un camarero levantaron a Fortéscue para ponerlo bajo un chorro de agua fría. Otros dos camareros empezaron a sacar basura y bajarla por la escalera. Uno cambió las sábanas mugrientas de la desdichada cama, otro preparó un catre en el pasillo. A la propia June le quedó la tarea de limpiar, colgar la ropa de Fortéscue, poner sus novelas francesas en los estantes, colocar sus maquetas de aviones cuidadosamente empaquetadas sobre la repisa de la chimenea y colgar sus carteles de aviación y exhibiciones de acrobacias aéreas en las paredes del dormitorio. Después, sin mediar palabra, June y los demás se marcharon y lo dejaron allí solo... a excepción de un cuidador, que estuvo durmiendo en aquel catre todas las noches durante seis semanas, hasta que Fortéscue dejó de anhelar el alcohol.

June le señaló una cacerola.

—¿Qué es esto?

—Salsa de tuétano y vino tinto.

—¿Y lo de aquí?

—Tomates asados para el solomillo con patatas duquesa.

En el comedor, los agentes de la Patrulla Fronteriza daban voces, las sillas raspaban contra el suelo, las copas tintineaban. Había pasado mucho tiempo desde que una comida en el Avallon salía tarde de cocina.

June no se dio prisa.

—¿Qué será esto?

—Pularda con guisantes estofados.

—¿Y qué será esto?

En vez de responder a la pregunta, Fortéscue dijo:

—Mis hermanas me han escrito una carta hablándome de mi pueblo. Es un pueblo aburridísimo. Allí nunca cambia nada. Pero cuentan que el otro día, en el mercado, había toda una multitud rodeando a una chica joven, de quince o dieciséis años. Tenía la cabeza afeitada, sin un solo pelo, y un letrero colgado del cuello. En el letrero ponía que la habían pillado cometiendo un delito, y el delito era besar a su novio judío. Estaban escupiéndole. Es fácil que su madre fuera conocida mía; así de pequeño es el pueblo. Por lo que también es fácil que la gente que escupía la conociese. Mis hermanas dicen que Aubert, Pourciau y ellas se enfrentaron a la muchedumbre, y estoy seguro de que así es, pero eso no cambia el hecho de que yo estoy aquí y ellas están allí, donde hay gente escupiendo a jovencitas por amar a alguien.

Lo que en realidad significaba: «No quiero servir a esta gente».

—Será solo por un tiempo, chef —respondió ella.

En voz baja, Fortéscue preguntó:

—¿Cómo voy a hacerlo, jefa?

La furia embargó a June, no dirigida contra Fortéscue, sino contra Gilfoyle. Sabía que su personal estaría a la altura. No porque quisieran, sino porque ella, June Hudson, la jefa, les había pedido que lo hiciesen, y porque ella había cumplido con todos ellos en un momento u otro. Porque confiaban en ella. Pero esa vez no era en una decisión suya en la que estaban confiando, sino de Gilfoyle.

—Mil cuatrocientos cuarenta huevos —dijo June—, mil doscientos panecillos, cuatrocientos kilos de carne, cincuenta y cinco kilos de patatas, treinta kilos de verduras, cuarenta kilos de pescado, ochenta hogazas, treinta kilos de mantequilla, veintidós kilos de café, cuarenta pasteles y tartas, veinticuatro cajones de fruta y sesenta litros de helado. Luego te irás a dormir y, al día siguiente, volverás a hacerlo.

Lo que en realidad significaba: «Sé que te estoy pidiendo mucho».

Mientras Fortéscue se pasaba una mano por el pelo, June decidió suavizarle el golpe. Añadió:

—Va a venir Erich von Limburg-Stirum.

—¿Erich von Limburg-Stirum? —repitió Fortéscue. En su expresión, June vio aviones trazando tirabuzones, alas rascando las nubes, rozando la copa de los árboles. «¡Erich von Limburg-Stirum, damas y caballeros! ¿Hay alguien mejor en el cielo?». Con expresión de sentirse traicionado, el chef preguntó—: ¿Es nazi?

—Las redes de los federales capturan peces de todo tipo, chef —dijo ella—. Nuestro trabajo no es clasificarlos, sino solo darles de comer.

Los ojos de Fortéscue se desviaron hacia la fuente de agua-dulce que había en la pared. Era una talla ingeniosa, dos pájaros cantándole agua a una jofaina.

—El agua déjamela a mí —dijo June.

—Se comenta que está torciéndose.

—No está torciéndose.

—La cuarta planta...

—¿Yo te digo a ti cómo hacer una *rémoulade*?

—La palabra suena ridícula cuando la dices tú —repuso Fortéscue.

—Pues igual suenas tú cuando hablas del agua.

Se miraron entre ellos un momento.

—¿Qué me dices? —preguntó June.

Con un suspiro, Fortéscue se ciñó las correas del delantal.

—Digo que *vive l'Avallon*, jefa.

5

Pero June fue a comprobar el agua de todos modos.

Después de que enviaran a la Patrulla Fronteriza a los dormitorios de personal a prepararse camas en los pasillos, June dejó a los dachshunds detrás del mostrador de recepción («Voy a darme un paseo por las aguas, no dejéis que salgan»), se puso el abrigo de piel (un regalo, como las abejas) y se internó en la gélida noche de enero. Fuera, los focos erigidos a toda prisa transformaban el paisaje del Avallon en una cosa extraña y agudizada. Las largas y precisas sombras de los árboles desnudos jaspeaban el césped escarchado en todas las direcciones. Las torres de vigilancia temporales murmuraron su nombre mientras June pasaba por debajo, recordando, demasiado tarde, que Griff había mencionado algo sobre una insignia de identificación que le habían dejado en su escritorio. Algo vivo y aleteante —¿podía ser un murciélago, aunque hiciera demasiado frío para ellos?— trazaba cabriolas por el aire encima de ella. ¡Qué frío hacía, de verdad! Cada bocanada le raspaba la garganta al entrar y le humedecía la bufanda al salir.

La luz de los focos no alcanzaba del todo el lugar al que June se dirigía, pero daba lo mismo. Se conocía los terrenos enteros como la palma de la mano.

Aún recordaba la primera vez que había subido en coche hasta el Avallon, su madre muerta hacía tiempo, su única posesión una bolsa de papel llena de nueces. Los techos y las molduras de las ventanas de las casas de baño brillaban blancos sobre el lóbrego fondo verde de la cordillera. Detrás, el hotel, con su siglo de antigüedad, parecía crecer de las mismas montañas, hechas de la misma piedra con la que estaba construido. Unos tejados escarpados como los picos que los rodeaban asomaban por todas partes. No había nada simétrico. En términos arquitectónicos, la forma del hotel no tenía sentido, pero, si se pensaba en él como en una entidad viva... Las paredes brotaban de los prados aterciopelados tan orgánicas y oportunistas como la madreselva. Las alas, las terrazas interiores, los porches y las torretas emergían en todos los lugares donde el terreno parecía lo bastante amigable como para permitir más crecimiento. Por instinto, June lo había identificado como un lugar por el que había que luchar.

La llamaba, y ella escuchó.

«Dicen que está torciéndose».

June usó su enorme argolla de llaves para abrir la puerta de la primera casa de baños. El Avallon tenía cuatro: Avallon I, Avallon II, Avallon III y Avallon IV, bautizadas según su proximidad al hotel en sí, no según su fecha de inauguración. El folleto hacía alarde de sus características:

Médico interno
Enfermeras a tiempo completo
Música en vivo
Baños de barro
Tratamientos minerales
Armarios eléctricos
Desintoxicación
Purificación
Intoxicación

Dentro, el aroma de la Avallon I era a la vez metálico y medicinal, este último asociado a los armarios eléctricos. Era un olor como a lejía que no era de lejía, pero que evocaba la eficacia estéril de un quirófano. Al contrario que las otras termas, aquella era un lugar clínico, al que la gente acudía para hacerse tratamientos. Regímenes. La Avallon I era para hombres de ciencia, no de magia: reducía la aguadulce a algo propio de la lógica.

A June la habían criado para tenerle tanto respeto como miedo a la aguadulce. O..., bueno, quizá «miedo» fuese pasarse un poco. Superstición, esa era la palabra correcta. Como muchos otros niños del valle, June había absorbido todo un conjunto de creencias sobre la aguadulce. El agua te haría bien si le hacías bien, te haría mal si le hacías mal. El agua le cogía cariño a unas personas y tirria a otras, pero en general no se involucraba. Si el agua se torcía, un lugar podía echarse a perder durante años. Todo el mundo conocía algún pueblo echado a perder. En su infancia, June acostumbraba a imaginarse que la aguadulce albergaba entidades con forma de persona. Sirenas. Ninfas. Cuando su madre no miraba, había susurrado con dulzura a la superficie del agua, intentando engatusarlas: «¡Mostraos, por favor!». Luego aprendió que no debía hacerlo. Solo los niños y los pedantes intentaban ponerle rostro humano a lo inefable.

¿Podría haberse imaginado su madre que June sería la jefa de aquello algún día, en buena parte gracias a la aguadulce? Seguramente no. Cuando June miraba atrás, recordaba de sí misma una persona en blanco, un espejo vacío. Los otros niños exploraban ruidosos el mundo para descubrir quiénes querían ser, pero June había sido tan silenciosa y carente de rasgos como la superficie de un lago en la montaña. Ella se limitaba a escuchar.

En la semipenumbra, los dos enormes armarios eléctricos de la Avallon I parecían ataúdes. Un cartel colgado en la pared exhortaba a tener cuidado si el suelo estaba mojado. Otro les pedía a los bañistas que se secaran por completo antes de introducirse bajo las brillantes luces de los armarios eléctricos.

June pasó las yemas de los dedos por la espejada superficie del estanque. Mientras el viento repiqueteaba al pasar bajo los aleros de la Avallon I, el agua murmuró efímeras impresiones a la piel de June. Empleados sacudiendo manteles. Jardineros podando ramas durmientes. Una caravana de coches oscuros deslizándose camino arriba. Gaiteros haciendo una única interpretación de *Amazing Grace* antes de regresar a Nueva York, para que June no creyera que había desperdiciado por completo el dinero. Era difícil saber cuáles de esas impresiones eran sus pensamientos y cuáles pertenecían a las entidades del agua, porque tenían la misma forma exacta.

No oyó nada que sugiriese problemas.

A ver la siguiente.

La Avallon II era la segunda casa de baños más antigua, a solo un minuto a pie de la Avallon I. Desde fuera, el pequeño y delicado edificio era encantador como una tarta nupcial, pero, por dentro, era un íntimo sueño tropical en plenos Apalaches. Las macetas con helechos y los azulejos marroquíes de color mora rodeaban dos baños circulares. El primero, humeante, se conocía como el Cocedor; al segundo, a la temperatura del manantial frío, lo llamaban el Remojo. Se animaba a los huéspedes a pasar del Cocedor al Remojo, ya que el contraste entre los dos extremos opuestos era una experiencia mucho más profunda que limitarse a soportar solo uno, como sucedía con muchas cosas en la vida. A June le encantaba la Avallon II. ¿Cuántas veces había ido a aquellas termas después del cierre, con los hermanos Gilfoyle, a mover las piernas en el agua y jugar al póquer con unos naipes que se pegaban entre sí por la humedad?

Fuera, el cielo había empezado a escupir una precipitación helada, no nieve, sino algo un poco más mezquino, un poco más grosero. June metió los dedos en el Cocedor y, de pronto, la muerte de don Francis impactó en ella de nuevo, una realidad que no dejaba de enfocarse y desenfocarse como algo que flotara justo por debajo de las olas. Ese hombre tenía una risa maravillosa, una risa que incluía a todo el mundo, que siempre sonaba como si fuese para ti, en vez de sobre ti. La primera vez que June la oyó, supo que era así como quería que sonara su propia risa. Había conocido a don Francis durante una de sus cenas quincenales en la cantina de empleados, un ritual que le había ayudado a ganarse que lo llamaran «don Francis» en vez de «señor Gilfoyle». Cuando el propietario del hotel cenó con los miembros del personal de limpieza, fue como si el mismísimo Dios hubiera acudido en persona a codearse con sus sacerdotes y sus monjas. Como quien no quiere la cosa, don Francis mencionó lo crucial que era el equipo de limpieza para el Avallon —«páseme la sal, señorita Hudson»— y June había sentido la calidez de estar formando parte de algo superior a ella.

(Más adelante, don Francis le había confesado que no recordaba ese encuentro. Al contrario que June, capaz de recordar hasta al último empleado del hotel, don Francis tenía que memorizar a toda prisa los nombres de las personas más relevantes justo antes de sentarse. «June Hudson —habría recitado antes de llegar—. Hudson como el río y June, no Jane»).

¡Y el personal creyendo que su espíritu encantaba aquel lugar! Aunque, claro, ¿por qué no? La fe se contagiaba. Puestos a creer en una cosa intangible, ¿por qué no en una segunda, por qué no en una tercera? Si estaba Dios, ¿por qué no iban a estar los oyentes en el agua? Si estaban los oyentes en el agua, ¿por qué no fantasmas? Y, si había fantasmas, ¿por qué no unicornios?

Con un suspiro, June se sacudió la despreocupada agua de la mano. Era hora de irse.

La Avallon III esperaba a June tras los coquetos cortinajes de una arboleda de sauces llorones. Era la casa de baños más audaz de todas. La más romántica. La más sensual. Cada cual la describía con un adjetivo, según lo que quisiera de su amante. Por el precio adecuado, un huésped podía disfrutar el estimulante abrazo simultáneo del manantial fresco y de un ser querido con escasa ropa, de un excitante encuentro al resguardo de los miles de flores que caían en cascada de las macetas y los jarrones.

El agua de allí le mostró a June un recuerdo ondulado, un reflejo imperfecto.

> Gobernanta: June Hudson, ¿quién te crees que eres, una Rockefeller? ¿Cómo es que no paro de pillarte en las zonas de huéspedes?
>
> June: El agua me dice que lo haga, señora.
>
> Gobernanta: Conque el agua, ¿eh? Sé que le has cogido aprecio a don Francis.
>
> June: ¿Señora?
>
> Gobernanta: Da lo mismo. Si tantas ganas tienes de que los huéspedes te vean, vete a suplicar a la puerta de Slater.

June había ido a hablar con Slater, el capataz de los ascensoristas, en una, dos, tres ocasiones. Cada vez que Slater oía su acento montañés, le decía que no. June jamás trabajaría de cara al público. ¿Estaba oyendo lo que le decía? Nunca trabajaría de cara al público. Y sí, June había oído lo que decía Slater; era solo que oía al agua con más claridad. Había renunciado a convencer a Slater, había aprovechado uno de los infames Saqueos de Servilletas para afanar un uniforme y se había puesto a trabajar en los ascensores antes y después de sus turnos de limpieza. Durante meses, estuvo acompañando a los clientes habituales. Los ascensoristas de más edad, contratados antes de la Gran Guerra, eran todos hombres; las más nuevas, todas mujeres, contratadas cuando el ejército se llevó toda la fuerza laboral masculina. Slater debió de darse cuenta de lo que estaba haciendo June bastante deprisa, pero no interfirió. Después del incidente de Sandy, había corrido la voz de que el agua le había cogido cariño a una de las pequeñas doncellas. Nadie se entrometía entre el agua y el hotel.

Mientras la aguanieve azotaba a ráfagas los cristales, June levantó los dedos de la sedosa agua de la Avallon III. Ya solo le quedaba la Avallon IV, apenas visible desde las ventanas de la Avallon III, y solo porque June sabía dónde buscarla. Iba a ser una fría caminata hasta un destino inhóspito. Al contrario que las otras casas de baño, la Avallon IV era una construcción basta, de color verde oscuro y con el tamaño de una alacena. Lo único que indicaba su contenido era un peñasco cercano cubierto de espirales con forma de caracol, unas tallas que databan de tiempos más remotos que el mismísimo hotel. Su interior era rústico, sin adornos, sin calefacción. El estanque era una pequeña abertura cuadrada en el suelo de madera. Cuando June se introducía en ella, empezando por los pies, apenas había cuatro dedos de distancia entre su cuerpo y las paredes que caían a plomo. Si agitara las piernas en aquella columna de agua templada (jamás osaría hacerlo), la sentiría ensancharse después de metro y medio, pero nadie sabía cuánto. Si alguien llegaba a ver el aspecto que tenía aquello por debajo, no era probable que fuese a contárselo a nadie.

Tras el incidente de Sandy, la relación de June con la Avallon IV se desarrolló en paralelo a su relación con el funcionamiento del hotel. Acompañando a los ascensoristas, tardó poco en descubrir que no se limitaban a decir: «¿A qué planta, señor?». Evaluaban si un huésped quería que el silencio se preservara o se rompiera, si el huésped quería la diferencia de clase social enfatizada o borrada. ¡Qué natural parecía su cháchara! Y, sin embargo, June oía cómo los ascensoristas reutilizaban fragmentos de conversaciones, intercambiando una frase hecha aquí y un tema allá por otros más adecuados para la carga que transportaban. Un libreto con el que seguir la obra de la vida. ¿Aquello estaba permitido? Todos los trayectos en ascensor garabateaban palabras en la silenciosa persona en blanco que era June. Le permitían probar su voz, y se dio cuenta de que, si exageraba su acento, a los huéspedes no les importaba reparar en que procedía de las montañas. De hecho, le encontraban sentido a que alguien como ella estuviese al servicio de alguien como ellos. Veían que June estaba intentando mejorar y les gustaba participar en ello.

(En el momento, a June no se le ocurrió que quizá aquella fuese exactamente la lección que tanto la gobernanta como el agua habían querido que aprendiera, pero desde luego sí que se le ocurrió más adelante).

Slater le ofreció un puesto oficial, pero ya era demasiado tarde. El hotel la llamaba y June escuchaba.

Fuera, en la oscura y cruel gelidez, June titubeó. Aún no había decidido si iba a visitar la Avallon IV cuando vio unos faros de coche en lo alto de la colina.

En aquellas circunstancias, el vehículo podría haber pertenecido a cualquiera, pero June supo sin el menor asomo de duda que era el de Gilfoyle. Los faros iluminaron las nubes bajas y oscuras cuando el coche llegó a una parte escarpada del camino que los niños Gilfoyle siempre habían llamado el Sepulturero cuando lo remontaban jadeando a pie hasta la entrada principal del hotel. Gilfoyle estaba abandonando el ala familiar al amparo de la oscuridad, sin decirle a ella ni una sola palabra.

June no pensó: tan solo se levantó el abrigo de piel como si fuese una falda y corrió. La adrenalina otorgó resolución a sus zancadas y la llevó hasta el camino de acceso circular mientras el Auburn de Gilfoyle lo rodeaba. El coche era espectacular, metros y metros de crema y cromo, atravesando la luz de las farolas del Avallon como una postal que representara la buena vida. Por un instante, a June le pareció que Gilfoyle no la veía levantar la mano, y, por otro instante, pensó que sí que la había visto, pero que haría como si no. Y, entonces, el coche se detuvo.

Gilfoyle bajó la ventanilla. Iluminado por la despiadada luz de los nuevos focos, era una versión tallada en piedra de sí mismo, apuesto e inmutable, con su peinado de playboy esculpido, los pómulos cincelados. El aire que salía de dentro del automóvil olía a la aromática colonia Dunhill que acostumbraba a ponerse, más fuerte que como solía oler él mismo, casi como si almacenara su propia esencia allí, en un espacio que jamás compartía con nadie.

—No te enfades conmigo —dijo.

June estaba sin aliento, igual que cuando jugaban al «tú la llevas» de niños.

—No estoy enfadada. Estoy molida como una jauría de perros de caza al final de una semana de ocho días. ¿Te marchas? ¿Sin despedirte siquiera?

—Sí que suenas enfadada.

—Déjeme un momento para enfadarme y oirá enseguida lo distinto que suena, señor Gilfoyle.

En aquel contexto, el trato formal hizo que Gilfoyle se encogiera.

—Escucha —dijo—. Escucha, sube al coche. Vas a empaparte.

—No tengo tiempo.

—Tienes un minuto.

—Tú no sabes cuántos minutos tengo.

—Por el amor de Dios, un minuto sí que lo tienes.

June no echó un vistazo hacia el hotel para comprobar si Gilfoyle lo hacía por guardar las apariencias. Había miembros del personal que le sacarían punta a aquello de todos modos. Atravesó los haces de luz de los faros y abrió la puerta del copiloto. Dentro había humedad, calidez, cercanía. Qué raro era que Gilfoyle el chico hubiera crecido hasta convertirse en Gilfoyle el hombre, que ella hubiera pasado de ser June la chica a June la mujer. El tiempo desde la primera vez que June llegó al Avallon parecía comprimido, plegado sobre sí mismo como una invitación. Hacía siglos que no veía a ese hombre; no había pasado ni un segundo. Qué monstruoso era Gilfoyle, cuánto lo había echado de menos, cuánto los echaba de menos a todos. Hubo una época en la que June estaba a diario con los Gilfoyle, desde el alba hasta el ocaso, como una más de ellos. ¿Cuánto tiempo le había costado aplastar aquel sentimiento tan complejo, comprimirlo hasta reducirlo tanto que pudiera tragárselo cada mañana con sus dos vasos de aguadulce?

—Caramba, pero si estás temblando —dijo Gilfoyle—. Te he traído una cosa.

—¿Y tenía que correr detrás del coche para que me la dieras?

—Estaba esperando a pillarte de buen humor. Mira, ahí la tienes. La has quitado del asiento al entrar.

—¿Qué es? Ni se te ocurra regalarme algo que hayas comprado para alguna otra diciéndome que era para mí, ¿eh?

Él pareció ofendido, pero June no se tragaba que aquel paquete grande y ligero fuese para ella desde un principio. Gilfoyle estaba marchándose del hotel cuando June lo había interceptado, ya de camino hacia otro sitio. No, hacia otra persona. June sabía cómo era Gilfoyle fuera del Avallon. Se sintió tonta por abrir siquiera el paquete, por seguirle la corriente en aquella farsa, pero fue lo que hizo, desdoblando el papel con cuidado para luego dejarlo junto a sus pies.

—Oh —dijo.

—Usas la talla treinta y siete, ¿verdad? —preguntó él.

—Sí.

—Eso es visón.

—Ah, ¿sí?

—Y son de goma forrada en pana. Dicen que ahora es imposible de conseguir, por el racionamiento.

—Ya me figuro.

—Son cubrebotas —dijo Gilfoyle—. Pensé que, como caminas hasta el hotel todos los días...

—Sé lo que son.

—¿Te gustan?

Aquellos cubrebotas, como todos los de su especie, estaban diseñados para meter el zapato entero dentro y que no se manchara de barro. Pero esos ejemplares en particular eran deliciosamente lujosos. A diferencia del plástico transparente o la fea goma lisa con que solían fabricarse, ese par tenía un acabado esplendoroso que lo hacía parecer hecho de gamuza. El borde superior no estaba recubierto de piel falsa, sino de elegante visón negro. Eran prendas prácticas. Hermosas.

—Voy a probármelos —dijo June.

—Ya tardabas, en realidad —repuso él.

Los cubrebotas encajaron tan a la perfección alrededor de las merceditas de June que parecía que Gilfoyle no solo hubiera tenido en cuenta el tamaño de sus pies, sino con qué los cubría siempre. El visón era suave, delicado, cálido contra sus fríos tobillos. June ya estaba imaginándose sus caminatas diarias desde y hacia su apartamento llevando puestos aquellos cubrebotas; ya visualizaba su silueta, con mucha más clase que las bolsas para el pan que utilizaban algunos empleados o sus propias y desatendidas botas sencillas de plástico. June no estaba nada acostumbrada a recibir ningún regalo que quisiera.

Con cuánto ahínco se había convencido de que aquella noche no había significado nada para él.

—¡Como un guante! —exclamó Gilfoyle.

—Como una bota.

—Me pareció que te gustaría tenerlos —dijo él—. ¿Por qué no me has llamado?

—¿Por qué no me has llamado tú a mí?

—¿Y hablar con las chicas de la centralita? —replicó Gilfoyle—. «Póngame con la señorita Hudson, que quiero susurrarle lo imponente que es su cuerpo».

El imponente cuerpo de June se calentó. A distancia, Gilfoyle no tenía ningún magnetismo en particular, pero en la cercanía exudaba un cierto erotismo cortés que afectaba a la mayoría de la gente. Había algo en la intensidad de su mirada, en los gráciles gestos de sus manos, que insinuaba una promesa subconsciente de una experiencia física que sería al mismo tiempo terrenal y de buen gusto. Por supuesto, para June aquello no era una mera promesa, sino también un recuerdo. El de aquel momento estúpido y maravilloso después del funeral, cuando todo el resto se rindió y se fue a dormir, pero Gilfoyle y ella se quedaron despiertos hablando en la barra; cuando Gilfoyle le apretó con suavidad el pulgar en el mismo centro de la palma de la mano; cuando ella preguntó: «¿Qué pasará con nosotros ahora?», y Gilfoyle dijo: «Gracias a Dios que existes, June», y entonces se fueron juntos a la cama, con una sensación de inevitabilidad, de recurrencia. Daba igual cuánto tiempo hubiera transcurrido. La mente olvidaba, el cuerpo no.

—Te habrías ido sin darme estas botas —dijo June—, si no hubiera salido bajo la lluvia.

—Pensaba que no querrías hablar conmigo.

—No me parece bien que me reproches lo que querría hacer una versión de mí que estás inventándote. Pues claro que habría hablado contigo. Tenemos asuntos pendientes, ¿no te parece?

Gilfoyle extendió la mano hacia ella.

—No con los niños delante —dijo June, aunque notó que se le erizaba la piel solo por la insinuación—. Aún no estoy dispuesta a perdonarte. Y mañana por la mañana tendré que mirarlos a todos a la cara. A ellos y a varios cientos de alemanes, por lo visto.

—Y a unos cuantos italianos —añadió él.

—Tampoco estoy dispuesta a reírte las gracias —repuso ella—. A lo mejor para ti el hotel es un juguete, pero para mí es mi vida.

Gilfoyle compuso el gesto. Cuando habló de nuevo, su voz sonó distinta a antes.

—Soy demasiado mayor para que me disparen, June.

—¿Qué te preocupa, el reclutamiento? A ti no se te van a llevar.

—Claro que sí. Ya se acerca. Yo hablo con gente. Esto no va a ser tan fácil como dicen.

—¿Como dicen quiénes?

Pero June sabía quiénes. Todo el mundo. La radio, las habladurías en la cocina, los rumores abajo, en Constancy. La guerra se había prolongado durante años, pero, ahora que se involucraba Estados Unidos, la gente pensaba que terminaría antes de San Patricio.

—Me conozco —dijo Gilfoyle. Estaba muy serio, cosa nada propia de él—. Sé que no podría hacerlo. Mi padre también lo sabía. He hecho lo que tenía que hacer.

June empezó a atar cabos incluso antes de que Gilfoyle terminara la frase, porque las palabras tácitas entre las que sí pronunciaba eran muy ruidosas. Un trato. El hotel y todo su personal a cambio de evitarle a él la guerra. June recordó, de pronto, a 411 diciendo que un hombre como Francis Gilfoyle era importante para el Departamento de Estado.

—¿Les has entregado el Avallon, eso estás diciéndome? ¿Se lo ofreciste? Caray, ¿vamos a hacer todo esto solo para salvarte el pellejo? ¡Serás Judas!

En algún lugar, Sandy estaba ya metido hasta el cuello en aquel asunto, al haberse alistado en la armada mucho antes de Pearl Harbor. Don Francis le había dicho a June que, por lo menos, Sandy tendría graduación y estaría más a salvo que si lo hubieran reclutado o se hubiera enrolado sin haber ido a la universidad. Cuando Sandy le oyó decirlo, había replicado, despectivo: «¡No lo hago por eso!». Luego había añadido algo en griego, que don Francis no había entendido, y otro algo en francés, que sí, y entonces habían vuelto a pelearse.

—No seas exagerada. Sé de lo que eres capaz.

—No es el momento de que finjas saber a qué me dedico —dijo June. Gilfoyle nunca había comprendido el hotel, ni mucho menos el agua. No como su padre, no como ella. No sabía lo delicado que era el Avallon en realidad—. ¿Y si me hubieras avisado? —añadió—. ¿Y si hubiera tenido tiempo de prepararme para esa reunión? Que me organices una fiesta sorpresa con el Departamento de Estado me hace sentir como una sirvienta.

Eso sacudió a Gilfoyle. Físicamente. De izquierda a derecha, llevando el mentón hacia el hombro. De niño ya lo hacía. Ni don Francis ni Madeline podían regañarlo por dejarse galletitas saladas junto a la cama y que entrasen hormigas, o por remolonear con los trabajos del colegio, sin que hiciera esa contracción característica.

—No eres una sirvienta.

June quiso preguntarle: «¿Qué soy, entonces?». ¿Aquello era un cortejo? ¿Su papel consistía en huir, en perseguir? No quería ser ingenua, pero los cubrebotas le encajaban a ella y solo a ella. Fuera de la ventanilla del coche, las incontables ventanas amarillas del Avallon resplandecían expectantes. Una cosa había sido alzar la mirada hacia el hotel como una pequeña expósita del valle, asombrada por todo lo que representaba. Y otra muy distinta mirarlo como la mujer que lo había convertido en lo que era. Recordó el día en que, después de un tiempo trabajando en los ascensores, un huésped le dejó un libro de cuentas con sobrecubierta gris y una inscripción manuscrita: «Algún día dirigirás este sitio. —E. R. Norvell».

Y allí estaba June.

—Lo haría de otra forma. Si tuviera que repetirlo. El asunto del Departamento de Estado —dijo Gilfoyle.

Se pellizcaba inquieto la otra mano. Quizá estuviera haciendo bien en esquivar el reclutamiento, pensó June, porque era imposible visualizarlo en el frente, con lo poco hecho que estaba a sufrir. ¿No fue él quien enterró la ardilla que se habían encontrado muerta, de críos? Afloraron lágrimas a sus ojos mientras tendía rosas sobre la tumba. ¿Qué haría si la ardilla fuera un hombre, diez hombres, cien hombres? La amabilidad era una virtud, pero, en los lugares malvados, la empatía castigaba a su portador. Edgar David Gilfoyle era una bola de nieve que, al apretarla para crear un arma de ella, se convertiría en polvo. La guerra lo dispersaría para siempre.

—No sé cómo ser mi padre —añadió—. Él y tú hacíais que pareciera muy fácil trabajar juntos.

—No necesito que me manejen, Goyle.

El alivio susurró al recorrer sus rasgos al oír que June lo llamaba con el antiguo apodo de Sandy. Respondió:

—No sabría cómo manejarte.

June por fin le concedió una sonrisa.

—¡Ay, Junípera! —Gilfoyle le dio una inocente palmada en el muslo. Aquella conversación ya no era una cárcel, ya no lo obligaba a probar ganzúas en la cerradura esperando que se soltara—. Cuando esto acabe, tú y yo...

La pausa se prolongó mientras June resistía la tentación de llenarla.

—Podríamos tomarnos una copa la próxima vez que venga —concluyó Gilfoyle—. O mejor ven tú a verme. Lejos del hotel. Aquí no podemos hablar como Dios manda.

June notaba el pulso en las muñecas, en la garganta, pero habló con bastante calma.

—No con los niños delante.

—No con los niños delante —convino él.

Después del funeral, se habían juntado en terreno neutral, en el pequeño pero excelente hotel Gallimore de Nueva York, donde eran solo dos dolientes, un hombre y una mujer, Edgar Gilfoyle y June Hudson. En cambio, allí, en el Avallon, era muy difícil olvidar que eran dos montañas sin ningún camino entre ellas.

O, al menos, eso era lo que June había creído. Pero esa noche, apartada de miradas curiosas, Gilfoyle llevó la mano a su muñeca para, sencilla y angustiosamente, pasarle un dedo por el borde de la correa del reloj, una astuta analogía para unos dedos acariciando relieves más peligrosos. Quizá al final sí que podía encontrarse algún camino.

Gilfoyle parpadeó y alzó la mirada.

—¿Esos no son tus perros? Qué repelús que dan.

Los dachshunds la habían encontrado. Estaban los tres juntos ante los faros del coche, sus ojos convertidos en discos planos y brillantes. A June no le daban repelús. Eran solo tres perritos temblorosos. Le recordaron que el tiempo pasaba, que en el mostrador de recepción ya había entrado el turno de noche. No quería irse, pero nada de lo sucedido en ese automóvil cambiaba la verdad acerca de los trescientos diplomáticos del Eje.

Abrió la puerta. Gilfoyle, solícito, le quitó de en medio la caja de los cubrebotas.

—Ya me deshago yo de ella —dijo, sabiendo igual que ella que salir del coche con un regalo evidente provocaría semanas de cotilleos.

—Son buenos cubrebotas, Ed —reconoció ella—. Así me gusta. No soy fácil de complacer.

Eso casi le provocó otra contracción: los cumplidos sinceros solían hacer que se encogiera casi tanto como las críticas, pero en los años de universidad se había esforzado mucho en reprimirlo. Solo June, que lo conocía de maravilla, vio el espasmo en su mandíbula.

—Lo sé —dijo Gilfoyle.

June recordó de nuevo aquel regalo de hacía tanto tiempo, el libro de cuentas gris. Al principio, no había sabido qué poner en su primera página en blanco. Al final había escrito un pequeño poema, misterioso incluso para ella:

Arriba
Abajo
Todo
Del revés

Aún no era la jefa —para eso todavía faltaban muchos años—, pero iba de camino.

—Sabes que te tengo en un pedestal, June —dijo Gilfoyle.

6

La primera noche, Tucker Rye Minnick durmió fatal. No fue por culpa de su habitación, que era impecable. Sillas sólidas, cortinas elegantes, alfombra mullida, colchón hecho a medida. En el cuarto de baño, jabones y un albornoz fastuoso. Pero Tucker no dejaba de oler el agua mineral. Había una fuente en todas las plantas del hotel, y la de la cuarta estaba justo al lado de su puerta. Las montañas lo espiaban a través de la ventana. Cada vez que cerraba los ojos, soñaba con un hombre hablando en el agudo y torcido acento montañés, repitiendo y repitiendo: «El aireblanco te mata despacio. El airefuego se te lleva rápido. El airepeste es el que huele a huevos, y olerlo significa que estirarás la pata en tres horas. Con el airespués, ni siquiera sabrás que estás muerto».

Despertó tosiendo, ahogado, con los pulmones llenos de los gases que acechaban en las minas de Virginia Occidental.

Solo estaba medio alerta, y en ese estado se le ocurrió coger el coche del FBI y conducir hasta Charlottesville, donde podría llegar a medianoche para dormir en el aparcamiento de aquel motel donde una vez había batallado contra las chinches porque era el único sitio que podía permitirse con las dietas que le pagaban. Por la mañana, buscaría un teléfono para llamar a su agente especial al mando. Y le diría..., le diría...

«No puedo quedarme».

Pero por supuesto que iba a quedarse. Tenía que quedarse, y tenía que distinguirse. Sus informes tenían que ser tan detallados y numerosos que su AEM pudiera hacerse un fuerte con las cajas allá en Washington. Sus soluciones para el poroso sistema de comunicación del Avallon tenían que ser tan ocurrentes que terminaran enseñándolas en la academia como ejemplos de creatividad en el trabajo. Tenía que convertir a un, dos, tres empleados y diplomáticos en informadores, demostrándole así al mismísimo Hoover para qué quería el FBI a un agente con diez años de experiencia. Si había algún espía entre los diplomáticos, mejor que mejor. El departamento acababa de desmontar una red de espionaje alemana compuesta por treinta hombres, entrenados en tintas invisibles y explosivos, a los que iban a electrocutar en la silla que los habitantes de Washington apodaban «Sparky», y había sido muy bueno para el FBI que el público lo viera hacer un trabajo tan irreprochable. Era demasiado fácil que un servicio de inteligencia terminara inspirando miedo, suspicacia. Las detenciones públicas de hombres evidentemente malvados servían de mucho. Si Tucker conseguía proporcionarle otro villano a Hoover, seguro que lo perdonarían.

Seguro.

Aún estaba muy oscuro cuando renunció a intentar dormirse. Desvió su atención hacia los pequeños detalles táctiles de vestirse, a desplegar los pantalones, abotonarse la camisa, anudarse la corbata, procurar no atravesar con los dedos del pie el desgastado calcetín. Era importante concentrarse en lo que era real, en aquel sitio irreal donde, al salir de su habitación, el largo pasillo y el sonido del agua invisible hicieron que se le antojara estar en las entrañas de un barco, en un tren, en un túnel minero iluminado por fanales.

La puerta de una habitación se entreabrió con un chirrido mientras pasaba por delante. Solo una rendija. Era la habitación 411.

—Agente Minnick.

Tucker recordaba el número. El día anterior, los agentes habían emprendido la hercúlea tarea de llevar a cabo más de cuatrocientas entrevistas al personal, evaluando las grietas de seguridad que pudiera tener el hotel. Un cambio reciente en la lista de empleados había llamado la atención de Tucker cuando repasaba las notas de Hugh. «Consultora, 411».

Se detuvo.

—Señora, tenemos que hablar.

—Una afirmación a todas luces falsa —repuso la ocupante de la habitación 411, invisible como el agua que goteaba en las fuentes. Su voz sonaba a la sensación del brandy al beberlo—. Es noche cerrada.

—Usted es quien ha abierto la puerta —dijo Tucker.

La mujer le cerró la puerta en las narices.

«Qué horror de sitio», pensó Tucker.

Alguien había puesto una silla delante de la puerta del ascensor más cercano, indicando que no debía utilizarse, así que Tucker bajó a pie por una escalera de servicio, sin más adornos que una pintada en la pared que rezaba: ¡ESCUCHA, TOM! El olor mohoso le devolvió de golpe a la mente la primera vez que había estado a punto de morir en su trabajo. Respondiendo a un soplo anónimo, Tucker había llegado a la puerta de una mansión muy deteriorada, donde lo había recibido un grupo de chicas preocupantemente jóvenes, algunas sin duda afectadas por unas sustancias cuya existencia él había conocido hacía poco, en la academia. A susurros, le explicaron que su captor dormía, que lo habían drogado, que si Tucker podía entrar a detenerlo. «Sí», había dicho él. Pero el asunto se había torcido de inmediato. El captor era un tipo gigantesco; no le habían dado drogas, sino aguardiente casero; las chicas no habían esperado que Tucker detuviera al hombre, sino que confiaban en que, al menos, la desaparición de un agente del FBI llevaría allí a otros que sí que lo harían. Aquella casa era toda escaleras y Tucker era la presa, no el cazador. «Lo siento», le susurraban las chicas desde las puertas mientras él corría de habitación en habitación. «Deprisa», le susurraban las chicas mientras lo ayudaban a mantenerse apenas por delante del proxeneta corpulento, sobrehumano. El perseguidor no hacía más que reír y reír. Sabía que las chicas estaban prisioneras incluso sin las paredes, y no le daba miedo aquel polizonte tan joven. Tucker bajaba al galope, resollando, por una escalera bastante parecida a la del Avallon. Saltando peldaños de tres en tres, de cuatro en cuatro. Un paso en falso. Cuando Tucker cayó, su pistola se le resbaló de la mano; un diente se le resbaló de la boca. Vio rojo. Tras él, la risotada en la cima de la escalera le dijo que su error sería letal. La característica detonación de una pistola. Seis veces. Eso era lo que se sentía al saber que uno iba a morir.

A veces aún soñaba con aquellas seis percusiones. Una y otra vez. Un disparo es el sonido más ruidoso y el más suave a la vez.

Al final de la escalera de ¡ESCUCHA, TOM! del Avallon, Tucker encontró un pasillo de servicio en el que resonaban los dulces y hogareños acordes de *Perfidia* de Xavier Cugat. La música se originaba en una zona contigua, donde media docena de empleados de cocina estaban trabajando ya en trocear verdura, cortar fruta y extender masa de pastel. No parecía la cocina comercial de un hotel. La cálida penumbra estaba iluminada aquí y allá por haces de extraordinario brillo, como si el puño de Dios hubiera agrietado la roca para revelar el fuego infernal. Cada trabajador era una silueta dorada, un mero trozo del hotel moldeado en un cuerpo con un propósito definido.

Al otro lado de un banco de trabajo lleno de pedazos de carne cruda había una fuente de aguadulce, con tallas de pájaros que la escupían en una jofaina. Había una mujer susurrándole algo a la superficie del agua, con las manos ahuecadas sobre la boca, en un susurro teatral. Al terminar, otra mujer hizo lo mismo. Luego un hombre, con una risita. Y otro, que soltó un reniego. A ese le dieron un capón mientras se marchaba, así que regresó para susurrar algo que apaciguó a los demás.

Tucker no estaba seguro de si aquello era un ritual de los empleados o si eran sus propios sentimientos sobre la aguadulce los que hacían que se lo pareciera. Tal vez no hubiese una cola, tal vez no estuvieran susurrándole al agua, tal vez fuera solo una congregación de trabajadores que bebían de la fuente para aliviarse del calor de los hornos. El amanecer aclararía la confusión, pero el amanecer daba la impresión de estar muy lejos.

En todo caso, habían visto a Tucker, y un hombre fue a zancadas hacia él. René Durand. Tucker lo reconoció por las notas que había tomado Hugh al entrevistarlo, ya que Durand tenía una marca de nacimiento roja bajo la barbilla. Había llegado desde la cocina del Waldorf-Astoria después de pelearse con un compañero. La palabra era «cedido». El Waldorf-Astoria se lo había «cedido» a la jefa para que lo espabilara. Pero Durand ya llevaba tres años en el Avallon, no creía que fuese a marcharse y la jefa le había dejado claro que no tendría que hacerlo.

Durand llegó junto a él, tan cerca que Tucker olió las hierbas que había estado picando.

—¿Qué andas buscando, polizonte? —preguntó.

Era curioso oírlo decir «polizonte» con su acento francés. Era una palabra en jerga, pero Durand la pronunció con la confianza y el desdén propios de un nativo.

—Café —dijo Tucker.

—Arriba —respondió Durand.

Le cerró la puerta en las narices a Tucker, con lo que ya era la segunda vez que le pasaba en menos de una hora. A nadie le gustaban los agentes federales, al menos hasta que los necesitaban.

Tucker se preguntó cómo lo recordarían las chicas de aquel burdel, hacía tanto tiempo ya. Porque, por supuesto, no había muerto al final de la persecución. De hecho, ni siquiera le habían dado. Una chica había utilizado la pistola que se le había caído a Tucker para dispararle a su captor. Seis veces. Pum-pum-pum-pum-pum-pum. Cuando el proxeneta rebotó escalera abajo hasta caer encima de Tucker, boca con boca, como si fuesen amantes, el muy cabrón estaba muerto, con cara de sorpresa. La chica que lo había matado vomitó al instante y se echó a llorar, sobre todo de miedo, pero también de dolor y remordimiento. Después de quitarse de encima el cadáver, Tucker la había tranquilizado, le había pedido que le enseñara dónde estaban los productos de limpieza, había borrado las huellas de la joven del arma y el residuo de sus manos y su cara, había quemado la ropa que llevaba puesta y le había explicado la historia que debía contar: que había visto a Tucker tropezar en la escalera y parecía que iba a morir, pero entonces se había vuelto boca arriba y había disparado al proxeneta seis veces. Fue un golpe de suerte. La chica evitó el juicio y el interrogatorio sobre sus complicados sentimientos y su móvil, y Tucker obtuvo una felicitación. Se preguntó qué habría sido de ella. La pobre no recordaba su apellido, así que no había manera de averiguarlo. Mary. ¿Mary y qué más? Había miles de mujeres llamadas Mary. ¿Quién era él para ella? Un hombre trajeado. También había miles de esos.

Al alba, Tucker retomó las entrevistas al personal en el luminoso Estudio de Cristal. La zona de oficina era terrenal y administrativa, pero la zona de trabajo adyacente estaba llena de extrañas formas y objetos técnicos: hornos, sopletes, tornos, tubos, tenazas, electroimanes, canalizaciones de agua. Allí era donde hacían los caracoles de cristal que Tucker había visto por todo el hotel. Tenían el tamaño justo para caber en el puño casi cerrado de un niño, y las antenas retraídas contra la espiral de la concha para impedir que unas manos inexpertas las arrancaran.

—Por favor, diga su nombre completo y su empleo.

Estaba dirigiéndose a una expansiva mujer de mediana edad con unos rizos igual de expansivos, la primera oculta en su mayor parte tras el delantal de su uniforme y los segundos solo apenas ocultos bajo la cofia de doncella colocada con la mayor insolencia que Tucker hubiese visto en la vida. Esa mujer, más que sentarse en su silla, la avasallaba, reclinada, con los brazos cruzados sobre el busto del delantal. La silla no iba a marcharse sin su permiso, eso estaba claro.

—Rana Blankenship. Gobernanta.

La pluma de Tucker, dispuesta a hacer una pequeña marca de confirmación, se detuvo.

—En mis notas figura una tal «Gladys Vance».

La gobernanta le lanzó una mirada de pena, como si Tucker fuese un poco lento.

—Vance es mi apellido de casada.

—Señora, el FBI necesita su nombre oficial actual para sus registros.

—Es casi oficial —gruñó ella.

—¿Está usted en proceso de divorcio?

—¿Por qué? ¿Busca novia?

—Señora —dijo él—, solo intento resolver la discrepancia.

—A nuestro hijo Norm —explicó la gobernanta— lo mataron en el *Oklahoma*. Mi marido acaba de alistarse para luchar en el Pacífico y vengarse. Publicaron un artículo sobre él en el periódico de Charleston. Tiene cuarenta y siete años. ¿Largarse a esas islas amarillas, a su edad? Me da a mí que terminarán matándolo también, así que volveré a apellidarme Blankenship. Ya puestos, mejor ir acostumbrándome a oírlo. Es lo que le dije a él y es también lo que le digo a usted.

Las palabras «Pearl Harbor» llevaban ya un tiempo dominando cualquier conversación en la que aparecieran. La noticia había llegado mientras veinticinco mil personas veían a los Redskins perder un partido. Los ceñudos periodistas abandonaron las gradas uno tras otro y, al principio, todo el mundo creyó que el ataque japonés era un engaño. Un popular programa de radio de Orson Welles había dramatizado hacía poco una guerra de ciencia ficción entre mundos, y los primeros detalles sobre Pearl Harbor daban la impresión de ser igual de ficticios. El ataque había sido tan audaz como triunfal, dos conceptos de los que el público estadounidense había llegado a creerse en posesión exclusiva. Tucker recordaba con total claridad dónde estuvo ese día: en el centro de San Francisco, preparándose para la ardua tarea de buscar alojamiento para su último destino. Entonces reparó en un hombre japonés muy bien vestido que sollozaba abiertamente en la acera iluminada por el sol. «¿Necesita ayuda?». Había lágrimas en las pestañas del hombre. «Lo han echado todo a perder».

En la oficina llevaban meses esperando a que pasara algo, así que Tucker recordaba lo primero que había pensado: «Ya era hora».

—Lamento la pérdida de su hijo —dijo Tucker a la gobernanta. Iba a añadir un «señora», pero no supo decidirse entre «Vance» y «Blankenship»—. ¿Sabe lo que haremos? Voy a poner los dos apellidos en nuestro registro. ¿Y a qué viene eso de «Rana»?

Rana Blankenship se reclinó de nuevo en su silla, cruzó los brazos sobre el corpachón y hundió la cabeza en el cuello para fruncirle el ceño a Tucker. Había adoptado tal aspecto de rana que Tucker llegó a plantearse que estuviera demostrándole el origen del mote, pero parecía peligroso dar por hecho tanto sentido del humor y tanta autoconciencia.

—Me suena usted —replicó ella.

—Mi cara le resulta familiar a la gente.

—No —dijo la gobernanta—. No es verdad.

—¿Cuánto tiempo lleva siendo la gobernanta del hotel?

La mujer parecía esperar que Tucker cambiase de tema.

—La jefa acaba de darme esta insignia de oro por mis veinticinco años de buen servicio. Ese es el tiempo que hace desde que don Francis jubiló a mi madre y me puso a mí en su lugar. La jefa dice que dentro de cinco años me jubilará a mí y pondrá a mi hija en mi lugar, pero yo le he dicho que ya me gustaría a mí verlo, porque esa chica no es muy trabajadora.

Dejó que Tucker sostuviera su insignia de oro con forma de manzana. Ah, sí, claro, Tucker había vuelto a Virginia Occidental, hogar de la manzana Golden Delicious. Le había costado mucho tiempo ser capaz de darle un mordisco a una manzana amarilla sin pensar en aquel día, cuando aceptó el regalo de unos zapatos nuevos y metió sus posesiones en un petate, sintiendo que se le formaba un nudo en la garganta mientras guardaba junto con el dinero los papeles escolares a nombre de «TUCKER RYE MINNICK», la única prueba impresa de su identidad, porque Virginia Occidental no empezó a emitir certificados de nacimiento de manera regular hasta que Tucker había cumplido ya los seis o siete años.

Planteó su petición como si fuese algo que se daba por supuesto.

—Son muchos años de servicio, ya lo creo que sí. Naturalmente, necesitaré que, como encargada del servicio de limpieza, se ocupe de que su departamento nos informe de cualquier objeto o actividad sospechosa que encuentre en las habitaciones de los huéspedes.

—No —dijo Rana.

—¿Me ha dicho que no?

—Hijo, en el Avallon no nos dedicamos a hurgar en las cosas de nuestros huéspedes.

Había pasado muchísimo tiempo desde que alguien se había atrevido a llamar «hijo» a Tucker Rye Minnick. Estaba averiguando una cosa sobre cómo funcionaba allí el poder. Edgar Gilfoyle estaba en la cima. Luego June Hudson, la jefa. Luego los dirigentes de los reinos inferiores. Rana, aquella arpía, la princesa gobernanta. El chef Fortéscue, duque de la Gruta. Griff Clemons, rey del personal. A los dirigentes no se los podía intimidar. Habría que tratarlos como a adversarios de su misma talla, a base de respeto, no de fuerza bruta.

—Permítame aprovechar la ocasión para recordarle que su marido no es el único que tiene la oportunidad de servir a su país —dijo Tucker.

Rana comprimió el cuello hasta pasar de dos a tres papadas.

—Hay una gran diferencia entre mi marido y yo, agente Minnick.

Quería que Tucker preguntara cuál era, así que lo hizo.

—¿Y cuál es?

—Que él es idiota. Los huéspedes son huéspedes, como dice la jefa.

Tucker no tenía ni la menor idea de cómo se las había ingeniado June Hudson para convencer a un hotel lleno de miembros de la clase obrera de Virginia Occidental e inmigrantes recientes de que el bienestar de sus ricos clientes era algo sagrado.

—¿Y la señorita Hudson siempre tiene razón?

Rana le dedicó una mirada sabia, muy de rana.

—¿Dónde nació usted, hijo? Nuestra Marlene dice que Minnick es un apellido de Virginia Occidental.

—A lo mejor, si muestra un poco más de curiosidad por las cosas de sus huéspedes, se lo digo —respondió Tucker.

—Craigsville —aventuró Rana—. Beckley. Welch. Pennington Gap.

Tucker le sostuvo la mirada, sin sonreír.

—¿Cuánto gana usted al año? —preguntó la gobernanta—. Las chicas han hecho una porra. ¿Son tres mil ochocientos? ¿Cuatro mil? Unos solteros como usted y ese otro polizonte de la sonrisa grandota que se ha traído podrían arrasar en este sitio, ¿sabe? ¿Bradshaw? ¿Logan?

—¿Cómo era su hijo? —contraatacó Tucker.

Eso la hizo callar.

Nadie preguntaba nunca por los muertos. Solo por los vivos. ¿Cómo está tu madre, cómo está tu hermana, cómo está tu primo? A menos que alguien alcanzara la fama o la infamia, su historia se detenía cuando lo hacía su corazón. ¿Cómo era tu madre, cómo era tu hermana, cómo era tu primo? Cuéntame alguna cosa graciosa de ellos. No, la gente les tenía miedo a los muertos de otra gente. Por eso Tucker le decía a todo el mundo que su familia al completo había fallecido, porque detenía en seco todas sus preguntas. Pero eso significaba que el único lugar donde los vivos podían recordar era en la tierra del insomnio y las pesadillas. A menudo, era un acto compasivo preguntar por los difuntos, dejar que la gente llorase.

Tucker no estaba siendo compasivo.

—Era un ratoncillo, siempre corriendo de un lado a otro como loco —dijo Rana.

Se lanzó a una descripción de un joven que nunca dejaba de dar problemas, un alborotador de mucho cuidado. No pasaba un solo día sin que montara algún escándalo. Rana le había dado un bofetón a Norm el día antes de que se marchara a la instrucción. Lo había abofeteado muchas veces, dijo, pero aquel bofetón en concreto era el que Rana recordaba todas las noches antes de irse a dormir, todas las mañanas cuando se levantaba con la primera luz para ascender por el frío camino hasta el Avallon. Ya no recordaba por qué le había dado esa bofetada, y estaba segura de que se la había merecido, pero no podía quitarse de encima la sensación en la mano. No era justo que la atribulara un acto más que justificado.

Rana le enseñó una foto a Tucker.

—No se parece en nada a usted —dijo él.

—Heredó mis pies.

—¿Cree que su hijo pensaría que mereció la pena? —preguntó Tucker.

Rana le lanzó una mirada muy significativa. Esa señora era más avispada de lo que parecía a primera vista.

—No vamos a registrar ninguna habitación para usted, polizonte.

En los interrogatorios de práctica que hacían en la academia, los instructores aplicaban una cucharadita de información delicada sobre el pasado de los aspirantes a agente y los veían retorcerse. Tucker, sin embargo..., los había impresionado. Daba igual cómo mencionaran el pasado de Tucker Rye Minnick, porque él ni se inmutaba. Era bastante fácil, en realidad, si lo que había en tu fichero era el pasado de otra persona. Seguro que la gobernanta del Avallon los habría impresionado también.

—Volveremos a hablar —le dijo a Rana.

—No creo que pueda impedírselo —respondió ella.

Rana Blankenship permaneció en sus pensamientos mucho después de que Tucker abandonara el Estudio de Cristal. Le recordaba a una madre. No a su propia madre, a quien, para su leve decepción, no terminaba de visualizar como persona, sino más bien a la madre, a la clásica mujer de Virginia Occidental que los había criado a él y a todos los chicos que conocía de pequeño. Dura como el acero, suave como el terciopelo, no solo sobreviviendo en las montañas, sino medrando en ellas, tallando una comunidad a partir del basalto azul. Rana Blankenship representaba esa clase de mujer, una mujer a la que antes Tucker le caía bien, pero ya no. Tucker no necesitaba caerle bien a nadie, pero en otros tiempos lo había hecho. En realidad, tanto que varias personas se habían jugado el pescuezo por él. Amigos, hermanas, desconocidos.

Últimamente, en cambio, se mantenía apartado del rebaño, manteniendo a salvo a una gente que lo miraba resentida. Así era el trabajo. El traje. El FBI. Ya lo había sabido incluso antes de terminar la academia y, en cierto modo, esa distancia había formado parte de su atractivo.

Más avanzada la jornada, requirieron la presencia de Tucker en la centralita, donde conoció a la supervisora Ulcie Leta Crites, una mujer con el cuerpo y el encanto de un palo andante. Al contrario que sus subordinadas, quienes por tradición eran jóvenes solteras, su superior era una mujer altísima de unos cuarenta y cinco años, desprovista de pintalabios y de sentido del humor. Le explicó a Tucker el funcionamiento de sus dominios a la manera indiferente con que alguien describiría un almacén de patatas o un matadero. Tucker, sin embargo, se quedó impresionado. Las llamadas llegaban desde el exterior mediante veinticinco líneas troncales antes de que las dirigieran hacia alguna de las más de cuatrocientas extensiones. El pueblo de Constancy, por comparar, debía de tener como la veinteava parte de esas líneas telefónicas. La centralita en sí medía unos diez metros de largo y era un repetitivo mapa de cables oscuros y clavijas codificadas por colores, operado por más de una docena de telefonistas que, todas con idéntica voz aguda y amable, decían: «Hotel y balneario Avallon, ¿con quién desea hablar? No cuelgue, por favor».

En la sala de la centralita, Tucker mantuvo una profesional expresión neutra mientras Ulcie Leta Crites se despachaba largo y tendido. En su escritorio, Hugh Calloway tenía la cabeza gacha, con la atención centrada en los registros de llamadas. Cada cierto tiempo, Tucker murmuraba: «El FBI no está en condiciones de hacerlo en estos momentos», y Ulcie se lanzaba a una nueva diatriba. No estaba nada claro cuánto habría durado aquello de no ser por June Hudson, que llegó seguida de cerca por sus perros salchicha, trastabillando ansiosos por ser el primero en pisarle los talones. Las dos telefonistas más cercanas levantaron la mano hacia ella. June les dio un golpecito en los dedos, en algún tipo de saludo silencioso.

La jefa. ¿Cuántas veces la habrían mencionado en las entrevistas de esa mañana? Docenas.

June observó el denso aire que había entre Hugh y Ulcie Leta Crites.

—¿Quién de ustedes va a decirme lo que ha ocurrido?

—No ha ocurrido nada —respondió Tucker—. El agente Calloway es un profesional intachable. No es a su comportamiento a lo que se opone la señora Crites.

Ulcie lo fulminó con la mirada.

—¿Quién va a esperar que un yanqui diga la cruda verdad sobre un lobo entre corderitos? Mis chicas son buenas, leales, verdaderas estadounidenses. ¿Estos polizontes no tendrían que estar con sus pistolas en la puerta?

«Yanqui», pensó Tucker. Había perdido el acento.

—Eso lo hace la Patrulla Fronteriza, señora. El FBI solo ha venido a supervisar las comunicaciones.

June Hudson observó a los corderitos, la docena de chicas en sus pulcras faldas de tubo y blusas a cuadros. Luego dirigió la mirada hacia el lobo, el agente Hugh Calloway. Iba igual de bien vestido que ellas. Pero, al contrario que ellas, Calloway era negro. Una leve sombra cruzó por un instante la expresión de June.

—Agente Minnick, vayamos usted y yo ahí al lado, a ver si averiguamos qué se cuece por estos lares. Señora Crites, déjenos un minuto.

La conversación se desplazó a la estancia contigua, una sala insonorizada con tonos rojos, dorados y de color nogal en papel de pared, mesas y sillas. Un panel de cristal les ofrecía una visión completa de la centralita. Cuando la puerta se cerró tras ellos, June sacó un pañuelo para quitar un poco de polvo que se había acumulado en el amplificador y el micrófono. En ese gesto automático, por un momento, Tucker vio a la doncella que había sido al llegar al hotel.

—Qué elegante, ¿verdad? —dijo ella—. El Waldorf-Astoria tiene un sistema centralizado de radio que costó doscientos mil dólares. Lo utilizan para emitir programas de radio dentro del hotel y a los distritos vecinos de Nueva York. Supongo que don Francis pensaría que este haría las delicias de alguno de sus hijos. Don Francis no era un hombre que tendiera a la frivolidad.

Era evidente que pretendía descongelar la atmósfera. Tucker se mantuvo gélido.

—¿Podría intercambiar al agente Calloway por el otro agente, el que está en la oficina de correspondencia? —propuso June.

—No lo recomendaría.

—¿Tiene algún motivo, aparte de los principios?

—¿Los principios no son suficientes?

June le dedicó aquella sonrisa agradable.

—He situado a mis hombres en el puesto donde los considero más efectivos. Calloway es un agente estupendo y encaja a la perfección en una sala llena de mujeres jóvenes.

—Hum. ¿Cree que hace falta que nos andemos con rodeos, agente Minnick?

Uno de los dachshunds apoyó las zarpas delanteras en la pernera del pantalón de Tucker, intentando alcanzar su mano. Tucker ni lo animó ni lo disuadió.

—Doble es un auténtico mujeriego. A final de mes, ya habrá recorrido esa sala dos veces.

—¿Perjudicará al trabajo?

—¿Qué quiere decir?

—Este sitio está lleno de malas decisiones, agente. Hay cuatrocientos hombres y mujeres trabajando para mí, y hay bebés y más bebés, y esposas infieles, y apuestas y bebida y tabaco y primos acostándose juntos y hermanos odiándose entre ellos y todo tipo de cosas que usted no querría ni saber. Mi trabajo es que este hotel funcione como un reloj, no hacerle de madre a todo el mundo. ¿Teme que las chicas puedan tomar malas decisiones con su agente McFornido? Bueno, pues la única cuestión es si perjudicará al trabajo. En caso negativo, no es asunto mío. No me pagan por entrometerme y moralizar. Dirijo un negocio, no una iglesia.

—¿Un negocio en el que la encargada de la centralita toma decisiones por usted?

—Llevo diez años queriendo despedir a Ulcie Leta Crites. Más de diez años. Ya quería que don Francis la despidiese antes de entrar como directora. La trasladé desde la Sala de Cristal a los archivos de clientes y por último aquí, donde nunca tiene que ver a nadie que no se parezca a ella, ni siquiera al señor Clemons, mientras no se meta en líos. Su hija es ascensorista. Su hijo, pintor de letreros. Don Francis dice..., decía que despedirla provocaría un revuelo que haría mucho más mal que bien. No sé si es verdad, pero sí sé que llevar un negocio, al contrario que una iglesia, consiste en hacer concesiones. El FBI también puede hacerlas.

Tucker apartó esa idea con un movimiento brusco de la mano en el aire.

—Señorita Hudson, ahora el Avallon es un edificio gubernamental, y ya va siendo hora de que se congracie usted con la campaña bélica.

—Como me congracie una pizca más con la campaña —repuso June—, tendré que ponerme su apellido.

A través del cristal de la sala insonorizada, vieron cómo Ulcie pasaba ante la mesa de Hugh. Haciendo como si no estuviera, se acomodó en su sitio al lado de sus operadoras, más contenta que unas pascuas, segura de que June estaría poniéndose de su lado.

De repente, toda aquella situación lo enfureció. El FBI no tenía por qué hacerle ningún favor a Ulcie Leta Crites. El FBI no iba a hacerle ningún favor a Ulcie Leta Crites.

—No hay nada que le impida despedir a nadie en este lugar —dijo Tucker—. Francis Gilfoyle está muerto.

La lealtad, la ira, la culpa y el dolor cruzaron el rostro de la directora. Tucker la había obligado a hollar algún territorio complejo todavía sin cartografiar de su corazón, y se había puesto a sí mismo en una ofensiva que no iba a ser capaz de mantener. Se retiró.

—No le va a gustar que el agente Harris esté aquí abajo.

Y, dicho eso, abandonó la sala insonorizada. Con los músculos contrayéndose de enfado y aprensión, fue derecho hacia Hugh, que ya estaba recogiendo sus papeles porque debía de haber previsto el resultado.

—Cada uno a lo suyo —dijo Hugh, repitiendo las palabras de Tucker el primer día allí.

Los dos agentes miraron a Ulcie, sin disimular su desprecio en ningún caso, y luego Tucker lanzó una última mirada hacia June Hudson, que estaba todavía al otro lado del cristal de la sala insonorizada, con los dedos apoyados en los labios y los ojos cerrados. A Tucker le dio igual: no necesitaba caerle bien a nadie. Al cabo de un año, de cinco, ¿qué sería ese lugar para él? Un trabajo bien hecho. Al cabo de un año, de cinco, ¿qué sería él para ellos? Ni siquiera un recuerdo.

7

Esa tarde, mientras los copos de nieve creaban polvorientas y brillantes pautas de brillo en la penumbra, June y Griff Clemons acompañaron a Pennybacker a su última tarea antes de que llegaran los diplomáticos al día siguiente, un acto en el ayuntamiento. Lewis B. (a sus sesenta y siete años, demasiado mayor para el reclutamiento) los llevó en uno de los tres Cadillac propiedad del Avallon. Griff quitó el periódico del asiento del copiloto para sentarse delante con el conductor. June y Pennybacker fueron detrás, como si fuesen dignatarios. Bajaron hasta Constancy, un asentamiento montañés que se había vuelto bonito y cómodo gracias al dinero que fluía ladera abajo desde el hotel. Era un pueblo dedicado a una empresa, como muchos otros del estado, pero el Avallon era una empresa más benévola que la mayoría.

Pennybacker jugueteaba con sus papeles, a todas luces incómodo. No porque lo llevaran en coche —June estaba en lo cierto y ese hombre estaba acostumbrado al poder, a tener chófer—, sino por el discurso que iba a tener que darles a los lugareños.

—Señor Pennybacker —dijo June—, está poniendo usted nerviosos hasta a los ángeles. ¿Por qué está tan inquieto? No lo tenía por un hombre tímido a la hora de hablar en público.

El Cadillac atravesó la multitud que se había congregado delante del ayuntamiento, y Pennybacker se tiró de la descolocada pajarita, lo que solo sirvió para descolocarla más.

—Ya tuve un encontronazo con los lugareños cuando concerté este acto. No empezamos con buen pie.

Y era normal que no lo hubieran hecho, claro. Los intrusos adinerados llevaban entrometiéndose con Virginia Occidental desde antes de que el estado tuviese memoria. Pennybacker era la personificación perfecta del Forastero. El hombre de Washington que imponía su voluntad a cambio de diez dólares por barba al día.

Mientras Lewis B. retaba al duro viento de la montaña para abrirle la puerta a Pennybacker, June le aconsejó:

—No se lo tome como algo personal. A mí tampoco me cayó muy bien cuando nos conocimos.

Griff se echó a reír.

Dentro, ya en el estrado, Pennybacker pronunció un discurso que habría emocionado a otros Pennybackers. Un sano intercambio diplomático, afirmó, representaba la voluntad de los países participantes para hallar soluciones en un idioma que no fuese el de la violencia. Para cumplir las normas internacionales de la guerra, para aspirar a un mundo cada vez más civilizado y pacífico. June había escuchado una versión de ese discurso hacía demasiado poco tiempo como para permanecer atenta, y su mente se fue hacia Ulcie Leta Crites. Qué irritante había sido aquella inversión de papeles en la sala insonorizada. El agente Minnick había dado la sensación de ser un campeón enviado para provocarla, igual que el señor Delafield, solo que en esa ocasión June no había sido capaz de transmitirle las verdades más básicas de todas:

Lo que June creía y lo que debía hacerse no siempre eran lo mismo.

Lo que ella quería y lo que el hotel necesitaba no siempre eran lo mismo.

La persona que era ella y la que tenía que ser no siempre eran lo mismo.

Todos los días se servía cuatro vasos de esa discordancia y se los echaba al gaznate.

¿Podía despedir a Ulcie? Francis Gilfoyle había fallecido hacía poco; a June no le parecía bien ponerse a desmantelar ya lo que él había construido. Aún esperaba que la centralita le pasara una llamada y oír aquella voz familiar diciendo: «June, campeona, ¿qué tal va el hotel?». Ni siquiera estaba segura de qué podía desmantelar. Había dejado pasar la ocasión de preguntarle cuáles de sus políticas tenían por objeto complacer a los huéspedes, cuáles complacer al personal y cuáles complacer al agua.

—¡De eso ni hablar, amigo!

El discurso de Pennybacker estaba yendo mal. Duros, leales, tozudos, suspicaces, prácticos, aquellos montañeses no sentían ni la menor paciencia o aprecio por los huéspedes que se alojaban en el Avallon, ni siquiera cuando no eran extranjeros enemigos. Los lugareños eran supervivientes. No solo supervivientes a un entorno duro, sino también supervivientes a la clase de gente que iba al Avallon y a la clase de gente que llegaba a Virginia Occidental para construir fábricas o abrir minas. O traer a diplomáticos del Eje.

El hombre que había hablado le aclaró su postura a Pennybacker, alzando la voz para que lo oyeran también todos los demás.

—No pienso ir a llenarles la despensa a los chucruts ni a los japos.

No era el único que opinaba así, sino solo el primero en decirlo. El salón se llenó de voces alzadas. Pennybacker se dirigió a ese hombre, y al siguiente, y al siguiente, con humor, amabilidad y luego, por último, con una sonrisa a media asta. Pero sus modales actuaban en su contra: allí, toda gentileza era una debilidad. Los principios de Pennybacker eran propios de un Estados Unidos que aquel público no vería jamás, de lugares donde la gente moría de hambre menos a menudo.

—¿No piensas rescatarlo, jefa? —susurró Griff a June.

La relación con Constancy y con los habitantes de los valles ocultos que rodeaban la población se había vuelto más productiva, aunque más complicada, cuando June pasó a ser la directora del hotel. Don Francis, un forastero ricachón muy poco interesado en las tradiciones locales, había impuesto una dinámica desagradable pero bien conocida, una corriente de lujo y poder que fluía en una sola dirección. No era lo que habrían elegido los lugareños, pero al menos sabían cómo funcionaba. June Hudson, en cambio, comprendía a aquella gente de un modo que don Francis nunca habría podido; empatizaba con ella de un modo del que don Francis no era capaz. Los acuerdos que negoció entre el pueblo y el hotel eran más matizados y equitativos, pero, cuando la gente se ofendía, se ofendía más intensamente. Siempre olía a traición que las circunstancias obligaran a los habitantes de la zona a recordar que el flujo de poder no se había invertido. No importaba qué acento tuviera June, porque pertenecía primero al Avallon y luego a las montañas.

—¿Debería? —preguntó June.

—Yo te sostengo el abrigo —dijo Griff.

Así que aquello iba a ser cena con espectáculo.

(«Toda interacción tiene un coste social, June. En una buena conversación, los participantes van pagándolo por turnos. En una mala, a uno o dos desgraciados les cuesta un ojo de la cara mientras todos los demás se divierten gratis. ¿Quién te parece a ti que paga esa cuenta social en el Avallon?».

«Nosotros, don Francis».

«Exacto. Todas las fiestas deben ser la mejor a la que hayan asistido nunca. Si percibes que alguien está viéndose obligado a pagar, tienes que rescatarlo a toda costa»).

Sin previo aviso, June se subió a la mesa del consistorio. Un pie quedó peligrosamente cerca de una taza de café, el otro a dos centímetros de una pila de documentos. John Stackpole, el funerario del pueblo, alzó la mirada hacia ella y June le dedicó su sonrisita de siempre.

Tenía la atención de todos.

En el silencio recién creado del salón de plenos, dijo:

—El Avallon es el mejor.

Clic, clic, clic, clic, hicieron las merceditas de June al recorrer la mesa hasta el alcalde, a quien le preguntó:

—Gary, ¿tu hija ha tenido ya el bebé?

Gary Foglesong alzó el mentón para mirarla.

—Anoche. Es niño.

—¿Cómo se llama?

—Gene Ray.

June se dirigió a todo el consistorio al exclamar:

—¡Gene Ray!

El salón bulló de felicitaciones, con unos pocos «Hip, hip, hurra» y algunos «Porque es un muchacho excelente». Palmadas en la espalda de Gary Foglesong. ¡Gene Ray!

Ligera, June saltó de aquella primera mesa al suelo. Una, dos, tres zancadas la llevaron a la siguiente junto a la pared, cuyos ocupantes aporrearon la superficie al ritmo de sus pasos. En aquel nuevo estrado, se alzaba por encima de hombres cuyos hijos, hermanos y padres trabajaban en su hotel, hombres a los que no podía forzarse a aceptar los ideales del Avallon, pero que formaban parte de su historia de todos modos. Se irguió igual de recta que Griff, como si las rodillas no estuvieran matándola después de dos días en pie, y compuso una sonrisa relajada, como si no estuviese muerta de sueño.

Pennybacker, ahora invisible, se derrumbó contra el estrado, exhausto por haber estado soportando el peso de toda aquella atención.

El que había pasado a cargar June.

—Somos los mejores —repitió ella—. Y también somos estadounidenses.

Un silbido desde el fondo del salón. Y alguien gritó:

—¡ES LO MISMO!

June asintió, aceptándolo. Fue hasta el borde de la mesa, donde, por arte de magia, apareció una silla vacía para que la pisara, y luego otra, y otra, manteniéndola en el aire. Cuando se le terminaron las sillas vacías, una hilera de lugareños se puso en pie, ofrendándole sus asientos. Cruzó la estancia sin tocar el suelo.

No era la primera vez que June se dirigía a ellos de ese modo. También la habían oído hablar con formas más cotidianas, sentada junto a los concejales, con la pluma alzada sobre algún contrato. Pero todos sabían que, cuando June se subía a una mesa, era teatro. En esos momentos ya no era June Hudson, sino la jefa, una entidad mayor que June Hudson. Y ellos no eran solo unos oyentes pasivos: eran penitentes esperando a que los desollaran o los ensalzaran. Actuaban todos juntos. Había una línea directa entre los primeros tiempos de June en el Avallon y lo que estaba haciendo esa noche.

Aquello era solo un ascensor más grande, y con un trayecto un pelín más largo entre pisos.

June siguió hablando.

—Como estadounidenses, hemos convivido con la sangre y el polvo y el hambre y el frío y los diablos que viven en las montañas, para convertirlo en el mejor. Que se oigan esos síes, si estáis de acuerdo.

Se oyeron esos síes, muy ruidosos. «¡Amén, jefa!». Aullaron, gritaron. Pennybacker no tenía la culpa de no haber ido nunca a la iglesia en las montañas, de no haber tenido que enterrar nunca a un niño, de no haber pasado hambre nunca durante más de un día. No tenía la culpa de ser demasiado blando para aquello. Mientras flaqueaba contra el estrado, en su rostro se veía tanto el asombro como la gratitud. No había ningún ego. Otro aspecto en el que era justo lo contrario de aquella gente: a él la humildad no le costaba nada. Algunos años, lo único que tenían los presentes era el orgullo.

—Y ahora —dijo June— quiero que olvidéis todo lo que acaba de deciros este parroquiano del Departamento de Estado. Escuchadme a mí. Sé que no queréis que venga esa gente, pero necesitaré que todos los miréis cuando lleguen y penséis lo siguiente: «Somos los mejores».

Saltó a una mesa en la pared occidental, desperdigando unos boletines. Los lugareños vitorearon. Cuando June llegó a directora del Avallon, así era como se dirigía también al personal. Ya no le hacía falta. El teatro no era necesario cuando una tenía la confianza de la gente.

June adoraba a sus empleados. A los lugareños los respetaba. Todos los implicados distinguían entre una cosa y la otra. Los lugareños no confiaban en ella, ni deberían.

—Quiero que penséis —prosiguió June— que ahí arriba, en el Avallon, vamos a hacer que esa gente se lo pase como nunca en la vida. La mejor comida. La mejor bebida. La mejor música. Las mejores camas. Lo mejor de todo. Los estadounidenses somos los mejores, y el Avallon es el mejor hotel estadounidense. Vamos a malcriarlos con lo mejor, ¿me estáis oyendo? Vamos a hacer que nos echen de menos. Vamos a hacer que se pasen lo que les queda de vida hablando del mejor hotel del mundo, un hotel estadounidense que nunca volverán a ver. «¿Quiénes son los mejores?», les preguntará la gente. Los Estados Unidos. Pensadlo.

La gobernanta había llevado una vez a las doncellas a un circo que visitaba el lejano pueblo de Lewisburg —«Estoy jugándome el pescuezo por vosotras, chicas, así que no os dejéis preñar»— y June se había quedado cautivada. No por los acróbatas, sino por el público. La gente no se quedaba impresionada por los ejercicios más arriesgados o técnicos, sino por los mejor presentados, una lección que June nunca había olvidado.

Así que saltó desde la última hilera de sillas al amplio alféizar de una ventana, donde sabía que iba a quedar silueteada contra la brillante nieve iluminada por las farolas de fuera. Alzó la voz una última vez.

—No podemos controlar quiénes son ellos, pero sí que podemos controlar quiénes somos nosotros. Somos los mejores, y somos... Decidme qué sois. Sois...

—¡ESTADOUNIDENSES!

Lo proclamaron todas las voces al unísono. El sonido vibró a través de ella como un acorde interpretado a la perfección. Mientras los lugareños empezaban a fanfarronear entre sí sobre el papel que iba a corresponderles, June le dijo a Griff:

—Llévate a Pennybacker al coche antes de que diga alguna idiotez y me reviente todo el trabajo.

Detrás de Griff estaba Gary Foglesong, el alcalde, que se acercó a June y le estrechó la mano. Estuvieron un ratito hablando del nieto recién nacido, del racionamiento de neumáticos y del tiempo, pero en realidad hablaban de lo que acababa de decir June con palabras tácitas bien embutidas entre las que sí pronunciaban. Al final, el alcalde dijo:

—No te envalentones, jefa.

June era muy consciente de que la gente de Constancy era algo con lo que iba a tener que lidiar una y otra vez, un desafío que solo iba a incrementarse a medida que la guerra ganara intensidad. Aquellos montañeses te harían bien si les hacías bien y te harían mal si les hacías mal. Les cogían cariño a unas personas y tirria a otras, pero en general no se involucraban. Si se torcían, el lugar se echaría a perder durante años.

No, June no iba a envalentonarse.

—Recuerda 1937 —dijo el alcalde, y le brillaron los ojillos—. Y 1922.

Se refería a las grandes inundaciones de 1922 y 1937, pero ambas habían sido muy lejos, una aguadulce distinta con unos problemas distintos. Bueno, la inundación de 1937 había sido muy lejos. La de 1922 era un asunto muy distinto, pero de todos modos tampoco había tenido nada que ver con la aguadulce que fluía bajo el Avallon.

—Ese hotel era una ruina cuando Francis Gilfoyle lo compró, hace tantos años —añadió Foglesong. Abrió la boca como si fuera a decir algo más, algo que quizá describiera cómo se sentía sobre el hecho de que los Gilfoyle hubieran resucitado el hotel y, por extensión, el pueblo. Pero, en vez de eso, se entretuvo pasándose un pulgar por el tirante y terminó diciendo, en tono de reproche—: ¿Sabes? Mi mujer la oyó reír el otro día.

—El agua no funciona así, Gary —respondió June.

—¿Y tú sabes todo lo que puede saberse sobre ella?

—Sí —dijo June.

Esa noche no durmió.

Dio vueltas y más vueltas y al final se vistió y se sentó a la mesa con dos de sus libros mayores. June tenía docenas de aquellos volúmenes con sobrecubierta gris, acumulados con los años después del primero, que, por supuesto, fue el que le regalaron con la inscripción manuscrita. Todos ellos contenían observaciones sobre los huéspedes del Avallon, recopiladas por distintos departamentos. Como anotaciones individuales, los detalles eran intrascendentes, pero en conjunto pintaban un retrato útil. ¿Cómo deleitar a los ricos, que con tanta facilidad podían deleitarse a sí mismos? Preparándoles la habitación justo como les gustó la última vez; recordando su bebida favorita; animándolos a contar ese chiste o esa anécdota que adoraban. Conociéndolos. Eso era el lujo. Los libros correspondientes a los huéspedes habituales del Avallon rebosaban de detalle, acumulado durante años, algunos volúmenes tan viejos que tenían los bordes amarillentos. Pero los dos libros de cuentas que había escogido June estaban nuevecitos. Vacíos.

Eran para los diplomáticos.

El lujo daba la impresión de ser un juego muy distinto cuando sus destinatarios eran enemigos oficiales del Estado. «Buenos días, caballero, aquí tiene el café tal y como le gusta, ¿estaba usted al tanto de que iban a bombardear Pearl Harbor? Buenos días, señora, el cuarteto interpretará la pieza de Liszt que comentaba ayer, ¿su marido por casualidad sabe dónde podría estar la madre de mi camarero polaco, recién desaparecida?». Pero June era consciente, en el fondo, de que seguía siendo el mismo juego. El Avallon nunca había sido para quienes se lo merecían. Tenía que presentarse del mismo modo a quienquiera que llegase, o la ilusión entera se vendría abajo.

En la oscura cocina, June apuntó a los diplomáticos, un nombre por página, y, como aún le sobraba espacio, añadió a los tres agentes del FBI, a Pennybacker y a los dos suizos que iban a llegar más adelantada la semana. Por la puerta abierta, los dachshunds la observaban con sus ojos negros desde la cama, donde estaban ocupando el espacio cálido que había abandonado June.

Los diplomáticos iban a llegar. La esposa de Gary Foglesong había oído una risa. El agente Tucker Minnick había dicho: «Francis Gilfoyle está muerto». Edgar Gilfoyle le había apretado la muñeca con el dedo.

June ya no iba a dormir.

Se puso el abrigo.

Cruzó la noche iluminada por focos hasta la Casa del Lirio, la que la familia Gilfoyle llamaba la casa de la dote. Era la más grandiosa de las casitas de campo del Avallon, que en realidad no eran casitas de campo, sino más bien pequeños hogares, en su mayoría tan suntuosos y milimétricos como las capas de un pastel nupcial. Al contrario que las otras casas, ataviadas en brillante madera blanca, la Casa del Lirio estaba construida con la misma piedra que el hotel. Curiosamente, su tejado tenía la misma pendiente escarpada que los del Avallon, de modo que la casa parecía una parte del hotel, o una hija del hotel que no se hubiera alejado mucho de su progenitor. Al contrario que las otras casitas, que albergaban al farmacéutico del hotel, al jefe de jardineros, a la gobernanta, al médico, al dentista, a los responsables de departamento, la Casa del Lirio estaba pensada para la familia, en concreto para la familia de la hija mayor de los Gilfoyle. Pero Carrie había encaminado sus elegantes zapatos hacia las amplias avenidas de Chicago, y la dulce Stella Gilfoyle jamás iba a casarse ni a tener familia.

Al llegar a la puerta trasera de color azul brillante, June se frotó los zapatos en el felpudo y metió la llave en la cerradura. Iba a apretar la palma contra la puerta para empujarla cuando vio que ya había una tenue y aceitosa huella de mano allí, apenas visible al resplandor difuso de los focos. La huella tenía el mismo tamaño exacto que la que June estaba a punto de dejar. Tendría que haberla limpiado la vez anterior, pero no lo hizo, y sabía que tampoco iba a hacerlo en esa ocasión. Así que puso la mano con cuidado encima de la huella, con los dedos separados. Mantuvo ahí la palma durante un segundo, como rezando, y luego entró en la casa.

Pasó a la amplia sala de techo alto, siguiendo el correteo de los dachshunds, y pensó que la casa ya empezaba a tener la atmósfera de un edificio desocupado. Olía no del todo a moho, sino a potencial para el moho. El aire no era frío, pero sí demasiado fresco para su gusto. Daba una impresión cruda, a pesar de lo civilizado del mobiliario; una casa que pasaba demasiado tiempo sin gente siempre se asilvestraba un poco.

En la pared del pasillo que daba a la escalera estaba colgado un retrato familiar, tomado en la misma época en que habían invitado por primera vez a June a cenar con ellos, después del incidente con Sandy. June recordaba que, en aquella primera cena, don Francis le había hecho una serie de preguntas amables, tan livianas como seguras, facilitándole la charla insustancial y a la vez concediéndole una escapatoria si alguna respuesta iba a ser desagradable. Madeline, la segunda esposa de don Francis (que llevaba tanto tiempo en segundas nupcias que la gente ya ni recordaba decir «segunda» antes de «esposa»), había escuchado a June utilizar sus recientes habilidades de ascensorista para responderlas todas con una anécdota de bolsillo diseñada para deleitar a los oyentes en lugar de proporcionarles información y había comentado: «Caramba, Frank, creo que has encontrado la horma de tu zapato».

Carrie, la agresiva y capaz hija intermedia, había visto a su padre y a June enzarzados en una amistosa competición de historias y amabilidad y, en lugar de desmontarla, había hecho lo posible por favorecer la victoria de June lanzándole preguntas cargadas de intención:: «June, ¿alguna vez tuviste miedo cuando acompañabas a tu padre a sus visitas?». O: «¿Quién es la persona más anciana que has conocido nunca?». O: «¿Cuándo te diste cuenta de que tenías acento?».

A Stella, la hija mayor, la habían convencido de que dejara de cantarle a su periquito para cenar con la familia, y había estado riendo con las anécdotas que volaban rápidas en denso enjambre, pero al poco tiempo se escabulló de nuevo, sin que nadie la regañara, para jugar con el pájaro.

Sandy, el diligente y noble benjamín de la familia, había exigido sentarse al lado de June. Cada cierto tiempo estiraba el brazo para darle una palmadita en el dorso de la mano, como confirmando que siguiera presente. Incluso de pequeño, había emprendido ya el inevitable camino de ejemplaridad que lo llevaría directo de la universidad a la armada y a un destino arriesgado y voluntario poco después de Pearl Harbor. (Un camino que entristecía a June más de lo que estaba dispuesta a reconocer. ¡El amable Sandy! ¿Yendo a la guerra? ¿Qué sería de su amabilidad?). Aún tenían que pasar años para que se transformara en el adolescente enzarzado en eterna batalla con don Francis.

Y, por supuesto, Edgar también había estado presente. June había tenido un miedo atroz a la idea de aquella invitación a cenar con el dueño del hotel y su familia, pero, nada más sentarse, había visto a Edgar por primera vez. El hijo mayor de los Gilfoyle tenía un libro abierto sobre la mesa, el codo apoyado junto a él, y a June una pequeña oleada de alivio le había recorrido el cuerpo hasta las yemas de los dedos. Todo iría bien, pensó. Don Francis era su jefe, su superior en la escala social hasta extremos inimaginables, pero era un jefe cuyo hijo leía libros durante la cena.

Uno de los primeros libros de cuentas de June, que databa de los años treinta, tenía una página sobre Edgar Gilfoyle. No estaba escrita con su letra, sino con una más alta y ansiosa. Rezaba:

> Edgar Gilfoyle
> Le gusta dormir con mucho calor
> Quiere libros en la mesita de noche, pero solo libros de historia, y no pasará de la página cuarenta y dos de cada uno
> El café es imprescindible
> Los pantalones de pinzas necesitan frecuentes remiendos en las rodillas
> El cepillo para el pelo no se utilizará jamás
> Debe tener un gramófono a toda costa

Había un trocito de papel de carta doblado y metido en esa página del libro de cuentas. En la misma letra que la lista, la nota solo decía: «Pienso en ti a todas horas».

June dejó atrás la fotografía y recorrió la Casa del Lirio como si fuera nueva para ella. Encendió solo las luces que necesitaba, dejó que sus dedos se posaran en la talla del caracol oculta en el delicado pasamanos de la escalera. Acarició las gruesas cortinas de la sala de estar. Apreció la vista de las brillantes ventanas del hotel a través de las de la salita de arriba. Puso las manos en el respaldo de la mecedora que había en la desocupada habitación del bebé. Se arrodilló junto a la casa de muñecas, alta hasta la cadera, que había en el dormitorio doble. Se acurrucó en el alféizar acolchado del pasillo, apenas lo bastante ancho para que dos personas leyeran o se besaran. Fue a la cima de la escalera y miró hacia las montañas que sabía que estaban allí, aunque no pudiera verlas en la oscuridad. Consideró cada uno de los atributos de la Casa del Lirio como si la viese por primera vez, sopesando sus méritos y sus defectos.

En el cuarto de baño, puso el tapón a la bañera con patas y abrió el grifo, mientras los perros salchicha se amontonaban en el pasillo, reacios a los baños, pero reacios también a dejarla ir donde no pudieran seguirla. Mientras la bañera se llenaba de la olorosa agua mineral, June se permitió imaginar un futuro en que sus días terminaran así, subiendo por la escalera hacia el dormitorio para apartar las sábanas de la preciosa cama con dosel. Despertar con el sol intenso en la cara, en vez de a la tenue media luz de sus aposentos subterráneos. Llevaba mucho tiempo anhelando formar parte de la familia Gilfoyle. La Casa del Lirio llevaba mucho tiempo esperando. Esperándola a ella.

Pero todo había cambiado. Ya era distinto incluso antes de la llegada del Departamento de Estado. El funeral, la guerra.

¿Qué era lo que le había dicho Gilfoyle? «Sé de lo que eres capaz».

Era cierto, pensó. June sabía cómo guiar al Avallon por todo aquello.

Se desvistió y fue colocando cada prenda con pulcritud. El abrigo, sobre el respaldo de la silla acolchada de la esquina. Los pantalones y los calcetines plegados y lisos como en el escaparate de una tienda. La blusa desabotonada y colgada del brazo de latón del aplique para que no se arrugara. El sostén, extendido sobre el respaldo del inodoro. La ropa interior, sobre el borde de la pila.

Permaneció de pie desnuda ante un espejo que reflejaba solo su cuerpo, al lado de la ventana sin cortina que daba solo a las oscuras montañas, junto a la aguadulce de la bañera que la escuchaba solo a ella.

Dios, quería, quería, quería…

June despejó su mente de todas las cosas desagradables que no quería entregarle al agua. Pensó únicamente en ser June Hudson. En la satisfacción de ser June Hudson. En la humanidad de ser June Hudson. En lo excelente y admirable que había sido su personal en la reunión de empleados. En la suerte que tenía de haber terminado allí aquel día de hacía tanto tiempo.

Hizo lo posible por no pensar en un hotel lleno de nazis. En la risa de don Francis. En el tatuaje de carbón del agente Minnick. En Gilfoyle y el regalo de los cubrebotas. Sobre todo, se quitó de la cabeza el «Te tengo en un pedestal, June». La sensación que le habían dejado esas palabras habría sido un regalo peligroso para el agua.

No pensó en nada salvo en las mejores cosas. En la primera vez que había visto el Avallon, cerniéndose sobre ella, en el momento en que se había enamorado de aquel hermoso mastodonte que solo podía sobrevivir con centenares de manos apoyándolo. En el genuino placer de los empleados cuando un acontecimiento particularmente difícil les salía bien. En las décadas de agradecimientos y sonrisas y abrazos que June había facilitado en aquel lugar. Pensó en todo lo que el Avallon debería recordar sobre sí mismo para soportar lo que estaba por venir.

—Sé amable —le dijo al Avallon.

Y entonces se sumergió en el agua y dejó que la llenara.

·✧· Segunda parte ·✧·

ABAJO

Pedido, habitación 411, 1 de febrero de 1942

Revista *House Beautiful*
Revista *Landscape Architecture Magazine*
2 limones
2 cruasanes
3 cuadernos pautados
1 docena de rosas blancas
Mesita auxiliar
2 metros de crepé de rayón gris oscuro (muestra adjunta)
1 metro de seda marfil (muestra adjunta)
2 metros de tafetán de rayón floreado (muestra adjunta)
Barra tipográfica de Smith-Corona
La tierra atemporal, Eleanor Dark
La familia, Nina Fedorova

8

Hannelore Wolfe no había dicho ni una sola palabra en su vida, pero era muy buena escuchando.

Sabía que su madre estaba asustada.

El trayecto en tren había sido largo, pero no tanto como la sensación que había dado. Hannelore lo sabía porque había desarrollado un sistema para evitarse frustraciones: contaba mentalmente. Era como sabía la cantidad de segundos que requería cada tarea. Era sorprendente lo muy distinta que era su sensación sobre la longitud de un suceso de la realidad.

Por ejemplo, su madre tardaba 1.340 segundos en ponerse los rulos en el pelo antes de ir a escuchar la radio con Hannelore.

Llevaba 180 segundos preparar una infusión.

660 que Ciudadano encontrara un buen sitio para levantar la pata.

7.200 que el suéter favorito de Hannelore se secara en la cuerda de tender.

2.700 que transcurriera la clase de ciencias sociales (2.100 si se empezaba a contar después del Juramento a la Bandera y los anuncios matutinos).

14.400 que sus padres regresaran de una cena en la embajada.

Antes de empezar a llevar la cuenta, Hannelore había perdido los estribos mucho más a menudo.

—Ya estamos cerca —murmuró su padre, Friedrich—. Será mejor que vaya a hablar con Lothar.

Su madre, Sabine, sentada enfrente de Hannelore, agarraba al achaparrado Ciudadano por su suéter de perro.

—Preferiría que no te marcharas.

—No habrá ningún problema. Hannelore, ¿serás buena con tu madre?

—Friedrich. No te vayas.

Hannelore contaba de cabeza, por supuesto, no en voz alta, y lo hacía incluso mientras tejía, o mientras dibujaba, o de lo que más orgullosa estaba, mientras la gente le decía cosas. Asentía al oírlos, pero una parte de ella estaba pensando: «Dos mil doscientos veinticuatro, dos mil doscientos veinticinco…».

28.870 segundos coger un tren de Washington D. C. a Virginia Occidental.

En la cena se había enterado de que iban a mudarse. A la hora de acostarse ya tenía hechas una bonita maleta de cuero y otra menos bonita de cartón que no quería que *Mutti* tirase a la basura porque la hebilla parecía una cara medio seria y medio sonriente. Hannelore tenía diez años y ya se había mudado otras muchas veces. A veces los adultos se preguntaban en voz alta si ella lo aborrecería. Pero ¿qué aborrecía Hannelore? Irse a la cama. Llevaba muchísimos segundos quedarse dormida: 4.000 en las noches buenas, 5.500 si hacía demasiado calor, 7.400 si no podía contener los pensamientos aterradores.

Esa mañana, la acera de la embajada había estado llena de periodistas. El aire aún olía a humo, porque los ayudantes se habían pasado la noche entera quemando hasta el último papel del lugar, hasta las invitaciones a fiestas. Los flashes estallaron mientras los Wolfe se apresuraban hacia el coche que estaba esperándolos.

Y en esos momentos, horas después, mientras el tren empezaba a perder velocidad, su madre murmuró en alemán:

—¿Por qué hay una multitud?

—Porque somos especiales —respondió su padre—. La gente siempre tiene curiosidad por las cosas especiales.

—¿Se pondrán violentos? —preguntó Sabine a Friedrich.

No había querido que Hannelore lo comprendiera, y por eso lo había preguntado en una lengua que no era el alemán, el inglés ni el francés, pero Hannelore tenía facilidad para los idiomas. Solo había que escuchar.

Miró a su padre, esperando su respuesta.

—Violentamente interesados —contestó su padre en inglés, sabiendo de sobra que Hannelore había entendido la pregunta.

Lanzó una sonrisa alegre a su hija y se caló el sombrero en un ángulo garboso que jamás se habría permitido en la calle. Hannelore sonrió, no tanto porque le hiciera gracia como porque sabía que debería haberle hecho gracia. Su padre añadió:

—Igual que estaban los periodistas. Esto va a ser toda una aventura.

Pero, en vez de periodistas, había varias hileras de agentes uniformados. Detrás de ellos, docenas de cuellos se estiraron para ver mejor mientras el tren se detenía con un chirrido.

A Hannelore se le revolvió el estómago. En su imaginación, la muchedumbre sacaba garras, arrancaba las puertas del tren, se abalanzaba sobre sus padres, hacía trizas el garboso sombrero de su padre y...

Su padre no estaba. Hannelore no lo había visto marcharse. ¿Dónde habría ido?

—Érase una vez una niña llamada Hannelore —se apresuró a decir Sabine—, que viajó en tren a una tierra mágica. Estaba oculta en el bosque y era hermosísima, y allí Hannelore encontró a una amiga a la que nadie más podía ver.

Hannelore sacó su cuaderno de bocetos y empezó a dibujar la máquina del tren, tal y como la recordaba. Tenía el lápiz en la maleta, así que se limitó a rozar el papel con la yema del dedo.

Había perdido la cuenta. No debería importar mucho, porque contar ya había servido para tener su mente entretenida, pero le parecía una pena no saber cuánto tiempo había llevado el viaje de puerta a puerta.

La mujer que estaba sentada en el asiento de al lado dijo a Sabine en alemán:

—Tendrían que haberles prohibido congregarse tan cerca del tren.

—Si nos hacen algún daño —respondió Sabine en tono pícaro—, provocarán un incidente internacional.

—Ya vivimos en un incidente internacional. ¿Sabe alguna cosa sobre el lugar al que nos llevan? Dicen que a otros los han enviado a un campamento en Texas. Que hay campamentos en los que...

Sabine lanzó una mirada a Hannelore.

—Mi marido dice que van a instalarnos en un sitio bastante aceptable. Ha oído hablar de él.

—Y luego, ¿qué?

Sabine se levantó.

—*Ich weiss es nicht.*

«No lo sé».

1.260 segundos más tarde, Friedrich Wolfe reapareció, con las mejillas muy sonrosadas de frío y conocimiento. Había casi dos kilómetros de distancia hasta el hotel e iban a enviar coches para las mujeres y los niños. Los hombres irían a pie por delante.

Hannelore se levantó de un salto y le cogió el brazo.

—Estarás más a gusto esperando —le dijo su padre—. Hace mucho frío.

Hannelore sintió que se aproximaba un ataque. ¡Tanto contar, para nada!

Friedrich y Sabine se miraron, y entonces Friedrich dijo:

—El paseo le sentará bien a Ciudadano.

Fuera no había una estación propiamente dicha, sino solo una zona de espera cubierta con unos bancos metálicos ornamentados. El frío viento de las montañas la heló de la cabeza a los pies, toda una conmoción después de los confines del tren, llenos de humo de cigarrillo. Allí el aire también olía a humo, como el de la embajada, pero no era el aroma acre de los documentos quemados, sino uno más elemental a leña. Un golpeteo rítmico puntuaba el aire, el de los botones descargando el equipaje del tren.

Hannelore trazó la forma de la máquina en el aire y Sabine, sin mediar palabra, le bajó la mano hasta obligarla a metérsela en el bolsillo.

—¡Alto!

Muy cerca, un grupo de pasajeros se enfrentaba a varios guardias de uniforme. Había tensión en el ambiente.. Un guardia hasta apoyó la mano en la pistola que llevaba al cinto.

—Esperen —alzó la voz Friedrich—. Esos hombres no comprenden lo que les están diciendo ustedes. Son húngaros.

—Pensaba que el tren solo traía a zampasalchichas —respondió un guardia.

—No conozco a todos los pasajeros —dijo Friedrich—, pero sé que este grupo está hablando en húngaro.

—Estupendo, Kartoffen. ¿Y tú sabes húngaro?

Friedrich se volvió hacia su esposa, que se transformó ante la mirada de Hannelore. Con un paso adelante, Sabine se convirtió en una reina de sutil sonrisa, su cabello cobrizo en una corona. Detrás de ella Friedrich era un cabeza de familia autoritario. Y, a su vez, Hannelore se notó a sí misma transformarse en su hija perfecta, la que no temía nada, la que nunca se rendía a un ataque.

Era la personalidad que adoptaban los Wolfe en público. El agregado cultural Wolfe y su familia.

Para un trabajo de la escuela, Hannelore una vez tuvo que escribir, en inglés bien puntuado, una descripción del empleo de su padre. «Mi padre, Friedrich Wolfe, ayuda a otros países a comprender la cultura alemana divulgando la pintura, la música y el atletismo alemanes. Su familia le ayuda en ese trabajo. Juntos, mostramos lo que es una familia alemana».

Hannelore no recordaba Alemania, pero le gustaba muchísimo ser alemana.

—Son los maridos de las doncellas de la delegación húngara —explicó Sabine al guardia, tras un breve diálogo con aquellos hombres—. Estaban preocupados por separarse de sus esposas. Los he tranquilizado asegurándoles que vamos todos al mismo sitio.

Había un «¿verdad?» implícito al final de esa última frase.

—*Dankeschön* —dijo el guardia—. Y, ahora, andando.

Cuando se hubieron alejado lo suficiente para que no los oyeran, Friedrich le murmuró a Hannelore:

—Qué acento y qué actitud más espantosos.

Hannelore no logró componer una sonrisa para él. Solo era valerosa por fuera.

Mientras rebasaban un letrero de piedra que rezaba HOTEL Y BALNEARIO AVALLON, se unieron al ascenso de los Wolfe dos de los amigos más antiguos del padre de Hannelore, el doctor Otto Kirsch, de amplio pecho, y el apuesto exingeniero sobre el que cuchicheaban las mujeres, Lothar Liebe. Ese día tenían el semblante adusto, aunque Hannelore no comprendió del todo de qué estaban hablando. No conocía la palabra «repatriación».

Sabine tenía la nariz roja, ya fuese por el frío o por estar al borde del llanto.

—¿Cómo están ahora las cosas allí?

—*Ich weiss es nicht* —respondió el doctor Kirsch. «No lo sé».

Su padre pilló a Hannelore haciendo caso a la conversación.

—*Liebchen*, ¿te acuerdas de esa canción que cantábamos juntos? —le preguntó.

Ella asintió.

—¿Lo suficiente como para cantársela al doctor Kirsch y a herr Liebe?

Por supuesto que sí. La canción era un juego que Friedrich había inventado una tarde lluviosa, cuando encontró a su hija copiando la enciclopedia hacia atrás para entretenerse. Se cantaba con la melodía de *Muss i denn*, pero en vez de decir…

Muss i denn, muss i denn
Zum Städtele hinaus, Städtele hinaus
Und du, mein Schatz, bleibst hier?

… Hannelore repetía la sucesión aleatoria de letras y números que su padre hubiera recitado antes:

H 1 6 2
9 4 P 3 6
8 22 A B X 53?
9 3 23

Friedrich hacía cada ronda más larga que la anterior, buscando que su hija fallase, pero ella siempre le seguía el ritmo a la perfección. No era más difícil que contar segundos. La primera partida la había interrumpido su madre, diciendo: «¿De verdad crees que deberías estar haciendo esto?». A partir de entonces, solo jugaban cuando ella había salido.

En un tono alto y puro, ya que había recibido clases de canto en el anterior destino de su padre, Hannelore cantó:

—H 1 6 2 / 9 4 P 3 6 / 8 22 A…

—Qué curioso que no haya dicho ni una sola palabra en su vida y, sin embargo, sí que cante —comentó Lothar Liebe.

—Y también oye todo lo que se dice —replicó Sabine en tono gélido.

El doctor Kirsch soltó una risita educada.

—Sabine, qué tigresa eres. Hannelore ya sabe que es una niña inusual.

Sabine no sonrió.

—¿Recibiste respuesta antes de marcharte? —preguntó Friedrich a Lothar.

—Aunque la hubiera recibido —respondió Lothar—, ya habíamos quemado los libros de códigos. Te repito lo que ya te dije: no hay motivo para preocuparse de...

El doctor Kirsch intervino diciendo:

—¡Hannelore, cielo, me parece que hay que darle un paseo a Camarada!

—Ciudadano —lo corrigió Friedrich, mientras Lothar Liebe reía jadeante, sorprendido, como si el doctor Kirsch hubiera dicho una palabrota delante de Sabine.

Hannelore se ruborizó. No la habían regañado directamente, pero se sentía como si lo hubieran hecho. A menudo le costaba comprender por qué la gente decía las cosas que decía, y mucho más comprender por qué se reían.

Mientras dejaba que el terrier tirara de ella hacia los desnudos árboles invernales, Hannelore se dijo que debía liberarse de aquella mala sensación, pero no pudo. Ciudadano paró en seco, con las orejas erguidas y una intensa curva en la cola. Había encontrado algo. ¿Una serpiente? Un caracol. Era el más grande que Hannelore había visto jamás, con una hermosa concha llena de variedad, en todo tipo de tonos marrones y anaranjados. Sus antenas eran regordetas y curiosas. El caracol no era lo único que estaba fuera de lugar en aquel mundo incoloro de enero. Debajo de él había musgo de color verde verano, al alcance de la mano.

¡Y estaba tibio! Cuando Hannelore apretó la palma contra él, el musgo estaba a varios grados más de temperatura que el terreno helado de alrededor y, cuando la retiró, tenía la piel húmeda y le olía a clavos viejos, o a sangre. Pero, lejos de resultar desagradable, ese olor le recordó al primer día de primavera. El aroma a flores, la sensación de la hierba fresca bajo los pies descalzos, la profunda satisfacción de estar calentita sin esfuerzo.

Hannelore era feliz.

Una parte muy pequeña de su mente estudió aquel gozo inesperado con ojo analítico y suspicaz. Extendió la palma abierta y contempló el agua mineral que aún destellaba en ella.

Daba la impresión de ser magia.

—Hola, señorita, ¿la ayudo a levantarse?

Tres empleados con elegante uniforme gris y dorado estaban rodeándola. Uno tomó la mano de Hannelore, el segundo atrapó la correa que arrastraba Ciudadano. El tercero, un joven que se movía con acrobática agilidad a pesar de llevar una bandeja cargada de jarras y tazas, le dedicó una sonrisa encantadora.

—¿Café, té, chocolate caliente? —le preguntó. Al ver que Hannelore no contestaba, cambió al alemán de inmediato—. *Sprechen Sie Englisch? Nein? Möchten Sie einen Kaffee trinken? Tee? Kakao?*

No pareció importarles que Hannelore siguiera sin responder. Le dieron una galletita a Ciudadano y a ella una bolsita de papel cerrada con una cinta fina y brillante. Dentro había una manzana Golden Delicious envuelta en fino papel troquelado con encaje, un caracol de cristal que le cabía justo en el puño, un lápiz e instrucciones para una caza del tesoro que se llevaría a cabo dentro del hotel. Mientras los empleados le hablaban con suavidad en inglés y alemán, los terrenos del hotel se transformaron. Empezó a sonar música en directo. Una hoguera que no estaba a la vista crepitó, con un sonido y un olor inconfundibles. Y, lo más inesperado de todo, Hannelore oyó la educada risa de su madre. De algún modo, la atmósfera del tren estaba disipándose poco a poco, igual que humo llevado por el viento.

Más magia.

Fue entonces cuando tuvo la clara sensación de estar siendo observada. Hannelore alzó la mirada hacia la cima del camino de acceso, donde ya se entreveía un hotel con muchos tejados puntiagudos. Allí esperaba de pie una mujer, delgada e intensa, con tres dachshunds a sus pies. La mujer tenía la mirada fija en Hannelore y, en lugar de apartarla al ver que Hannelore reparaba en ella, lo que hizo fue solo componer una pequeña y astuta sonrisa. Al igual que Sabine y que las mujeres a las que Hannelore había conocido por el trabajo de su padre, la mujer de la colina llevaba un atuendo deliberado de la cabeza a los pies, con su abrigo y su bufanda y sus merceditas con tacón, pero su semblante, por algún motivo, parecía poco civilizado. Salvaje. Hannelore no sabía que una mujer pudiera tener ese aspecto. Había algo en ella que a Hannelore le recordó el musgo húmedo que acababa de tocar. El agua no era una sola cosa: podía ser lluvia, nieve, hielo y ríos.

—Jefa —llamó una voz.

La mujer se volvió. Era una palabra que Hannelore no había oído nunca antes, para una mujer que no se parecía a ninguna que hubiera visto antes.

—Venga, venga —dijo un empleado, cogiendo a Hannelore de la mano—. Vamos a ver el Avallon.

9

Entraron todos. Los alemanes, los japoneses, los italianos, las distintas facciones menores que tenían muy poco en común entre sí aparte de no ser alemanes, japoneses ni italianos. Después de los frenéticos días de preparativos, por fin era real. Los alemanes acababan de conquistar Bengasi; las gaitas del regimiento de infantería escocés de Argyll y Sutherland habían sonado durante la retirada británica de la península de Malasia; R. R. S. Tuck, as de la Real Fuerza Aérea y el piloto vivo más afortunado del mundo, por fin había caído derribado por los nazis; mientras excavaban para construir una nueva carretera de uso militar, los presos habían encontrado un esqueleto de mamut cerca de Wheeling, Virginia Occidental. Y June Hudson tenía un hotel lleno de diplomáticos del Eje.

Los hombres llegaron primero, a pie, y se alinearon en el vestíbulo para recibir instrucciones y llaves mientras los Cadillac del hotel emprendían el primero de muchos trayectos para traer a las esposas, a los niños y el equipaje.

—Bienvenidos al Avallon —dijo Basil Pemberton a los congregados. Le habían asignado la tarea de explicarles los parámetros de su estancia por la misma razón que June lo había contratado para ocuparse de las reservas telefónicas. Tenía una voz redonda y untuosa a juego con su apellido redondo y untuoso: ¡Pemmmberrrton! Aportaba clase a cualquier conversación—.

Será un honor proporcionarles alojamiento en estos tiempos difíciles.

Pennybacker había dicho que June se quedaría más tranquila cuando llegaran, ya que iban a parecerse más a sus huéspedes habituales de lo que creía, pero June, con la espalda apoyada en el mostrador de recepción, observando, se fijó en que no se daba ese caso del todo. La mitad aproximada de los hombres que, de pie y sonrojados, sostenían tazas de café parecían diplomáticos o extranjeros de clase alta o ejecutiva. La otra mitad, que se había quedado en una discreta segunda fila, era sin duda personal auxiliar. Chóferes. Mayordomos. Cocineros. Maridos de doncellas, secretarias, niñeras. El primer grupo estaba muy atento a las palabras de Basil. El segundo no podía evitar quedarse boquiabierto ante su entorno. Echaban la cabeza atrás para mirar la lámpara de araña, varios pisos por encima. Lanzaban vistazos de lado hacia el lujoso revestimiento de madera que tenía el mostrador de recepción. Tocaban las temblorosas frondas de las palmas reales junto a los sofás blancos. Establecían contacto visual con el quinteto que tocaba en la recámara. Se sobresaltaban cuando los camareros pasaban silenciosos entre ellos, rellenando bebidas y llevándose las copas usadas.

A June le recordaba a cuando ella llegó por primera vez al Avallon, a cuando cualquier empleado nuevo llegaba al hotel. Verlo por primera vez era placentero para quienes ya estaban acostumbrados al esplendor. Pero para quienes procedían de una vida normal y corriente... el Avallon era una experiencia religiosa. Varias horas de la primera jornada de todo nuevo empleado se dedicaban a ofrecerle una visita exhaustiva, para que pudiera poner los ojos como platos y dar respingos y, como ella, enamorarse.

June había esperado limitarse a tolerar a aquellos usurpadores enemigos, pero ver a esos hombres maravillándose al contemplar el hotel igual que todos sus nuevos trabajadores le provocó una inesperada ternura hacia ellos.

«Sí —pensó—, esto que veis es el Avallon».

—Después de esta pequeña charla —continuó Basil—, deberán presentarse a don Benjamin Pennybacker, que es el caballero que tengo a mi izquierda, y acto seguido se les entregará la llave de su suite y nuestros botones quedarán a su disposición. Permítanme disculparme de antemano por la ineficacia. ¡Por desgracia, ustedes son muchos y solo tenemos a un señor Pennybacker!

Pemberton dio una carcajada untuosa. Los diplomáticos sabían que se esperaba que sonrieran o rieran con él, de modo que lo hicieron. El personal auxiliar no, salvo unos pocos que se dieron cuenta demasiado tarde y rieron demasiado alto. «¿Ves eso? —preguntó la voz de don Francis a June—. Estas son las sutiles transacciones sociales que mantienen a esos hombres firmemente recluidos en su clase social». ¿Es que el chiste no les ha hecho gracia? «No tenía gracia. Lo importante no es eso. Lo importante es lo que resulta apropiado. Aquí lo apropiado era una sonrisa o una risita recíproca. La sonrisa indica que le agradecen que dedique su tiempo a explicarles la situación de un modo que honre su estatus. La sonrisa indica que toda esta situación es una broma en la que participan. La sonrisa indica que aún conservan algún control. Los hombres que no han sonreído no tienen ningún control, así que siempre deberán servir a quienes sí».

—Mientras esperan —añadió Basil—, tengan la amabilidad de revisarse los bolsillos y confirmar que no contienen ningún objeto prohibido por la Oficina Federal de Investigación. Radios, armas y, por supuesto, cualquier documento delicado. Será un placer para nosotros hacernos cargo de esos objetos, o de cualquier otra posesión que prefieran confiar a la custodia de nuestras cajas de seguridad.

Había dos miembros de aquel grupo que no eran hombres: una mujer con el cabello bermejo hasta los hombros y una niña de pelo rubio liso que le llegaba hasta debajo de la espalda. La mujer debía de ser la esposa de un diplomático. Tenía un porte regio, que June sabía por experiencia que no significaba necesariamente imperioso, sino más bien elegante, discreto, educado, cálido. En tiempos recientes, los reyes, las reinas, los príncipes y las princesas estaban convirtiéndose también en diplomáticos, representando el reticente ideal que don Francis había intentado enseñarle a June.

La hija de la mujer, porque saltaba a la vista que era hija suya, no encajaba del todo con ella. Estaba quieta y callada, pero tenía la mirada demasiado intensa cuando se posaba en las caras ajenas. Estudiaba, más que observar, una diferencia que el objeto de tal atención sentía de inmediato. La niña había dirigido esa mirada a June en el camino de acceso y estaba dirigiéndola hacia todos los que la rodeaban, con el ceño fruncido.

—El Departamento de Estado les solicita que restrinjan sus exploraciones a las zonas indicadas en el plano que recibirán en la mesa del señor Pennybacker —dijo Basil—. Las comidas se servirán en nuestro archiconocido Comedor Magnolia, pero también pueden hacer uso de nuestro excepcional servicio de habitaciones. El Avallon dispone también de dos salones de té y un bar disponibles para refrigerios fuera de horas, aunque recuerden, por favor, que el Departamento de Estado insistirá en que todo el mundo regrese a su planta para pasar la noche antes de las diez. También querría invitarlos a visitar la excelsa galería comercial del Avallon en la planta baja. Las tiendas estarán abiertas y a su servicio en horario de trabajo normal.

¡Qué absurdo era todo! En circunstancias normales, se suponía que los diplomáticos eran completamente inmunes a toda interferencia criminal y administrativa, no se los podía encarcelar y eran libres de desplazarse acá, allá y acullá. En las presentes circunstancias... podían ir de compras.

—¿A qué horas abren las casas de baños?

June no alcanzó a discernir qué diplomático había hecho la pregunta. Basil respondió de inmediato:

—Me temo que las casas de baños no están abiertas en estos momentos. Se les está practicando el mantenimiento invernal.

Cruzó la mirada con June. Pennybacker había dicho que las termas podían permanecer vedadas para los nuevos huéspedes mientras a los estadounidenses detenidos en Alemania no se les permitiera utilizar los balnearios de allí. Reciprocidad. Por supuesto, los diplomáticos de June ya tenían acceso al agua, en grifos, bañeras y fuentes. Pero era un acceso limitado. Mejor que la aguadulce tuviera unos minutos para ver qué opinaba de aquella gente antes de bautizarlos como era debido en los potentes manantiales.

—La Oficina Federal de Investigación —prosiguió Basil— les proporcionará un único periódico. Les aconsejo que se planteen de qué cabecera preferirán disponer. Para cualquier pregunta relacionada con su estancia aquí, les recomiendo dirigirse o bien al señor Pennybacker o bien a los dos miembros del grupo de enlace suizo, que, según tengo entendido, llegarán hoy mismo. Las preguntas relacionadas con el servicio, por supuesto, pueden dirigirlas a cualquier persona vestida de gris y oro que vean. Y, ya puestos, querría aprovechar la oportunidad para presentarles a June Hudson, nuestra directora. Está ahí mismo, saludando con el brazo. Es todo un privilegio para nosotros hacer de su estancia una experiencia memorable. De nuevo, ¡bienvenidos, bienvenidos, y pásenlo bien!

Mientras los diplomáticos empezaban a hacer cola ante el escritorio de Pennybacker, el jefe de camareros, Sebastian Hepp, se aproximó con disimulo a June y deslizó su bandeja sin hacer ruido sobre el mostrador de recepción. Tenía manchas del frío invernal en la cara, pero su agradable sonrisa permanecía en su sitio, y seguiría allí durante el turno entero. En voz muy baja, preguntó:

—¿Cómo va todo por ahora, jefa?

June hizo un leve gesto con el mentón hacia la mujer del pelo cobrizo.

—¿Quién es esa? ¿Lo sabes?

La mayoría de los directores de hotel no esperarían que un camarero conociese la identidad de unos huéspedes que acababan de cruzar la puerta, pero, en el Avallon, June había hecho hincapié una y otra vez en el poder que tenían los nombres de los clientes. Aunque no esperaba que el personal recordara quiénes eran todos los presentes en la propiedad como hacía ella, sí que esperaba que lo intentasen. Resultó que era un músculo que podía entrenarse, y su personal la impresionaba a diario.

—Es Sabine Wolfe —dijo Sebastian—. Esposa de Friedrich Wolfe, el agregado cultural alemán. Y la hija de ambos, Hannelore.

Hannelore era un nombre poético, incluso más si era Sebastian quien lo pronunciaba con su leve acento alemán.

—¿Es inusual?

—No habla —respondió Sebastian.

—¿En absoluto?

—Su madre ya se ha disculpado por ello. Dice que la niña no ha dicho ni una palabra en la vida, pero que sí que canta.

June observó a la niña con renovado interés. Su aguda observación de quienes la rodeaban daba una impresión distinta a la luz de aquel nuevo dato. Los ojos azules de la niña lo absorbían todo sobre ellos, pero ¿para qué? No era para utilizarlo como capital social ni en conversación. A June le recordó un poco a sus propios años mozos. Ella también había sido una oyente, al fin y al cabo.

—¿Sabías que está aquí Erich von Limburg-Stirum? —añadió Sebastian, casi rebasando el susurro con su entusiasmo infantil.

El famoso piloto acrobático Erich von Limburg-Stirum hacía cola con los demás diplomáticos. Era un joven alto y rubio, con un rostro tan acogedor que se podría perdonar a quien lo considerase atractivo. Parecía más americano que los alemanes que lo rodeaban, y June tardó un momento en caer en la cuenta de que era porque sonreía enseñando los dientes. Pennybacker le había contado a June que era el estatus de personaje notable que tenía el piloto lo que lo había llevado hasta allí, el hecho de que lo habían invitado a demasiadas visitas entre bambalinas a aeródromos importantes. De un día para otro, la guerra había vuelto peligroso ese conocimiento. Era una historia que se le había quedado en la mente. Al contrario que los diplomáticos, que habían elegido a sabiendas representar los intereses de sus respectivos países, Erich von Limburg-Stirum no podía saber de antemano que estaba volando directo hacia ese destino.

El Avallon no estaba habituado a retener a personas contra su voluntad, ni a las injusticias. La aguadulce era muy muy justa.

—No lo agobiéis, ¿eh? —dijo.

—Paul y yo vamos a plantarnos en su puerta esta noche hasta que nos dé un autógrafo —repuso Sebastian, y June le dio un golpecito amistoso con el dorso de la mano.

—Venga, a trabajar, sinvergüenza —dijo June—. ¿Necesitas alguna cosa de mí?

—Que los japos dejen propina. Los alemanes las sueltan como ricachones, pero desde el frente del Pacífico no estamos viendo ni un penique.

—No los agobiéis a ellos tampoco.

—¡Jefa! —exclamó Sebastian mientras se llevaba una mano al pecho, fingiéndose ofendido, y luego se marchó con su bandeja.

El vestíbulo estaba llenándose de esposas e hijos. Los diplomáticos recibieron sus llaves, se quitaron los abrigos de piel y entregaron las correas de sus perros a los ordenanzas. Tres miembros bien vestidos de la delegación alemana observaban con antipatía los aullidos de unos niños italianos de clase más baja; un hombre japonés y un camarero habían entablado una interminable competición de inclinaciones, un uróboro social que ninguno parecía capaz de concluir, y una doncella italiana chilló cuando los botones intentaron llevarse su abrigo, ya que, desconocedora tanto del idioma como de los hoteles de lujo, creía que trataban de confiscárselo. Aquello era un caos.

June resistió la tentación de internarse en la muchedumbre a repartir sugerencias. A fin de cuentas, había entrenado a su querido personal para aquello. Confiaba en ellos y ellos confiaban en ella.

Ella les daba: comía con ellos todos los días en la cantina. Participaba en la formación de hasta los puestos más humildes durante su primera semana. Se aseguraba de que comieran bien y durmieran bien, ofreciendo alojamiento allí mismo al personal soltero y transporte desde y hasta el pueblo para el resto. Les permitía hojear sus libros mayores llenos de listas de tareas y huéspedes, buscar despilfarros en las cuentas. No se andaba con evasivas respecto a lo que costaba equilibrar las aguas bajo el hotel.

Y ellos le daban a ella: sus habilidades y su energía, su lealtad, la aceptación de sus principios. Demostraban una y otra vez que, todos juntos, lograban algo mayor que lo que conseguirían por separado. Le permitían ser el Avallon con ellos. Ella era la mente y ellos eran sus brazos y manos y dedos y piernas y pies y dedos de los pies. Una sola y orgullosa entidad.

—Señorita Hudson, buenos días.

Estaba dirigiéndose a ella una mujer japonesa bajita. Era de mediana edad, pero vestía como una mujer mayor, con capa y gorro plano. Parecía ser la portavoz de un trío de japonesas; las otras dos esperaban a unos metros de distancia, fingiendo no tener toda su atención puesta en June.

—Buenos días —respondió ella.

—Me llamo Sachiko Nishimura.

Y así fue como June se encontró cara a cara con la esposa de Takeo Nishimura, el ahora infame cónsul japonés. Aún levantaba chispas en la cantina de personal y en los periódicos el debate sobre si los diplomáticos japoneses habían vivido engañados por su país natal o si habían estado en el ajo, esparciendo a sabiendas embustes sobre la paz a un crédulo Estados Unidos hasta el mismísimo día de Pearl Harbor. June no se había molestado en formarse una opinión sobre el asunto, pero la situación cambiaba en el momento en que tenía que respirar el mismo aire que las personas directamente involucradas.

—Es un hotel precioso —dijo Sachiko Nishimura.

—Gracias.

—No nos dijeron adónde nos llevaban. —Sachiko hablaba con mucho acento, pero su gramática era tan perfecta como su gusto en el vestir—. Mi marido, Takeo, temía que fuese a ser un lugar terrible.

No añadió «por lo que ha hecho Japón», pero, por supuesto, el motivo era ese. Por lo que su marido había hecho, quizá. Era muy posible que, mientras June yacía en la cama con Gilfoyle, murmurando sobre qué clase de futuro podrían tener juntos, Sachiko y Takeo Nishimura estuvieran tumbados en camas gemelas mirándose, murmurando sobre el futuro de a quién estaban a punto de destruir, planeando la muerte del gamberro del hijo de Rana.

Se suponía que June no debería saber tanto acerca de Sachiko. Era, de hecho, una de las máximas más centrales y aparentemente contradictorias de don Francis: el personal debía saberlo todo sobre sus huéspedes, pero el personal no debía saber nada sobre sus huéspedes en absoluto. Eso había adquirido una importancia capital durante la Gran Depresión, cuando la gente pasaba hambre en las plazas y una moneda de cinco centavos podía suponer la diferencia literal entre la vida y la muerte. Si una pareja pudiente conocida por su filantropía se hospedaba en el

Avallon, era adecuado que los empleados supiesen que eran, por ejemplo, benefactores de la Sociedad Numismática Estadounidense y de cuatro reservas naturales y entablar con ellos una charla superficial sobre monedas raras y los aún más raros bisontes. Lo que no era adecuado era que emplearan ese conocimiento para solicitarles monedas normales o para intentar venderles el cuadro que habían pintado de un bisonte. Esos huéspedes eminentes tenían que sentirse a la vez conocidos y anónimos, libres de la envidia y los motivos ocultos que los rodeaban siempre fuera del hotel. Haber alcanzado la fama, pero que no se les pidiera ejercerla: eso era también una clase de lujo.

Y esa máxima era igual de importante para los huéspedes infames, que el Avallon ya había acogido en buena cantidad mucho antes de la llegada de los Nishimura. June no era tonta. El huésped perfecto no tenía por qué ser el ser humano perfecto. Don Francis le explicó todo aquello, pero no había tenido ni que terminar su discurso para que ella comprendiera la verdad subyacente. El Avallon sencillamente no podía funcionar sin esa separación entre identidad y alma. Al mundo le importaba la identidad de los huéspedes. Al Avallon solo podía importarle todo lo demás. El hotel no era para quienes lo merecían. Era para quienes cruzaban su umbral. En el instante en que esa ilusión se quebrara, también se quebraría el personal.

June llamó al orden a sus pensamientos.

—No sabíamos —dijo Sachiko— que iban a pedirnos que abandonáramos la embajada casi sin previo aviso. No esperábamos que nos trajeran a un lugar tan... —Atenuó un poco la voz—. Tan grandioso. No hemos traído todo lo que podríamos necesitar en un sitio como este.

Sus ojos recorrieron los espejos de marco dorado que cubrían las paredes, esquivando la mirada de June. Había algo que la reconcomía, algo que estaba callándose. Algo que su estatus le impedía decir a las claras. O decirlo con facilidad, al menos, sin incomodarse. No podía ser algo tan simple como que necesitaba un peine, o un abrigo. Esa clase de solicitudes se pronunciarían como órdenes a los empleados. No, aquello era un asunto que debía dirigirse a alguien como June, a alguien que también ostentase un poder, a alguien que comprendiera el idioma de la discreción.

June escuchó aquel silencio entre palabras, evaluándolo, y de pronto lo asoció con el comentario que le había hecho Sebastian.

—¿Hay algún problema con las propinas?

La expresión de Sachiko se destensó; menos mal que June lo había dicho antes, para que no tuviera que hacerlo ella.

—Mi marido me ha informado de que, en un hotel tan bonito como este, existe una tradición de dejar propinas. Buenas propinas. Pero nuestras cuentas bancarias están bloqueadas.

June se imaginó el alivio de aquella mujer al darse cuenta de que no estaban llevándolos a una cárcel ni a un campo de prisioneros. Luego imaginó la vergüenza que reemplazó a ese alivio cuando Takeo, un hombre de mundo y buen conocedor de las costumbres estadounidenses, identificó la clase de hotel que era el Avallon. ¿Sería mejor que el personal creyese que los japoneses sabían lo de las propinas y no podían darlas o que creyese que los japoneses eran demasiado ignorantes para estar al tanto de una expectativa tan propia de Estados Unidos? Las dos opciones eran humillantes.

La empatía entrenada de June se volvió más genuina.

—Mis empleados saben que vivimos en tiempos extraños, señora Nishimura —dijo—. No van a ofenderse. Me aseguraré de que conozcan las circunstancias. Y me figuro que esos hombres suizos que vienen de camino podrán echarles una mano con las cuentas bancarias. Se supone que están para ayudar a resolver problemas en las embajadas.

Fue suficiente para despejar toda la incertidumbre que pudiera quedar en el rostro de Sachiko, que le hizo una inclinación a June. Detrás de ella, cuando June cruzó la mirada con las otras dos mujeres, también ellas se inclinaron.

—No sé muy bien por qué —dijo Sachiko—, pero me reconforta mucho que nos atienda una mujer en uno de estos lugares, aunque también sea sorprendente. Takeo cree... ¿Es usted hija de Francis Gilfoyle?

June se quedó pasmada.

Pero entonces cayó en la cuenta: aunque hablara el idioma muy bien, Sachiko Nishimura no podía interpretar el acento de June. Su forma de hablar montañesa, sus vocales recortadas... En un segundo idioma serían solo variaciones aceptables, no reveladoras marcas de clase audibles desde el otro extremo de cualquier reunión social. ¿Era June hija de Francis Gilfoyle? ¿Y por qué no? En un mundo en el que su voz no la delatase de inmediato, podría haberse hecho pasar por una Gilfoyle muchísimo tiempo.

Durante un fugaz y luminoso instante, June se imaginó cómo sonarían aquellas palabras tácitas si las pronunciara: «Hija política, sí. Estoy casada con Edgar, el mayor, pero ya dirigía el hotel antes de eso. Él se ocupa de las inversiones en Nueva York y yo me ocupo del hotel. Trabajamos bien juntos; nos criamos juntos».

Los dedos de Edgar en su muñeca. «Te tengo en un pedestal, June». ¡Dios, aquel anhelo!

—No —dijo June—. Yo pertenezco al Avallon.

10

A solo unas pocas habitaciones de distancia, el agente Tucker Rye Minnick estaba rodeado de ropa interior nazi. Sujetadores torpedo que sugerían unos pechos apuntados siempre al norte, cintas de liguero que iban donde rara vez las seguían las manos, medias vaporosas como promesas juveniles. Aparatosos sostenes que acorazaban cajas torácicas enteras y no solo bustos, fajas de goma con agujeros de ventilación, prendas prácticas diseñadas para el trabajo, no para admirarlas. Delicados *bandeaux*, voluminosos pololos, leotardos de punto que iban desde el imaginado ombligo hasta medio muslo, combinaciones de seda y rayón que hicieron pensar a Tucker en el tiempo que llevaba sin tocar a una mujer. Ropa interior invernal de largo completo, cosida como si su propietaria se hubiera quitado la piel y la hubiera guardado en la maleta para viajar. Corsés que olían a rosa y a moho, con ballena. ¿Las mujeres aún se ponían esas cosas? Debía de ser que sí, porque iban bien guardados en las maletas que llenaban la sala de equipaje en la planta baja del Avallon.

Resultaba que el Eje tenía interés en contener según qué auges y elevar según qué flacideces de un modo muy similar a los Aliados. La tecnología parecía haber dado un buen salto adelante desde la última vez que Tucker vio aquellas cosas en acción.

Junto a su compañero, el agente Hugh Calloway, había pasado las primeras horas desde la detención de los diplomáticos registrando su equipaje. Aquel almacén debía de ser bastante agradable de mirar en otras circunstancias, más o menos igual que la ropa interior. Dos tragaluces dejaban pasar sendos haces de sol invernal hasta una pared cubierta de cajas fuertes, todas con idénticos y artísticos adornos de latón. El techo lucía un mural de caballos de caza, que, en esos momentos, saltaban directos contra las dispares maletas amontonadas hasta la altura de un hombre. Aunque aquella sala, igual que todo en el Avallon, era gigantesca, no estaba diseñada para contener el equipaje de todos los huéspedes a la vez.

—¿Alguna vez piensas en lo que estaríamos haciendo si no estuviéramos aquí? —preguntó Hugh.

—No —dijo Tucker.

—Nos habrían reclutado. Tú eres un hombre blanco apuesto, así que supongo que te pondrían en la parte de atrás, pero la gente como yo somos carne de cañón. Nos amontonan aquí y allá para que vosotros podáis cruzar los charcos sin mojaros los pies.

Tucker miró con los ojos entrecerrados un librito que resultó ser una guía para contar calorías. ¿Podría ocultar algún código? Más valía prevenir, así que fue al montón del material confiscado, que iría a parar a la caja fuerte del propio hotel, más grande y situada en el sótano, hasta que terminase aquel periodo de internamiento.

—¿Te parece que soy apuesto?

—Puede que con poca luz. Me ofrecieron dejarlo, ¿sabes? En la última fábrica que investigué querían contratarme como jefe de seguridad. Por un montón de papel verde, y sin tener que pasarme la vida de aquí para allá.

Tucker ya sabía lo de la oferta porque había leído el expediente de Hugh antes de llegar, para ver a qué se había dedicado desde que estuvieron juntos en la academia. A Hugh lo habían destinado a Los Ángeles (donde lo apuñalaron), a Minneapolis (donde conoció a su prometida), a Cleveland (donde se casó y tuvo su primer hijo) y a Chicago (donde llegó su segundo retoño y la empresa de transportes TaylorRight le ofreció el doble de su salario actual en el FBI por dirigir su departamento de seguridad). Tucker sospechaba que esa deslealtad había sido el pecado de Hugh y el motivo de que estuviera allí, a las órdenes de Tucker en una misión que el FBI a todas luces consideraba algo a medio camino entre hacer de niñera y la debida diligencia. Fuera lo que fuese que había llevado a aquel agente larguirucho a trabajar con Tucker en aquello, él lo agradecía. Menos mal que no tenía que hacerlo con un completo desconocido. Menos mal que no tenía que hacerlo con dos como Doble Harris. Tucker ya había pillado a Doble abordando a una telefonista esa mañana, y había tenido que apartarlo un momento para explicarle que el comportamiento de cada agente representaba al FBI en su conjunto y que no parecía muy apropiado que el FBI se dedicase a decirle vete a saber qué a las chicas para llevárselas al catre. Doble había asentido y lo había aceptado, pero, tras solo semana y media en su compañía, Tucker tenía la certeza de un cura cansado de que volvería a pillarlo haciéndolo. Si el FBI fuese cualquier otro tipo de agencia, Tucker habría dado por hecho que Doble estaba en su puesto por nepotismo. Pero Hoover había fundado el FBI tal y como era precisamente por el nepotismo y la corrupción de las organizaciones locales. En algún momento, Doble Harris se había ganado el lugar que ocupaba.

Tucker se dio cuenta de que no había respondido a Hugh. No era un gran conversador, pero quería caerle bien a Hugh, o que recordase que Tucker le caía bien. Habían pasado años desde entonces, pero en la academia se habían llevado estupendamente.

—Pero antes te dispararían en el frente.

—Ya me disparan haciendo lo que hago. Lo que no quiero es viajar. Nunca he tenido muchas ganas de ver Francia. —Hugh abrió la cremallera de un neceser, examinó su contenido, no encontró nada digno de mención—. Pero puede que termine haciéndolo. Puede que lo haga, sí. Tú y yo somos mayores, Tuck, de la vieja escuela. La Oficina ya no es la misma de antes. La última vez que hablé con mi AEM, pensé que daba más miedo que los teutones.

A Tucker lo incomodaba criticar al FBI, incluso allí, en aquella sala de equipaje, incluso hablando en broma.

—Los teutones no te ponen coche de empresa.

—No has cambiado ni un pelo. —Hugh tenía una expresión de complicidad. En voz grave, radiofónica, añadió—: Les presento al señor Minnick, el soldado más leal del FBI.

En una ocasión, Tucker había recibido una carta del propio J. Edgar Hoover. El director de la Oficina Federal de Investigación le envió una carta de recomendación por el papel que había tenido Tucker en acabar con la carrera criminal de E. R. R. Dixon, atracador de bancos. Su papel consistió en disparar a E. R. R. Dixon, acto cuyo recuerdo aún lo asaltaba de vez en cuando, a consecuencia de las últimas palabras de E. R. R. Dixon: «Pero ¿qué pasa con Barbara Jo?». La carta de Hoover terminaba diciendo: «¡¡¡Estamos muy orgullosos de usted!!! Tiene mentalidad de FBI». Los signos de exclamación triples habían sorprendido a Tucker, que no creía que Hoover fuese de los que los utilizaban.

Lo de la mentalidad de FBI, sin embargo, era el mayor halago que hacía el director. El recién creado ejército de J. Edgar Hoover, compuesto por exabogados y ex jefes de policía, tenía que ser el mejor en toda clase de cosas. Todo lo que pudieran hacer sus enemigos, los hombres de la Oficina tenían que hacerlo mejor. Si los villanos podían subsistir en rudimentarias cabañas del oeste de Texas desprovistos de agua corriente, los agentes del FBI también debían ser capaces de hacerlo en la polvorienta maleza, sin contar con una muda de ropa siquiera. Si los villanos podían disparar subfusiles Thompson cabeza abajo desde la ventanilla de un tren en marcha, los agentes también tenían que poder, así que entrenaban en bases militares junto con el ejército. Si los villanos podían investigar la infancia de cualquiera para descubrir sus debilidades secretas, el FBI también iba a hacerlo, y de ahí que acumulara unos ficheros enormes sobre todos sus conocidos.

Pero la «mentalidad de FBI» iba más allá de la excelencia. Significaba hacer siempre lo que te ordenaba tu agente especial al mando, incluso si no comprendías del todo por qué lo hacías. Significaba quedarte hasta terminar el trabajo, por mucho que otros ahuecaran el ala a las cinco de la tarde. Significaba evitar la tentación de buscar aliados entre tus iguales. Significaba permanecer soltero o, si te casabas, aceptar agradecido tres horas libres a modo de luna de miel, y eso si había alguna tarde floja. Significaba no anhelar nada más que ser un engranaje útil en esa máquina gloriosa y deliberada, combatir la corrupción hasta el último aliento.

Tucker tenía más mentalidad de FBI que nadie.

No, no había cambiado ni un pelo.

—También sigues sin ser muy hablador —comentó Hugh.

—Sí que he dicho algo, ¿no? —preguntó Tucker, tratando de recordar si era cierto.

El otro agente tenía una risa que parecía un gallo interrumpido a medio cacareo, y la graznó en ese momento. Alzó una combinación de faja y medias, enganchadas y cosidas juntas de modo que, incluso vacías, insinuaban un retrato convincente de su propietaria.

—¿Qué te parece la directora, por cierto? —dijo Hugh.

June Hudson. Tucker se preguntó cuáles de aquellas prendas íntimas se pondría. Las que obedecieran sus órdenes, eso sin duda. Tiró un encendedor con forma de pez de vuelta a su maleta, alzó la mirada y vio que Hugh lo observaba con expresión taimada.

—No me pongas esa cara, Calloway.

—¿Qué pensaría J. Edgar?

—Pensaría que más te vale seguir con esa pila de maletas que tienes detrás para poder volver de una santa vez a la sala de correspondencia.

—¿Sabías que va a heredar? El viejo, el Gilfoyle que ha muerto hace poco, le dejó una casa de estas. —Al ver que Tucker alzaba una ceja, Hugh siguió hablando—. Sí, me lo ha contado el encargado del correo. La Casa del Lirio. Es esa antigüedad que hay al lado del hotel, la que casi parece una mansión también.

—¿Por qué?

—A saber. Igual se la ha ganado.

Tucker le lanzó una mirada. La gente como los Gilfoyle no dividía sus propiedades para legárselas al servicio. Se le ocurrió que quizá tenía más que ver con la íntima hostilidad de la que Edgar Gilfoyle y la directora habían hecho gala en la reunión inicial. Una aventura, pues. ¿Con él? ¿Con su padre? Una casa para la amante. Pero no terminaba de encajar. En abstracto, quizá sí. Pero conociendo a las personas, parecía más complicado que eso. Tucker se detuvo de repente.

—¿De quién es esta maleta?

Era verde, grande, dura, sin etiqueta para el nombre del propietario ni marcas identificadoras en ninguna de sus caras. Su contenido era igual de anónimo. Pantalones de hombre, un suéter, tirantes, neceser. Había una pastilla de jabón adicional.

Hugh sabía lo que se hacía y, sin mediar palabra, se levantó desplegándose como una grúa y buscó una pieza a juego en el resto del equipaje. Entretanto, Tucker sacó el manifiesto de carga y cotejó la lista de pasajeros y equipaje con lo que los agentes tenían delante. Al no encontrar de inmediato al dueño de la maleta, Tucker echó un vistazo rápido a todo el equipaje de la delegación alemana, buscando una maleta que contuviera ropa de hombre pero no un neceser. Ah. Eureka.

—Tráeme al tipo de la Gestapo —pidió.

Y así fue como Tucker, Hugh y Lothar Liebe terminaron juntos de pie sobre una maleta que tenía una ametralladora de cañón corto cosida a un panel oculto bajo el compartimento para la ropa. Un subfusil MP40, para ser exactos, un arma que solo podía pertenecer a algún alemán.

Lothar Liebe tenía un aspecto tan garboso como su nombre, el pelo engominado y aerodinámico, intensos ojos azules y unos labios turgentes ideales para los mohínes o los cigarrillos. Había optado por lo segundo y estaba exhalando volutas de humo hacia los caballos de caza. Se encogió de hombros.

—Tenía que intentarlo.

—¿Por qué no lo declaró? —le preguntó Tucker.

—¿Me habrían permitido quedármelo?

—Puede que sí. Pero ahora sé que es usted la clase de hombre que cose armas al interior de su equipaje.

Liebe lo miró con expresión divertida.

—*Genau*. Pero el subfusil no es mío, sino de Friedrich.

—¿De Wolfe? ¿Por qué se trajo una ametralladora a Estados Unidos?

—Tiene un valor personal. Deberán preguntarle a él la historia.

Tucker y Hugh cruzaron la mirada; no les interesaban esas historias.

—Sigo sin entender —dijo Tucker— por qué se trajo a Norteamérica un arma como esta.

—No creo que, cuando trajo aquí el subfusil, pensara que el gobierno de Estados Unidos iba a sacarlo de su casa sin previo aviso. Eso y que… —Liebe encendió un segundo cigarrillo con la colilla del que había traído de fuera—. No creo que pensara que iba a regresar algún día.

Tucker tuvo la sensación de que aquellos datos eran transaccionales, de que, más adelante en la conversación, Liebe esperaría algo a cambio.

—¿Y por qué era usted quien llevaba el arma de contrabando?

—Friedrich iba a dejarla en la embajada. De tan bueno que es, a veces parece tonto. Somos amigos desde niños. ¿Qué no haríamos uno por el otro? Dígame, ¿los suizos han llegado ya? Querría hablar con ellos antes que nadie más.

Y ahí estaba. Tucker respondió:

—Valiente petición para un hombre al que hemos pillado con un arma.

—Ah, pero ¿qué creen que íbamos a hacer con ella, de todos modos? ¿Escaparnos de aquí a tiros? ¿Se han fijado en que no tiene munición?

—Aún no he mirado en el forro de su otra maleta. Ni en las de Friedrich Wolfe, ahora que sé que son amigos.

—Qué día más ajetreado y absurdo les espera —dijo Liebe. Los señaló a ambos con el cigarrillo—. Agentes, ¿eligieron ustedes este destino tan aburrido? ¿Tan lejos de la acción? ¿O los enviaron aquí para que otros hombres pudieran estar al sol? ¿Qué hacen en este hotel? Aquí solo estamos esperando a que nos envíen a casa. Lo veo escribiendo en su cuadernillo y sé que usted y yo somos la misma persona, que hacemos lo mismo. Sé que no tiene nada que apuntar ahí. «Lothar Liebe trajo un arma sin balas, no nos puso pegas». *Schaumschläger*, así lo llamamos nosotros cuando alguien rellena páginas con información inútil. Cuentista.

Tucker se limitó a entregarle un recibo con la descripción de su maleta.

—Que tenga buenos días, señor Liebe.

Después de que Tucker hablara con Lothar Liebe a la cara, llegaba el momento de escucharlo a sus espaldas. De escuchar a todos los alemanes, en realidad. O, mejor dicho, a los miembros de todas las delegaciones considerados más proclives a tratar información relevante para el gobierno de Estados Unidos. Después de registrar los equipajes, Hugh se retiró al Estudio de Cristal a seguir con sus entrevistas al personal del hotel mientras Tucker se sentaba en una silla de raso azul dentro de un pequeño armario, con las rodillas apretadas contra la puerta y las orejas sudándole dentro de unos pesados auriculares. A escasos centímetros, una grabadora daba vueltas y vueltas, rebobinando los sonidos de la Galería de los Retratos, al otro lado de la pared. Había colocado los micrófonos y las grabadoras el día anterior, adivinando dónde podrían congregarse los nuevos huéspedes para conversar sobre asuntos delicados.

—*Die sind draussen, den Hund ausführen* —oyó por los auriculares.

Tucker no hablaba ni una palabra de alemán, claro, ni tampoco de húngaro, italiano, japonés, etcétera. En un mundo ideal, el FBI habría llenado los hoteles de agentes duchos en esos idiomas, pero, en el mundo real, les faltaba gente. A cada hotel le habían correspondido tres agentes equipados con sus armas reglamentarias, un puñado de dispositivos de escucha de dudosa legalidad y su propio sentido común. Típico, en realidad. Era una de las cosas que le gustaban a Tucker del trabajo. Se esperaba de los agentes que operasen con una tremenda escasez y al mismo tiempo con una tremenda autonomía. Tucker se enorgullecía de su capacidad para improvisar un plan conociendo solo cuatro pinceladas sobre una misión y el lugar donde se ejecutaría.

En sus oídos seguía sonando una conversación monótona y apenas audible, sobre todo en alemán, aunque cambió por unos instantes al inglés. Le pareció que había entrado un empleado del hotel. ¿Querían algo de beber? ¿Esa era la pregunta? El micrófono estaba mal situado; Tucker tendría que ir a la galería después del toque de queda y moverlo. En cambio, estaba muy orgulloso del micrófono del bar. Había trepado desde el piso inferior para situarlo justo debajo de la barra. El sonido llegaba perfecto. ¿Cuánto llevaría traducir las grabaciones? En general, el laboratorio podía tirarse semanas procesando pruebas, pero estaban en guerra, así que Tucker no sabía qué esperar. Aquellas misiones bélicas eran terreno desconocido para el FBI. Washington siempre estaba debatiéndose sobre qué agencia federal debía ocuparse de qué delito, pero, cuando estalló la guerra, la respuesta se hizo evidente: todo el mundo a trabajar. Se retiró a agentes del terreno, se comprobaron de nuevo sus antecedentes y se les proporcionó entrenamiento en las técnicas de inteligencia más recientes. Tucker había pasado los días siguientes a Pearl Harbor estudiando más que en la facultad de Derecho. Tintas invisibles. Códigos secretos. Micropuntos. Mensajería segura.

Pero aquella parte, la de la vigilancia mecánica, era lo mismo de siempre. Allí donde hubiera una pared, habría un polizonte apretando la oreja contra ella. ¿En cuántos armarios, baños de motel y sótanos bajos se había tenido que embutir Tucker en nombre del FBI?

Las frases en alemán sonaban y se perdían, sonaban y se perdían. Los hombres estaban marchándose, haciendo mucho ruido. Le llegó un último fragmento en alemán:

—*... guck mal, das...*

Tucker le había cogido ojeriza a la barrera idiomática desde el principio. Aunque el FBI se contentaba con limitarse a recabar información, sin importarle si las cabezas que habían contenido esa información estaban ya de vuelta en Alemania para cuando pudieran traducirla, a Tucker le hacía sentir como si él mismo fuese un dispositivo de grabación. Aquello era a lo que se refería Lothar. Pero aquel *Schaumschläger* tan ingenioso no conocía a Tucker. Había un motivo para que Hoover no lo hubiera despedido de inmediato, y era que tenía toda clase de truquitos en la recámara.

En el armario no se oía nada aparte del aliento de Tucker contra las paredes invisibles. Los alemanes se habían ido, así que quizá pudiera arriesgarse a ajustar los micrófonos de la Galería de los Retratos en vez de esperar al toque de queda. Pero sabía que solo estaba intentando eludir la tarea de cruzar el hotel de noche, cuando el olor de la aguadulce en todos los pisos convertía los pasillos en túneles subterráneos. Las sigilosas fuentes de cabeza de animal lo retaban a mojar los dedos sin querer en su jofaina cuando extendía la mano hacia los interruptores de la luz. Y ay, Dios, aquella escalera que descendía a las piscinas. Tucker había bajado por ella ese mismo día, sin pretenderlo, y… ¡qué peste! Qué humedad. Se le había atenazado la garganta, asfixiada, y durante un minuto lo había embargado un pánico animal a ahogarse. Lo peor había sido la sensación de estar siendo *percibido*. De que el agua exploraba tensa su interior, comprobando si había algo familiar en él, sin dejarse engañar por todo lo que Tucker había hecho esas últimas dos décadas de…

Oyó una risa.

Se quedó muy quieto. No podía estar seguro de si la había captado con sus propios oídos, en la sala donde estaba el armario, o por los auriculares, procedente de la Galería de los Retratos. Tampoco estaba demasiado seguro, una vez se hizo el silencio de nuevo, de si había sido una risa. Podría ser un sollozo. Era el sonido que había hecho E. R. R. Dixon, el atracador de bancos, cuando Tucker le disparó. Lo recordaba con una claridad cristalina; nunca podría olvidar el momento en que el dolor y la jocosidad se alinearon de un modo tan íntimo que, en un instante de mortal revelación, resultaron indistinguibles.

Llegó de nuevo la risa.

En esa ocasión Tucker se apartó sobresaltado. Y se habría caído volcando la silla si hubiera tenido espacio suficiente. Pero la silla se encajó contra el quicio de la puerta, con las patas delanteras oblicuas mientras Tucker hacía aspavientos, primero para recobrar el equilibrio y luego para impedir que la silla hiciera un ruido audible al raspar contra la madera. La discreción era instintiva.

La risa había sonado pegada al micrófono. Una risa cálida, acogedora, que transmitía una gran diversión.

No hubo más ruidos. Ni pasos, ni puertas cerrándose, ni respiración alguna. Si se había quedado alguien en la Galería de los Retratos, estaba siendo igual de silencioso que Tucker, aparte de la risa.

No podía haber sido ningún alemán.

El micrófono estaba escondido en un aplique, a cuatro metros del suelo.

Muy despacio, Tucker se quitó los auriculares. Detuvo la grabadora. Con cuidado, apretó las manos contra la pared para terminar de enderezar la silla. Le atronaba el corazón en los oídos. Qué peste. La aguadulce.

Abrió la puerta del armario, casi temiendo que hubiera algo esperándolo al otro lado. Pero, por supuesto, no encontró más que una sala de estar vacía, que olía un poco a rancio por llevar todo el invierno cerrada al público.

Tucker odiaba aquel lugar. Odiaba el agua, odiaba aquella sensación insidiosa de que el agua estaba metiéndose dentro de él, infectando sus pensamientos, volviéndolo temerario, volviéndolo incontrolable, después de tantos años.

Llegar, cumplir, marcharse con el trabajo terminado.

11

Unos enviados suizos serían, obviamente, la opción preferible en aras de la neutralidad diplomática, pero en este mundo imperfecto —le confió Pennybacker a June— es difícil encontrar a diplomáticos suizos. Ya es difícil encontrar a ciudadanos suizos de cualquier tipo. ¡No hay tantos como cabría imaginar! Solo cuatro millones, incluso en la misma Suiza. Y ya nos cedieron a dos de ellos para actuar como enlaces en el Greenbrier.

A mediados de la primera semana, el Avallon recibió a cuatro nuevos huéspedes procedentes de la estación de ferrocarril, que se apresuraron a pasar al vestíbulo con copos de nieve seca arremolinándose a su estela. Pennybacker conocía a los dos primeros: Rudolf Reiff, un clavecinista de cuerpo trabajado, cuyo cabello entrecano imposibilitaba adivinar su edad, y Felix Rufenacht, director de orquesta con rostro aniñado y peinado escultural, ambos pertenecientes a una orquesta de cámara cuyo regreso a Europa se había vuelto casi impensable después de Pearl Harbor. Acababan de recibir un cursillo acelerado de cinco días sobre diplomacia en Washington D. C., del que habían salido solo levemente mejor informados al respecto que June.

—¡Así que nos han tocado los viejos Rudy y Rufey!

Los suizos traían veinticinco mil dólares en un maletín encadenado a la muñeca de Felix, que debían distribuirse entre los ciudadanos japoneses mientras se resolvía el asunto de sus cuentas bancarias bloqueadas. Aceptaron la llave de sus habitaciones, reclamaron para sus horas de oficina la Sala de Cristal —que no debía confundirse con el Estudio de Cristal, ya que este producía los objetos que llenaban la otra— y le dijeron a Pennybacker que tenían que charlar en algún momento y ponerse al día.

Y ya solo quedaron los otros dos recién llegados, que pertenecían a la familia Gilfoyle.

Stella, la hija mayor de los Gilfoyle, llegó dando pisotones con su sonrisa flácida y un periquito enjaulado que llenó el vestíbulo entero de su apremiante y repetitivo «chic chic chic chic». June llevaba meses sin verla, pero la encontró igual que siempre: intensa, atolondrada, perfumada con lavanda, sudorosa. Había recorrido por completo el país de la infancia y entonces, de algún modo, se había quedado al final del embarcadero, saludando con la mano mientras los demás zarpaban y la dejaban atrás.

—Atún —dijo Stella, bajando de sopetón al periquito para apretarse húmeda contra June—, no sabes qué calor hacía en el tren.

—Stella, ¿qué haces aquí justo ahora? —preguntó June. Era desconcertante hallarse ante alguien de la familia Gilfoyle sin previo aviso. En general, la llegada de cualquiera de ellos habría sido equiparable a una festividad oficial. June sintió una repentina punzada de recelo: no era normal que la hija mayor de los Gilfoyle viajara sola—. ¿Madeline viene contigo?

Stella jugueteó con una insignia de identificación que le habían colgado del cuello.

—¿Tú tienes una igual?

June la tenía.

—Stella, no has venido tú sola, ¿verdad?

—Claro que no —respondió Stella—. He venido con Sandy.

¿Sandy?

Mientras June permanecía clavada en el sitio, con las manos entrelazadas de forma tan indisoluble como las del ángel de una lápida, vio cómo los chóferes habituales de los Cadillac del hotel llevaban dentro al más joven de los Gilfoyle. No había podido regresar a tiempo para el funeral, o quizá no había querido, porque don Francis y él estuvieron peleados hasta el final, así que la última vez que June lo vio fue en una fotografía de uniforme que le había enviado el propio Sandy: «¡Eh, Atún, mira qué trapos más harapientos! Con todo mi cariño». Al verla, June se había quedado impresionada al comprobar que Sandy por fin había hecho ese truco de conjurador que llevaban a cabo los hombres jóvenes, que un día eran chicos desgarbados y cabezudos y al siguiente ya se habían transformado en hombres de brazos fibrados y hombros montañosos. Sandy siempre había sido un chico de expresión amistosa, con los ojos curvados como en una sonrisa aunque no estuviera sonriendo y las gruesas cejas rubias inclinadas en gesto interrogativo aunque no estuviera preguntando nada, y luego se había transformado en un joven de expresión amistosa.

Ese día, regresaba al hotel de su padre en silla de ruedas. Encima de la oreja izquierda tenía un rectángulo de tres por ocho centímetros que le habían rapado hacía poco, y en el que se distinguía una línea de suturas. Ese lado de la cara estaba también salpicado de rojo por abrasiones que ya estaban sanando. Aunque en general June no se alteraba por la sangre, notó que se le atenazaba el estómago. Una cosa era ver heridas y otra muy distinta ver que las había sufrido Sandy. Pero la más impactante de todas era la herida en el alma. Sandy no se movía. Mientras T. J. y Lewis B. cargaban con la silla de ruedas escalera arriba, despacio y caminando de lado como cangrejos, Sandy se mantuvo inmóvil, con un leve ceño de perplejidad y las manos sobre las rodillas. Tenía las orejas rojas de frío, pero no parecía consciente del tiempo que hacía. Los dachshunds imploraban en vano sus atenciones.

El día anterior habían pasado trescientos prisioneros del Eje por la puerta de June, pero no eran nada comparados con aquello.

Algo había arrojado un travesaño de la galería al salón de baile; algo se había reído al alcance auditivo de la esposa del alcalde. June había dicho que no era el agua, porque el agua no funcionaba así, pero ¿qué sabía ella? Francis Gilfoyle estaba muerto y enterrado, Edgar Gilfoyle vivía y se había acostado con ella y a Sandy Gilfoyle le habían robado la sonrisa. Si esas tres cosas habían pasado a ser ciertas, cualquier otra podía serlo. Durante un breve instante, tan finísimo que cupo entre alientos, June pensó que ya nunca más volvería a ser feliz. Aquel pensamiento tan ajeno para ella fue a la vez puro e indoloro. Había sido feliz el día anterior, pero no lo sería el siguiente. Ni el siguiente. Ni el siguiente. La versión de ella sonriente se había quedado en el pasado.

Fue una sensación que ya resultaría terrible si cualquiera la experimentase dentro del Avallon, pero fue particularmente terrible para ella, para June, que escuchaba a la aguadulce, a quien la aguadulce escuchaba.

El personal estaba observándola.

June se tragó la congoja.

—No he podido subirlo yo por la escalera —balbució Stella, y June, casi por acto reflejo, metió la mano en el bolsillo de la chaqueta de la hija mayor de los Gilfoyle y sacó unos dólares para dárselos como propina a T. J. y a Lewis B. de su parte. Stella levantó los brazos para facilitarle el hurto y solo añadió—: Pobrecito Sandy Dandy.

El pobrecito Sandy Dandy llevaba un sobre dirigido a «JUNE HUDSON» metido en su chaqueta de lana. Dentro había una carta mecanografiada de Ernest Schwartz, el médico de cabecera de la familia Gilfoyle, en la que le explicaba que Sandy había sufrido un accidente durante su entrenamiento. La explosión le había hecho a Sandy las heridas físicas evidentes, que el doctor Schwartz estaba seguro de que aún serían visibles cuando June leyera aquella carta, pero además había dejado a Sandy con los síntomas de una neurosis de guerra, ya que desde entonces no respondía a los estímulos. Habían probado con distintos tratamientos —amital sódico, tranquilizantes y terapia—, pero no habían dado resultado y, tras deliberar con Madeline, habían decidido que la mejor opción era enviarlo para recuperarse a su hogar de la infancia. El doctor Schwartz era consciente de que el Avallon estaba al servicio del país en esos momentos, pero se había llegado a acuerdos con las agencias federales correspondientes para que Sandy se alojara en el propio hotel, ya que los estímulos serían más efectivos para su dolencia que estar solo en el apartamento familiar. Stella cuidaría de él. En el momento de escribir la carta, seguían intentando localizar a Edgar, pero le informarían a la mayor brevedad. «Atentamente, un saludo, la acompaño en el sentimiento, echo de menos el Avallon cada día que no paso allí, Ernie Schwartz».

—¿Sandy? —probó a decir June.

Los ojos del joven permanecieron fijos más allá de ella.

Que hubieran enviado a Stella para cuidar de Sandy revelaba lo poco que creían que pudiera hacerse por él. Nada salvo esperar. June recordó cómo su madre y ella habían esperado a su padre cuando regresó de la Gran Guerra. Pero en realidad nunca regresó del todo, y su último estallido de sentimiento había sido un disparo autoinfligido. «¡Esos alemanes codiciosos! —había rugido su madre—. No pueden evitarlo, porque les enseñan desde pequeños a apoderarse del mundo, a masticarlo, a escupirlo. Si les traen sin cuidado sus propios hijos y maridos, ¿cómo van a importarles los de los demás?». Más de una cuarta parte de los pacientes del padre de June habían sido inmigrantes alemanes y, a pesar del creciente sentimiento antialemán, su madre nunca había dicho ni una palabra contra ellos. Pero ese día, de pie ante el cuadrado de tierra removida que contenía el cuerpo de su marido, la madre de June no había podido parar. «Y eso no tiene cura, hay que sacrificarlos a todos de un tiro. ¡Y darles sus tierras a todas las madres y las esposas a las que han roto el corazón!».

—Tú tranquilo, pequeño Sandy —dijo Stella con voz afable, y dio unas palmaditas en el hombro inmóvil de su hermano—. No te preocupes por nada. Junípera no está enfadada, ¿a que no?

—No estoy enfadada.

June no sabía cómo estaba. Se sentía en carne viva y novata. Al igual que la aguadulce, se había vuelto resistente, difícil de sobresaltar, pero Sandy había seguido unas normas distintas en su corazón desde el mismo día en que se conocieron. Ese día Sandy estaba ahogándose en la Avallon IV. Al abrir la puerta, June había topado con el olor a azufre y con la visión de una sola mano emergiendo de aquel cuadrado de agua oscura. Muchos años después, cuando Sandy ya tenía edad para hablar como era debido, le contó que durante bastante tiempo habían sido dos manos, no una. Eran necesarias dos manos para mantener fuera del agua la cabeza de un niño pequeño. Pero cuando June llegó ya solo quedaba una y, cuando lo sacó de allí, empapado e inmóvil, con la cabeza colgando como un cerdo sacrificado, esa mano fue lo único que la convenció de que el niño aún no estaba muerto. Seguro que los niños muertos no podían aferrarse. Por suerte para ambos, June había leído no hacía mucho tiempo sobre el método Schafer de respiración artificial, ilustrado y explicado en un anuncio de tabaco pensado para salvar vidas a la vez que vendía cigarrillos de la marca Ogden's, y había una carretilla apoyada en la pared de un cobertizo cercano. Y así fue como June, una joven doncella con un acento montañés casi incomprensible, terminó cargando con Sandy Gilfoyle, el queridísimo benjamín de la familia Gilfoyle, hasta el Avallon. Cuando la gobernanta le exigió saber qué estaba haciendo allí tan lejos, en la Avallon IV, June respondió: «Ya le dije que puedo oír el agua».

Nadie le preguntó a Sandy qué hacía allí fuera. Pero June lo sabía.

Ese día les cambió la vida a los dos, ¿verdad?

June le susurró una descripción del incidente a Sandy en su silla de ruedas, para ver si le provocaba alguna reacción. No lo hizo.

Desde el otro lado del vestíbulo le llegó una conversación en alemán mientras dos internos caminaban hacia el comedor. Muy dentro de ella, algo arañó y dio zarpazos, un desagradable instinto de acusar y rabiar. «Esos alemanes codiciosos...».

June lo contuvo de inmediato. Antes la había pillado por sorpresa, pero no volvería a pasar. Si Rana podía limpiarles la habitación a aquellas personas, ella podía mantener la espalda erguida y seguir con su propio trabajo. Así que dio la orden.

—Por favor, preparad el alojamiento para los Gilfoyle.

Todo el personal cercano se puso en movimiento al instante, excepto un hombre. En voz baja, Griff le dijo:

—Cuánto lo siento, jefa.

June hizo todo lo posible por apartar a Sandy de su mente durante los siguientes días, dedicándose en cuerpo y alma al trabajo. Lo había a espuertas, tanto del habitual («salpicaduras y facturas», en palabras de Griff) como, debido a la peculiar naturaleza de sus huéspedes, del no tan habitual.

La tensión del viaje le había provocado una apendicitis a un secretario consular alemán, una dolencia demasiado grave para que la tratara el benévolo y anciano médico del hotel. June tuvo que discutir con los dueños de la ambulancia del pueblo para que se prestaran a transportarlo hasta Malden, donde estaba el hospital más cercano, y ya sabía cuando se marcharon, acompañados por un contingente de agentes fronterizos, que el rifirrafe llevaría a la prensa hasta su puerta más adelante.

Rana le pidió a June que fuese a hablar con ella para preguntarle si tenía más sábanas escondidas en algún sitio del hotel. Al parecer, varios de los delegados de mayor categoría habían exigido cambiar de suite al descubrir que a alguna doncella o mayordomo le había tocado una sala de estar más grande o unas vistas más bonitas. La lavandería estaba haciendo horas extras para limpiar todas las sábanas y poder entregar las habitaciones a sus nuevos propietarios. June, a regañadientes, se desprendió de parte de sus reservas para los tiempos de guerra, guardadas en el almacén, y avisó a la Gruta para que enviaran unos dulces de menta a las doncellas y los mayordomos expulsados.

Un diplomático italiano incendió sin querer su cuarto de baño cuando intentaba destruir un documento de su embajada que había olvidado que tenía escondido en el zapato. Cuando June le llevó el papel mojado y ennegrecido a Hugh Calloway en su oficina, el agente determinó que había sido una lista de familias de Washington que habían invitado a los diplomáticos italianos durante su estancia. «Quería enviarles cartas de agradecimiento», alegó el italiano.

Griff Clemons dijo que los chicos de la Gruta andaban desesperados por subir a Erich von Limburg-Stirum en un avión, un coche, una bicicleta, un caballo o cualquier vehículo donde pudiera demostrar sus dotes. June replicó que tener controlada a la gente de la Gruta no era trabajo suyo, sino del chef Fortéscue. Con un suspiro, Griff reconoció que Fortéscue era quien encabezaba esa carga.

Y Angela Bickenbach, esposa del agregado comercial alemán, pidió abandonar el hotel. Era ciudadana estadounidense, afirmó, y no se la podía obligar a que regresara a Alemania con su marido alemán. Lo habían hablado entre ellos y habían decidido separarse para que ella pudiera regresar a su vida americana. «¿Eso puede hacerse?», preguntó June a Pennybacker. Él respondió: «Requerirá muchísimo papeleo».

Pero, con el paso de los días, los pensamientos de June seguían regresando a Sandy Gilfoyle, a quien no dejaba de ver por el rabillo del ojo, aparcado en distintas salas de estar con su silla de ruedas. Al igual que don Francis, June no había querido que se alistara en la armada. No quería que echaran a perder la fe que tenía el joven en la humanidad. Acababa de terminar la carrera y aún eran tiempos de paz, por lo que ni siquiera se rumoreaba que fuesen a reclutar tropas. «¿No quieres que haga lo que está bien, Atún?». Lo más irónico de todo era que ella le había sugerido dedicarse a la diplomacia, y Sandy había seguido estudiando idiomas con ahínco en la universidad y hablaba varios con fluidez. Pero estaba obsesionado con alistarse. Tanto él como Carrie como don Francis eran bastante obsesivos, en realidad, incapaces de soltar una idea cuando se les metía entre ceja y ceja. Eran lo contrario a Edgar y Stella, que tenían que esforzarse para conservarlas allí durante más de unos segundos. En concreto, a Sandy le había entrado una fijación por la historia de un inmigrante alemán, Robert Prager, a quien una turba había linchado en Illinois durante la Gran Guerra. Había escrito a June al respecto («Lo envolvieron en una bandera estadounidense, June, y lo hicieron desfilar por la calle sobre cristales rotos, creyendo que era un espía») y luego le había explicado más detalles al regresar al Avallon: de cómo el alcalde había intentado impedirlo, de cómo lo habían obligado a subir por sí mismo al nudo corredizo, de cómo le habían preguntado si quería escribir una última carta a sus padres, cosa que había aceptado. June notó que aquella historia tan atroz había calado en su mente, y que no iba a librarse de ella sin actuar de algún modo. Cuando June le señaló que iba a luchar contra los alemanes, lo cual parecía oponerse al sentido de su historia, Sandy le había puesto aquella expresión tan seria que tenía.

«Esta será una guerra sobre cómo impartimos justicia, June —le había dicho—. Será una guerra sobre la voluntad colectiva. ¿Qué hacemos con el poder de los muchos? ¿Somos mejores o peores cuando actuamos al unísono? ¿Empuñamos la justicia? ¿Empuñamos la venganza? ¿Les damos a un puñado de personas unas vacaciones de verano estupendas? Prager intentó unirse a nuestra armada, pero tenía un ojo malo. Creía en la voluntad colectiva utilizada para el bien. Sí, combatiré a alemanes. Como debe hacerse. Y lo mismo habría hecho él».

June tuvo la sensación de que buena parte de aquel discurso era para chinchar a don Francis, más que para convencerla a ella, pero no sabía cómo apaciguar la tensión entre ellos. Ninguno de los dos discutía jamás con nadie del mundo exceptuando al otro. Así que June le dijo a Sandy que estaba muy orgullosa de cómo había madurado, y él le dijo que se quedaría si ella de verdad lo quería así, una generosa oferta que no le había extendido previamente a su frustrado padre. Pero June no iba a detenerlo. Ese era el sufrimiento de confiar en alguien, ¿verdad? Si Sandy creía que aquello era lo que debía hacerse, lo más probable era que lo fuese.

Hacia el final de la semana, June se rindió y se permitió un pequeño descanso. Dejó a los perros tras el mostrador y le dijo a la recepcionista de turno que regresaría en una hora. Al principio, sus pies empezaron a llevarla en dirección a la habitación 411, pero no estaba nada convencida de que el consuelo abrasador característico de la diseñadora fuese lo que quería, así que viró hacia el salón de baile. Se le ocurrió esconderse en el foso de la orquesta y dedicar un momento a recomponerse.

Abrió las grandiosas puertas, entró y las cerró con llave a su espalda. Aún no habían desmantelado los poemas, así que las páginas giraban despacio con el aire que había desplazado su entrada. Cruzó el salón hasta la fuente y se sentó en la orilla. Rozando con suavidad el borde de una azalea tallada, dejó escapar un largo, larguísimo suspiro. Aquel travesaño podrido de la galería había caído a escasos centímetros de distancia de allí. June pensó en la risa que había oído la esposa del alcalde.

Metió la mano en el agua.

El consuelo la empapó, toda una década de consuelo. Dos décadas. Su vida adulta al completo. En general, cuando June metía la mano en el agua, cuando *de verdad* metía la mano, era para compensar alguna negatividad. Añadía su propio consuelo en contrapeso a algún mal que estuviera experimentando un huésped. Pero ese día usó el agua como lo haría un huésped, con egoísmo. Dejó que el agua se llevara su malestar, que la sanara.

Al hotel le iba bien, ¿verdad? Incluso más de lo que ella se había atrevido a desear. Aquella vieja barcaza había visto mucho, pensó June con cariño, y ni siquiera que su directora la zarandease un poco iba a hacer que zozobrara, después de una década de placer y satisfacción. El Avallon tenía la felicidad por costumbre. Qué curioso, pensó, que Gilfoyle hubiera estado en lo cierto: aquella misión de verdad entraba dentro de sus capacidades. Su personal se ocuparía de las delegaciones diplomáticas y luego las subiría a un tren y empezaría a prepararse para una primavera llena de bodas de guerra y fiestas de buen gusto. El aparejador terminaría de separar los terrenos de la Casa del Lirio del resto del Avallon y June recibiría un título de propiedad. Sandy, joven y fuerte, se recuperaría; al contrario que don Francis, en sus velas soplaba el gozo sanador del Avallon. Y quizá, con un poquito de suerte, la próxima vez que Gilfoyle le cogiera la mano, ya no quisiera soltarla.

¡Ffffffsssssst!

June se sobresaltó cuando algo se deslizó rebotando sobre la piedra hasta caer directo en la fuente. Algo ligero y brillante, que se hundió despacio. Cuando lo sacó del agua, descubrió que era un avioncito de papel, hecho a partir de una lámina de poesía.

Se hizo visera sobre los ojos para que no la deslumbrara la refulgente y fría luz del sol que entraba por los ventanales y, por entre las oscilantes láminas de papel, avistó a tres figuras en la galería de arriba.

Una dejó escapar un gañido abreviado. Otra exclamó:

—*Achtung!* ¡La jefa!

Luego, más exclamaciones en alemán.

—No os mováis de ahí —dijo June al grupo.

Los ocupantes de la galería tuvieron tiempo más que de sobra para escapar mientras June cruzaba hasta la escalera de servicio oculta que había en la esquina, pero no esperaba que la desobedecieran y no se equivocó. En la galería del tercer piso encontró a dos camareros suyos, Sebastian Hepp y Paul Eidenmüller, acompañados por un famoso piloto de acrobacias aéreas, Erich von Limburg-Stirum. Esparcidos a su alrededor había escuadrones enteros de aviones de papel y pilas de poemas robados esperando a que los plegaran para alzar el vuelo.

Los tres parpadearon como mapaches ante los faros de un coche.

Ninguno debería estar allí arriba. Sebastian y Paul tendrían que estar preparando el comedor para el servicio. Erich von Limburg-Stirum, un interno —Pennybacker la había corregido cuando June los llamó «reclusos», cosa que no podían ser según la ley internacional—, tenía prohibido el acceso tanto al salón de baile como a la galería.

June clavó la mirada en ellos: en Sebastian, con sus ojos grandes, sentado con las piernas cruzadas y un poema en las manos; en el flacucho y desgarbado Paul, arrodillado como en oración para equilibrarse mientras alisaba una arruga de un ala; y en Erich, de rostro generoso, despatarrado, apoyado en un codo. Luego se tiró de las perneras de los pantalones de lino para sentarse más fácilmente con ellos en el suelo. Extendió una mano y Sebastian puso un poema en ella.

Si un cuerpo halla otro cuerpo
cruzando el centeno,
si un cuerpo besa a otro cuerpo,
¿debe dar un gorjeo?

—¿Esto es para lo que está entrenado usted? —le preguntó a Erich mientras empezaba a doblar.

El papel se transformó de un tipo de arte en otro bajo sus dedos y, a medida que las palabras se hacían invisibles en parte con los pliegues, el poema dijo primero una cosa y luego otra.

—Sí, por supuesto —respondió Erich, sorprendiendo a June por lo grave que era su voz—. Es por lo que soy famoso.

—No copies ese de ahí —advirtió Sebastian a June al fijarse en lo mucho que estaba inspirando su avión en el que tenía al lado—. Es un modelo fallido. Lleno de defectos. Jamás debería despegar.

Paul murmuró algo en alemán y todos rieron, y entonces Paul fue consciente de su error y, en inglés, explicó a June:

—Les he pedido que no se rían de mi avión.

Cuando June hubo terminado, Erich inspeccionó su avioncito, arrugando sus cejas claras, como si no existiera nada más importante para él que la viabilidad de ese aparato. Rasgó unos estabilizadores en las alas y dobló el morro hacia abajo.

—¿Lanzamiento autorizado? —preguntó.

—Creo que, como directora, debería hacerlo yo —dijo June.

Envió el avión por encima de la barandilla de la galería. Voló recto y estable durante una docena de metros antes de precipitarse de golpe hacia el suelo. Desde allí arriba, la colisión fue silenciosa. Parecía un cisne muerto.

—Tendrías que haber dejado que lo hiciera el experto —masculló Sebastian.

—La experiencia siempre vence a la categoría —añadió Paul.

—Ha sido un buen primer intento —dijo Erich, amable.

June agachó la cabeza en agradecimiento.

—¿Está gustándole el Avallon, señor Von Limburg-Stirum? ¿Herr Von Limburg-Stirum?

(Sus dos camareros se deleitaron con aquello y, al instante, se dirigieron uno al otro imitando la pronunciación de June: «Gerrrr. Gerrrr Vond Limburg Estiiiirum»).

—Es muy bonito, está muy bien —dijo Erich. Fue contando con los dedos—. Me gusta el café, me gusta la cama, tan cómoda, y me gusta el personal acogedor. —Cuando June enarcó las cejas, Erich reconoció—: Me han dicho..., me dijeron que, cuando uno llega a un lugar nuevo, lo apropiado es decirle al anfitrión tres aspectos del servicio que te gustan, porque lo encontrará muy satisfactorio.

—Lo encuentro muy satisfactorio.

Él asintió, complacido.

La siguiente pregunta que le hizo June seguramente no era muy educada, pero había querido conocer la respuesta desde que supo que ese hombre iba a llegar al hotel.

—¿Está enfadado por haber tenido que venir aquí?

—Sabía que era un riesgo quedarme en América —dijo Erich—. No sabía que nuestros países terminarían en guerra, pero estaba claro que las relaciones... Lo dicen así, ¿verdad? ¿Las relaciones? Estaba claro que las relaciones no eran buenas. Pero me encanta volar así. —Pilotó su mano haciendo acrobacias sobre los tablones del suelo, como un as de la exhibición aérea—. No para luchar, sino por felicidad. Y adoro mi país, pero Estados Unidos ha sido mi nuevo hogar. —Al decirlo, su rostro amable compuso una sonrisa ausente, como si estuviera visualizando las multitudes a las que había impresionado allí. Luego, igual de rápido, la sonrisa se desvaneció—. En Alemania tendré que pilotar bombarderos. Esto es muy difícil para mí.

Sebastian y Paul se miraron los dedos y estudiaron las pilas de poesía que esperaban a pasar por la fábrica de aviones. Saltaba a la vista que aquel no era un territorio que hubieran pisado en conversación antes de que llegara June, y no sabían cómo hacerlo encajar con su héroe grandilocuente.

Erich empezó a hacer otro avión, pero, después de solo dos pliegues, lo aplastó para dejarlo plano de nuevo. No alzó los dedos de su mano, apretada con fuerza sobre el papel.

«La buena educación —dijo don Francis en la mente de June— consiste en hacer del mundo un lugar más hermoso. A veces significa tener un pensamiento poco hermoso pero callártelo. A veces significa tener una necesidad poco hermosa y no pedirla. Porque esas cosas, en el momento en que salen de tu cabeza, vuelven el mundo menos hermoso, ¿lo entiendes? La gente bien educada no reparará en medios para que sus pensamientos poco hermosos queden bien ocultos. Es una habilidad que seguirán entrenando durante toda la vida».

June: «Y ahora va a explicarme que nuestro trabajo es adivinar cuáles son los pensamientos poco hermosos de los demás para que no tengan que decirlos, ¿es eso?».

Don Francis: «Excelente, June».

June removió los pensamientos poco hermosos de Erich.

—Hay algo más, ¿me equivoco?

Al instante, él respondió:

—No, pero... Ya se lo he dicho al hombre del Departamento de Estado, así que poco más puedo hacer. No creo que mi prometida sepa que estoy aquí. Puede que piense que he desaparecido y ya está. No sé si puedo esperar que regrese conmigo, pero es duro pensar en... No quiero que crea que me fui de gira y la abandoné sin más.

June: «¿Por qué los llama poco hermosos, en vez de feos?».

Don Francis: «Que algo no sea hermoso no lo convierte en feo. Lo necesario muy rara vez es hermoso».

—¿Y qué le dijo Pennybacker?

—Está intentándolo. «Paciencia», me dijo. Todo va lento —respondió Erich. De pronto, pareció hartarse él también de no estar siendo el héroe fanfarrón, porque cogió un avión descartado, retomó su sonrisa fácil y proclamó—: Si no fuera por eso, sería bastante feliz aquí en el Avallon. Me quedaría encantado hasta el año que viene y más.

June había aprendido de Gilfoyle lo importante que era dejarle a la gente una escapatoria en las conversaciones. Con deliberado tono alegre, dijo:

—Le daré la lata a Pennybacker. Sábanas pequeñas en su cama hasta que haya resuelto este tema, ¿qué le parece?

De pronto, las tres sonrisas desaparecieron de sus rostros. El estado de ánimo se congeló tan por completo que June se volvió para mirar atrás.

Y allí estaba el agente Tucker Rye Minnick. No era Tucker Rye Minnick, el del tatuaje de carbón, sino el agente especial federal Tucker Rye Minnick, personificación de la ley, personificación del esta-zona-está-prohibida.

—Andando —dijo.

Los alemanes se levantaron de inmediato. La presencia de un extraño transmutó al instante a Sebastian y Paul de gamberretes en camareros. Sonrisas obsequiosas, movimientos gráciles, miradas recatadas. Se marcharon de la galería sin mostrar ni el menor rastro de aquella alegría juvenil. Erich von Limburg-Stirum era de nuevo el piloto de exhibición aérea en un país enemigo. Le lanzó a Minnick una sonrisa torcida y una disculpa sincera y después le ofreció el avión que tenía en las manos.

El agente Minnick lo cogió como si fuese la prueba de un delito.

Cuando Erich se hubo marchado, el agente Minnick, con la voz cargada de decepción, dijo:

—Señorita Hudson.

June era consciente de lo solos que estaban, la escasa distancia que los separaba, lo masculino que era él. Tenía postura de boxeador, cruzado de brazos, con las manos en las axilas, las piernas separadas, una pose que desentonaba un pelín con su traje. Porque aquel ya no era el agente federal Minnick, sino más bien Minnick el del tatuaje de carbón. Parecía ocupar más espacio en la galería que los otros tres hombres juntos. June no había pensado en la distancia que la separaba de ellos al sentarse para doblar papeles. Sí que estaba pensando en la distancia que la separaba del agente Minnick.

—Solo estaban lanzando avioncitos —dijo.

Él miró el que tenía en la mano y luego, sin sonreír, ordenó:

—Acompáñeme.

Tras solo unos pocos metros pasillo abajo, Minnick abrió una puerta y le reveló a June que la salita del otro lado estaba repleta de equipo técnico. June vio unos auriculares, cables, un receptor.

—¿Eso es...?

—El señor Pennybacker no se lo diría tan a las claras —respondió el agente Minnick—, pero una buena parte de los ciudadanos extranjeros que en estos momentos se alojan en el Avallon tenían pleno acceso a distintas piezas importantes de la infraestructura estadounidense antes de Pearl Harbor. Algunos de ellos podrían haber hecho esfuerzos intencionados por investigar esa información a instancias de sus respectivos gobiernos. Uno de mis trabajos aquí consiste en descubrir, antes de que se marchen, hasta qué punto esos individuos son una amenaza.

—Solo estaban lanzando avioncitos —repitió ella.

—El hermano mayor de Erich von Limburg-Stirum es un Gruppenführer de las SS allá en Alemania. ¿Sabe lo que significa?

June sabía lo que significaba.

—Si ha entrado aquí antes, si ha visto mi equipo de escucha, entonces toda mi labor de vigilancia corre peligro. Podrían cerrar la boca a partir de ahora, o podrían proporcionarme información falsa, sabiendo que la enviaré de vuelta a Washington.

—A no ser que solo estuvieran lanzando avioncitos.

Minnick fijó la mirada en ella hasta que constató que June lo había comprendido y solo estaba dándole guerra por dársela.

—¿Es verdad que contrató usted a una huésped en vez de expulsarla?

—Solo a una.

—Diría que es una evasión intencionada de las normas.

—Diría usted bien.

—Señorita Hudson, está costándome mucho creer que se toma esto en serio.

En los libros mayores grises de June, su personal había anotado que Tucker Rye Minnick había pegado con cinta una colección de etiquetas de latas de conserva al espejo de su cuarto de baño. Algunas etiquetas tenían años de antigüedad, según el servicio de limpieza, y estaban desgastadas y pegadas y despegadas más de una vez. En varias aparecían notas manuscritas, pero nada que tuviera algún sentido para las doncellas. (Una doncella había apuntado también, con un cierto énfasis en la presión del lápiz, que el agente Minnick no llevaba anillo de casado. La letra coincidía con la de una observación similar en la página del agente Harris). En todo caso, a June le costaba asociar al hombre de la colección de etiquetas con el hombre que tenía delante.

—Me tomo en serio *mi* trabajo —replicó—. Mi trabajo es hacer que este hotel funcione bien. Mi trabajo es mantener alta la moral de los empleados. Mi trabajo es asegurarme de que los huéspedes estén contentos. Mi trabajo es preguntarles qué quieren y dárselo. Considerarlos el enemigo es *su* trabajo. Así que ocúpese de sus asuntos y yo me ocuparé de los míos.

—Eso no puedo aceptarlo. A veces sus asuntos serán asunto mío. —Minnick abrió la chaqueta y, mientras June pensaba en lo sorprendente que era ver a un hombre con pistola en su hotel, sacó un documento y lo consultó. Dio tiempo a ver que era un registro de llamadas manuscrito antes de que Minnick volviera a guardárselo para preguntarle—: ¿Qué significa 6GRO?

—Es un guardarropa en el ala oeste de la sexta planta. ¿Sabe, agente Minnick? La gente suele encontrarme encantadora.

Él entornó los ojos.

—¿Por qué hay un teléfono en el guardarropa?

—Tenemos espacio para actividades en la sexta planta. ¿Alguna vez ha descubierto, en pleno cumpleaños del gobernador, que falta helado de pistacho? No es nada agradable, agente.

—¿Quién tiene acceso al aparato?

—La gente que tiene que llamar a la Gruta para pedir helado de pistacho. —Al ver que Minnick no sonreía, June prosiguió—: No está cerrado con llave. Podría subir cualquiera. Pero no es una zona de huéspedes, así que no debería haber nadie nunca. ¿Por qué?

El agente Minnick se limitó a abrocharse la chaqueta, ocultando su arma reglamentaria. ¿Dónde la dejaría para dormir?, se preguntó June. ¿En la mesita de noche, junto a la lámpara? ¿Sobre el protector del escritorio, tapando el cuaderno de cortesía? ¿En la repisa del baño, al lado de las ranuras para tirar las cuchillas usadas? ¿Bajo la almohada, teniendo sueños violentos?

—Trate de recordar que estamos en guerra —contestó él.

12

Que recordara que estaban en guerra? *¿Que recordara que estaban en guerra?* Pero ¿cómo iba a olvidarlo June? Aparte de tener el hotel lleno de extranjeros enemigos, su trabajo cotidiano estaba complicándose más y más por asuntos que nunca habría tenido que abordar en tiempos de paz. El día anterior a la llegada de los diplomáticos, en la Gruta se había estropeado la máquina dosificadora de mantequilla, que en general era capaz de hacer cien raciones de mantequilla por minuto, pero de pronto empezó a generar solo una ración muy aplanada y extensa con la forma aproximada de California. Tendría que seguir rota. Por lo visto, necesitaba una pieza especial que estaba muy demandada porque también servía para algún instrumento de guerra, una desafortunada casualidad que situaba al Avallon en la parte baja de la lista de prioridades. Y aquello fue solo el principio. De hecho, el escritorio de June no tardó en cubrirse por completo de inestables pilas de impresos PD-1-A rechazados por la Junta de Producción de Guerra, que estaba dejando una cantidad creciente de aspiradoras, tractores y ascensores sin piezas de recambio. El ejército reclutó a tres porteros a la vez, obligando a Griff a ascender y formar a toda prisa a tres aparcacoches jóvenes. Más adelante padecerían la escasez de aparcacoches, pero, por el momento, había tan poca gente a la que se permitía tener un automóvil en los terrenos que era un problema del futuro. En la cantina de personal, los empleados estaban atareados pasándose imágenes de ropa legal comparada con la ilegal. Anticipando que habría desabastecimientos, la Junta de Producción había puesto el ojo en la ropa. Dobladillos, puños, mangas bombachas, cinturones, todo debía reducirse en pro de la guerra. Las faldas de doce pliegues se convertían en faldas de ocho. Los cinturones de lana de trece centímetros se convertían en tres centímetros de cuero. Los abrigos fruncidos con cintura de avispa se volvían más rectos y sobrios. Las solapas de los bolsillos se atrofiaban. Los vestidos remitían hacia arriba, las rodillas asomaban a la vista con el cambio de marea. Los bañadores de una pieza pasaban a ser de dos, de modo que los preciosos centímetros de tela que habían cubierto el vientre pudieran cubrir a los soldados estadounidenses.

—¡Pobres niños! —lamentó una doncella.

—La ropa infantil está exenta, Verna —le dijo June, y luego, al empleado de la cafetería—: Ensalada de fruta, por favor.

—¿Y qué hará Zara con su boda? —exclamó una lavandera.

—Los vestidos de boda están exentos, Bertha Mae. —Y a la siguiente empleada de la cafetería—: Un huevo es suficiente, gracias. Ah, no pasa nada si es a la plancha. Ponme lo que tengas que la gente no esté comiéndose.

—¡Nuestros uniformes incumplen la normativa! —afirmó la encargada de los archivos de clientes.

June se dispuso a asegurarles a todas que la Junta no estaba interesada en los uniformes que ya existían ni en la ropa hecha a mano, que era lo que vestía la mayoría de ellas en todo caso, pero notó que lo que buscaban no era que las tranquilizaran. Querían tirar de aquella cuerda en ambos sentidos hasta que los dos extremos se deshilacharan. Había una energía acumulándose poco a poco en las montañas. La fiebre de la guerra. Así que June dijo:

—No hay ninguna ley que prohíba remendar, Luellen, solo hacer ropa nueva.

—Al principio te había entendido «merendar» —dijo Luellen.

—Más os vale que eso no lo hayan prohibido tampoco —respondió June—, o vendrían a deteneros ahora mismo.

¡Que recordara que estaban en guerra! Lo peor de todo era que los diplomáticos ya empezaban a aburrirse. En el Avallon el aburrimiento, como muchos otros males, en general afectaba solo a los jóvenes y los débiles. Todo el resto lo combatía con un robusto horario lleno de estímulos físicos y mentales. Winnet y tenis, equitación y natación, gozar de las montañas, gozar del agua. Los diplomáticos tenían prohibidas todas esas cosas. Y, aunque no las tuvieran, los diplomáticos no habían escogido el Avallon. No podían olvidar esa verdad. Los terrenos estaban atestados de agentes de la Patrulla Fronteriza. Evitar la palabra «reclusos» no quitaba en absoluto que el Avallon fuese un centro de reclusión.

Entrado ya el mes de marzo, Angela Bickenbach le dijo adiós a Gerhard Bickenbach, el agregado comercial, en la escalinata frontal del Avallon. Por fin se habían aprobado los papeles que le permitían aprovechar su ciudadanía estadounidense. A la pregunta de June sobre cómo estaba tomándose su marido que lo repatriaran a Alemania sin ella, Angela había respondido: «Obviamente, está desolado», pero sonaba satisfecha. June había sentido un poco de lástima por la Angela Bickenbach del futuro. La Angela del presente estaba demasiado impresionada por el embriagador descubrimiento de que su esposo aún la amaba lo suficiente para sollozar por perderla, combinado con el abrumador y caótico gozo de estar tomando una gran decisión relevante en una situación que se las había arrebatado casi todas. Más tarde, cuando su agregado comercial estuviera en otro país y la correspondencia dejara de ser fiable y las noticias del frente sonaran lúgubres y la guerra se extendiera años y años y ella empezara a comprender poco a poco que jamás volvería a ver a Gerhard, la Angela del futuro quizá desearía haberse tomado más tiempo para despedirse.

Ese día también se marchaban otras dos esposas estadounidenses con sus hijos. A June se le revolvió el alma al ver a esos pequeños. Durante su estancia, los miembros más jóvenes de la delegación japonesa habían mostrado una disciplina increíble, pero en la escalinata del Avallon lloraron todos igual que lo habría hecho cualquier niño estadounidense. Aunque a los pequeños les hubieran dado una versión endulzada de lo que estaba sucediendo, ninguno de ellos dejaba de ver que su equipaje salía del Avallon y su padre no.

Un marido japonés, con los ojos secos pero el rostro descompuesto, le dio un formal apretón de manos a su hijo sollozante.

—Nunca creí que me darían pena los teutones y los japos —dijo Griff—, pero esto es bastante duro.

Las ventanas del hotel, incluida la de la habitación 411, estaban oscurecidas por mirones. En los rostros más cercanos, June vio al mismo tiempo lástima y envidia. Qué espantoso era separar una familia, pensaban. Qué maravilloso era escurrir el bulto de allí, pensaban.

No eran lecciones que June quisiera que aprendiese la aguadulce.

Tras la marcha de las esposas estadounidenses, June les suplicó a los delegados suizos que averiguaran si había alguna actividad nueva que los alemanes y los japoneses estuvieran consintiéndoles a los diplomáticos americanos, mientras rezaba para que la respuesta no fuera visitar aguas termales. Para su gran alivio, recibió una respuesta útil a los pocos días: estaban permitiendo que los estadounidenses leyeran «material impreso aprobado». Un periódico. Novelas seleccionadas.

¡Sí! ¡Novelas! ¡Historias! Si Gilfoyle aún estuviera allí, tal vez lo habría sugerido, porque de niño siempre había llevado un libro consigo. Cuando jugaban a algo en el jardín trasero, se quedaba plantado como un flamenco, con un pie en el suelo, la otra pierna encogida en triángulo, el pie apoyado en la rodilla y un libro en la mano. Después de que June y él se besaran hasta casi pelarse los labios, Gilfoyle yacía escondido con ella sobre su pecho y un libro en una mano mientras, distraído, le acariciaba el pelo con la otra. Leía los textos más tediosos del mundo, ficción y ensayo por igual, todos llenos de encuentros navales y penurias militares y flirteos económicos. Sin aquellos volúmenes, se volvía irritable y neurótico. No habría durado ni un día en el Avallon sin ellos, ni mucho menos una semana o más.

¿Y qué debía ser «aprobado» en el «material impreso»? El director de orquesta suizo le explicó a June que lo importante no era tanto lo que se aprobaba como lo que se desaprobaba.

DESAPROBADO:

Información sobre infraestructura estadounidense
Temas de nacionalismo extremo
Narrativas sobre el alzamiento contra los captores
Narrativas sobre la huida a las montañas
Espionaje en general
El triunfo del Capitán Futuro, de Edmond Hamilton (un añadido del director suizo, que lo consideraba tal insulto a la literatura que pensaba que nadie, ni entre los Aliados ni en el Eje, debería leerlo)

June movilizó una unidad de empleados para registrar el hotel en busca de textos apropiados. Aunque la mayoría del catálogo del Avallon era de ensayo (derecho, geografía, geometría, política muerta que gobernaba a hombres muertos), también había una respetable colección de novela y relato que se habían dejado allí unos huéspedes que solo tenían tiempo para las historias en el paisaje aplazado del Avallon. A las pocas horas, el personal de June ya había reunido una buena pila de «material impreso aprobado».

No presentarían los libros formando una pila sin más, por supuesto. No, aquello sería una excusa para que el Avallon pudiera hacer lo que mejor se le daba. Una celebración literaria, complementada con música y refrigerios temáticos, era justo lo que se necesitaba allí.

El agua había animado a June en el salón de baile. Había llegado el momento de devolverle el favor.

—Tirad la casa por la ventana —dijo June a sus empleados—. Recordadles a los diplomáticos que están en el hotel y balneario Avallon.

Y también le recordarían al agua el aspecto que tenía la felicidad.

—¿Esto es para nosotros? —preguntó Emmi Polk, titubeando en el umbral de la Sala de los Tapices, enmarañada en una invisible red social.

Frau Polk era una de las niñeras alemanas. «Niñera» era mejor que «doncella», pero seguía estando a una distancia inconmensurable de «secretario consular». A diferencia de las doncellas de la delegación, a las que habían desterrado de las mejores habitaciones, ella tenía la suficiente categoría para conservar su suite con sus buenas vistas, pero no tanta como para que la invitaran a los cócteles que la delegación alemana había estado celebrando en la suite del doctor Kirsch todas las noches.

Muchos años antes, la niñera de la que Sandy Gilfoyle se escabulló hasta la Avallon IV había terminado despedida sin llevarse ni siquiera las medias del uniforme. A veces June se preguntaba qué habría sido de ella. En aquel momento, la joven June no pudo plantearse nada que no fuese la súbita atención que la familia Gilfoyle estaba dedicándole, pero la June adulta meditaba qué circunstancias pudieron llevar a que Sandy, un niño obediente y sociable, se escapara de su niñera. El propio

Sandy apenas recordaba nada de ese día, y no existía una jefa de niñeras a la que preguntar. Al contrario que June, que había tenido a Rana como encargada desde el instante en que se puso el uniforme de doncella, las niñeras del hotel no tenían a nadie que las administrara ni las defendiera. Toda la autonomía y la responsabilidad de los médicos, pero nada de su poder.

«¿Cómo se llamaba?».

«June, ¿cómo quieres que me acuerde, después de tanto tiempo?».

«Estaba cuidando a su hijo cuando casi murió. ¿Quién la supervisaba a ella? ¿Y si hubiera sido el hijo de algún huésped?».

Don Francis se había echado a reír, a medio camino entre el humor y la incredulidad.

«¿Insinúas que fue culpa mía?».

«Esa mujer estaba en nómina del hotel —había respondido June—. Lo fue».

Cuando June ascendió a jefa de personal, se propuso resolver el asunto de los puestos huérfanos. Niñeras, pintores de letreros, porteros. Antes de su llegada, no había nadie entre ninguno de ellos y don Francis aparte del jefe de personal, un puesto que tenía a su cargo a cientos de personas. June lo reorganizó de modo que los porteros respondieran ante el encargado de recepción. Los pintores de letreros respondían ante el jefe de publicidad. Las niñeras respondían ante Rana. La gobernanta había protestado con vehemencia, pero June le contestó: «¿Quién sabe más de niños perdidos que tú?».

Desde entonces, el personal solo podía meterse en tantos apuros como su categoría le permitiera. La niñera de Sandy aún tendría su trabajo; Sandy no se habría visto atraído hasta la Avallon IV; June no lo habría rescatado; don Francis no se habría fijado en ella; June no habría salvado el Avallon durante la Gran Depresión. ¿Dónde estarían ambos, de no ser por aquella niñera desconocida?

—Es para todos —respondió June a Emmi Polk, la niñera alemana—. Pásalo muy bien.

Los ojos de Emmi recorrieron la sala, asombrados. June notó que aquella celebración literaria en la Sala de los Tapices aún daba una sensación de clandestinidad.

—Qué bonita es.

Sí que era bonita. La octogonal Sala de los Tapices estaba situada en la intersección de dos alas del hotel. Cada una de sus ocho paredes estaba cubierta por un tapiz histórico. Sus butacones también habían lucido antiguos tapices, pero estaban demasiado dañados para ser reconocibles. Había alfombras persas por todo el suelo. Unas sedas tintadas a mano el doble de largas que June colgaban libres del techo, aunque también podían atarse a unos anclajes decorativos situados de forma que interrumpían la visión. Era un espacio sensual, diferente a los demás, que solo era posible gracias a una fortuita pero infrecuente combinación de dinero y artista. Era una sala igual de innovadora que cuando 411 la había creado, veinte años antes.

June y varios ascensoristas fuera de turno repartieron una novela tras otra mientras los diplomáticos murmuraban y reían y conversaban. Irradiaban felicidad. Así era el poder de la sorpresa. Antes de su reclusión en el hotel, aquello habría sido solo una fiesta más. Allí, donde no esperaban que se los agasajara, era el mayor lujo imaginable. Qué curioso era que combinar los mismos ingredientes en una proporción distinta resultase en un plato completamente nuevo.

Las llaves del reino, *Qué verde era mi valle*, *El señor Skeffington*. ¿Cuánto tiempo hacía que June no escogía una novela para sí misma? Gracias a la insistencia de su padre en que fuese a la escuela cinco años, no era analfabeta como su madre, pero ya habían pasado casi dos décadas desde que June aún tenía tiempo, en los meses flojos de invierno, para leer los ejemplares que desechaban Madeline y Carrie. Durante unos segundos ociosos, pensó en cómo sería acurrucarse en la sala de estar de la Casa del Lirio, leyendo una novela a la dorada luz de la lámpara Tiffany. Gilfoyle en el otro extremo del sofá con uno de sus espantosos libros y los pies de June en su regazo. ¿Conseguía visualizarlo? Ya le costaba esfuerzo considerar la Casa del Lirio como de su propiedad. Las ficciones eran más difíciles incluso: ¿Gilfoyle ralentizando su frenética vida adulta el tiempo suficiente para que su correspondencia no tuviera que perseguirlo de ciudad en ciudad? ¿June encontrando a alguien que pudiera asumir más de sus tareas? No solo alguien que pudiera, sino alguien con la voluntad de hacerlo. Imposible. A don Francis le había costado casi cuarenta años encontrarla a ella, a fin de cuentas.

June ya había entregado unos veinte libros cuando topó con uno, *Colonos en Georgia* de Caroline Miller, cuyas esquinas no cuadraban del todo. Alguien había metido entre sus páginas un avión de papel aplanado, creado a partir de un poema de la Noche de Burns. Bajo los versos mecanografiados («El hombre honesto, por pobre que sea, / sigue siendo rey de los hombres»), una letra manuscrita apretada rezaba: «JH: Así de fácil es colar mensajes dentro de material impreso, motivo por el que queríamos evitar su uso. Venga a hablar conmigo a la Biblioteca Smith. TRM».

June cerró el libro de golpe. Ni siquiera había vislumbrado al agente del FBI ese día, aunque al parecer sus caminos debían de haberse cruzado, si la nota había terminado llegándole. ¿Cómo si no iba a estar seguro el agente Minnick de que June, y no alguno de sus dos ayudantes, iba a interceptar esa novela? ¿Cómo había sabido que June encontraría la nota antes de entregarle el volumen sin más a algún diplomático? ¿Cómo había previsto cuánto tiempo iba a llevarle encontrarla?

¿Y qué quería?

Antes de que June pudiera excusarse, un penetrante chillido heló la estancia.

Aaaaaaaaaaaah

Antes de que June pudiera identificar a quien lo había proferido, llegó otro, idéntico al primero.

Aaaaaaaaaaaah

Y luego otro.

Aaaaaaaaaaaah

Estaban distribuidos a intervalos regulares. Con la precisión de un mecanismo.

June oyó que alguien decía con suavidad la misteriosa frase:

—Otra vez no, por favor.

Aaaaaaaaaaaah

La fuente de los gritos era Hannelore, la observadora hija de Sabine Wolfe. La niña estaba de pie en el centro de la fiesta, con el rostro inexpresivo y las manos cerradas en puños, aullando. Era algo pasmoso. Un bebé podía chillar, un crío pequeño podía tener una rabieta. Pero ver a una niña de más edad como Hannelore con la cara roja, furibunda, era trastocar el orden natural de la clase superior. Sugería el tipo de palabras cargadas que se susurraban más que decirse, no fuesen a suceder por casualidad: endemoniamiento, histeria.

El primer pensamiento de June fue: «¿Se ha torcido el agua sin que me dé cuenta?».

Sabine Wolfe se dirigió a los presentes con la suave contrición de una anfitriona cancelando una celebración por el mal tiempo.

—Cuánto lo lamento.

No hizo ni el menor esfuerzo por reprender a Hannelore. Era evidente que consideraba que el comportamiento de su hija era inamovible. Aquello ya había pasado antes. Y volvería a pasar. Aparte de la edad de la niña, no era ningún suceso extraordinario. Era un berrinche de los de toda la vida.

Mientras los dachshunds se encogían detrás de sus piernas, June recordó un poema de Henry Wadsworth Longfellow:

Había una niñita
Que un ricito tenía
Justo en el centro de la frente.
Cuando era buena
Era una niña buenísima
Pero cuando era mala era insolente.

El padre de June, el Doctor, se lo recitaba siempre a su madre para hablarle de la extraña hija que tenían, y June no cayó en que era un poema, no una canción, hasta mucho después de su muerte. No estaba nada segura de que su padre hubiera llegado a saberlo. Era su forma de ser, siempre recogiendo frases hechas y costumbres de las familias y las granjas a las que hacían visitas a domicilio. De niña, June había supuesto que lo de doctor era un título oficial, pero, como adulta, estaba bastante convencida de que su padre había adquirido sus conocimientos médicos igual que aprendía todo lo demás. Quizá tuviera un año o dos de estudios a modo de cimientos, pero, por lo demás, iba improvisando con lo que tenía. Morro y encanto. A don Francis también le habría caído bien.

Aaaaaaaaaaah

Hannelore seguía chillando.

—¿Le importa si intento hablar con ella? —preguntó June.

Tuvo el tiempo justo para reparar en la expresión desdeñosa de Sabine antes de que se reunieran con ellas Friedrich Wolfe, Lothar Liebe y el doctor Otto Kirsch. Hasta la fecha, todas las peticiones de la delegación alemana habían llegado por medio de uno de ellos. Cuando los alemanes querían saber si podían nadar en las piscinas cubiertas (no), tener acceso a más periódicos (los estadounidenses podían leer una sola cabecera, así que los alemanes tendrían que conformarse con *The New York Times*) o que se les permitiera usar el invernadero como aula provisional (por supuesto, sabiendo que no podría llegar al hotel ningún libro de texto adicional), quien lo solicitaba era uno de esos tres hombres. Tenían un aire imponente y de camaradería. June identificó la pauta que formaban: era similar a la de Griff y Rana Vance y ella misma.

Mientras proseguían los gritos, Friedrich levantó una mano, como si estuviera parando un taxi o ahogándose. Al instante, todos los alemanes se marcharon con sus libros nuevos en la mano. Los sutiles japoneses los imitaron enseguida. Los italianos, que habían estado esperando en el pasillo a que las otras potencias del Eje despejaran la zona para disfrutarla ellos, se dispersaron y ya está.

Lothar Liebe le preguntó a Sabine:

—¿Qué ha sido esta vez?

—Le he dicho —respondió Sabine en voz baja— que solo podía llevarse un libro.

El doctor Kirsch dejó una bolsa pequeña en una pulida mesita auxiliar.

—¿Qué tal estás, Sabine?

Friedrich Wolfe puso las manos en los hombros de su esposa y la volvió para que no estuviera de cara a Hannelore.

—Es una pena —dijo el doctor Kirsch a June mientras buscaba en su bolsa, calmado y metódico, como preparándose para afinar un piano o calzar un caballo—. Con lo bonita que es la joven Hannelore. ¡Con lo inteligente que es! Nunca he visto a una joven tan lista como ella. Le basta con oír algo una vez y ya lo recuerda para siempre. Absorbe conocimiento como otros niños absorben golosinas. Claro que nadie lo diría sin haber visto sus escritos, porque la pobre no habla. Es una tragedia que naciera así. Es su maldición, y tendrá que combatirla toda la vida. Imagínese a lo que llegaría si no tuviera ese lastre en su increíble intelecto. —Estaba sacando una jeringuilla—. Sueño con un mundo en el que nadie tenga que vivir así. En el futuro, habremos descubierto formas de evitarlo.

June se sorprendió por sus palabras y luego por la presencia de la jeringuilla. Daba la impresión de que las circunstancias políticas que motivaban que los agentes abrieran el correo de todo el mundo serían también unas circunstancias que desaprobasen las jeringuillas. Se preguntó si los federales sabían de su existencia. Seguro que sí. Todas las armas cortas de los diplomáticos estaban cogiendo polvo en una caja fuerte del despacho de Gilfoyle, y daba la impresión de que una jeringuilla sería el mismo tipo de objeto. Pero el doctor Kirsch no hizo ningún intento de ocultarla mientras seguía a lo suyo, igual que no había hecho ningún intento de ocultar sus pensamientos acerca de impedir la existencia de niñas como Hannelore en el futuro.

—¿Qué es eso? —preguntó June.

—Un sedante suave —respondió el doctor.

Sabine estaba clavándose las uñas en la muñeca, pero no dio media vuelta. Hannelore estaba quedándose ronca.

Los principios batallaron con ahínco en el interior de June. Su trabajo no era hacerle de madre a su personal, ni tampoco era hacerles de madre a sus huéspedes. Pero ¿drogar a una niña? Y más si esa niña era como Hannelore, que tanto le había recordado a June a sí misma cuando contemplaba el vestíbulo con los ojos como platos aquel primer día de...

Los chillidos remitieron.

Hannelore Wolfe pendía de los brazos de su padre. El doctor Kirsch dio un paso atrás, negando con la cabeza, guardándose la jeringuilla vacía. El silencio recién creado en la sala parecía costroso y malévolo.

—Lo estás haciendo bien, Sabine —dijo Lothar Liebe—. Estamos todos muy impresionados contigo.

—Gracias, Lothar —respondió ella, apenas audible.

—Ya la acuesto yo —dijo Friedrich.

Con qué naturalidad hablaban de aquello, sin que les importara la presencia de June, dando por sentado que no le pondría ninguna pega al proceso. Se sintió cómplice de los actos de esos hombres. De esos huéspedes. Friedrich Wolfe, agregado cultural de la Alemania nazi. El doctor Kirsch, perteneciente al Partido Nazi. Lothar Liebe, de la Gestapo. Se suponía que June no debía saber tanto sobre las personas que eran fuera del hotel. Conque Estados Unidos estaba en guerra, ¿eh? Su corazón sí que estaba en guerra.

¡Aquella jeringuilla!

Con gran esfuerzo, June apartó de su mente todo aquello. No le resultó tan fácil como cuando se había tragado sus reservas antes. Tuvo que recordarse a sí misma que el Avallon era para cualquiera que cruzase su umbral, no para quienes lo merecían. Tuvo que recordarse a sí misma que aquello era lo que significaba trabajar de cara al público. Lo que significaba ser la jefa.

Cuando se había preocupado por si el personal no era capaz de soportar aquel cometido, había olvidado preocuparse por sí misma.

—¿Puedo...? ¿Hay algo que pueda hacer? —preguntó.

La voz de Sabine fue gélida al responderle:

—No hay absolutamente nada que pueda hacer, señorita Hudson.

13

Tucker estuvo esperando a June Hudson en la Biblioteca Smith durante casi una hora, mirando a los hijos del personal en el jardín de abajo. Envueltos en abrigos, con el regazo cubierto de papeles, estaban colocados sin seguir ninguna pauta regular en torno al reloj de sol que había en el centro del jardín. Cada cierto tiempo, miraban con los ojos entrecerrados hacia el sol invernal, con el semblante muy serio. Allá en el mar, la Patrulla Aérea Civil volaba en busca de las jaurías de submarinos alemanes, cada vez más mortíferas. En tierra, la Oficina de Defensa Civil reclutaba a ciudadanos particulares, niños incluidos, por lo visto, para identificar siluetas de aeronaves desde el suelo. Había una mujer en uniforme gris tejiendo en un banco cercano, echándoles un ojo a los niños mientras sus padres trabajaban dentro del Avallon. June Hudson había dicho que dirigía un negocio, no una iglesia, pero solo una iglesia ponía tanto empeño en cuidar a cada uno de sus miembros.

Tucker miró hacia la puerta. Ni rastro de June Hudson.

Ese mismo día había recibido un telegrama desde Washington. Estaban impresionados, decían. La solución propuesta por Tucker para el retraso en la traducción era ingeniosa, atrevida. Hoover se había fijado, decían. Se habían escrito circulares, decían. El telegrama del cuartel general no era lo mismo que una carta del mismísimo Hoover, y no afirmaba que los esfuerzos de Tucker fuesen a bastar para que conservara su puesto, pero sí que era lo bastante positivo como para que Tucker hubiera tenido que llevarse la carta al coche del FBI y quedarse allí sentado a solas unos minutos. Desde que había descubierto que su categoría corría peligro, se sentía igual que cuando había entrado en aquella escalera tan húmeda del Avallon. Ahogado. Llevaba meses ahogándose.

Pero por fin le daban un respiro. Y así, con los pulmones llenos de aire otra vez, comprendió que había sido demasiado riguroso. Tenía que arreglar las cosas con June Hudson.

Ya había pasado hora y media sin que la directora apareciese. Quizá no había recibido la nota, quizá no se dejaba convocar de ese modo, o quizá no se dejaba convocar de ese modo por él, que se había dedicado a regañarla en sus últimos dos encuentros. Desde el pasillo le llegó un rumor de charlas que revelaba que la fiesta del club de lectura había terminado. Le concedió otros cinco minutos, luego dos más, luego otro, luego contó treinta segundos y al final se quedó sin excusas. Al otro lado de la ventana, los niños se habían ido.

«Bien está», pensó. Sentía alivio y decepción a partes iguales.

En el luminoso salón de té verde claro, con el techo alto y unas vistas espléndidas de las montañas, Tucker se dirigió hacia Sandy Gilfoyle y su hermana, Stella, mientras los otros huéspedes alzaban la mirada con curiosa discreción. Stella estaba manteniendo una conversación estridente y casual con uno de los empleados de mayor categoría, riéndose como una niña pequeña mientras el empleado sonreía benevolente. El apuesto Sandy estaba sentado en su silla de ruedas como llevaba semanas haciendo, no más espabilado que el día de su llegada.

—Buenos días, señorita Gilfoyle —dijo Tucker—. Tengo que llevarme la silla de su hermano para examinarla. Es el protocolo.

—¿Cuál eres tú? ¿Marty? —preguntó Stella, con una sonrisa descuidada.

Eso era lo que el dinero les había hecho a los hermanos Gilfoyle: darles la libertad de ser blandos, de ser vivalavirgen, de ser desastrados. No tenían necesidad de apresurarse ni de caer bien. Ni, en el caso de Stella, de sufrir penalizaciones por ser incapaces de aprender a hacerlo.

—Minnick. Agente Tucker Minnick, del FBI —respondió él—. Voy a llevarme la silla con su hermano encima. El agente Calloway y yo la inspeccionaremos y uno de los dos lo traerá aquí de nuevo.

—Pequeño Sandy, ¿te parece bien? —preguntó Stella al joven inmóvil, acariciándole el pelo. No cuestionó la lógica de la petición de Tucker—. No te lo tomes a mal, no creo que sea porque sospechen nada de ti.

Sandy no protestó, de modo que Tucker lo llevó entre los alemanes que despotricaban contra los suizos, los camareros del servicio de habitaciones que murmuraban en francés y los italianos que se enseñaban sus nuevos libros. Según el expediente de Sandy Gilfoyle, el joven hablaba todos esos idiomas. Con su pedigrí y esas habilidades, podría haberse dedicado él también a la diplomacia, pero todas sus decisiones tras la universidad lo habían alejado más y más del mundo que albergaba su hogar de la infancia. Y míralo ahora.

En el cuarto trasero de la oficina de correspondencia, Hugh Calloway abría un sobre utilizando vapor mientras sostenía un rotulador negro entre los dientes. Como el techo era bajo, parecía un gigante larguirucho aprisionado entre muros de cajas, cajones y manojos de cartas.

—¿Qué se cuece, Calloway? —preguntó Tucker.

Hugh seleccionó una carta de la mesa y leyó:

—«Los amarillos montaron mucho escándalo el primer día. El más importante de todos, creo que es un embajador, se quejó de que no tenía alfombra bajo la mesa para comer y dijo que eso solo pasaba en los hoteles baratos. Corrieron todos a llevarle una alfombra, para tenerlo bien mimado y consentido. Lo que le hacía falta no era una alfombra, sino un balazo».

—O sea que estás teniendo un buen día, ¿eh?

Hugh señaló con el mentón hacia Sandy.

—¿Eso te lo has encontrado por los pasillos?

—Deambulando por ahí sin correa. —Tucker pasó los dedos bajo la repisa, miró la puerta cerrada que daba al pasillo y alzó los ojos hacia el aplique, pensando en sus propios micrófonos. No era el único capaz de montar un sistema de vigilancia—. Recuerda que no somos los únicos de este hotel con ojos y oídos en todas partes. Siempre el mejor comportamiento, ¿de acuerdo?

El otro agente lo miró por encima de la carta, alzó las cejas en un gesto elocuente y luego seleccionó otra carta. En vez de responder, leyó:

—«Madre, te echo de menos, pero pronto te enviaré dinero. Los hunos dan buenas propinas».

Arrodillado junto a la silla de ruedas, Tucker retiró un tapacubos para insertar en el eje una nota enrollada y muy apretada que se sacó del bolsillo. Le habría encantado disponer de una grabadora lo bastante pequeña para que entrara allí también, pero no se podía tener todo.

—¿Alguna cosa interesante?

—Estas entrevistas al personal son como achicar agua con un colador. No paran de llevárselos reclutados. No hay nada como pasarte una hora interrogando a un tipo de arriba abajo y de izquierda a derecha para descubrir si tiene simpatías nazis y que, antes de poder mecanografiar su número de identificación, lo embarquen para que se ponga a dispararles. —Hugh eligió otra carta—. «Me repatea darles azúcar sabiendo que tú no tienes en casa, pero la jefa dice que es nuestra forma de ayudar».

—¿Has visto por aquí a la directora?

—Estaba repartiéndoles libros a los nazis, ¿no? «Esta gente es peor que esos condenados yanquis que vienen todos los veranos». Pero «condenados» no se lee, porque ya viene tachado.

Tucker volvió a colocar el tapacubos y comprobó que no hubiera quedado ningún signo evidente de manipulación.

—Están haciéndote el trabajo.

Hugh seleccionó otra carta.

—«Amiga mía, nunca había estado tan cachonda».

Tucker y él estallaron en carcajadas.

Sandy Gilfoyle permaneció sentado inmóvil, con la mirada fija más allá de las cajas.

Hugh recobró el aliento. Hizo ademán de ir a hablar, lanzó una mirada al aplique, otra a la puerta cerrada y terminó diciendo:

—Qué pena que esté así, ¿verdad?

—Mejor lo devuelvo con Stella.

Los Gilfoyle eran una familia poderosa. El FBI se ocupaba de casos de mafiosos, así que Tucker no iba a sorprenderse por encontrar un poder dinástico, pero el que ostentaban los Gilfoyle era sutil. Indirecto. Eran una familia de susurradores y oyentes, contigua a los tronos más que sentada en ellos. A los reyes y los presidentes se los podía derrocar, al fin y al cabo, pero los Gilfoyle siempre podían apartarse con disimulo durante una temporadita, recolectando las propiedades que habían dejado caer los campeones abatidos. No era difícil percibir la influencia de la familia en el Avallon. De joven, Francis se había enamorado de aquel hotel en ruinas, había llevado allí a su familia, había llevado a sus amigos. Había hecho tan buen trabajo, a decir verdad, que el Avallon lo había sobrevivido. Y no era gracias a su heredero, pensó Tucker. Era gracias a June Hudson.

Aún quería encontrarla. Aún quería explicarle..., bueno, no explicarle nada acerca del telegrama, porque obviamente no iba a decirle nada sobre aquello, pero sí explicarle que quería que las cosas fuesen distintas entre el hotel y el FBI, entre ella y él. Las esperanzas le habían aclarado lo conveniente que era tener ese gesto noble. Oía la palabra «jefa» cien veces al día. Había soñado con esa mujer la noche anterior. La veía de pie en el lugar que ocupaba la fuente de aguadulce que tenía fuera de la habitación, como si la fuente y ella fuesen una misma cosa. Pelo engominado hacia atrás, sujeto tras las orejas. Manos en los bolsillos, tranquila, confiada, permanente. Él le preguntaba: «¿Quién eres tú en realidad?». Ella componía aquella sonrisita poderosa y decía, con la misma entonación exacta: «¿Quién eres tú en realidad?».

Fue a la atestada oficina de Rana Blankenship en la segunda planta y tampoco encontró a June Hudson, pero sí a sus dachshunds. Dos de pelaje liso, uno de pelaje hirsuto, los tres con los ojillos brillando en la oficina del servicio de limpieza más espléndida que uno pudiera imaginar, dotada de armarios de roble y una silla de cuero de generosas dimensiones, apta para la retaguardia de Rana. Dentro, la propia Rana estaba en pleno proceso de abroncar a una subordinada, una jovencita pelirroja que aún no parecía lamentarlo lo suficiente para el gusto de Rana.

—Señora Vance —la interrumpió Tucker—, ¿esos son los perros de la señorita Hudson?

Los tres alzaron la mirada hacia él, jadeando de una manera que en general señalaba o bien ansiedad o bien ganas de vomitar. La doncella que estaba recibiendo el rapapolvo lo miró también, jadeando solo un poco menos.

—Agente Minnick —contestó Rana—, ¿viene usted a incordiarme?

—Estoy buscando a la directora.

—Está haciendo una visita privada —dijo Rana.

La doncella por fin se atrevió a añadir, con cierta satisfacción:

—Seguro que está llorando por Sandy Gilfoyle.

Rana profirió un bufido justiciero, reptiliano.

—¿Te saben bien esos cotilleos, Martha? ¿Y qué tal te sabría un bofetón? ¿O a lo mejor...?

Tucker la interrumpió.

—¿A qué se refiere la chica?

—A la jefa la afectó mucho el regreso de Sandy Gilfoyle, como se imaginará usted. —A Rana debía de gustarle el cotilleo también, porque, al ver la cara inexpresiva de Tucker, se apresuró a añadir—: Ah, conque no lo sabe todo, ¿eh, polizonte? Fue quien sacó adelante a Sandy, además de sacarlo de ese agujero en la Avallon IV. Edgar y ella jugaban a papás y a mamás con ese chico.

A Tucker no le gustó lo que estaba sintiendo.

—¿Los Gilfoyle suelen tener una relación tan íntima con el personal?

—Ella no era solo una empleada. Era una de ellos. Iba a todas partes con ellos.

—¿Y cómo les sentaba eso a los demás trabajadores?

Rana generó una papada y un ceño fruncido a juego.

—¿A qué se refiere?

—Ya sabe a qué me refiero. ¿Le tenían envidia?

Generó una segunda papada.

—No voy a hablar en nombre de nadie, pero yo me alegraba de que don Francis se fijara en otra persona capaz de ocuparse del agua. Habría que ser tonto para tenerle envidia a alguien a quien entrenaban para sumergirse en Avallon IV. Y, en todo caso, usted la conoce, ¿verdad?

Así era.

—Nadie trabaja más que la jefa —añadió Rana—, y eso siempre ha sido así. ¿Qué más dará que estuvieran con ella todos los días? Y me alegro de que jugaran a papás y a mamás con ella, también, una temporada.

—¿Por qué dejaron de hacerlo?

—¿Por qué va a ser? Porque crecieron, agente Minnick —dijo Rana, claramente sorprendida de que tuviera que preguntarlo—. Crecieron y se marcharon de aquí. La jefa solo es una de ellos cuando está aquí, en el Avallon. Allí fuera, no. Ya la ha oído. Pero esta malcriada de aquí se equivoca. No es eso lo que trae de cabeza a la jefa ahora mismo. Son los teutones. Martha Hughes, tú te vienes al pasillo conmigo, que vamos a sacarles brillo a los pomos con esa sonrisita.

—Señora Vance, espere —pidió Tucker.

No sabía muy bien qué quería decirle; era solo que se sentía impelido a ordenarle que se detuviera, que escuchara, para demostrar que ostentaba algún tipo de autoridad. Aquella mujer había logrado de nuevo hacerlo sentir como un crío.

Rana, quieta en el umbral, le lanzó una mirada sagaz.

—No tengo tiempo para resolver sus problemas, agente. Tanto usted como yo tenemos perros que patear.

Y, dicho eso, se llevó a Martha agarrada por encima del codo.

Cuando se hubo ido, Tucker registró todos sus cajones, más que nada por costumbre, aunque esa vez también un poco por indignación. No encontró nada fuera de lo normal aparte de un puro sin fumar, una carta de amor sin nombres («No pienso en Indiana ni una sola vez cuando estoy contigo») y, al fondo de un cajón, un caracol vivo que tenía la concha rara, orientada en horizontal. Ese último hallazgo, tan inesperado que le erizó el vello de los brazos, hizo que cerrara el cajón sin hacer ruido y se marchara de inmediato.

Ese caracol, ese caracol... Tucker ya los había visto alguna vez. Tenían un nombre curioso. ¿Tridentes, se llamaban? ¿Tridentes del río Cheat? Podía estar fallándole la memoria, pero sí que recordaba aquella concha aplanada, horizontal. Era un animal montañés, un nativo de Virginia Occidental, y le gustaban los ríos, y le gustaba sobre todo la aguadulce. Le gustaba más que nada la aguadulce cuando se torcía. A Tucker se le había olvidado eso. Habían estado por todas partes, ¿verdad? Después de que el agua se torciera en su juventud, habían cubierto tanto el terreno que no se podía caminar sin aplastarlos. Los caracoles debían de haber estado escondidos en el subsuelo o debajo de hojas, pero costaba no pensar que estaban hechos de la propia aguadulce, por lo deprisa y en tropel que llegaron. ¡Cuántos caparazones! Era la clase de cosa que a los niños les encantaría coleccionar, solo que no había niños después de que el agua se torciera.

—Agente Minnick —lo saludó June Hudson—. Me ha dicho Rana que andaba buscándome.

La directora estaba ante la fuente que había junto a la habitación de Tucker, tapándola con el cuerpo, y tanto su postura como la iluminación del pasillo guardaban un parecido imposible con su sueño. Todas las cosas que había planeado decirle resultaban de pronto baladíes y tontas.

En vez de esas cosas, se oyó a sí mismo preguntarle:

—¿Hay algún agua en este lugar que no sea aguadulce?

June lo observó.

—Ah, es verdad. El personal dice que la evita usted. Tucker Rye Minnick. Solo bebidas embotelladas. No servirle agua. Duerme en el lado derecho de la cama. Le gusta la cebolla y el ajo. Postres de fresa. Cena ligero o no cena. Tiene etiquetas de lata de conservas puestas en el espejo. No lleva anillo de casado.

Era una minuciosa exhibición de autoridad. Una parte de él tenía la sensación de que se trataba de un juego al que llevaban jugando los dos desde siempre, turnándose para demostrarle al otro cómo habían llegado a la altura que tenían en la vida. Pero no, aunque aquel pasillo pareciera eterno y ensoñado, aquella partida no duraba desde siempre, porque Tucker recordaba la primera jugada. La había hecho ella, antes de conocer siquiera a su adversario. Y la primera jugada había consistido en que los esbirros en gris y dorado de la directora obligaran a Tucker a dar un interminable rodeo en torno al edificio principal, en que lo obligaran a abrirse un túnel a través de la entrada del servicio para llegar hasta ella. Y aún estaba excavando túneles, porque, en aquel tablero, June jugaba mucho mejor que él.

Estaba satisfecha de sí misma. Satisfecha con la reacción de Tucker.

—No es usted el único —añadió June— que tiene oídos en estas paredes, agente Minnick.

—No duermo en el lado derecho de la cama —dijo él.

—¿Está seguro?

—Porque no duermo. El olor del agua me desvela.

Los ojos de la directora encontraron el tatuaje de carbón. No dijo: «Pero usted es de aquí». Lo que dijo fue:

—Una cabaña para el personal tiene un aljibe que recoge agua de lluvia. No usa la aguadulce. A lo mejor le dejan llevar un colchón, si se lo pide. —Calló un momento—. O también podría ordenarles que le permitan alojarse ahí.

Ah. Sí. Eso. Eso era lo que había querido decirle Tucker. June lo había llevado de vuelta a ello.

—Quería disculparme —dijo—. Mis prioridades como agente no siempre son las mismas que mis prioridades como individuo.

—¿Se da cuenta de que esas son mis palabras saliendo de su boca? —preguntó ella—. ¿De que es justo lo que estaba intentando decirle sobre Ulcie Crites?

Tucker puso la mano en el pomo de su puerta. No pretendía batirse en retirada, pero quería transmitir la impresión de que tenía ese recurso, si la conversación se volvía improductiva. Poco profesional.

—Estaba disculpándome. Aún estoy disculpándome. Quiero que las cosas cambien entre nosotros..., entre el FBI y el hotel.

June meditó sobre aquello. Llevaba una blusa con la textura de una seta silvestre, aterciopelada y seguro que agradable al tacto, y mostraba piel a través de tres botones abiertos. Del cuello pendía un collar de oro que se perdía dentro de la blusa. June, con gesto distraído —o quizá traído, porque Tucker no estaba seguro de que esa mujer hiciera algo sin querer—, se daba golpecitos con el índice en el esternón. Al cabo, dijo:

—¿Qué sabe el FBI sobre Sabine Wolfe?

Tucker estuvo tentado de recitarle todo lo que sabían, igual que ella había recitado hechos sobre él. Sabine Wolfe: pintora de acuarelas, madre de Hannelore, amiga de Lothar Liebe, el hombre de la Gestapo, y del doctor Otto Kirsch, el médico que había escrito varios artículos de opinión favorables al Partido Nazi. Esposa del agregado cultural que el FBI consideraba que había hecho demasiadas excursiones turísticas durante su estancia en Washington. Pero se limitó a decir:

—Tiene amigos desagradables.

—Acabo de ver a ese médico amigo suyo drogar a su hija, que no paraba de chillar, en medio de mi club de lectura —respondió June—. Una aguja así de larga. Ha tumbado a la niña como si fuera un elefante.

—¿Hay alguna pregunta en esas afirmaciones?

—No lo sé. Solo sé que no me ha hecho ninguna gracia.

—¿Quiere que el FBI añada la aguja y la droga a la lista de material confiscado?

Los labios de June se apretaron.

—Delo por hecho —dijo él. Qué bien sentaba concederle algo con tanta facilidad. Establecería una nueva regla. Pues claro que los diplomáticos no podían tener sedantes. ¡Si no podían tener ni siquiera dos periódicos!—. ¿Cómo le va al agente Harris en la centralita?

—Rana dice que las doncellas van a pelearse para que las ascienda a los muchos puestos vacantes que tendré allí dentro de nueve meses —respondió June—. Yo digo que, si esas chicas quieren tener bebés con ese tipo, es problema suyo.

—¿Le gusta escandalizar a la gente, señorita Hudson?

Los ojos de June brillaron divertidos.

Tucker quiso darle otra cosa, algo más valioso, algo que demostrara que, aunque sus prioridades como agente no siempre fueran las mismas que sus prioridades como individuo, tampoco estaban separadas del todo y que June podía apelar a cualquiera de ellas a voluntad. Se sentía dicharachero y sin aliento, y fue consciente de estar entornando un poco los ojos, como para protegerlos de aquel anochecer de Texas.

—¿Puedo preguntarle una cosa al hotel? —dijo—. Alguien ha hecho tres llamadas desde ese guardarropa de la sexta planta. En la centralita aseguran que todas las veces han colgado enseguida sin pronunciar ni una sola palabra. ¿Cree que podría ser alguien de su personal?

—No. Pero puedo averiguar quién ha sido.

De repente, Tucker lamentó haberlo preguntado. Todo parecía ser demasiado real, demasiado imprudente. Por eso había sentido cierto alivio cuando June no se había presentado en la biblioteca. No podía confiar en tomar buenas decisiones. No con aquella aguadulce fluyendo arriba y abajo por todas las paredes a su alrededor, desplazando poco a poco la sangre de sus venas. La aguadulce lo asilvestraba, y el agente federal Tucker Rye Minnick no podía asilvestrarse.

Ya era tarde para echarse atrás, así que dijo:

—No revele mis intenciones, señorita Hudson. Es un asunto delicado.

June le lanzó una sonrisa muy astuta.

—Bienvenido al trabajo en un hotel.

14

Durante las últimas semanas, Hannelore Wolfe había estado explorando el Avallon tan a fondo como se lo permitían las normas para diplomáticos. Hasta el momento, había encontrado ciento noventa y nueve caracoles.

Según la charla que les habían dado a todos los niños a su llegada, el Avallon era famoso por ellos. Los artesanos de antaño habían homenajeado a aquellas pequeñas criaturas tallando, pintando y soldando seiscientos caracoles en las molduras, las paredes y las barandillas del Avallon y, desde entonces, esos ídolos en miniatura eran el objeto de una incesante búsqueda del tesoro. Los jóvenes huéspedes podían informar de sus hallazgos cocleares en el mostrador del vestíbulo principal, donde recibirían caramelos de limón a cambio. Con la tasa de cambio actual, su lista de ubicaciones de caracoles le habría valido a Hannelore siete caramelos (veinticinco caracoles = un caramelo), pero había acordado consigo misma esperar a encontrarlos todos (seiscientos caracoles = veinticuatro caramelos). A Hannelore no le gustaba mucho el sabor a limón. En cambio, sí que le gustaban los trabajos bien hechos.

—Nos vamos de compras —dijo Sabine—. Deja ese *fülltätigkeiten.*

Hannelore alzó la mirada de sus listas. Tenía muchas. Había hecho listas de dónde estaban los caracoles. De instrumentos musicales en el hotel. Animales que habían traído los diplomáticos. Palabras en inglés que había oído pero no comprendía. Cosas del menú que le gustaban; niños que no. Esa última lista la guardaba escondida debajo de las otras, ya que su título, escrito con letras gruesas, era «LISTA DE ODIO» y estaba segura de que su madre le echaría la bronca si la encontraba.

No le apetecía nada ir de compras. Al poco de llegar al hotel, había ido una vez para contemplar la destellante e interminable galería comercial. Había visto tiendas de ropa, boticas, jugueterías y hasta una estafeta para enviarlo todo por correo a casa, si tuvieran permitido hacer envíos. Era demasiado. Unos altavoces ocultos ladraban música. Las alfombras, muy pisadas, apestaban a jabón perfumado. Los compradores no dejaban de darse voces entre ellos. Los niños, que no se parecían en nada a Hannelore, correteaban de un lado a otro.

No. No le apetecía nada ir de compras.

—A mí no me molesta tenerla aquí —dijo Friedrich, sentado al escritorio en la suite de los Wolfe, con Ciudadano tumbado a sus pies, moviendo la pluma rápida sobre papeles. A su lado había un vaso de zumo de manzana que le había traído el servicio de habitaciones, sin tocar, junto a un plato de galletas—. No hace falta que vaya si no quiere.

—Sí que quiere —replicó su madre—. Va a venir conmigo y va a portarse muy bien. Podrá buscar más caracoles de camino.

Hannelore lanzó una mirada implorante a su madre.

—Puede que ya no tengamos otra oportunidad —dijo Sabine.

Ah, sí. Los rumores de un posible éxodo en masa se las habían ingeniado para llegarle incluso a Hannelore. Aunque sí que le habría gustado cambiar de suite, porque la fuente con forma de puma que había en la terraza de la habitación le daba miedo, por lo demás no tenía muchas ganas de mudarse otra vez. Estaba mejor que antes, pero los cambios de ambiente siempre la alteraban. La comida sabía estridente. La ropa le cantaba a la piel. Los perfumes chillaban en colores vivos. Las voces se trenzaban en las conversaciones, parecían estar en el idioma equivocado sin importar qué se dijera. El Mal Comportamiento se inflaba en su interior, esperando la oportunidad de explotar.

Hannelore no iba a explotar. Iba a portarse bien.

—Ponte los zapatos —dijo Sabine.

Oyendo el acero en la voz de su madre, Hannelore se levantó. Tenía que ir a su habitación para ponerse los zapatos, lo cual significaba pasar con sigilo ante las cristaleras que daban a la terraza. Por ellas se veían los jardines con sus bojes y acebos podados en formas elaboradas y, más allá, las montañas. Y, cómo no, la fuente con cabeza de puma. Hannelore habría tenido que pegar la mejilla contra el cristal para atisbarla fija en la pared exterior del hotel, que era justo lo que había hecho la primera noche. En la penumbra, la había visto moverse. Bueno, pensándolo mejor, no recordaba si la había visto moverse o solo había imaginado lo terrible que sería haberlo hecho. O lo maravilloso que sería. Maravilla, horror. A Hannelore le costaba distinguir entre los sentimientos.

Al salir deprisa de su habitación, oyó que Sabine estaba diciéndole a Friedrich:

—Por favor, averigua la verdad mientras estoy fuera.

Había algo raro en su voz. Hannelore se había fijado en que sucedía a veces con los adultos. Era como si estuvieran probando la forma en que otra persona diría las cosas, o como si se les estrujaran las palabras dentro antes de poder sacarlas. Cuando estuvieron destinados en Brasil, había hecho una lista de las veces que oía a los adultos usar voces raras, pero debía de habérsele perdido, porque ya no la había visto en Washington.

—Hablaré con Lothar —respondió Friedrich.

Ir de compras fue una experiencia exactamente tan terrorífica como Hannelore había imaginado. Tuvo que contar para mantenerse buena, sobre todo cuando se unió a ellas frau Hof y se puso a hablar sin freno sobre los rumores de que iban a marcharse. 579 segundos para comprar medias de nailon (la tienda solo permitía que cada mujer adquiriese tres pares). 411 segundos para comprar clavos (una caja cada una, sin incluir a Hannelore). 550 segundos para encontrar y comprar gomas elásticas («¡Llévenselas mientras puedan!», exclamaba ese tendero), 300 segundos para comprar más jabón del que Hannelore consideraba concebible necesitar y unos insoportables 1.111 segundos para adquirir tres pares de zapatos, en los que su madre y frau Hof, indecisas, no dejaban de escoger unos y luego otros, y de darles la vuelta para examinar la suela. Por último, dedicaron 300 segundos a comprar un abrigo de invierno nuevo para Hannelore, un sombrero ribeteado de piel para Sabine y un chal para frau Hof.

Las dos mujeres compararon sus hallazgos en el pasillo. Hannelore notaba que su madre estaba satisfecha, como una cazadora con sus liebres desolladas, agotada pero orgullosa.

—¡Comprimidos de vitaminas! —exclamó Sabine—. ¿Dónde los ha encontrado?

—Me he llevado el último frasco del mostrador de la botica —respondió frau Hof.

Callaron las dos para fulminar con la mirada a un trío de mujeres japonesas que llegaban al pabellón. La antipatía entre ambos grupos resultaba palpable incluso para Hannelore. Frau Hof arrugó la nariz y dijo, en un tono muy diferente:

—*Bis später*, frau Wolfe. Avíseme si oye algo sobre marcharnos.

—*Genau. Später.*

La ascensorista les preguntó a qué piso iban antes de quedarse callada como correspondía. Lo quieta que estaba esa mujer incomodaba a Hannelore: le recordaba la fuente con cabeza de puma. Se distrajo dibujando en el aire con un dedo, esbozando un retrato de Ciudadano que solo era visible para ella.

La ascensorista movió la cabeza un ápice, como si quisiera decir o preguntar algo.

Sabine, con delicadeza, bajó la mano de Hannelore. Luego, mientras se abría la puerta, dijo a la ascensorista mientras le daba una propina:

—Agradezco su discreción.

Mientras madre e hija recorrían el pasillo a solas, Sabine le preguntó:

—¿Qué te parecería la posibilidad de quedarte en Norteamérica, Hannelore?

Pregunta fácil, respuesta fácil. A Hannelore le gustaba la habitación que tenía en Washington D. C. y ya sabía cómo iba a ser el viaje en tren.

—¿Y si tuvieras que quedarte tú sola aquí un tiempo, esperando a que volvamos? —Hannelore volvió un rostro traicionado hacia su madre, que añadió—: Alemania lleva en guerra mucho más tiempo que Estados Unidos, Hannelore. No va a ser fácil. Habrá muchas comodidades a las que tendremos que renunciar cuando lleguemos allí. Por eso he comprado estos zapatos.

Hannelore observó los pies de su madre. Los zapatos no eran de su talla, ni de la de Hannelore, ni de la de su padre. Sabine pareció leerle el pensamiento.

—Pero tienen las mejores suelas.

Hannelore sabía que su madre quería hacerle entender algo sin tener que decírselo con todas las palabras, pero ella no quería entender. Levantó la mano para seguir con su dibujo en el aire. Su madre le asió la muñeca.

—Hannelore —susurró—, para. Estoy intentando hablarte de una cosa importante.

El contacto físico era muy infrecuente. Era como si Hannelore y Sabine se convirtieran en personas distintas con él. Sabine, en alguien capaz de agarrar a otra persona; Hannelore, en alguien dispuesta a dejarse tocar. Las dos miraron la mano de Sabine sobre la piel de Hannelore. Muy despacio, Hannelore comprendió que ese contacto se debía a que había tenido un Mal Comportamiento sin darse cuenta siquiera. Se suponía que debía querer quedarse en el hotel ella sola. Seguro que otras niñas se habrían dado cuenta. Hannelore, que no distinguía el horror de la maravilla, se había confundido. Con la mano libre, se golpeó a sí misma.

—No —dijo Sabine—, no empieces con eso.

Pero el Mal Comportamiento requería un castigo, así que, incluso mientras Sabine usaba la muñeca de Hannelore para hacerla avanzar hacia la suite, ella siguió pegándose con el pulpejo de la otra mano en la sien. Cada vez, gemía: «Aah». Su madre se afanó con la llave en la puerta mientras intentaba impedir que Hannelore se derrumbara al suelo.

—¿Otra vez? —dijo su padre desde el otro lado del recibidor. Anduvo deprisa hasta la puerta, la abrió y ayudó a Sabine a cruzarla con Hannelore y llevarla a su habitación—. ¿Qué ha pasado?

Sabine solo dejó escapar un sonidito impotente. Friedrich sonó enfadado cuando atrapó la mano que Hannelore estaba usando para golpearse.

—Para de una vez.

—Friedrich, no, así solo...

Los «aah» de Hannelore se convirtieron en «AAH». El cuerpo se le puso rígido. Su padre le soltó la muñeca, pero ella se dejó caer al suelo y siguió pegándose y gritando.

—Ahora lo has empeorado —dijo Sabine.

—¿Y tú qué eres, toda una experta? Dichosa directora entrometida, sabía que no iba a entenderlo. A Otto le han confiscado los barbitúricos.

—No me gustaba nada que los usara.

Friedrich se inclinó hacia Sabine.

—No te equivoques: a mí tampoco me gustaba. Pero Lothar está viniendo hacia aquí. ¿Es así como quieres que la vea?

El miedo se propagó por el aire desde su madre; la ira se propagó desde su padre. Ninguno de los dos parecía ser consciente de que Hannelore estaba haciéndolo por ellos. Una y otra vez, se golpeaba el pulpejo de la mano contra su propia sien, castigándose a sí misma por el Mal Comportamiento. Cuando no le hicieron caso, gritó más fuerte. Sabía que no debía dibujar en el aire. Sabía que debía querer quedarse allí en América ella sola. Quería que lo supieran.

Sintiéndose desgraciada, se pegó más.

Sus padres se habían retirado a la sala de estar, donde hablaban en voz baja y apremiante. Hannelore oyó partes de la conversación.

—... que tendríamos que hacerlo a mi manera —dijo Sabine.

—A tu manera, acabaremos en la lista negra. Lothar dice... siendo demasiado asustadizos...

—... las consecuencias de un optimismo equivocado...

—¡Deja de agobiarme!

—Es hija mía también...

—... Lothar la ha oído cantar; ella es la única forma de que consigan lo que quieren.

—¿Y después de que consigan lo que quieren?

—Sabine, no lo sé. Deja de hacerme preguntas. No lo sé. No lo sé.

Ich weiss es nicht.

Hannelore rodó de lado. Al hacerlo, su mejilla chapoteó en la alfombrilla que había enfrente de las puertas de la terraza. Olió el aroma metálico de las fuentes termales. El agua mineral le recubrió la cara. Y la calma la recubrió también a ella, en una sensación tan exhaustiva como el sorprendente gozo que había experimentado al apretar la mano contra el musgo húmedo el primer día. Calma. Y control. De pronto le vino a la mente aquella mujer que había visto cuando llegó al hotel, June Hudson, la directora que tanto había irritado a su padre. Era como si Hannelore no pudiera dejar de recordar lo que había sentido al verla. Lo que había sentido al pensar: «¿Una mujer puede tener ese aspecto? ¿Yo podría tener ese aspecto?».

—Hannelore, ¿ya has terminado de...? Huy, ¿qué es eso? —Sabine se agachó y llevó la mano a la alfombrilla, pero la retiró enseguida—. Levántate de ahí. Friedrich, creo que entra agua por la puerta, o bien alguien ha derramado algo.

Pero ¿y si nadie había derramado nada?, pensó Hannelore. ¿Y si el puma había vertido palabras desde la boca en un idioma que solo ella comprendía? ¿Y si Hannelore no debía sentirse aterrorizada sino deleitada? Maravilla, horror. Uno de los retos más difíciles del mundo, pensó, era lo muy enredados que estaban los sentimientos. Costaba muchísimo elegir el correcto.

Un suave golpeteo de nudillos contra madera hizo que su madre se quedara quieta de golpe.

Su padre abrió la puerta.

—Lothar —dijo—, estábamos esperándote.

15

A pesar de la presencia de los diplomáticos, el personal recordó el cumpleaños de June. Por la mañana, los dachshunds se abalanzaron sobre una bandeja de repostería y zumo de manzana que alguien había dejado fuera de su puerta. Mientras retrocedían arrepentidos, uno casi resbalando en el zumo derramado, June les dijo: «No pasa nada, que no cunda el pánico», y usó la servilleta de tela para limpiar el zumo de las almohadillas de sus patas y de un papel de carta del Avallon que rezaba «FELIZ CUMPLEAÑOS, JEFA». Lo habían estampado en relieve sus viejos amigos de la imprenta, donde don Francis la había enviado como oficinista después de que June salvara a Sandy, y luego lo habían firmado los empleados, algunos haciendo una simple equis, porque nunca habían aprendido a escribir. Esa ofrenda sería la primera de muchas: June rara vez dejaba de trabajar para celebrar su cumpleaños como era debido, así que su personal esparcía innumerables regalos como dejados por las hadas en los recovecos y las rendijas del hotel por los que esperaban que June pasara a lo largo del día.

—Feliz cumpleaños —dijo Basil Pemberton con su voz untuosa cuando June entró en el luminoso vestíbulo.

—Gracias, señor Pemberton.

—He rescatado una carta para usted de la oficina de correspondencia.

Incluso antes de mirar el remitente, June reconoció la letra de Gilfoyle en el sobre cuadrado.

—Caray —dijo—, qué anticuado por su parte.

No sabía a qué estaba refiriéndose, solo que necesitaba hacer algún comentario ligero para que Basil Pemberton no pensara que esa tarjeta de felicitación era especial para ella. Pero supo, incluso mientras lo hacía, que era en vano, porque Basil Pemberton ya se había molestado en «rescatar» el sobre. El personal quizá no supiera qué había entre June y Gilfoyle más de lo que lo sabía la propia June, pero, igual que ella, sabían que era algo.

—Déjela en mi escritorio con el resto del correo, ¿me hace el favor? —espetó—. No tendré tiempo para estas cosas hasta más tarde.

Basil le concedió la salida digna.

—Por supuesto.

Se le ocurrió que podría recompensarse a sí misma con aquella tarjeta al final del día. En su apartamento, se desvestiría para acostarse y se sentaría en el colchón con una copita de whisky y el dulce que la cocina hubiera encontrado para regalarle por su cumpleaños, porque June sabía que lo harían, y entonces pasaría el dedo bajo la solapa del sobre y se dejaría envolver por las palabras de Gilfoyle. Un premio, un alivio...

... y una decisión sabia, al parecer, porque el día no tardó en llenarse de cosas amargas. La primera fue un periodista que el viento había llevado contra la portería como una planta rodadora o una bolsa de basura. El tipo, de cara chupada, se presentó como el señor Forester de *The New York Herald-Tribune* y abrió un pequeño cuaderno delante de sus narices mientras decía:

—El artículo podría ser sobre el hotel, en realidad, más que sobre los huéspedes extranjeros. Por ejemplo, empecemos por una pregunta fácil: ¿cómo cree que debería llamarse esta guerra? ¿Está a favor de alguno de los siguientes nombres? La Guerra por la Libertad Mundial, la Razón contra la Fuerza, la Guerra del Pueblo, la Locura de Franklin, la Guerra del Hombre Rico, la Guerra Antidictatorial, la Guerra de la Libertad...

Ninguna de esas propuestas tenía el artificio ni la esperanza del mote que se le puso a la anterior: «La guerra que terminará con la guerra». Hasta el momento, el nombre que June había oído utilizar a más gente, «Segunda Guerra Mundial», parecía adecuado. Arrastraba hasta al remoto Avallon al campo de batalla global.

—Señor Forester —interrumpió June—, lo único que puedo ofrecerle es la declaración oficial que me hizo llegar el gobierno. No insultaré su inteligencia suponiendo que no la tiene ya.

El periodista meneó su cuadernillo.

—Pero verá, es que ya he hecho algunas entrevistas en Constancy. Una ascensorista del hotel va a casarse con un japo. Estremecedor. ¿Y esa esvástica que encontraron en la habitación de su chef? Escandaloso. ¿Y la fiesta con temática de Pearl Harbor que se celebró en su salón de baile?

June no pensaba morder el anzuelo. El señor Forester de *The New York Herald-Tribune* era un simple mortal relatando leyendas sobre dioses. A los huéspedes del hotel les traía sin cuidado lo que imprimieran los periódicos sobre su lugar de vacaciones favorito. Eran los dueños de los periódicos.

—Por no mencionar lo que dice la gente sobre Francis Gilfoyle —añadió el reportero.

June lo había subestimado.

Ese hombre había sabido que tenía que guardarse esa última afirmación para el final si quería maximizar su impacto. Quería que June le preguntara: «¿Qué dice la gente sobre Francis Gilfoyle?». Pero ¿conocía ya la respuesta, si se paraba a pensarlo en serio? Don Francis le había enseñado todo lo que sabía sobre aquel hotel, casi todo lo que sabía sobre la sociedad, la había criado junto a sus propios hijos.

Pero June no conocía al hombre que había sido fuera del hotel.

—Los lugareños afirman que heredó usted el hotel —prosiguió el señor Forester. Una exageración deliberada, que exigía que la refutaran. Cuando June no dijo nada, él preguntó—: ¿Cómo es que un hombre como él le dejó parte del hotel a alguien como usted?

«Alguien como usted».

En la portería, Stan Fairhope (sesenta y cinco años, pelo canoso, a salvo del reclutamiento) chasqueó la lengua y apartó la mirada, como si el periodista acabara de soltar un reniego.

—Deme la mano, señor Forester. —June no esperó respuesta. La tomó. La sostuvo entre las dos suyas. En tono muy serio, le dijo—: Creo que será mejor que el Departamento de Estado y el FBI bajen para hacerle una comprobación completa. Se hará usted cargo, no me cabe duda. Es un patriota, y esto es un asunto de seguridad nacional. Tengo el edificio lleno de agentes federales dispuestos a asegurarse de que no tiene usted ninguna simpatía antiamericana, que ese artículo no va a poner en peligro ninguna vida estadounidense. Supongo que tendrán que hacer interrogatorios. A su familia. Sus amigos. Necesitarán una foto suya, el nombre de su madre, el de su padre. Necesitarán visitar su domicilio. No se opondría a tener pinchado el teléfono un tiempo, ¿verdad que no? No sabe lo ansiosos que se ponen esos federales con el fascismo. Con el comunismo. Señor Fairhope, ¿querría ver si el agente especial Pennybacker está disponible? Señor Forester, ¿me dice su nombre completo y lugar de nacimiento? Así vamos adelantando faena.

El periodista retiró su mano de entre las de June. Había ganado bastante temperatura.

Stan Fairhope asomó la cabeza desde la portería, con un teléfono apretado contra la oreja.

—En recepción dicen que nos enviarán aquí al agente especial Minnick en cinco minutos, jefa. Está terminando de desayunar.

El señor Forester se guardó su pequeño cuaderno.

—No me gustaría poner en peligro el esfuerzo bélico.

—No.

—Puedo hacer unas llamadas para asegurarme de que este artículo que propongo sea beneficioso para Estados Unidos.

—Cómo no.

—Es muy posible que regrese en otro momento.

—Me sorprendería que no lo hiciera. ¿Le apetece un bollito de jamón ahumado para el camino?

No le apetecía.

Mientras el coche del señor Forester se marchaba, Stan colgó el teléfono sin decir nada más. Las llamadas que no se habían conectado no requerían despedida alguna. June temió que fuese a decir algo sobre don Francis, pero Stan se limitó a sacar otro regalo de las hadas, un ramillete. Hizo ademán de sujetárselo él mismo al ojal, pero entonces se lo pensó mejor y solo se lo entregó. Mientras June olía las flores de invernadero, Stan dijo:

—Feliz cumpleaños, jefa.

La siguiente cosa amarga sucedió en el exterior de la oficina de Rana, cuando Ovid Persinger interceptó a June. Ya sabía lo que iba a regalarle Rana, porque era lo mismo todos los años: un beso en la sien y un abrazo de los fuertes, aplastada contra los senos de la gobernanta. En el recuerdo de June, todos esos abrazos se habían vuelto uno solo a excepción del primero, el del primer cumpleaños que June pasó sola, cuando Rana la había encontrado mirando sin lágrimas la piscina cubierta del sótano.

—Dicen que está dejando que la prensa nos pisotee.

Ovid Persinger era de complexión ligera pero poderosa, como un poni minero, y de habla suave pero convincente, como un predicador moribundo. Como interventor de alimentación, revisaba toda compra, servicio y venta de comida. Nadie pedía nada al servicio de habitaciones sin que él supiera cuántos huevos había bajo la campana; si una cebolla o un salero abandonaban la despensa, Persinger lo quería inventariado, fechado, firmado. Cada hoja de lechuga, cada lata de guisantes, cada gramo de gelatina: su mente siempre estaba actualizando precios, añadiendo, sustrayendo, multiplicando esas cifras. Incluso en esos momentos, de pie frente a June, seguro que algo tramaba. ¿La gente estaba dejándose porciones de ensalada de patata en el plato? ¿Era posible sustituir el melocotón en almíbar? ¿Podía servirse muslo en vez de pechuga? Era una persona horrible; mantenía el hotel rentable. Ambos hechos eran ciertos, aunque él solo era consciente de uno.

—¿Y si me cuenta qué tal lleva la semana, señor Persinger? —replicó June.

—Mi hijo necesita zapatos nuevos, pero ya tenemos puesto el sello en la cartilla, así que tendrá que llevar suelta la suela hasta el verano. Los nazis... No los que comen mantequilla en nuestro comedor, sino los demás, digo. Esos nazis están haciéndoselo pasar muy mal a Cuba. ¿Por qué no les ponemos margarina?

—Hasta que la margarina sepa igual que la mantequilla —respondió ella—, arriba se sirve mantequilla. Pruebe la margarina en la cantina si quiere, y veremos cómo va. Creo que la señora Surbaugh le conseguiría unos zapatos a su hijo. No puedo resolver lo de Cuba.

—¿Regalarle unos zapatos? ¡No me extraña que este hotel vaya a la ruina! —Ovid estaba encantado de haber pillado a June en un arrebato de generosidad nada profesional—. Muy bien, y ahora mire, escuche. Los teutones aborrecen nuestro menú y los suizos dicen que tenemos que pasar por el aro. Fortéscue ha escrito un menú nuevo que nos llevará a la quiebra antes de agosto, y no le quita ni una zanahoria. Y, cuando subo hasta aquí, ¿resulta que es lo que usted quiere? ¿La bancarrota en agosto? ¿Es eso?

—Esperaba que llegase antes. —June no vio ni un atisbo de sonrisa en Ovid—. Destripe el menú y dígale al chef que tiene mi apoyo. No creía que fuese posible amedrentarlo a usted.

—Eh, eh, pare el carro, que yo no estaba amedrentado. Fortéscue ha dado a entender que era idea de usted. Ahora comprendo que es solo para consentir a ese piloto. La fama se diferencia poco de la idolatría, señorita Hudson, pero tampoco es que espere que eso lo entienda un francés. Dice que necesita usted una merienda campestre para celebrar su cumpleaños, y he hecho hueco en el presupuesto para eso también.

—Gracias —respondió June sorprendida.

—No me lo agradezca a mí, sino al niño a cuya boca le está negando un bocadillo.

Mucho tiempo antes, después de una conversación desagradable que June no había presenciado, don Francis había propuesto despedir a Ovid.

«¿No me dijo que lo importante era lo que el hotel quería, no lo que quisiera yo?», le había preguntado ella. Podían encontrar a alguien más agradable que Ovid, eso seguro. Pero no encontrarían a nadie tan bueno.

«Creo que ya has aprendido más o menos todo lo que puedo enseñarte, June».

Con un suspiro, June preguntó:

—Ovid, ¿cree que es probable que lo recluten?

—Pies planos. —Cómo no. Y añadió—: Pero dicen que Sebastian Hepp ha recibido el aviso.

June se quedó muy quieta.

—¿Expedido por quién?

—¡Expedido, dice! Me da igual lo que la gente crea que pasó en la cuarta planta: don Francis vive en usted. La señora Parton ha oído que recibió el telegrama. Faltan unos meses para su ingreso, pero dará igual, porque los nazis de aquí han gastado el último periodo de paz que teníamos.

June sabía a qué se refería. Incluso tras la partida de los diplomáticos, tendrían cartillas de racionamiento y centros de reclutamiento, mujeres ocupando puestos vacantes y hombres con cojera desviando la mirada. El baile de la Noche de Burns ya daba la sensación de pertenecer a una época pasada. ¿Y qué había al otro lado? El avión de papel de Sebastian intercambiado por una ametralladora. Erich von Limburg-Stirum diciendo que, en Alemania, pilotaría un bombardero.

Se obligó a recordar la carta de Gilfoyle. Se había fijado en que el sobre aún olía a él, a esa colonia Dunhill tan aromática. Al cabo de solo unas horas, se permitiría abrirlo.

—Bueno, señorita Hudson, Nuestro Señor ha tenido a bien concederle otro cumpleaños —dijo Ovid—. Le aconsejo que medite humildemente sobre aquellos con quienes no ha tenido la misma clemencia.

La última cosa amarga sucedió durante la merienda.

Pennybacker había solicitado una reunión, de modo que los suizos y él se llevaron la merienda campestre del cumpleaños de June a la Avallon II. Las flores de invernadero transformaban el interior de la casa de baños en un glorioso verano, y habían extendido el banquete junto al frío Remojo. La Gruta se había superado: bocadillos de pan tostado blanco, jamón enlatado y huevo con guarnición de rabanitos, crema de tomate con picatostes, la ensalada especial del chef con aderezo casero ruso, ensalada de manzana Golden Delicious y aguacate, bocadillos de salsa de rábano picante y pimiento morrón con pan moreno de Boston horneado la víspera para que conservara la forma y, por último, pastel de bizcocho con relleno de higos y glaseado de merengue suave. Ese último era el favorito de June. Qué majo era Fortéscue.

—Creía que estábamos en guerra —dijo Pennybacker, pero en tono alegre.

Estaba sumergido al ochenta por ciento en el agua, al cien por ciento en la experiencia. El entrecano director de orquesta suizo se había sentado con las perneras arremangadas y los pies en el baño, frunciéndole el ceño al nervudo clavecinista suizo, que se había sumergido tanto en el agua como en un postre de gelatina. June estaba sentada con las piernas cruzadas al lado del Cocedor, pasando los dedos por el agua.

—Es la hora de los chistes, caballeros —propuso Pennybacker—. Y señorita. Este lo leí ayer. Va Hitler y le pregunta a una pitonisa: «¿Qué día moriré?». Ella le dice: «En una festividad judía». Y él: «¿Seguro?». Y ella: «Muy seguro». Así que él... Un momento, que igual estoy contándolo mal. Ah, no, no, bien. Bueno, pues Hitler dice: «¿Cómo puede estar tan segura de que moriré en una festividad judía?», y ella responde: «Muera el día en que muera, ¡será una festividad judía!».

Un silencio. June frunció el ceño. El clavecinista rio. El director de orquesta dijo:

—Me ha parecido de muy mal gusto.

—Ahí es donde está la gracia —replicó el clavecinista—, en que escandalice.

—Se me ocurren muchos acontecimientos que escandalizan sin tener ninguna gracia —dijo el director.

June notó que estaban discutiendo por alguna otra cosa, que el chiste era solo un medio conveniente. Les dijo:

—No riñan en mi aguadulce.

—Eso, no tienten al agua demoniaca de la señorita Hudson —convino Pennybacker—. Y ahora, señorita Hudson, la buena noticia. ¡Tengo el ojo echado a un barco al que subir a estos diplomáticos! No se haga demasiadas ilusiones, pero podría organizarse todo en un santiamén, si las negociaciones no se van al traste.

Las ilusiones de June no tenían la suficiente información para desbocarse. Preguntó:

—¿Qué conllevan esas negociaciones?

—Es pura aritmética de rehenes, me temo —respondió él—. Por cada ciudadano estadounidense que queramos recuperar de Alemania, tenemos que entregarles a un ciudadano alemán. Por cada estadounidense que queramos recuperar de Japón, tenemos que entregarles a un ciudadano japonés. Los nombres de esas listas son negociables. Si hacemos bien nuestro trabajo, si yo hago bien mi trabajo, al final esas listas tendrán la misma longitud y solo veremos caras felices marchándose del Avallon. Ha sido un asunto peliagudo. Angela Bickenbach me puso una buena zancadilla. Que se quede aquí significa que uno de los nuestros tiene que quedarse en Alemania.

—Parece un juego diabólico.

—Es que es un juego diabólico, señorita Hudson —asintió Pennybacker—. Que me obliga a ser... ¿cómo se llamaban? Un diablo menor. Tenían nombre, ¿verdad?

—Agentes del Departamento de Estado —dijo el director de orquesta, y los tres hombres se echaron a reír cordiales a costa de Pennybacker.

June se figuró que tendría que pasarse la tarde estudiando listas de personal. Debía ingeniárselas para llevar el hotel con muchos menos hombres. Tendría que ascender a alguien al puesto de Sebastian Hepp, y Griff y ella aún no habían ni empezado a hablar siquiera sobre soluciones para el mutilado departamento de aparcacoches. La solución no iba a ser tan sencilla como formar a mujeres para los puestos de cara al público que solían ocupar hombres. June iba a tener que formar a los huéspedes también, para que asociaran a otras mujeres aparte de ella con el lujo. Las palabras del periodista resonaban en su cabeza: «Alguien como usted».

Sacó los dedos del agua y dijo:

—Señor Pennybacker, ¿le importa si le hago una pregunta personal?

—Para usted, señorita Hudson, y para estos dos amables caballeros, soy un libro abierto de par en par.

—¿Está completamente seguro?

—Señorita Hudson, por favor, no hay asunto demasiado íntimo en tan buena compañía.

—¿Cuánto tiempo hace que su mujer lo abandonó? —preguntó June a Pennybacker.

La boca del agente se tensó. El director de orquesta se afanó con la comida que tenía en el plato. El agua fluyó risueña bajo los codos del clavecinista, que movía las manos inquieto. Los dachshunds se pelearon, hicieron las paces.

—¿Quién se lo ha dicho?

—Mi agua demoniaca.

La verdad era que Pennybacker parecía un tipo leal; tenía un empleo fijo con un buen salario y no era incomodísimo de mirar, de modo que, a menos que prefiriese la compañía de los hombres, debía de haber estado casado, aunque no llevara anillo. Pero no estaba intentando conseguir permisos para ir con su familia, ni respondiendo a los flirteos de ninguna empleada, ni recibiendo cartas de una esposa o amante. En consecuencia, las únicas opciones eran que su esposa hubiera muerto o que lo hubiera dejado, y los viudos recientes visitaban camas ajenas con más frecuencia.

Pennybacker lo admitió.

—Había un hombre más joven. Menos fofo en el tórax que yo. Pero ya no se ve con ella. Mi esposa se ha mudado a un piso cerca de su madre, en Peoria. Es una mujer muy decidida. Nos casamos al cabo de un mes, a velocidad de guerra pero sin la guerra. Tuve suerte de ser una de sus opciones, es lo que he dicho siempre.

—Pero hubo algo más aparte de ese tipo, ¿no?

Pennybacker tenía un aspecto distinto con los ojos cerrados, sin su pajarita desaliñada. Mayor, más serio. Un hombre que disimulaba una vida dura cubriendo cada conversación de palabras y más palabras.

—Perdimos un bebé —dijo.

—No lo sabía —respondió el director de orquesta—. Lo siento.

—Gracias, Rudy —contestó Pennybacker, con la voz trémula justo al final.

¡Así era la amabilidad de los hombres! El mundo los forjaba con una armadura en el interior y, si luego el trauma les desalojaba ese esqueleto de la piel, perdían la integridad estructural necesaria para mantenerse en pie. Y la guerra iba a desollar a decenas de miles de hombres a la vez, para devolverlos rotos a la paz. June se negó a pensar en su padre, en Sandy, en Sebastian. No tan cerca de la atenta aguadulce.

—¿Mantiene correspondencia con su esposa? —preguntó June.

Pennybacker aceptó encantado regresar a aquella congoja menos lacerante.

—A diario. Soy mecanógrafo aficionado. Escribo, llamo, le dejo mensajes a su compañera de piso, que es mecanógrafa de verdad. Cada día le envío una carta desde aquí con todos los detalles de la misión censurados, pero con toda la emoción intacta. No me diga que soy un cornudo y un idiota, que ya se lo oigo demasiado a mis hermanos y mi hermana.

—Solo iba a decirle que el silencio es un afrodisiaco muy potente, señor Pennybacker.

—No es algo que se me dé muy bien.

—Puedo hacer que mi personal retenga sus llamadas y sus cartas, si no es capaz de retenerlas usted. Deje que esa mujer lo añore.

—¡Pero si ni siquiera la conoce!

No importaba. June había visto a muchísimos maridos, esposas, amantes, prometidos y prometidas romper, volver juntos, proponerse matrimonio, divorciarse, casarse, separarse, casarse en segundas nupcias, divorciarse de segundas nupcias, y todos consideraban que su caso era único, nunca alcanzaban a imaginar que lo magnífico o lo disfuncional de su anhelado emparejamiento quizá se hubiera repetido ya en alguna parte. June escuchaba, observaba, aprendía. No, no conocía a la señora Pennybacker, pero sospechaba que sí que conocía sus maneras. Una pareja ausente era como una palabra tácita: encajaba con la que se pronunciaba.

—¿Quieres parar? —espetó el director de orquesta.

Un repentino antagonismo crepitó entre los dos hombres suizos.

—No tiene gracia —añadió el director.

—No he hecho nada gracioso —repuso el clavecinista.

June observó el cuadro: el director, echado hacia atrás, como si le hubiera picado una avispa. El clavecinista, con los ojos iluminados por un intenso e innominado sentimiento.

—Me ha salpicado.

El director inclinó su plato para enseñarles las gotitas que centelleaban. Tenía la manga mojada también.

—No..., no es verdad —protestó el clavecinista, y costaba no creerlo. El director no era la clase de hombre que diera pie a tonterías, por mucho que el clavecinista fuese un hombre de tendencias tontorronas—. Ni se me ocurriría.

—Entonces ¿quién ha sido? —replicó el director en tono crispado.

La idea de que cualquiera de ellos pudiera haberlo salpicado a propósito era absurda. Y salpicarlo y luego negarlo..., pueril a más no poder. Pennybacker y June miraron, entretenidos, cómo el clavecinista salía raudo del agua sin mirar al director, cómo se tocaba la cara y el pecho con los dedos, los gestos inseguros de un chico reprendido.

—No he sido yo —insistió.

El agua se onduló entre los dos hombres. En las paredes, unas formas nítidas y brillantes se removían inquietas, reflejos de la titilante superficie cuando el director sacó las piernas para ir a por una toalla. Al cabo de un momento, el clavecinista lo siguió.

El clavecinista regresó a los pocos minutos, ya vestido, aferrando su cartera contra el pecho.

—Me vuelvo al hotel —dijo.

—¿Dónde está Rudy? —preguntó Pennybacker.

Pero el director de orquesta ya se había marchado, escabulléndose de algún modo sin que ninguno de ellos se diese cuenta. En algún lugar del pecho de June flotaba una inquietud. Recordó el travesaño de la galería cayendo estrepitoso al suelo. La podredumbre que tenía en un extremo había sido obra del agua, lenta e inexorable, aunque la caída en sí no lo hubiera sido.

—No sé por qué se ha puesto así. ¿Esto es cosa de su agua demoniaca, señorita Hudson?

Aunque la propia June había estado pensando eso mismo, respondió:

—El agua no funciona así.

Pero, después de que se marcharan todos, metió la mano en el agua una vez más y escuchó. Escuchó con atención. El agua tenía solo un poco más de temperatura que ella. Cuando se frotó el pulgar y el índice, no sintió nada, como si no tuviera piel en absoluto. Su cuerpo y el estanque y el manantial bajo la roca y el arroyo que bullía bajo las montañas eran una sola cosa. A cuento de nada, le vino a la mente la primera vez que había visto a Hannelore Wolfe apretando la mano contra el musgo. June medio imaginó que alcanzaba a sentir la mente espabilada, desordenada de esa chica arremolinándose en torno a sus dedos. Eso y la gélida infelicidad de Sabine Wolfe. La aguadulce de June estaba, en realidad, un poco amarga.

Se levantó y se secó la mano en el pantalón.

¿Así que a lo mejor los diplomáticos se marchaban pronto? Más valía. El agua estaba empezando a escucharlos.

Feliz cumpleaños.

·✧· Tercera parte ·✧·

TODO

Pedido, habitación 411, 20 de marzo de 1942

Revista *House Beautiful*

Revista *Landscape Architecture Magazine*

2 limones

2 cruasanes

Pluma Waterman's modelo Hundred Year (¡y no otro!)

Por estas calles, Struthers Burt

El río salvaje, Louis Bromfield

Señorita Hudson:

Volveré para ver a Sandy muy pronto. Qué espanto.

Nada más que decir que sea adecuado para los censores (¡hola, amigos!).

Al mal tiempo, buena cara.

E. Gilfoyle

16

Había luna llena y un pueblecito de montaña y June estaba soñando con las dos formas de sabotear una mina de carbón.

Para incendiar una mina, había que pegar fuego a las vagonetas de carbón, pero llenas de leña empapada en aceite, y empujarlas túnel abajo hasta las entrañas de la bestia. Si se tenía suerte, o si se había calculado bien, o ambas cosas, las vagonetas acabarían encontrando una veta de carbón. El fuego resultante no se extinguiría hasta haberlo devorado todo, incluso si le costaba años tragárselo.

Para inundar una mina, había que llenar de explosivos un morral o sujetarlos con correas al propio cuerpo para descender hasta el túnel más próximo a un lago o un estanque. Qué diantres, incluso un arroyo serviría. No hacía falta mucha agua, solo que se negara a desaparecer. Era importante colocar los explosivos de forma que hicieran estallar la roca que impedía el paso del agua. Después era importante ponerse a rezar. Cuanto más corta la mecha, más larga la oración. Si la repentina ráfaga de viento cálido procedente de fuera no apagaba tu fanal y te dejaba perdida en la oscuridad, si la roca no te caía encima, si los gases liberados no te asfixiaban, entonces el agua iría a por ti, llenando cada túnel, persiguiéndote hasta la escalera, hasta la jaula, rugiendo, alzándose, la aguadulce apestando ya como la sangre, llenándote la boca, cegándote…

June despertó, ahogada, tosiendo.

Se había revuelto hasta incorporarse incluso antes de darse completa cuenta de que lo hacía. El pulso le gemía como un maullido en las orejas. La habitación estaba a oscuras, pero tenía chispas en los bordes del campo visual.

«Respira, respira, respira».

Con esfuerzo, dio varias bocanadas largas, dentro y fuera, haciendo caso omiso por el momento a los golpecitos que le daban los dachshunds con el morro. Poco a poco, las chispas abandonaron la oscuridad y sus ojos se adaptaron a ella. Los lejanos focos de las torres de vigilancia silueteaban los muebles de su habitación. Estaba despierta.

June se tocó la cara. La tenía empapada. Las mejillas, la frente, el cuello. Retorciéndose, tocó la almohada, las sábanas. Alzó los dedos hasta su nariz y los olió. Sudor o aguadulce, ya no era capaz de distinguirlos. Se apretó la palma de la mano contra el abdomen, frunciendo la camiseta del pijama Jamarettes, recordando que la mano de Gilfoyle hizo lo mismo mientras se llevaba el sudor de sus costillas, de su costado, de su cadera. Cerró los ojos otra vez, pero no estaba cansada.

¡Esa carta!

Señorita Hudson, al mal tiempo, buena cara, Gilfoyle.

June se enfadó un poco por lo confundida que la tenía..., bueno, todo ello. La carta de Gilfoyle, Sandy en silla de ruedas, Hannelore Wolfe, la partida de los diplomáticos, el tatuaje de carbón del agente Minnick, lo que decía la gente sobre don Francis. ¿Qué decían sobre don Francis, por cierto? ¿Era porque conocía a Henry Ford y a Charles Lindbergh y ellos dos habían conocido a Hitler en persona? Don Francis había dicho una vez algo sobre el presidente Hindenburg, el hombre que nombró canciller a Hitler; June no recordaba muy bien qué, solo que en el momento no le hizo ninguna gracia. Algo sobre Polonia. La tradición judía. Etcétera. Etcétera. Se acordaba de aquello lo suficiente como para que, cuando sucedió Pearl Harbor, una pequeña parte de ella se alegrase de que don Francis no estuviera vivo para verlo, y así no se echara a perder el aprecio que le tenía.

Tal vez June sí que supiera qué decía la gente sobre don Francis.

Sabía, al fin y al cabo, que Sandy había interpuesto un océano de deber entre sí mismo y los principios de su padre.

Con mucho esfuerzo, recordó a *su* don Francis. Sandy no había conocido esa versión de su padre, se había negado a tener nada que ver con ella. Ese don Francis había estado con June en el perímetro del Comedor Magnolia, rutilante de réplicas ingeniosas y tintineos de cubertería.

Don Francis: Tu trabajo es conocer a estas personas mejor de lo que se conocen ellas mismas.

June: No tengo ni la menor idea de lo que hacen los parroquianos fuera del hotel.

Él: Lo que hacen fuera del hotel es solo una sábana que tapa los muebles. La sábana que lo cubre puede verla cualquiera. Lo que necesitas saber es qué hay debajo, qué es lo que su vida está ocultando. ¿Sabes por qué estoy preparándote para hacer este trabajo?

Ella: Porque puedo oír el agua.

Él: Porque siempre te ha importado más lo que hay bajo la sábana. La mayoría de la gente ni siquiera sabe por qué hace las cosas que hace.

Gilfoyle era una de esas personas, pensó June. No era consciente de que siempre evitaba el conflicto, como un plácido arroyo bordeando las piedras para tomar el camino más fácil.

Y luego, cada vez que se descubría al otro lado del estado huyendo de una discusión, parecía sorprendido. Cada relación fallida, todas ellas por culpa de él, seguía conmocionándolo.

«Díselo y ya está», pensó June.

Dile: «Te deseo».

Pregúntale: «¿Tú me deseas?».

Pero sabía que no lo haría. Como no alcanzaba a ver el mueble bajo la sábana, no acababa de atreverse a tirar de ella para averiguarlo a ciencia cierta.

«Te tengo en un pedestal, June».

Se permitió a sí misma comprender que estaba furiosa con él. En el sueño, el agua había irrumpido a través de las paredes de los túneles, expulsado hasta la última bocanada de aire, destruido la mina y a todos sus ocupantes para siempre. Toneladas de fuerza aplastante, liberadas por fin.

Así era como se sentía ella.

¡Al mal tiempo, buena cara! Era algo que ella podría decirles a Sebastian o a Paul si se les caía una bandeja durante el servicio. Había estado todo el día anhelando el momento de abrir la carta de Gilfoyle, sin saber que todos los demás regalos y felicitaciones que estaba recibiendo a lo largo de la jornada iban a resultar superiores a ella. Tenía la habitación llena de florecitas y calcetines remendados y tarjetas con recuerdos cómicos o conmovedores, plasmados por gente que escribía mucho más despacio y tenía muchas menos posesiones que Edgar Gilfoyle. Eran los cubrebotas; la habían engañado.

Quizá June se había hartado de esperarlo.

No podía quedarse más tiempo en esa cama. Se levantó y comprobó el rellano de la escalera para ver si su personal le había dejado ya los libros mayores actualizados sobre los huéspedes. Así era, de modo que June se quedó allí, medio dentro y medio fuera de la puerta, hojeándolos distraída, leyendo sobre las preferencias para cenar de tal diplomático y el juego de cartas favorito de tal secretario, hasta que una entrada la sorprendió tanto que el libro se le cayó al suelo con un aleteante golpetazo. Mientras lo recogía, riéndose un poco de su propia estupidez y del curioso giro de los acontecimientos, sonó una voz desde arriba.

—Ah, jefa, ¿estás despierta?

—Floréal, ¿eres tú?

Floréal, su chef *tournant* (treinta y pocos años, lleno de energía, soltero, buen candidato a que lo reclutaran en la próxima ronda), apareció en la cima de la escalera. Apartando la mirada con discreción del pijama de June, le preguntó:

—¿Llevas zapatos?

Eran las tres de la madrugada cuando Tucker entró en el garaje para los coches del Avallon.

—Apagad las luces de fuera del edificio —dijo—. No hace falta que todo el mundo sepa a qué nos dedicamos.

Había un puñado de agentes de la Patrulla Fronteriza en el umbral compartiendo un único cigarrillo, el resplandor rojizo de cuya punta se avivaba y luego desaparecía al pasar de una persona a la siguiente. El agente Pennybacker (¡PeNIIIque!) estaba agachado en el pasillo de adoquines, intentando en vano ganarse el afecto del dachshund hirsuto. Era un garaje peculiar. Antes había sido una cuadra, y conservaba tanto sus divisiones entre compartimentos como su atmósfera vital: era tan solo que habían cambiado los caballos por Cadillac. Pero también debía de haber sido un lugar algo extraño cuando era una cuadra, porque tenía hasta el último rincón pintado o tallado con imágenes de montañas, ríos, caracoles y un motivo recurrente de zarcillos que a veces sugerían raíces, a veces ramas y a veces elongadas figuras con cuernos. Resultaba a la vista como la aguadulce al olfato.

En el compartimento más cercano, tres personas taciturnas vestidas con embarrados uniformes de doncella estaban sentadas con la espalda contra la intrincada pintura del tabique.

Y apoyada en un voladizo estaba la directora June Hudson, con las manos en los bolsillos de un abrigo elegante y el oscuro cabello apenas echado hacia atrás, observando a Tucker con esa sonrisa perspicaz y agradable que parecía ser su prenda más habitual.

—Tendría que habérseme avisado a mí antes que a nadie —dijo Tucker a los guardias fronterizos.

—Hemos enviado a buscarlos a usted y al agente Pennybacker al mismo tiempo —respondió uno de ellos, un hombre con los brazos tan absurdamente enormes que parecía salido de una tira cómica de Popeye. Tucker notó que había bebido, como todos. Le llegó el cigarrillo y dio una calada, sonriendo por los placeres gemelos del humo y lo absurdo de la situación. Siguió la mirada de Tucker hacia June Hudson—. Ella es la directora.

—Sé quién es la señorita Hudson —repuso Tucker. Estaba molesto con ellos: tenían una sola tarea, y no era estar de parranda—. ¿Por qué la habéis avisado a ella?

El guardia le dio otra calada al cigarrillo y se lo pasó al siguiente guardia.

—No la hemos avisado.

Tucker interceptó el cigarrillo, lo soltó, lo pisó.

—Vete a decirle al agente Calloway que me traiga los nombres de todos los empleados que están de servicio en estos momentos. ¿Podrás hacerlo? Que te acompañen los otros, ya que compartís un cerebro y una cocorota entre todos. Y, luego, os volvéis al perímetro. Como os pille de nuevo bebiendo de servicio, haré que os larguen de este sitio más rápido de lo que tarden en imprimir vuestra tarjeta de reclutamiento. ¿Me habéis entendido? Decid «sí, señor».

—Sí, señor —contestó Popeye.

—Largo de aquí.

—Agente Minnick —dijo Pennybacker, levantándose. Tenía el pelo apuntando en todas las direcciones, falto de una madre que se lo aplastara—. Les ha explicado cuatro cosas a esos hombres, ya lo creo que sí. Se han ido corriendo. «¡Sí, señor!». Eso es, corriendo a hacer su trabajo. Así me gusta.

Tucker le restó importancia con un gesto.

—¿Ha interrogado a estos tres?

—Acabo de llegar. ¿Qué le parece la cuadra? —Saltaba a la vista que Pennybacker estaba encantado—. La señorita Hudson me explicó que hay otra bastante parecida a esta en una isla del mar del Norte. El arquitecto hizo algunas tallas para esta desde allí y las envió por barco, ¿no le parece increíble? Encargó las pinturas después de emprender un viaje por estas montañas para disparar su imaginación. ¡Qué maravilla! Según la directora, también escribió unos poemas en los planos, pero, por desgracia, al parecer no eran nada buenos. De veras que no hay nada más valioso que un gran poeta ni nada más inútil que uno malo.

—El FBI está menos interesado en la cuadra que en las personas que contiene —dijo Tucker—. Así que, si me disculpa...

—¡Disculpado! —exclamó Pennybacker con alegría—. Nos gusta ver trabajar a un hombre.

Tucker se volvió hacia los aspirantes a prófugos. Dos hombres, una mujer, los tres ataviados con uniformes de doncella del Avallon. Ninguno se había molestado en ponerse medias, y menos mal. Los hombres eran pero que muy peludos.

—Nombres —ordenó—. Si así se quedan más tranquilos, es una pregunta retórica. Ya sé quiénes son.

—Archie Boyle.

—Géza Breznay.

—Lieselotte Berger.

Periodistas los tres, un irlandés, un húngaro y una alemana. Todos se habían ganado un puesto en la lista de detenidos del Departamento de Estado por escribir propaganda bélica a favor de Alemania. Tucker señaló los uniformes, con zarzas enredadas.

—Explíquenme, en sus propias palabras, qué estoy mirando.

—Un fuego en una montaña distante —respondió el irlandés—. Se huele el humo, pero es imposible saber qué arde, porque estabas demasiado lejos cuando empezó todo y ahora parece todo lo mismo, superpuesto al cielo.

Con sequedad, Tucker dijo:

—Solo he dormido tres horas.

Breznay, el húngaro, terció:

—¿Qué delito hemos cometido? Ser miembros de la prensa libre. ¿Y nuestra condena? Esta cárcel.

—Tengo entendido —dijo Tucker— que veinte presidentes se han alojado aquí.

—Una prisión no se define por la belleza de sus portones —replicó el irlandés.

Tucker se zafó de esa discusión con un ademán. Se volvió hacia Lieselotte Berger. No tenía las muñecas esposadas, pero volvió las palmas hacia arriba con los pulpejos apretados entre sí, en un gesto suplicante que de todos modos evocaba el cautiverio. Su rostro, por lo demás normal y corriente, estaba marcado por dos cicatrices plateadas, una en cada mejilla, tan idénticas que debían de ser intencionadas.

—¿Quién le hizo eso? —preguntó.

Ella se limitó a responder:

—Por favor, no me devuelva a Alemania.

Eso dio pie al irlandés para lanzarse a un discurso: que los alemanes los matarían a los tres, que los habían chantajeado para que escribiesen propaganda, pero sabían que no eran fieles al régimen nazi. Comenzó a describir las distintas formas en que podían asesinarlos hasta que, al poco, Tucker lo interrumpió.

—Señor Boyle, por favor, absténgase de hipérboles.

—Ahora veo por qué siempre hacen venir al FBI para los interrogatorios —susurró Pennybacker a June Hudson, lo bastante alto para que Tucker le lanzase una mirada. Pennybacker se apretó unos dedos arrepentidos contra los labios, pero entonces habló a través de ellos—. Siga, siga, agente Minnick.

Tucker les sonsacó el relato de la aventura de esa noche: tres periodistas a los que el frenesí había llevado a actuar por miedo a la inminente repatriación, vestidos con uniformes de doncella robados, se habían internado a hurtadillas en la oscuridad. El chillido de un puma les había hecho comprender que no sobrevivirían a las montañas, así que se habían desviado hacia la carretera, donde los había detenido la Patrulla Fronteriza. Una escaramuza, un cuchillo, cero heridas. Cabía suponer que el puma seguía hambriento.

—Vuelvan a sus habitaciones —dijo Tucker a los periodistas—. Tendrán que pagarle esos uniformes al Avallon. A partir de ahora, su toque de queda es a las ocho de la tarde. No están obligados a delatar a ningún empleado que los haya ayudado, pero, si no lo hacen, dejaré un mensaje en sus archivos que significa que, incluso si consiguen regresar a este país al terminar la guerra, estarán acosados día y noche por agentes federales. ¿Queda claro? No quiero que ninguno de los tres vuelva a sacarme de la cama. Y, ahora, largo de aquí y déjenme que hable un momento con el agente Pennybacker.

Pennybacker vocalizó alguna palabra de asombro a June (caramba, o cáspita, o canastos) y luego, después de que los tres periodistas hubieran salido al frío exterior, Tucker preguntó:

—¿Cómo van esas negociaciones?

—Bickenbacheadas —respondió Pennybacker—. Hundiéndose. Letárgicas en su camilla. Angela Bickenbach continúa siendo un verdadero incordio. Malas cifras, mala fe. El asunto entero se viene abajo.

Los ojos de June destellaron, pero Tucker, que llevaba una década trabajando en una agencia gubernamental, no se sorprendió. Nunca había visto que un asunto se resolviera más rápido de lo necesario. Esos periodistas se habían sofocado por nada; podrían haberse tomado unas semanas más para perfeccionar su plan.

—¡Y, ahora, los periodistas! —exclamó Pennybacker—. Va a tocarme buscar a otro alemán que subir a ese barco en lugar de Lieselotte Berger, o bien argumentar que ya tenía casi concluidos los trámites para la ciudadanía o alguna idiotez por el estilo, y a la vez convencer al Departamento de Estado de que les interesa tenerla aquí en América, cosa que dudo muchísimo que vayan a hacer.

—¿Y el irlandés y el húngaro? —preguntó Tucker.

—Ah, a esos podemos tirarlos por la borda del barco cerca de la costa de Portugal y que naden en dirección opuesta a Alemania si quieren —dijo Pennybacker en tono alegre—. La que va a darme problemas es Berger. Los que dan problemas siempre son los alemanes. El asunto se prolongará. La última comunicación tardó diecinueve días en llegarle a mi homólogo alemán, herr Pennybacker, y supongo que lo que sea que vaya a responderme tardará otros diecinueve. Espero que aquí las flores sean bonitas en primavera. —Llegó un sollozo o un grito desde fuera y Pennybacker añadió—: Justo eso mismo digo yo. Gracias por encargarse de las amenazas, agente. Señorita Hudson, recuerde preguntarme más tarde por Rudy y Rufey. Creo que he resuelto el misterio. Buenas noches, adiós.

June Hudson, los perros salchicha y Tucker se quedaron a solas en la cuadra. Tucker preguntó:

—¿Cómo de probable es que los periodistas robaran los uniformes de doncella durante un servicio de cena?

—Improbable.

—¿Cómo de probable es que algún empleado suyo los ayudara?

—Improbable.

—Las dos afirmaciones no se sostienen a la vez. ¿Es verdad que 411 sigue aquí?

—A no ser que haya huido disfrazada de doncella.

La conversación se complicaba por el peso de la mirada atenta de June, por la agudeza de su expresión. Su voz rebosaba del tonillo montañés, tanto que a Tucker le daban ganas de poner las palabras de la directora en su propia boca. Estaba sin aliento, estaba en un porche contemplando el bello anochecer de un paisaje peligroso. Esa mujer estaba jugando con él, aunque era cierto que jugaba con todo el mundo. Pero no había estado pasándose el pelo detrás de la oreja y tocándose el cuello cuando Pennybacker y los demás estaban presentes. Y sus mejillas no estaban así de sonrojadas, ¿verdad? Tucker no creía estar equivocándose: June Hudson estaba mirándolo como a Tucker Minnick, hombre, además de como a Tucker Minnick, agente.

¿Qué iba a hacer él con ese conocimiento? Nada. Pocos tenían más mentalidad de FBI que Tucker.

Sin decir nada, June se dirigió más al interior del edificio y Tucker comprendió, con una agradable vibración en las entrañas, que pretendía que la siguiera. June accionó un interruptor y dos bombillas revelaron una limusina Pierce-Arrow de color azul marino. Era un vehículo precioso, con quizá unos diez años de antigüedad y un pelín maltratado: la pintura tenía arañazos y la tela de los asientos traseros acusaba el uso. June se puso a trabajar de inmediato y, a los pocos minutos, todas sus puertas, ventanillas y el capó estaban abiertos, como un escarabajo secándose al sol.

—Haga algo útil —dijo June.

Tucker no hizo nada útil. Se quedó junto a la puerta abierta del lado contrario del automóvil, observándola. June se arrodilló para sacar las bolitas de algodón empapadas en aceite de menta de debajo de los asientos y las olisqueó para comprobar si aún les quedaba aroma. En el asiento trasero había un pequeño estuche de madera y dentro una brocha manchada y un frasco de líquido rojo. Salsa picante. Con mucho cuidado, June untó la sustancia disuasoria en varios huecos y salientes bajo el capó. Se le había abierto el abrigo, sin querer o a propósito, y no ocultó la fruncida camiseta del pijama.

—Qué suerte tienen los Gilfoyle —comentó Tucker— de que la directora de su hotel les espante los ratones del automóvil a las tres de la mañana.

June rodeó el vehículo para pintar los cables de freno con el fluido picante.

—Ah, no, no, este es mío.

—¿Cómo dice?

—Era un coche del hotel hasta hace cinco años. Cuando Pierce-Arrow se fue a pique, don Francis pensó que no quedaría bien llevar a los huéspedes en sus modelos. Vendieron los otros dos río abajo, pero este me lo quedé yo como gratificación por haber mantenido el hotel a flote durante los años en que todos aquellos hombres se tiraron por la ventana. La limusina está pensada para un chófer, claro. Se habrá fijado en que los asientos de delante son de cuero y los traseros de tela. Los caboncetes miserables de los ratones prefieren la tela.

Aquel vehículo enorme debía de haber costado casi cuatro mil dólares, recién salido de fábrica. Qué gratificación tan extraña e inútil para una directora de hotel. Un vehículo diseñado para dos personas, amo y sirviente.

—¿Y lo conduce? —preguntó él.

—Me arruinaría llenándole el depósito, y será imposible conseguirle neumáticos nuevos, ahora que hay racionamiento.

—¿Y venderlo para comprar un coche más práctico?

La caja se cerró con un fuerte chasquido y June la devolvió a su sitio en el asiento de atrás.

—Se ofenderían muchísimo si lo hiciera y, de todos modos, ¿dónde iba a ir yo?

Tucker había estado apretando los neumáticos con un dedo, juzgando si estaban en condiciones de circular, y comprendió demasiado tarde que esa última pregunta había sido un desafío, una invitación a que respondiera con una sugerencia. Pero el momento ya había pasado. Casi que mejor. ¿Qué creía Tucker que habría hecho con él? (Sí que sabía lo que iba a hacer con él: darle vueltas y más vueltas a su paso cuando no pudiera dormir). Y entonces June dijo:

—Así que todo ese asunto del barco era solo un rumor.

—Eso parece.

—No quiero ni pensar en cómo van a tomarse la noticia los diplomáticos. Es un asunto de luz del sol, como dice Rana. Parecerá más factible de día. Pero tengo un asunto de luz de luna para usted, en cambio. Mi personal, ese del que tan deprisa sospecha usted que colabora con el enemigo, me ha dado la respuesta sobre sus llamadas telefónicas desde el guardarropa. No frunza el ceño. Sabe a qué me refiero. El guardarropa de la sexta planta, el de las llamadas que nunca se hicieron. Venía en las notas de ayer de mi libro mayor. La gente de mantenimiento vio entrar a alguien allí, y la centralita informó de que volvieron a colgar el teléfono. Cabe dar por hecho que la llamada la hizo el fantasma que encanta esa estancia, ¿no le parece?

—¿Y ese fantasma es...?

—Sabine Wolfe.

La refinada Sabine, que hasta el momento solo se había distinguido por tranquilizar a aquellos húngaros ansiosos el primer día, por tener una hija con berrinches y por estar casada con un agregado cultural muy sociable con amistades desagradables.

Pero acababa de adquirir una identidad propia: Sabine Wolfe, la mujer que casi había hecho llamadas desde el guardarropa de la sexta planta. El momento de esos intentos de llamada parecía importante. Cuando hizo la última, todo el mundo salvo Pennybacker había supuesto que la marcha era inminente. ¿Para qué descolgar el teléfono, en esas circunstancias?

—Señorita Hudson —dijo Tucker con cautela—, el protocolo de mi oficina exige que observemos a los sospechosos en su ambiente. No hable con ella.

—¿Por qué iba yo a hablar con ella?

—Parece usted —respondió él— la clase de persona que, de niña, comía bichos.

—En realidad era una niña muy callada. Más parecida a Hannelore Wolfe.

—Me cuesta mucho creerlo, señorita Hudson.

—Eso es porque no ha conocido usted nunca a nadie como yo. Y se acabó lo de «señorita Hudson» por aquí, «señorita Hudson» por allá. Tutéeme. Ahora que nos tocará vernos durante más tiempo, soy June.

Lo que había entre ellos, antes intangible, iba adquiriendo masa.

—No hables con ella, June.

—¿Yo me ocupo de mis asuntos, usted de los suyos?

—Exacto.

June cerró el capó del coche con un movimiento tajante. Entonces, de pronto, sonrió de oreja a oreja y, al brillo de esa sonrisa, Tucker sintió que todos los nudos que lo ataban a la mentalidad de FBI se soltaban. June respondió:

—No puedo prometérselo. A veces sus asuntos serán asunto mío.

De pronto, Tucker tuvo un recuerdo muy claro de su infancia, del día en que pasó por detrás mientras su padre fregaba los cacharros. El calzado de su padre, mojado de agua de fregar, dejaba huellas de bota en los tablones del suelo, llenos de carbonilla. Tucker no recordaba nada importante sobre su madre, pero sí que, durante ese recuerdo, ella estaba fuera, fumándose un puro que le había llevado su padre. Aún no podía oler el humo de un puro sin recordar aquel porche con sus seis sillas colocadas de cualquier manera y el perro de alguien tumbado en el peldaño superior, de forma que había que pasarle por encima. Tucker recordaba mirar la cacerola recién fregada en la encimera y darse cuenta de que habría que secarla y de que, además, podía secarla él mismo. Qué revelación tan minúscula, qué epifanía infantil más de chicha y nabo para recordarla durante toda una vida, y aun así Tucker se veía a sí mismo acercando el taburete para llegar a los cacharros. ¿Era la primera vez que había visto algo que faltaba por hacer y lo había hecho? ¿O era solo la primera vez que reparaba en ello? El padre de Tucker le había dicho: «Serás buen partido, Tucker». Solo que no lo había llamado Tucker, porque nadie lo llamaba Tucker por aquel entonces.

—Pensacola —le dijo a June.

—¿Cómo?

—Pensacola. Conozco a un hombre que alquila casitas de vacaciones allí. La playa es blanca —dijo Tucker—. Es hasta donde se podría conducir un automóvil, si se tuviera uno razonable.

June fingió que escribía la palabra en el aire. Luego cerró las dos puertas de su lado, y Tucker cerró las dos del suyo. Ella miró su pequeño reloj —qué muñeca tan bonita, qué manos tan largas— y chasqueó los dedos hacia los sempiternos dachshunds, que estaban utilizando una lona doblada a modo de cama. Se levantaron de un salto.

Fuera, a la extraña y engañosa luz de los focos de la Patrulla Fronteriza, justo cuando sus caminos empezaban a separarse, Tucker dijo:

—Señorita Hud… June.

Ella paró. Tenía los lóbulos perforados, cosa de la que Tucker no se había dado cuenta hasta entonces. Debía de llevar pendientes el día en que se conocieron. Estaba mirándole el tatuaje de carbón como si quisiera tocarlo.

—Llámame Tucker —dijo él.

17

Así fue como June Hudson se convirtió en la jefa:

Era un excelente día primaveral en las montañas, con los ciclamores y los cornejos salpicando el bosque de nubecillas rosadas y blancas. Los prados eran de un color verde intenso. Los pájaros cantaban canciones de boda. Los terrenos del Avallon rebosaban de vida con los trabajos que eran irrealizables mientras amenazara con nevar. Paisajismo, pintura exterior, reparación de tejados. June, sin embargo, estaba atrapada dentro, deslomándose en su puesto actual del departamento de publicidad por correo. Tenía la mesa cubierta por sus libros de cuentas de sobrecubierta gris y por papel de carta con el membrete del Avallon. Se suponía que solo tenía que poner la dirección a las postales y meter los folletos en sobres, pero no podía resistirse a aprovechar la oportunidad para recordarles a algunos de los huéspedes más influyentes qué placeres concretos los esperaban allí en el Avallon. Basándose en las anotaciones de los libros, redactaba una carta detrás de otra para añadirlas a los materiales publicitarios.

Le gustaba que las cartas estuvieran escritas desde el punto de vista del hotel. Esperamos que vuelva a visitarnos. Recordamos qué cosas le gustan. Aspiramos a hacer que este sea un año memorable para usted. June, por su cuenta, era solo una jovencita con un acento montañés apenas controlado. June, en aquellas cartas, era el Avallon, rebosante de un poder alegre y encantador. Ella les ordenaba acudir, ellos obedecían.

Estaba haciendo un trabajo muy por encima de su puesto oficial, que era lo que sospechaba que pretendía don Francis. Cuando la había trasladado de la imprenta a la publicidad por correo, se había limitado a decirle: «Aprende lo que puedas». June no temía el fracaso; tenía un lugar asegurado con los Gilfoyle. ¿Qué era lo peor que podía pasar? Que, en la butaca a cuadros de la salita del apartamento familiar, don Francis le lanzase una mirada por encima de las gafas mientras ella jugaba a algún juego de mesa con Carrie y Edgar con una mano y usaba la otra para dibujar una cara graciosa en la palma de Sandy, y entonces le dijera: «June, he oído que ya estás extralimitándote otra vez». Ella respondería: «Sí», y ahí terminaría todo.

No era la riqueza de los Gilfoyle lo que embriagaba a June. Era su confianza en ella.

Ese día de primavera, el día en que pasó a ser la jefa, estaba trabajando con la ventana abierta, no porque ya hiciese el suficiente calor para abrirla, sino porque la idea de que un día lo haría, y pronto, bastaba para tentarla. Por eso reparó al momento en el cambio. La atmósfera estaba siendo idílica.

Y, de pronto, todo apestaba a rampas.

Costaba explicar lo que era la rampa a la gente de fuera de Virginia Occidental. Era una planta parecida a la cebolla que se recogía en las laderas de las colinas, y casi todas las familias pobres del estado habían subsistido gracias a ellas en un momento u otro. No eran demasiado sabrosas al probarlas por primera vez, pero se les iba cogiendo el gusto, sobre todo si no había mucho más que llevarse a la boca. El problema que tenían las rampas, no obstante, era que empezaban a hacer que todo lo demás oliese igual que ellas también. Quienes comían rampas olían a rampa. La ropa y las sábanas guardadas cerca de las rampas olían a rampa. El pelo, la piel, el aliento, todo olía a rampa.

El ajo se creía poderoso hasta que tenía que batallar contra la rampa. Era un aroma nostálgico, sin embargo. Un aroma orgulloso. Era el olor de Virginia Occidental. Se había puesto de moda inyectar perfume en la tinta con la que se imprimían los boletines de noticias, y June había oído la historia de un impresor que había tenido la ocurrencia de perfumar las palabras de su boletín con aroma a rampa para sus lectores de Virginia Occidental. Los empleados de correos se desplomaban en las oficinas y fueron a la huelga para no tener que cargar aquellos documentos espantosos en sus vehículos de reparto. El olor a rampa siempre ganaba.

Ese día, en el Avallon, el olor se originó pero no se quedó contenido en las piscinas. El agua del grifo sabía a rampa, el aire olía a rampa, todas las fuentes de todos los pisos eructaban rampa. June fue desde el departamento de publicidad hasta el vestíbulo y se quedó allí plantada, rodeada por el olor de su infancia anterior al Avallon, y vio cómo los botones huían tapándose la nariz con pañuelos.

Para los huéspedes, el hedor era meramente espantoso. Para el personal, era temible.

Sabían que el agua se estaba torciendo.

¿Y dónde estaba Francis Gilfoyle? En Nueva York, recogiendo a Edgar del internado al final del trimestre. No había forma de localizarlo por teléfono y, en todo caso, ¿de qué iba a servir una conversación? Sus empleados no necesitaban saber lo que hacer. Necesitaban que el señor Gilfoyle lo hiciera.

June tomó el control. Nadie más lo había hecho.

Pidió que le trajeran la pista de baile portátil del almacén, que la Gruta organizara una merienda campestre, que los jardineros encendieran una hoguera junto a los campos de winnet para ahuyentar lo que quedaba del frío primaveral. Los botones debían cantar una melodía estimulante para sacar a los huéspedes de sus habitaciones y por la puerta del hotel hacia el lugar donde la orquesta ya estaba dándoles la serenata a las mantas de pícnic. Con los huéspedes apartados y entretenidos, echarían sal y cloruro a las piscinas, abrirían de par en par las ventanas del hotel y los cañones de las chimeneas y recogerían los caracoles de las paredes de la piscina cubierta.

June le dijo a Sam Redford, el antiguo jefe de personal, retirado hacía tiempo, que reuniera a todas las empleadas que se hubieran comprometido hacía poco.

Sam no preguntó por qué. En una sala llena de incertidumbre, la confianza triunfaba.

Mientras los huéspedes gozaban de un baile espontáneo en los campos de winnet del Avallon, las trabajadoras recién comprometidas recogieron todos los peniques de la fuente del salón de baile. Durante casi una hora, aquellas jóvenes felices metieron los brazos en la aguadulce, otorgándole su deleite, dándole lo que querían obtener de ella. Reciprocidad.

Después de eso, June le dijo a Griff Clemons, por aquel entonces jefe de aparcacoches, que estaría en la Avallon IV y que no quería que nadie la molestara.

Menos de una hora después, el aire se despejó.

June había salido de la casa de baños más antigua, tambaleándose un poco.

La gobernanta había corrido a sostenerla por un lado. El jefe de aparcacoches había llegado por el otro.

—Bien hecho, jefa —le dijo Griff.

—¿Qué es este juego, exactamente? —preguntó Johnny Hosokawa.

—Se llama winnet —dijo June—. Solo se juega aquí.

Era un día precioso, muy cálido para la época, la tentadora promesa de una primavera que ya estaba a la vuelta de la esquina. Las mariquitas se habían multiplicado de repente en todas las ventanas e, incluso en el exterior, los brillantes y alegres insectos no dejaban de posarse en los hombros y el pelo de la gente. Erich von Limburg-Stirum y Johnny Hosokawa tenían la actitud decidida de dos matronas mientras June abría las puertas del almacén de paredes blancas y techo cobrizo al que la gente llamaba el Armario del Winnet. Encontró lo que andaba buscando, una larga y rígida caja de cartón con los cantos reforzados. A un lado, con letra clara, estaba escrita la palabra HUDSON.

—Esa eres tú —dijo Erich.

—Esa soy yo.

En general, June no habría puesto a unos huéspedes a transportar cajas de winnet, pero el Avallon estaba viéndose incluso más falto de manos que antes: en una sola semana, la mitad de sus botones y la mayoría de sus jardineros se habían marchado, llamados a filas. Además, Erich von Limburg-Stirum y Johnny Hosokawa no eran del todo unos huéspedes. Erich, por supuesto, era el popular piloto con mal de amores, y Johnny era un joven brillante e inquieto, nacido en Japón pero criado en Estados Unidos. Fuera del hotel, había sido corresponsal en Washington de la agencia de prensa Dōmei, que en tiempos recientes había desviado sus prioridades periodísticas hacia la propaganda nacionalista japonesa.

«Siempre he querido escribir —había dicho Johnny a June unos días antes—, y siempre he sido japonés. No puedo cambiar ninguna de esas dos cosas. ¿Qué hace una cantante si está en un convento? Canta sobre Dios. Pues yo escribí lo que querían que escribiera sobre Japón».

Robert Prager, el alemán linchado con el que había estado obsesionado Sandy, les había dicho a sus torturadores que era alemán solo «por casualidad» de nacimiento. Johnny era japonés por casualidad de nacimiento. June era estadounidense por casualidad de nacimiento. Estaba por casualidad en el lado bueno de la guerra, el lado de, en palabras de Sandy, emplear el poder colectivo para algo bueno. Sandy había hecho un propósito de su casualidad al alistarse en la armada. ¿Qué estaba haciendo June con su casualidad americana?

—¿Se te da bien este deporte? —preguntó Erich, en tono competitivo.

June le sonrió.

—Tenéis suerte los dos de que no vaya a jugar.

Abrió la tapa de la caja. Dentro estaba el material necesario para jugar al winnet. El conjuro parecía un calzador, recubierto de apretado cuero, áspero pero bonito. Los cazos, unos instrumentos similares a los palos de golf o los mazos de cróquet, tenían unos mangos de intrincadas tallas. Uno hasta tenía una cabeza de pájaro idéntica a la de una fuente de aguadulce que había en el hotel. ¡Y los winnets! Eran unos huevos de madera pulida preciosos, de todos los colores. Los más nuevos tenían un solo tono puro. Los más antiguos eran joyas a retazos de formas irregulares, con heridas reparadas, pintadas, barnizadas otra vez. Erich y Johnny querían sacar esos últimos para apreciarlos como merecían, así que June los dejó mientras sacaba unas cuantas cajas más del armario.

Los dos jóvenes se habían caído bien al instante, y habían tardado poco en formar un improbable grupo que incluía a los camareros Sebastian Hepp y Paul Eidenmüller. June tenía la sensación de que era una amistad peligrosa, porque ¿qué pasaría cuando los diplomáticos se marcharan, cuando en vez de Erich y Johnny tuvieran allí a los Morgan y los Delafield? Pero no se sentía capaz de romperla. A Sebastian solo le quedaban unas semanas más de juventud.

—¿Las llevamos todas? —preguntó Johnny, levantando una caja de cartón.

—Las llevamos todas.

Las cosas habían cambiado desde la noche en que los periodistas intentaron escapar. El rumor de una partida temprana había malogrado a los diplomáticos. En su mente, ya habían hecho las maletas, tomado el tren a Nueva York, subido a un barco, sobrevivido a los submarinos, desembarcado en Portugal, esperado a otro tren y luego, en sus destinos últimos, estaban preparándose para sobrevivir al resto de la guerra. Y ahora el problemilla más nimio que encontraban en el Avallon los irritaba. Las camas eran incómodas, los ascensores muy lentos. Los italianos eran demasiado ruidosos, los alemanes demasiado mordaces, los japoneses demasiado despectivos. En el Greenbrier, los japoneses habían cogido tal rabieta con los alemanes que el Departamento de Estado había tenido que trasladar esas delegaciones japonesas a otro hotel distinto en las Carolinas. Los diplomáticos de June aún no habían alcanzado esas cotas de desbarajuste, pero ya saboreaba su amargura en los dos vasos de aguadulce que tomaba por la mañana y en los dos de antes de acostarse.

Esa noche también la había cambiado a ella. Los periodistas estaban desesperados. Lieselotte tenía cicatrices intencionadas en la cara. Sabine Wolfe estaba descolgando un teléfono y volviéndolo a colgar sin decir ni una palabra. ¿Quién más en su hotel tenía miedo?

June podía o bien equilibrar el agua que amargaba o equilibrar a sus huéspedes que se amargaban, y no quería entrar en la Avallon IV.

Sin dejar de charlar entre ellos, Erich y Johnny llegaron junto con los otros diplomáticos que se habían congregado en los exuberantes y primaverales campos de winnet, que se extendían hasta donde alcanzaba la vista entre árboles vetustos. Basado en un juego arcaico que había claudicado en popularidad mucho tiempo atrás ante el golf, el winnet no existía en ningún otro lugar del mundo. Que el juego no pudiera practicarse en más sitios por falta de unos campos tan extensos solo servía para hacerlo más atractivo: algunos huéspedes iban al Avallon todos los veranos porque era la única forma de mejorar al winnet. ¿Cuántas veces había caminado June hasta aquellos campos? Los Gilfoyle, como todo el resto del Avallon, estaban locos por el winnet. Tardes interminables, partidas sin fin. De noche, todos soñaban que seguían dándoles con el cazo a los winnets, que aún oían el crujido de esos winnets contra las tablas puntuadoras sujetas a la copa de los árboles.

—¿Usted juega, agente Calloway?

Hugh Calloway se había desviado de su paseo para investigar aquel acontecimiento. Se hizo visera con la mano sobre los ojos.

—Solo miro, señora.

Una vez más, June se planteó despedir a Ulcie. Pero aquella agua amarga por la mañana, aquella agua amarga por la tarde...

—¿Qué tal lo trata la oficina de correspondencia? —le preguntó.

—Bastante bien.

June quiso decir: «Ulcie se va de patitas a la calle nada más termine todo esto», pero sabía que solo serviría para hacerla sentir mejor a ella, no a él. Así que, en vez de eso, dijo:

—He oído que no se le da nada mal el póquer.

El agente Calloway soltó una risotada.

—Ah, sí, ya me dijo Tuck que tiene usted oídos por todas partes. Mire, hablando del rey de Roma... —Hugh levantó la mano hacia Tucker, que era una figura diminuta ante el hotel. El otro agente no devolvió el saludo, pero sus ojos los perforaron a los dos—. Risueño como siempre, por lo que veo. Bueno, tengo que espabilar. Disfrute de la partida, señorita Hudson.

Como el instructor oficial de winnet del hotel, un exjugador de críquet llamado Thomas Hammerfield, se había embarcado hacia el frente dos semanas antes, los diplomáticos habían tenido que conformarse con los más pacientes y presentables de entre el resto de empleados. Desde camareros del servicio de habitaciones hasta fontaneros, pasando por *plongeurs*, doncellas, conserjes, Luellen la encargada de los archivos de clientes y Zachariah Hatfield, el capellán del hotel, todos estaban allí fuera al sol con su uniforme gris y dorado, afanándose en enseñar los golpes, colocar los conjuros, lanzarse winnets de aquí para allá con diplomáticos de cinco países. June sintió una punzada agridulce. Cara al público y la trastienda. Los mejores jugadores de winnet siempre habían sido quienes tenían acceso a los campos durante todo el año. June se esforzaba mucho en ocultarles ese hecho a los huéspedes, que se resentirían si el servicio los derrotaba.

Pero, de momento, estaban jugando al winnet sin más.

Al igual que dentro del hotel, las delegaciones estaban separadas por nacionalidad. El pequeño grupo de italianos participaba con entusiasmo. La mayoría de la austera delegación japonesa observaba desde una distancia segura, gozando del sol sobre mantas y bancos. Sebastian Hepp era el centro de atención de la inmensa delegación alemana, dividiéndola por género y edad, llevando a cabo su tarea con solemnidad olímpica. Sabine Wolfe estaba en la periferia de ese grupo, viéndolo jugar. Llevaba un sombrero de color verde oscuro con un medio velo que hacía destacar su luminoso cabello cobrizo y una blusa de seda a juego. Sostenía el abrigo arrugado entre los brazos como si fuese un bebé muerto.

«No hables con ella», le había dicho Tucker, y entonces se había preguntado por qué iba a molestarse en decirle una cosa como esa.

Sin embargo, para allá que fueron los pies de June, llevándola hacia la esposa del agregado cultural. Quizá fuese por la frialdad con que esa mujer le había espetado a June que no podía hacer nada para ayudar. Quizá porque no había hecho ni el menor ademán de castigar a Hannelore por sus chillidos. Quizá porque June se había fijado en ella el primer día por ser la única mujer que subía a pie por el camino con los hombres. Quizá por cómo Sabine acababa de casi dejarse caer en un banco de hierro entre los antiguos árboles, como si sus rodillas hubieran desfallecido derrotadas. O quizá porque quería saber cuáles eran las palabras que Sabine Wolfe estaba dejando sin pronunciar.

Fuese lo que fuese, June se sentó a su lado y le dijo:

—He oído que es usted pintora.

—¿Cómo es posible que lo sepa?

A pesar de ser alemana, Sabine hablaba inglés con un elegante acento de Mayfair. Era una mujer cuyo lugar, hasta el estallido de la guerra, estaba sin duda en el mundo de los Gilfoyle.

—Se lo mencionó a un empleado mío en la Sala de los Tapices. La Galería de los Retratos tiene algunos cuadros muy buenos, si aún no la ha visitado.

Sabine le dedicó una leve sonrisa. Era un gesto amable, pero no genuino: esa mujer sabía lo que estaba haciendo June.

—Antes me interesaban las figuras naturales —respondió—. De joven, estudiaba los pájaros y pintaba las distintas especies formando diagramas. En acuarela. Su forma de moverse y de comportarse, lo que comían. Creé una página para cada especie, o a veces dos, si el macho y la hembra eran muy diferentes. A menudo eran dos. A menudo son muy distintos en su forma de presentarse al mundo. Lo dejé después de conocer a Friedrich, pero a veces aún pienso…, aún imagino cómo pintaría un pájaro. Pero usted…, usted también es una artista. El Avallon es su lienzo.

Sabine le había dado una sensación desdeñosa la última vez que June la había visto, pero aquello parecía sincero. Era posible que Sabine, igual que June, fuese un mueble cubierto con una sábana que revelaba muy poco.

—El Avallon es un juego que cambia a diario, eso desde luego —dijo June. Titubeó, mientras el chasquido de los winnets y el sonido de las voces llenaba el hueco—. Señora Wolfe, el otro día me dijo que no podía hacer nada para ayudar. No estoy acostumbrada a que se me diga eso en mi propio hotel.

Las mejillas de Sabine se ruborizaron al instante.

—Señorita Hudson, estaba muy alterada, no debí...

June le quitó importancia con un gesto de la mano.

—Señora Wolfe, yo tenía ataques como los de Hannelore. Me parecía mucho a ella.

Sabine frunció el ceño.

Era un trayecto difícil de visualizar a menos que una misma lo hubiera emprendido. Durante muchos años, June pensó que era la mujer que era a pesar de la persona que había sido de niña. Ahora sabía que era la mujer que era precisamente a consecuencia de la niña que había sido. Solo alguien que no comprendiera nada sobre los demás tenía la paciencia para estudiarlos tan a fondo.

Al cabo de un tiempo, Sabine dijo:

—Seguro que sus ataques no eran tan agudos.

June solo recordaba la reacción de los testigos. ¿Le reprochaba a su madre que la hubiera abandonado en Constancy sin mediar palabra? Corría el año 18 o el 19 y en Virginia Occidental todo el mundo pasaba hambre, a menos que estuviera en el Avallon. Su padre se había refugiado en una bala. Su madre estaba sola, y June no era una pequeña mendiga adorable. Seguro que no era la única criatura abandonada en esa época. Su madre debía de tener la misma edad que June ahora, ¿verdad? Pero no era justo compararlas. Su madre no había tenido a nadie, y June tenía una familia de centenares de miembros.

—No le quepa duda —dijo June— de que mis ataques eran espantosos. Pero Hannelore es observadora, como lo era yo. Me fijé en eso el primer día. Lo absorbía todo. Solo necesita tiempo.

Sabine empezó a decir algo, pero se detuvo. Aquello era lo que pasaba con la dorada realeza de don Francis y el admirable autocontrol del que hacían gala: que había muchísimas cosas que jamás podrían decir. Era imposible saber lo que esa mujer pensaba en realidad, pero en la mente de June había una imagen dominante: la de aquella jeringuilla y el sueño químico de Hannelore. De modo que aventuró:

—No cree que Hannelore vaya a tener tiempo.

Los ojos de Sabine resplandecieron y entonces se despejaron casi al instante. Por muy rápido que le viniesen las lágrimas, ella era más rápida disipándolas. Tiró de un hilo suelto que tenía bajo un botón y dijo, en un perfecto tono neutro:

—¿Ha oído hablar del hijo del embajador? Le diagnosticaron una enfermedad mental hace poco. ¿Cuántos años tiene, dieciséis? Diecisiete. No, dieciséis, seguro. Creo que fue esquizofrenia. Está en una clínica, aquí en Norteamérica, recibiendo tratamiento. Cuando el embajador tenga que volver repatriado a Alemania, su hijo deberá irse con él, por supuesto, pero... —A Sabine le costó un momento urdir una estrategia para completar esa frase de un modo diplomático—. Pero, en Alemania, a los esquizofrénicos se les practica la eutanasia. Es un programa estatal para aquellos con una función cognitiva debilitada. Su alcance es... absoluto.

Un pequeño escalofrío danzó por la piel de June sin que pudiera evitarlo. La manera de expresarlo, clínica y desapasionada, volvía la afirmación más perturbadora, no menos.

Sabine continuó midiendo sus palabras con mucha atención, meticulosa como si estuviera ordenando libros alfabéticamente.

—Se rumorea que el embajador ha hecho un trato con el Departamento de Estado para que su hijo se quede en Estados Unidos cuando ellos se marchen. No debe de haber sido fácil. Pero creo que han acordado que se olvidarán del expediente del chico.

Sus ojos se alzaron un instante hacia el resto de la delegación alemana y June, siguiéndolos, vio a Lothar Liebe apoyado en un cazo, observándolas a las dos allí sentadas con su planta apuesta, oscura, de estrella del cine mudo.

Sabine sonrió como si June hubiera hecho algún comentario espléndido y, con aquella fea sonrisa falsa en la boca, dijo:

—El hijo del embajador cometió un solo acto horroroso antes de que lo diagnosticaran. Un incidente abominable. Pero ¿quién no ha hecho algo horroroso al menos una vez? Tiene dieciséis años. Cuando fue consciente de ello... Es un chico muy sensible. Cuando terminó de llorar, aceptó someterse a lo que le dijeran. Podrían haberlo convencido de una lobotomía, de descargas eléctricas, de una muerte piadosa.

Al otro lado del campo, Sebastian se arrodilló con ternura al lado de un niño frustrado. Por algún motivo, la mente de June puso la cara de su camarero al hijo del embajador. No quería que Sebastian fuese a la guerra. No quería que lo entrenaran para dispararle a Erich von Limburg-Stirum. Sabía que él no quería tampoco, pero iría de todos modos y le pondría todo su empeño, por una cuestión de principios. Al igual que Sandy, creía en el poder del colectivo. No estaría en el Avallon si no lo hiciera.

—¿Y considerarán que Hannelore tiene la «función cognitiva debilitada»? —preguntó June.

En vez de responder, Sabine dijo:

—¿Lleva maquillaje encima, por casualidad?

June se sacó una polvera del bolsillo. Sabine la utilizó para empolvarse la nariz y ocultar que se quitaba una lágrima de la cara.

—¿Hannelore lo sabe? —preguntó June.

Sabine hizo una leve negación con la cabeza.

Mujer, madre, huésped, enemiga, superior, prisionera.

—Mi marido —dijo Sabine— cree que podrá protegerla en Alemania. Quiere creer que podrá protegerla en Alemania. Es nuestra única hija. Pero yo...

June hizo acopio de valor. Todo lo anterior a aquello iba a parecer una nimiedad en comparación.

Tucker iba a ponerse furioso. Tucker tendría que fastidiarse.

—¿Para esto eran esas llamadas telefónicas? —preguntó June.

—Sabrá —susurró Sabine— que Lothar es de la Gestapo, claro.

—La Gestapo —repitió June, pensando que la palabra sonaba cruel, extranjera, fuera de lugar.

—Policía secreta. Y antes estuvo en el SD, nuestro servicio de inteligencia. Observa todo lo que hacemos. No es solo él, por supuesto, es... Si... —Sabine se agarró los codos con sus largos dedos—. Quería llamar al hombre del Departamento de Estado para ver si mi hija podía quedarse aquí. Pero nunca me atrevía. No se critica las decisiones de Alemania. O, al menos, no lo hacemos nosotros, que representamos al país.

June se la imaginó subiendo a hurtadillas al guardarropa de la sexta planta, levantando el auricular, escuchando a la telefonista al otro lado y colgando. Unos pocos intentos al poco de llegar al hotel. Y luego uno más cuando pensó que la repatriación era inminente.

—¿Quiere que le explique su situación al señor Pennybacker? —se ofreció June.

Sabine hizo un asentimiento casi imperceptible.

—Con discreción. Todo hincapié que le haga en eso es poco.

—No se puede dirigir un hotel de ninguna otra manera.

Al otro lado del campo de winnet, Lothar Liebe, con una sonrisa neutra en la cara, le hizo una seña a Sabine para que se acercara. El estremecimiento que subió por la columna vertebral de June fue tan intenso que tuvo que preguntarse si el gesto de Liebe había tenido algo de siniestro por sí mismo o si lo era únicamente en el contexto de lo que acababa de descubrir. No, con toda probabilidad, si aquello hubiera sido una conversación normal y corriente, June habría pensado que Lothar Liebe era como Erich, un ciudadano alemán arrastrado al Avallon por un Departamento de Estado demasiado ferviente.

Sabine le devolvió el gesto con languidez. En voz tensa, preguntó:

—¿De qué hemos estado hablando? Me lo preguntará.

—Del menú —respondió June al instante—. De cómo solucionar que los alemanes piensen que el menú de nuestro chef no es lo bastante bueno.

—Sí. Claro —dijo Sabine, aliviada.

June vio cómo iba con paso calmado hacia Lothar, que la cogió del brazo y le habló al oído. Los dos alemanes se volvieron justo a tiempo de ver cómo el winnet de Sebastian Hepp trazaba una hermosa parábola que terminaba impactando, con un satisfactorio crujido, en una puntuadora. La cara de Sebastian se encendió de calor y triunfo. Erich von Limburg-Stirum gritó: «*Gut gemacht!*», Johnny Hosokawa exclamó: «¡Soberbio!», y hasta Luellen March, de archivos de clientes, gritó, simplemente: «¡Señor Hepp!».

Alzando el cazo por encima de la cabeza, Sebastian cantó con júbilo:

Leb' wohl denn, oh Hochland, sei Norden gegrüsst,
Wo Heimat der Ehre und Tapferkeit ist;
Wohin ich auch wandre, wo immer ich bin,
Es zieht zu den Hügeln des Hochlandss mich hin.

Paul Eidenmüller abandonó las lecciones de winnet que estaba dándoles a los japoneses para unirse a la canción, y luego lo mismo hizo Erich, todos ellos riendo divertidos, cantando como si estuvieran en un pub. Al cabo de unos pocos versos, June cayó en la cuenta de que estaban entonando, en alemán, una canción de Robert Burns procedente del salón de baile. Un instante después la orquesta de cámara identificó la melodía y se sumó a ella, transformándola para el resto de los presentes en la muy reconocible *My Heart's in the Highlands*. El sol centelleó sobre aquel momento espontáneo, perfecto no porque se hubiera diseñado con gran elegancia, sino porque no había sido así.

A June le recordó la primera vez que había visto el Avallon desde la cima de la colina. Qué isla tan maravillosa, había pensado, qué alejada de los problemas del tedioso mundo. Pero ya no era capaz de evocar esa misma sensación exacta. Le resultaba imposible oír a la orquesta canturrear por encima de las risas y no recordar que, en otra parte del mundo, estaban condenando a muerte a inocentes.

No se había movido ni un pelo y ya estaba echando de menos aquello.

—Jefa..., esto...

June oyó los inconfundibles y mundanales ruidos de una pelea. No había nada que sonara igual que esa combinación de nudillos impactando en carne y alientos resollando entre dientes y zapatos levantando tierra del suelo y relojes rechinando contra gafas. Cuando localizó el origen, la consternación se transformó en humillación. Dos diplomáticos japoneses, un agente de la Patrulla Fronteriza y uno de sus camareros (Chuck Curtis, escoliosis leve, a salvo del reclutamiento) se habían enzarzado en una pelea desagradable y desordenada.

Cuando June dio un paso en su dirección, oyó —y sintió— un crujido bajo sus pies. Un caracol. Más de uno, en realidad. El suelo estaba lleno de ellos, sus colores brillaban en los haces de luz solar que atravesaban las ramas. ¿Los había pasado por alto al ir a sentarse con Sabine? Imposible. Dos de ellos, cargando despacio con sus peculiares conchas horizontales, recorrían el brazo del banco justo al lado de donde había estado sentada Sabine.

La pelea continuaba.

—No —alzó la voz June. Al comprobar que no llegaba, se hizo bocina con las manos y exclamó, con calma—: ¡No!

Chuck paró inmediatamente.

Hacerlo le valió un bofetón de uno de los dos japoneses, pero el hombre, cuando vio que Chuck no reaccionaba, paró también. Solo quedaban el agente fronterizo y el segundo japonés, cuya lucha también perdió la chispa al atisbar que los otros dos bajaban los puños. Ya estaban los cuatro inmóviles para cuando June llegó a zancadas hasta ellos.

—¿Qué diantres ha sido esto? —dijo.

Chuck tenía la cara roja y estaba sin aliento. Rehuía la mirada de June. Había sido ella quien convenció a don Francis de que sería buen camarero, a pesar de la columna vertebral torcida. El sastre le había hecho una hombrera izquierda a medida para la chaqueta de su uniforme y Chuck estaba encantado de la vida desde entonces.

June reconoció al agente de la Patrulla Fronteriza. Era el mismo del garaje, y vio que él también la reconocía a ella. Le dijo:

—¿Quiere que vaya a buscar al agente Minnick?

El patrullero no quería.

Avergonzado, Chuck describió el incidente, empezando por el intercambio inicial:

Chuck: ¿Quiere remojarlo con una copa?

Oficinista japonés: ¿Igual que nosotros hemos remojado el Lexington?

Se refería al *USS Lexington*, un portaaviones que los japoneses afirmaban haber enviado a pique hacía poco en el Pacífico. El resto de la historia se contaba sola.

Todos le decían «Lo siento, jefa» y «Lo siento, señora», pero June no quería que lo sintieran. Quería que no hubiera ocurrido en absoluto. ¿Un altercado a puñetazos, en el Avallon? Inaudito. Daba igual que a Chuck lo hubieran provocado; se suponía que debían ser improvocables. Y Chuck no era ningún novato, sino un veterano con muchos años a sus espaldas.

June sintió cómo se acumulaba todo. La muerte de don Francis, la risa abajo en Constancy, la salpicadura en la Avallon II, los caracoles bajo el banco de Sabine. «No te envalentones», le había dicho Foglesong, pero ella sí que se había envalentonado un poco, ¿verdad? «El agua no funciona así», se había hartado de decir, pero todo estaba cambiando. Don Francis había muerto, ella se había acostado con Gilfoyle, la Gestapo estaba cenando en sus comedores.

—Jefa —dijo Griff Clemons.

Su jefe de personal llegó a su lado sosteniendo en alto un caracol. June suspiró.

—Ya lo he visto.

Vive l'Avallon.

18

Después de aquello, el resto del día ya fue inevitable.

Mientras las nubes llegaban desde más allá de las montañas, tapando el brillante sol y sumiendo el interior del hotel en una melancólica sombra, June fue dejando sus asuntos en tanto orden como pudo.

Primero se acercó a la Sala de Cristal, donde Pennybacker y los suizos le sonrieron mientras disimuladamente ponían boca abajo los documentos de la mesa, y les explicó el asunto de Sabine y Hannelore.

—Y está pidiéndome que lo resuelva, supongo. ¡Bickenbacheado otra vez! Esto va a desbaratarme los cálculos de rehenes. —Pero Pennybacker usó una pluma para señalar una pila de papeles, que el director de orquesta le acercó, y para hacer unas anotaciones—. Se intentará.

Lo normal habría sido que en ese momento el clavecinista hiciera algún comentario ladino o tontorrón, pero guardó un silencio nada propio de él mientras la lluvia empezaba a sisear contra la ventana. Le recordó a June que Pennybacker le había dicho que tenía una idea sobre los suizos y el incidente en la Avallon II. Le preguntaría más tarde, si se acordaba, si aún parecía importante.

—Tengo... ¿Se encuentra bien, señorita Hudson? —preguntó Pennybacker.

—Es solo que me espera un trabajo que no me apetece mucho hacer. —Abrió la boca para añadir algo, pero se detuvo. No tenían por qué saber nada de aquello. Le pertenecía solo a ella—. ¿Qué iba a decir?

—He recibido carta de mi mujer —respondió él—. Me paso semanas escribiéndole y escribiéndole sin saber nada de ella y luego, cuando paro, ¡va ella y me responde! Es tal y como predijo usted.

—¿Y qué le dice?

—Que la empujé a los brazos de otro hombre por el que no sentía nada.

—Menuda manera de romper el hielo —comentó June.

—Quiere que piense en lo que hice.

—¿Acaso no deberíamos todos? —dijo el clavecinista—. ¿Y qué fue lo que hiciste?

—Supongo que levantarme tarde los fines de semana —reconoció Pennybacker—. Y una vez me reí de un chiste suyo, pero... —Bajó la voz—. Pero resultó que no era un chiste.

—¿Y quieres recuperar a esa mujer? —preguntó el director de orquesta.

Pennybacker se llevó una mano al corazón y apretó. De pronto, June sintió aprecio por aquellos tres hombres. La confianza que se tenían entre ellos, su esfuerzo conjunto por mantener una amistad que abarcara años y países. Las amables pullas que nunca rebasaban la frontera de la auténtica mezquindad. June tendría que recordar todo eso más tarde. Era uno de los aspectos que podía tener la felicidad, incluso hablando de temas infelices. Sí, debería recordarlo bien en la Avallon IV. Y después de la Avallon IV, cuando sería difícil.

—No debería contestarle a su esposa, agente Pennybacker —dijo June.

Pennybacker puso las manos en la mesa, presa de cierta inquietud.

—No me diga que renuncie a ella. Estoy muy cansado de que mis hermanos, y ahora también Rudy y Rufey, me digan que renuncie a ella.

—No estoy diciéndole eso. Si quiere recuperarla, no conteste a esa carta. Créame, ella insistirá.

Con un gemido, él preguntó:

—¿Cómo está tan segura?

June abrió la puerta.

—Se me da muy bien mi trabajo.

Tras la parada en la Sala de Cristal, June pasó dos horas en su despacho, copiando tareas relevantes e información desde sus libros mayores y sus listas de cosas por hacer, asegurándose de que todo fuera inteligible para otras personas. Amontonó los platos que había acumulado a lo largo del día y comprobó los cajones para asegurarse de que no había guardado en ellos nada perecedero. Sí que lo había hecho: sacó unas rodajas de manzana ya un poco marrones que había escondido para dárselas a los dachshunds, antes de olvidarlo. Mientras fuera seguía lloviendo, June repasó los pedidos pendientes de carbón, leña y hielo y confirmó que nada de aquello iba a requerir su atención en el futuro inmediato.

Luego soportó una conversación con Ovid Persinger en el almacén y se cercioró de que el hotel estuviese abastecido para las comidas del resto de la semana. Paró en la Gruta y le pidió a Fortéscue que convocara una reunión de todo el personal de cocina y servicio, para mejorar la moral.

—¿Vas a bajar? —le preguntó el chef. Al ver que June asentía, desapareció en la trascocina y regresó con un bombón de chocolate, que le puso en el centro de la palma de la mano—. *Bonne chance*, jefa, gracias.

Por último, June llevó los dachshunds a la oficina de Rana. Dentro, la gobernanta estaba cogiendo cosas a manotazos, preparándose para el ritual de limpiar la habitación 411. Se volvió de sopetón hacia June, dispuesta a estallar, pero guardó silencio cuando June envió con un gesto a los perros a su sitio debajo de la mesa de Rana.

—Los cuidarás tú, ¿verdad? —preguntó June.

Rana usó un mocho seco para, con amabilidad pero también con firmeza, meter del todo al dachshund hirsuto bajo la mesa.

—¿Cuánto tiempo será?

June pensó en la sensación que le había dado el agua y en cuánto tiempo llevaba posponiéndolo.

—Dos días. No. Mejor dame tres días.

—¿Tres días?

—Lo he dejado estar demasiado. Hay caracoles por todos los campos de winnet.

—¿Clemons lo sabe?

—Lo hemos decidido juntos.

Con gesto furioso, Rana arrojó cuatro toallas de mano al carrito de limpieza que había fuera junto a la puerta. June se preguntó si se habría alterado tanto cuando le correspondía a don Francis hacer aquello. En la época anterior a June ocurría más a menudo, o eso tenía entendido. El agua era más voluble, el hotel más frágil. Todo lo que habían hecho don Francis y June había sido para establecer una paz más permanente. La Avallon IV llevaba ya mucho tiempo sin necesitarla.

June le ofreció a Rana el bombón que le había dado Fortéscue. Rana lo tomó con sus largos dedos y lo escrutó como si fuese un aparato que debía comprender y duplicar. Después bufó, mordió la mitad y le dio la otra mitad a June. Se quedaron juntas en silencio, chupando y degustando y tragando, y luego June apiló con pulcritud las cuatro toallas en el carrito y se marchó.

Por último, June bajó hasta la Avallon IV, sosteniendo un paraguas y oscureciendo la punta de sus merceditas en los charcos. La lluvia arreció mientras llegaba al peñasco tallado, así que June se apresuró a meter la llave en la cerradura y entrar. Lanzó una última mirada colina arriba hacia el Avallon, que tenía un aspecto lúgubre y amenazador bajo el chaparrón, como un gigante asomando un ojo sobre el borde del mundo. Era una ilusión, claro, un truco de la meteorología, porque todo lo que aquejaba al hotel era invisible.

June se recordó a sí misma que adoraba aquel lugar.

Luego cerró la puerta desde dentro.

19

La luna apenas había empezado a menguar y Tucker estaba soñando con las cuatro casas de baños del Avallon.

Oía su propio aliento resollante con cada paso que daba colina abajo. La lluvia lo ahogaba, tan torrencial que no podía levantar la cara o se le colaría escurridiza por las fosas nasales. Tenía el pelo aplastado contra la cabeza. Sentía agua goteando detrás de las orejas, metiéndose por el cuello de su camisa. Pero el agua de lluvia no se parecía en nada a la aguadulce: era sorda e inocente.

Avallon I, la más próxima al hotel, no tenía la llave echada. Cuando apoyó la cabeza en la puerta, el olor a lejía y metal lo embargó.

Avallon II era cálida y olía a tierra, con cosas creciendo. Los baños estaban perfectamente inmóviles.

Avallon III olía a sexo y azucenas, rancio y fuerte. El estanque se burlaba de él, así que lo dejó atrás.

Ahí estaba la Avallon IV. Cuando entró en el pequeño edificio, sus ojos tardaron un momento en adaptarse a la falta de luz. Vio unos curiosos símbolos garabateados en las paredes, ninguno descifrable. Se accedía al manantial a través de un basto recuadro cortado en los tablones del suelo; en ese oscuro agujero, vio un cuerpo. De espaldas a él, con los brazos rendidos a las profundidades, flotación de cadáver. Los pies de Tucker trastabillaron en los tablones cuando echó a correr hasta el borde —¿iba descalzo antes?— para sacar de allí el cuerpo flácido, desnudo.

Era June Hudson, con los ojos inexpresivos y blancos. «June», dijo, pero ella estaba vacía de todo excepto del agua.

Tucker despertó con violencia. Se incorporó en la cama, con las manos entrelazadas en la nuca, haciendo recuento de las sensaciones físicas de su cuerpo para arrancarse a sí mismo del sueño. El sudor en su esternón desnudo, el aire fresco contra la humedad entre los omoplatos. Hombro izquierdo, en el que le habían disparado hacía tiempo, tenso y reacio a colaborar. Manta de lana raspándole los pies descalzos.

A esas alturas, ya se las había arreglado para alojarse en la cabaña que le había mencionado June, la que tenía el aljibe de agua de lluvia. La Casa del Trilio, como se llamaba según una placa que había en la barandilla del porche, no era del todo una cabaña ni una casita de campo. Su techo era verde y el exterior, porche incluido, estaba pintado de blanco. Unos tallos espinosos rodeaban las barras de la barandillas, por lo que en verano debían de florecer allí las rosas. Dos mecedoras sesteaban junto a la puerta verde. Aquel edificio se hacía pasar por rústico, pero tenía poco en común con las cabañas que salpicaban aquellos montes fuera de los confines del Avallon.

Unas semanas antes, el hombre que le había abierto aquella puerta por primera vez fue Woody Littlepage, el encargado de paisajismo. No podía haber sabido en qué momento exacto llegaría Tucker, o que iba a hacerlo siquiera, pero de todos modos parecía estar esperándolo. Hizo pasar a Tucker y flotó silencioso tras él de habitación en habitación, dejando que mirase. Dentro, el mobiliario era sencillo: una mesa sin adornos, catres prácticos, colchas gruesas y cortinas lisas.

Woody escupió al suelo de madera y aplanó el gargajo con el tacón de su bota.

—¿Y prefiere esto a su habitación de ahí arriba, en el caserón?

—¿Aquí hay aljibe? —preguntó Tucker.

Woody le indicó que saliera al porche trasero. Tucker miró primero las montañas y luego la red de cañerías que terminaban en una plancha de hormigón con su puerta metálica. Tucker ya había visto instalaciones como aquella; era la historia de su infancia. Pero los aljibes y los tanques para el agua de lluvia solían utilizarlos quienes no tenían los medios para excavar un pozo, quienes estaban ganándose la vida como podían en una ladera, quienes no tenían el dinero suficiente para preocuparse de que el agua de cisterna se llenara de mosquitos y polen. Tucker pasó los dedos por el sitio donde se juntaban las cañerías, abrió la tapa y vio que dentro había un filtro de carbón.

—A unos cuantos el agua no nos deja dormir —dijo Woody—. La jefa dice que a usted también le pasa.

Tucker agradeció aquella descripción tan simple y pragmática. Exacto. El agua no le dejaba dormir.

—Dígame cómo compensárselo.

—Si los federales nos alojan a Don, a Marty y a mí en Constancy hasta que pase todo esto, le dejamos la casa entera para usted solo.

—Eso está hecho. ¿En qué motel?

—Usted deme el dinero y ya me ocupo yo —respondió Woody.

Tucker lo entendió. En Constancy no habría habitaciones. Los jardineros iban a embolsarse las dietas y desaparecer en el valle. El proceso entero fue tan fluido que Tucker estuvo seguro de que June lo había facilitado.

—Es aceptable.

Hugh y Doble no tenían ningún interés en renunciar a sus lujosas suites e instalarse en la cabaña y solo utilizaban la cocina para el papeleo durante el día, así que Tucker disponía del lugar. En general no le molestaba la falta de compañía, pero esa noche, después del turbador sueño sobre el cadáver de June, encontró desagradable estar solo, escuchando cómo el sediento aljibe metálico se bebía la lluvia. Se vistió, solo con pantalones anchos y un suéter. Allí no siempre tenía que dar la imagen del FBI. Agachó la cabeza contra la llovizna, salió y fue al coche del trabajo. No lo arrancó, solo se quedó sentado en aquella penumbra más familiar, escuchando los sonidos domesticados de su propia respiración resonar en las cercanas puertas y el techo. Al cabo de un minuto, el corazón se le tranquilizó y Tucker sacó el telegrama que había guardado bajo el asiento del conductor la víspera. A la luz de los faros, lo leyó otra vez.

En el cuartel general seguían contentos con él, decía el telegrama. No podían responder a su pregunta sobre lo que haría falta para garantizar su empleo en el futuro, decía el telegrama. Pero le recomendaban efusivamente que se plantease emprender acciones que fuesen a quedar bien en la prensa escrita, decía el telegrama. Que recordara no provocar ningún incidente internacional, decía el telegrama.

Tenía que buscarles un villano indiscutible pero débil, eso era lo que significaba. Un lacayo traicionero de alguna delegación del Eje, no un diplomático, porque Tucker no tenía permitido detener a ningún diplomático, sino quizá un mayordomo, un chófer, un intérprete. O un empleado del hotel que fuese simpatizante de los nazis, que tuviera esvásticas colgadas en secreto en la pared del dormitorio. Un lugareño, tal vez, que estuviese pasando cartas de contrabando bajo el asiento de un repartidor. Cualquier cosa digna de un titular o dos en *The New York Times*: «Agentes federales detienen a sospechoso en el hotel y balneario Avallon».

Se suponía que Tucker no debía cuestionar las peticiones de su AEM, pero se descubrió haciéndolo en esos momentos. Era la aguadulce, actuando en su interior. Tucker ya tenía demasiado trabajo investigando el rumor de que circulaba información codificada entre la delegación alemana. Estaba casi seguro de que cualquier persona involucrada tendría demasiada protección diplomática como para que Tucker pudiera arrestarla, pero eso le daba igual. Se le había ocurrido que, si lograba echar mano a esos mensajes antes de que repatriasen a los diplomáticos, era una información que Estados Unidos no habría podido obtener de ningún otro modo, y la presencia de Tucker en el hotel habría merecido la pena. Era una tarea que no requería muchas agallas, pero Tucker nunca había buscado el reconocimiento. Solo quería justicia.

Sin embargo, el telegrama sugería que iba a tener que cambiar de actitud si quería conservar ese trabajo.

Entre la llovizna, Tucker vio que dos figuras salían a trompicones del pequeño edificio al que llamaban el Armario del Winnet. Reconoció a una de ellas: Doble Harris. La otra era su telefonista más reciente, agarrada a él. La joven de algún modo lograba transmitir el gozoso abandono de la gente desvestida pero yendo vestida por completo. Doble le dio un leve pellizco en el culo. «¿Perjudicará al trabajo?», le había preguntado June Hudson. Y Doble, incluso distraído por las telefonistas, había reparado en esas llamadas interrumpidas desde el guardarropa de la sexta planta y las había anotado como debía en los registros. Las telefonistas, incluso distraídas por Doble, seguían contestando al teléfono, cabía suponer. El trabajo salía adelante.

Tucker vio cómo correteaban con paso torpe hacia el hotel bajo la lluvia, sintiendo aquella ancestral mezcla de desaprobación y envidia que llevaban experimentando los desamorados desde los tiempos más remotos. Era imposible que no le viniera a la mente June Hudson en momentos como ese, era pecaminoso que le viniera a la mente June Hudson en momentos como ese. Era June quien se agarraba, era Tucker quien pellizcaba, eran ellos, hotel y FBI, quienes trastabillaban enredados colina arriba tras perder la chaveta en el Armario del Winnet. Dios, el cuello de esa mujer, sus manos, su garganta...

Por la mañana todo parecía recién lavado. El sol había vuelto a salir e iluminaba cada resplandeciente brote de cada ramita de árbol. Los narcisos sonreían desde ambos lados del camino de acceso. La frustración de Tucker también estaba recién lavada, y el resto del hotel parecía experimentar un renacimiento similar e igualmente sorprendente. Los japoneses hacían calistenia en el césped delantero. Los niños alemanes estaban absortos y entusiasmados con alguna actividad educativa en el invernadero. Un italiano daba clases de piano a una niña búlgara en el bar. Los camareros se movían con brío, los botones silbaban, las doncellas le lanzaban sonrisas a Tucker en los pasillos. Era algo mágico. E inquietante.

Tucker preguntó por June Hudson en el mostrador de recepción.

—Hoy ha salido —dijo Basil Pemberton—, pero ha dejado unos papeles para usted en el despacho.

¿Había salido? ¿Adónde? Tucker no había creído que el hotel pudiera arreglárselas sin ella.

En el despacho que había detrás del mostrador, descubrió que el escritorio entero estaba cubierto de notas manuscritas por ella, cada una dirigida a un empleado distinto. El hotel no podía arreglárselas sin ella, pero saltaba a la vista que June había hecho todo lo posible por evitar el derramamiento de sangre hasta su regreso. La nota para Tucker rezaba: «TRM: He hablado con S, PB tiene información».

«S» tenía que ser Sabine Wolfe. Tucker ya había dado por hecho que la directora no lograría resistirse a hablar con ella. En el instante en que June le había contado el descubrimiento, Tucker había notado que tomaba posesión de él. O, mejor dicho, que la tomaba el hotel. Era evidente que June estaba muy acostumbrada a que la felicidad de todo el mundo fuese competencia exclusiva del Avallon.

Se guardó la nota en el bolsillo y se preparó para marcharse. Tuvo una idea. Descolgó el teléfono.

—Páseme con la 411 —pidió.

Llevaba semanas llamando a la puerta de la habitación 411 y obteniendo escasa o ninguna respuesta. Esa mujer pertenecía al personal del hotel, por lo que debía someterse a una entrevista. Era pura cuestión de principios. Si Tucker no había entrado a la fuerza o valiéndose de la ley era solo porque no esperaba obtener gran cosa de una conversación con aquella huésped de larga duración.

El teléfono chasqueó contra su oreja.

—Han imprimido una fotografía de la Goelet esa —dijo 411, sin molestarse ni en saludar—. Casi me da pena y todo. El texto dice que pone «ojos de corderito», pero ¿existe la expresión «ojos de borrega»? ¿«Ojos de vaca», quizá?

—Buenos días, al habla el agente Minnick —respondió Tucker, esforzándose para que no se le notase la satisfacción en la voz.

—¡Menudo lagarto está hecho! —exclamó 411, con reticente admiración. Su voz sonaba sensual, como lo había hecho desde el otro lado de la puerta. Esa mujer no necesitaba mostrarse: su voz tenía entidad propia—. Colándose en un caballo de Troya.

—La entrevista será breve.

—Hace mucho desde la última vez que soporté la burocracia, agente Minnick.

—Necesito su nombre legal completo y su empleo.

Ella suspiró y se lo dijo.

—¿Cómo, la diseñadora? —preguntó él tras un momento de vacilación.

La desaparición de esa mujer había escandalizado a la sociedad muchas décadas antes. Se investigó durante un breve periodo, lo que quizá fuese el motivo de que Tucker aún tuviera su nombre en mente, porque debían de haber mencionado el caso en la academia. Los demás detalles estaban borrosos. Una belleza despampanante, casi una musa sobrenatural, divorciada dos veces y con un don para convencer a los hombres de renunciar a su riqueza.

—Agente Minnick, sé que intenta adularme, pero lo acepto. ¿Cuál es su siguiente pregunta? ¿Mi ciudad natal, la profesión de mi padre?

Distraído, Tucker abrió un cajón cualquiera del escritorio. Estaba lleno a rebosar de invitaciones de boda. Fijándose mejor, vio que eran tarjetas con notas manuscritas para June Hudson. La mayoría eran simples expresiones de gratitud, pero algunas eran tan personales que Tucker cerró el cajón, sintiéndose un intruso.

—El único propósito de esta entrevista es determinar si su presencia en el hotel supone un peligro para la seguridad.

—¿Lo dice porque Frank era moralmente flexible? ¿De ahí viene todo esto?

—¿En qué sentido era moralmente flexible?

411 rio. No era una risa amable.

—No se altere, agente Minnick. No estoy diciéndole que fuese un nazi. Estoy diciéndole que el Avallon es para cualquiera que pueda pagarlo. No creo que exista mayor bancarrota moral que el lujo a ciegas. Este hotel es lo mejor de lo mejor solo en aras de ser lo mejor de lo mejor. Por eso era tan emocionante diseñar para Frank.

—¿Y cuál es la política de usted?

—Querido, ¿no cree que aprovecharía mejor el tiempo si investigara quién ayudó a esos periodistas a conseguir los uniformes de doncella?

Tucker se moría de ganas de saber cómo había obtenido 411 esa información, pero intuyó que preguntarlo solo serviría para telegrafiarle su debilidad. Le colgaría el teléfono y adiós muy buenas. Tenía que concentrarse en las vulnerabilidades de su interlocutora. No en Francis Gilfoyle, no en su carrera como diseñadora. Esas cosas se las había revelado ella, así que no servirían. Quería sonsacarle información sobre la relación que mantenía con June Hudson, pero solo habría servido para satisfacer su propia curiosidad. Así que preguntó:

—¿Sabe por qué se peleó Sandy Gilfoyle con Francis antes de su muerte?

Una pausa.

Entonces 411 hizo la pregunta que él no había pronunciado:

—¿Cómo sabe usted eso?

—Porque estoy hecho un lagarto.

—Tenían desavenencias sobre la guerra.

—Esa parte ya la sé.

Otra pausa, llena de reticencia. Por fin, 411 dijo:

—Eso es un asunto familiar privado, no para niñas tontas que escuchan a hurtadillas la línea después de conectarla. Venga a verme esta noche, agente Minnick. Después de preguntarle al personal del comedor sobre esos uniformes.

Después del toque de queda, el hotel daba la impresión de estar dormido, con el sueño ligero de un depredador. La fuente que había junto a la puerta manaba de forma audible. En el vestíbulo, el recepcionista nocturno alzó la mirada de golpe al oír pasar a Tucker, quien, sin abrir la boca, levantó una mano en gesto de dispensa. Recibió un asentimiento agradecido.

Con todos los diplomáticos retirados a su habitación, aquel tiempo le pertenecía al personal. Tucker oyó cosas golpear y raspar, ruidos toscos y útiles que no estaban permitidos durante las horas de vigilia del hotel. Siguió el estruendo hasta el Comedor Magnolia, donde todas las lámparas de araña estaban encendidas, avivadas hasta dar la luz de una tarde brillante. Un ejército de empleados silbaban, cantaban y bromeaban mientras cargaban sillas sobre la cabeza y movían mesas. No se veía por ninguna parte el uniforme gris y dorado que los convertía a todos en partes de un solo animal continuo. Iban en tirantes y mangas de camisa, en suéteres raídos y pantalones con agujeros. La precisión de relojería con que se movían durante la jornada había quedado reemplazada por un caótico y alegre desorden.

Dejó circular su mirada por el grupo, la detuvo al avistar a uno de los jóvenes que habían estado haciendo avioncitos de papel en la galería. No parecía posible que quedara alguien en el hotel a quien ni Hugh ni él hubieran entrevistado, pero, por mucho que se esforzaba, no le venía a la mente el nombre de ese chico. Percibiendo su interés, el joven fue hacia él y le dijo, con un leve acento alemán:

—Agente Minnick, se supone que es el servicio de habitaciones quien acude a usted.

—No se presentó a su entrevista.

—Estaba demasiado ocupado encargándome de este sitio yo solo. —Una sonrisa encantadora. El joven levantó un lado de una mesa—. Y sigo demasiado ocupado. Si quiere interrogarme, tendrá que esperar o echarme una mano.

Al principio de aquello, ¿Tucker habría obligado a ese joven a dejar lo que estuviera haciendo para entrevistarlo? ¿Habría exigido que todos los camareros parasen, los habría puesto en fila contra la pared y les habría pedido a uno tras otro que reconocieran haber ayudado a los periodistas del Eje a procurarse los uniformes de doncella o que señalaran a quien lo hubiera hecho?

Sí, desde luego que sí. Habían hecho algo malo y él iba a arreglarlo.

Pero de un tiempo a esa parte...

Recordó su destino en Florida. En teoría, el FBI proporcionaba a sus agentes todos los medios necesarios para su traslado, pero, en la práctica, solo les daban un desembolso exiguo para la mudanza y unos plazos draconianos. En Pensacola, las familias de la armada se habían quedado con toda la vivienda buena y fácil de conseguir, así que Tucker no tuvo más remedio que ir de puerta en puerta preguntando en cada negocio si tenían algún cuartucho que estuvieran usando como almacén y pudieran alquilar. En uno de ellos, una mugrienta marisquería, Tucker cruzó el comedor vacío buscando al propietario y al abrir una puerta doble, en vez de encontrarlo a él, se descubrió ante un buen montón de armas de fuego. En la trastienda del restaurante, que acababa de averiguar que era la tapadera de algo mucho más sucio, había unas once pistolas de varios tamaños sobre una mesa, junto a botellas de alcohol, naipes y bocadillos. Los dueños de las armas estaban cargando cajas en un camión. Allí de pie, petrificado bajo la mirada de aquellos hombres, Tucker había sentido cómo su futuro se bifurcaba en varias direcciones distintas según la decisión que tomara en ese preciso instante. Tucker se había abierto la chaqueta, sus movimientos seguidos por unos once pares de ojos atentos, y había sacado su Colt reglamentario de la pistolera. Lo había dejado en el borde de la mesa y, sin mediar palabra, se había puesto a cargar cajas en el camión junto con los demás.

Así fue como consiguió una habitación bien maja en una de las otras propiedades de Vince, una casa en la playa, a cambio de no prestar demasiada atención a la mercancía que pasaba por aquel restaurante. Mientras estuvo en Pensacola, Tucker encerró a dos asesinos, un violador, un ladrón de coches y una docena de firmantes de talones sin fondos.

Recordaba hasta la última concesión como aquella que había hecho en la vida, y había dudado de todas ellas en su momento, desde la más grande a la más pequeña.

Las concesiones eran mucho más difíciles de digerir que la justicia en blanco y negro.

Pero...

Tucker se quitó el suéter, se arremangó y levantó el otro lado de la mesa.

Los demás camareros hicieron ruidos de sorpresa y respeto, como si fuesen espectadores de un acontecimiento deportivo. Y Sebastian Hepp, el jefe de camareros del Avallon, le concedió a Tucker su entrevista. La historia de la vida de aquel joven amistoso fue brotando mientras movían mesas, tomaban medidas y volvían a moverlas. Hepp hizo una imitación cómica de sí mismo cuando vio el Avallon por primera vez. «¡Guau!». Siguiente habitación. «¡Guau!». Siguiente habitación. «¡Guau!». Cada vez que decía «guau» abría muchísimo los ojos y la boca, ingeniándoselas de algún modo para ser de nuevo el chiquillo impresionado que era cuando llegó. «Ya sabe cómo es esto».

Tucker no lo sabía por experiencia propia, pero sabía a qué estaba refiriéndose Hepp. Se quitó el sudor de la frente.

—¿Qué estamos haciendo, por cierto?

—¿No se da cuenta? —preguntó Sebastian—. Es el Sol Naciente. El emperador quiere lo que le corresponde. ¿Qué le parece?

—La democracia les ha soplado un poco de arena a esos japos por el cuello de la camisa —explicó otro camarero, solícito.

Ahora que lo habían dicho en voz alta, Tucker lo veía. Había una tabla en la esquina, luego tres mesas dispuestas a su alrededor, luego cinco, luego siete, luego nueve. La estricta delegación japonesa estaba cada vez más incómoda con la naturaleza igualitaria de su estancia en el Avallon: el cónsul y el siervo disfrutaban de las mismas habitaciones de lujo, de la misma cena de primera, del mismo entretenimiento. El Sol Naciente era un intento de restaurar algún tipo de orden y dignidad nacionales, colocando al diplomático de mayor nivel en la mesa solitaria y luego a los cónsules menores y al personal de apoyo a intervalos cada vez más serviles. Las otras dos terceras partes de las mesas del comedor permanecieron democráticamente dispersas.

—Me han pedido hacer cosas peores —comentó Sebastian—. Por lo menos, los japos se terminan el plato. Y sus hijos son unos pequeñajos graciosísimos.

Era curioso oírlo decir «japos» y «pequeñajos» con su leve acento alemán; no cabía duda de dónde había estado perfeccionando el inglés.

—Como alemán, ¿les guarda alguna simpatía a los alemanes alojados aquí? —preguntó Tucker.

Sebastian puso una expresión un poco traicionada y un pelín compleja: había olvidado que aquello seguía siendo un interrogatorio. Se echó una silla al hombro con facilidad y Tucker cargó con otra. Sebastian respondió, con voz seca:

—La jefa dice que son huéspedes y ya está.

—¿Y qué dice usted?

Sebastian miró a Tucker entre los travesaños de la silla, con el semblante fruncido.

—¿Me lo pregunta como persona o como polizonte?

—¿Cuál prefiere?

El joven jefe de camareros se lo planteó. Titubeó. Luego preguntó:

—¿Qué va a pasarles a los periodistas que quieren quedarse? ¿A Lieselotte Berger?

La periodista alemana con las cicatrices en la cara. «Por favor, no me devuelva a Alemania».

—Fue usted —dijo Tucker en tono inexpresivo— quien les dio los uniformes de doncella.

El comedor había quedado en un silencio sepulcral. Sebastian irguió la espalda, con inquietud en los ojos pero la expresión orgullosa.

—Era lo que debía hacerse.

Sebastian quedando como el héroe, Tucker como el villano. Pero esos papeles solo eran ciertos allí, en el comedor y en la Gruta. De cara a una nota interna del FBI, con letras nítidas, mecanografiadas en negro sobre blanco, Sebastian acababa de admitir un delito de traición.

—¿Sabe lo grave que es esto? —le preguntó Tucker—. Se los considera enemigos del estado. Imagínese lo que pasaría si hubiera sacado de aquí a Takeo Nishimura. La cacería de esos periodistas, si lo hubieran logrado, habría sido exactamente igual. La gente quiere que alguien cargue con las culpas de esta guerra, señor Hepp. La firma del presidente fue lo que trajo aquí a la Patrulla Fronteriza para mantenerlos retenidos. La firma del presidente fue lo que me trajo a mí. Soy agente federal.

Los ojos de Sebastian estaban muy abiertos. «Guau».

—El señor Pennybacker está negociando para que puedan quedarse en este país, pero la actividad criminal solo puede perjudicar a esas negociaciones —añadió Tucker—. Aquí todos queremos lo mismo.

—¿Qué quiero yo?

—A los demonios en el infierno y a todos los demás viviendo libres.

—¿Y si el gobierno, al final, no lo consigue a tiempo para Lieselotte?

Tucker no tenía una respuesta sencilla. Lo cierto era que esos periodistas eran solo tres personas en una maquinaria bélica que ya no tenía tiempo ni interés para los matices. ¿Tres personas? Tres*cientas* personas. El gobierno había barrido a Lieselotte Berger, a Erich von Limburg-Stirum y a Lothar Liebe con un solo movimiento de la escoba, centenares de vidas puestas patas arriba y almacenadas en aquel hotel montañés, lo mereciesen o no. Sebastian Hepp sería solo un alemán más. Tucker era solo otro agente. La individualidad estaba difuminándose cada día que pasaba en favor de unas etiquetas amplias y generalizadas para pedazos enormes de la población. Pero ¿cómo iba a comprender Sebastian una cosa como esa? Prácticamente se había criado allí, en el Avallon, y su mente había adoptado la forma del hotel. Por eso había confesado con tanta facilidad, porque allí tanto las recompensas como los castigos eran de tamaño infantil. En el Avallon era imposible concebir que no se tuvieran en cuenta los motivos de alguien. Imposible concebir que se actuara por mala fe. Imposible concebir que se te utilizara para dar ejemplo. Concebir una muerte injusta, lejos de la familia, en una silla eléctrica o un campo de concentración, siendo uno más de la irrelevante e innumerable multitud. El mundo real tenía muchísimas consecuencias muy feas.

Aquella carga que llevaba Tucker en su interior se hizo más pesada.

—Vamos a subir esas sillas —dijo.

Les ayudó a colocar las pocas sillas que faltaban y a barrer todo lo que el desplazamiento de las mesas había dejado a la vista en el suelo. Aceptó sus palmadas en la espalda mientras se marchaba, pensando en cómo había entrado en aquel comedor siendo una cosa para ellos y había salido siendo otra.

Antes de volver a la Casa del Trilio, hizo una parada en la cuarta planta, aunque ya no estaba tan interesado como antes en la respuesta a su pregunta. La puerta de 411 se abrió un ápice; lo había estado esperando.

Tucker preguntó al único ojo verde visible:

—¿Cómo es que lo sabía?

—Tengo servicio de habitaciones.

Lo sabía porque no era ningún secreto, ¿verdad? Era solo un tema de conversación. Algo con lo que pasar el rato, algo que contarle charlando a la huésped de larga duración que vivía tras la puerta 411.

—Hágame su pregunta, agente.

—Dígame por qué discutieron Francis y Sandy.

—Francis quería dejarle el hotel a Sandy, no a Edgar. Sandy le dijo que, si lo hacía, iba a cerrarlo.

—¿Por qué?

Tucker estaba preocupado y sabía que ella se lo notaba, porque su voz ya no era juguetona.

—Hay gente mejor para hacerle esa pregunta —respondió 411.

La puerta se cerró.

Cuando Tucker volvió a su cabaña, descubrió que alguien había encendido la luz del porche para que no tropezara con una bandeja del servicio de habitaciones que le habían dejado en el felpudo. Era curioso imaginarse a alguien recorriendo el camino, con la bandeja equilibrada, escrutando en la oscuridad para encontrar el sendero de gravilla que llevaba a las cabañas, subiendo los peldaños del porche, debatiéndose entre dejar la bandeja en la mesa de la cocina, donde quizá él no la viera hasta el día siguiente, o fuera, donde los zapatos de un agente exhausto podrían volcarla, y entonces decidir abrir la puerta con la llave del servicio para encender la luz del porche antes de volver al hotel con las manos vacías.

Bajo la campana, Tucker encontró un solo postre de fresa y una nota:

La Gruta le agradece sus servicios, polizonte.

Tucker pensó que podría detener a Sebastian Hepp por ayudar a aquellos escritores de propaganda nazi, y así Hoover tendría otra victoria que ostentar en público y quizá ese fuese el resultado concreto que le devolvería a Tucker su carrera. Pensó que el único precio sería el futuro de Sebastian Hepp. Cuando cerró los ojos, el olor a aguadulce era abrumador, incluso allí.

No necesitaba caerle bien a nadie, pensó.

Necesitaba terminar el trabajo.

Mentalidad de FBI.

20

Pasaron tres días y, cuando June salió de su apartamento en el sótano, parpadeando, su limusina la esperaba fuera.

La Pierce-Arrow azul marino brillaba, el humo del tubo de escape rodeaba sus flancos y el motor rugía productivo. Goteaba agua de la rejilla: habían lavado la limusina después de sacarla del garaje. No era raro que el personal hiciera cosas por ella cuando por fin salía de sus días de convalecencia tras la Avallon IV, pero no era un empleado quien estaba de pie junto a la limusina, cruzado de brazos, con las piernas separadas y la espalda apoyada en el vehículo, en su típica postura, sino Tucker Rye Minnick.

June aún estaba demasiado exhausta después de la Avallon IV para encontrar su sonrisa habitual, pero él tampoco parecía esperar que la compusiera.

Antes de que June fuese la directora del hotel, don Francis era quien bajaba a las casas de baños si el agua se ponía picajosa. Cuando June se enteró de aquellas visitas, hacia el final de su época en la publicidad por correo, pensó que eran un secreto, por lo ajenas que eran a la vida familiar de don Francis. Nunca les daba ninguna explicación a los demás Gilfoyle de por qué iba a saltarse comidas o desaparecer durante un par de días. En vez de eso, se coordinaba con Sam, su jefe de personal. Sam lo recogía en la Avallon IV después de terminar y lo ayudaba a subir la colina hasta el hotel, donde tenían preparada una habitación de huésped para que don Francis pudiera recuperarse. Durante mucho tiempo, June pensó que don Francis estaba protegiendo a Madeline de la realidad del Avallon, pero, cuando ya estaba yendo ella a la Avallon IV, había descubierto que Madeline le tenía prohibido a su marido regresar a casa hasta que volviera a ser él mismo. Fue la única vez en que June pensó que el puesto de director del hotel era un poco injusto. No podía estar bien que una sola persona tuviera que cargar con todo lo desagradable.

Pero ¿quién más estaba en condiciones y dispuesto a hacerlo? No solo entrar en la Avallon IV, sino también minimizar la magnitud de esa tarea.

—El FBI tiene unos asuntos pendientes que te conciernen —le dijo Tucker.

Tres días antes, June habría sentido algo al ver que Tucker había sacado la limusina, que había ido a recogerla a ella, pero los sentimientos aún tardarían un poco en regresar, con pinchazos y a trompicones, como si se hubiera sentado encima de ellos demasiado tiempo. La Avallon IV seguía igual de dura que siempre.

Se hizo visera para proteger sus ojos de la luz.

—Tengo trabajo.

Tucker se metió la mano en la chaqueta, sacó una nota y se la enseñó.

> Jefa:
>
> Podemos sobrevivir otro día.
>
> Griff Clemons.

El primer sentimiento en regresar la inundó de una calidez casi dolorosa en su novedad: la gratitud.

—Coge un abrigo —le aconsejó Tucker—. En las montañas hace frío.

Arriba, arriba, arriba. La limusina rugía y gimoteaba, se sacudía y avanzaba. Los neumáticos chirriaban y rebotaban en la irregular carretera de montaña. El volante de madera saltaba con los baches. La palanca de cambio golpeteaba. Los indicadores cromados, enormes en el centro del salpicadero como los de un aeroplano, temblaban y acusaban la tensión. Todo en aquel vehículo, de hecho, recordaba al fuselaje de un gran aeroplano, pugnando por elevarse mientras el viento se arremolinaba y soplaba por debajo. Delante del gran capó oscuro del coche se alzaban las montañas, enormes y púrpuras y benévolas. Detrás, la carretera descendía serpenteando hacia Constancy como un carrete de hilo caído. Solo unas semanas antes, habrían encontrado la vía cerrada por la nieve y el hielo, pero la primavera ya empezaba a invadirlo todo y las fuertes lluvias habían puesto las plantas de la cuneta de un color verde saturado, que los ciclamores salpicaban de rosa aquí y allá.

June llevaba ya tiempo sin salir del Avallon, y más tiempo aún sin que la llevaran como pasajera, así que durante un rato se permitió disfrutarlo. Por la ventanilla vio crestas y valles, iglesias de todas las formas y antigüedades, algunas brotando como setas y otras derrumbadas como un hombre al recibir un tiro. A veces doblaban rugiendo algún recodo y descubrían una repentina y valiente casa. Una choza, un cobertizo, un establo en un claro reclamado temporalmente a los bosques montañosos. De vez en cuando era solo la embocadura de un camino de aspecto amenazador, señalado con un letrero superfluo que prohibía el paso.

June no sabía cuál era el destino de la limusina. No le apetecía preguntar si lo tenía siquiera. Sentada en el banco acolchado delantero del coche, cada vez que tomaban una curva de la escarpada carretera de montaña, o la cadera de ella o la de él no podía evitar deslizarse y tocar la otra. La limusina de June, su estúpida limusina. Cuando los Gilfoyle se la regalaron, June la había llevado a Constancy y de vuelta unas cuantas veces, solo por disfrutar de la novedad. Una limusina con una persona dentro era una criatura hermosa, solitaria. Los dachshunds no contaban. Si no veías a ningún pasajero por el espejo retrovisor de una limusina, seguías estando sola.

La carretera que habían tomado iba hacia el lugar de nacimiento de June, aunque había pasado a ser una localidad fantasma. El pueblo había tenido una muerte bastante repentina, unos años después de que la familia de June lo abandonara. Las leyendas de la zona culpaban a la aguadulce, pero June había oído que tenía algo que ver con la mina abandonada. ¿Qué sentiría al verlo de nuevo? Era como si estuvieran conduciendo hacia atrás en el tiempo. La infancia de June había comenzado sin fontanería ni electricidad, con suelos de tierra y chinches, carritos con ruedas de madera, periódicos impresos una vez por semana, maestros que morían de la rabia, médicos que no habían terminado la carrera, familias que jamás salían del condado en el que habían nacido. Y cuanto más se adentraban en aquellas antiguas montañas que ya recuperaban su verdor, más evidente se hacía que gran parte de aquella zona rural no había progresado mucho desde entonces.

La gasolinera que apareció por delante al cabo de casi una hora, en cambio, sí que parecía una habitante en toda regla del año 1942. El antiguo bar clandestino había adoptado luego una nueva identidad como colmado y estación de servicio en las montañas. Tucker repostó allí, mostrándole al suspicaz empleado su cartilla de racionamiento y luego su placa, y June compró dos Coca-Colas. El empleado les quitó la chapa con el abridor que tenía en el mostrador y preguntó:

—¿Hacia dónde van ustedes dos?

Tucker señaló. «Hacia arriba». No reveló nada más.

El empleado echó un vistazo a la limusina aparcada fuera. El adorno del capó, la figurita de un chico disparando una flecha, estaba a la altura del codo. El hombre tenía una pregunta en la mirada, pero Tucker se limitó a recoger el cambio del mostrador y guardárselo en el bolsillo.

Cuando hubieron vuelto al coche, Tucker por fin abrió la boca.

—Pennybacker y yo hemos hablado de Sabine Wolfe.

—No me arrepiento de haber conversado con ella —dijo June.

—Tampoco lo esperaba. —Tucker le pasó su botellín de Coca-Cola abierto y devolvió la limusina a la carretera—. Sabrás que, si Pennybacker consigue cuadrar los números, Hannelore se quedará sola aquí.

—Mucho mejor sola que muerta —respondió June—. Hay destinos peores que ser huérfana. Yo tenía su misma edad cuando llegué al hotel.

—Me lo dijo Rana.

—Sí que debe de haberte cogido cariño. ¿Fuiste brusco con ella? Casi todo el mundo le tiene miedo, pero, si la trataste mal, seguro que pensó que eras alguien especial.

La diversión jugueteó en la boca de Tucker. June le dio su bebida y él bebió un sorbo antes de pasársela de nuevo.

—¿Tus padres aún viven? —preguntó.

—Mi padre murió —dijo June—. ¿Puedes creerte que nunca supe el nombre real de mi madre? Mi padre la llamaba Encanto. Tardé años en darme cuenta de que tenía que ser un apelativo. Encanto Hudson. Había un tipo abajo, en la...

—No me hace falta la jefa —interrumpió Tucker—. Solo June.

Se quedó callada del todo, absorbiendo el significado de aquello.

El primer día, en la Biblioteca Smith, Tucker le había explicado los hechos directos y fríos de la inminente reclusión en el hotel, de algún modo adivinando que June no era alguien que necesitara paños calientes, aunque ella siempre estuviera aplicándoselos a todos los demás. Y, ese día, Tucker había acertado de nuevo al adivinar que esos paños calientes no le salían gratis, y estaba ofreciéndole la posibilidad de hablar sin pagar nada. «Toda interacción tiene un coste social», le había dicho don Francis. Pero ¿y si algunas no lo tenían?

—No hace falta —dijo Tucker— que les saques brillo a las balas por mí. Tú dispara y ya está.

Así que June se lo contó. Vacilante, y sin hilo conductor, en un orden turbulento y sin pulir. Le explicó a Tucker que ella, igual que Hannelore, había sido una niña distante y callada, miedosa pero no llorona. Le explicó que recordaba el periodo de su vida posterior al suicidio de su padre como visto a través de los ojos de un búho. El dinero terminándose, la esperanza de su madre terminándose poco después, los días mendigando en Malden. Le explicó que no recordaba sus ataques, pero recordaba las consecuencias. Las disculpas de su madre a los viandantes. June exiliada a sentarse en un cajón tras la oficina de correos durante días enteros mientras su madre pedía en la calle, para no echarle a perder el numerito con un repentino cambio de humor. Quizá otro niño se habría sentido desgraciado, pero June estaba tan alejada de sus propias emociones como de las de los demás. Observaba a la niña sentada en el cajón igual que observaba a la gente que entraba y salía por la puerta trasera de la estafeta, y contaba para pasar el rato. Le explicó a Tucker que recordaba tener los muslos quemados por el sol. Recordaba la gata tricolor. Recordaba el sonido de los ejes del carro del correo.

Tucker escuchaba sin hablar. June no tuvo que decirle que era solo una de los muchos niños abandonados en Virginia Occidental, porque él ya lo sabía. No tuvo que suavizarle la tragedia de su infancia, porque él no necesitaba que la historia de la vida de June tuviese una forma sencilla, diseñada para cambiar cómo se sentía respecto a la suya propia.

—Supongo —dijo June— que, si lamento algo, es que nadie le dijera nunca que yo terminaría creciendo, que solo estaba llevándome mucho tiempo. ¿Tus padres…?

—Muertos.

—Descansen en paz.

June le pasó el botellín de Coca-Cola. Tucker lo apuró y ella se terminó también el suyo. Dos cascos vacíos tintinearon en el suelo de una limusina. En algún lugar había hombres disparándose entre ellos. En algún lugar los cubrebotas de visón de June habían caído de lado junto a su puerta.

—Diantres —dijo—, me parece un derroche que estemos quemando neumático en esta carretera, Tuck. Estamos malgastando tu asignación de combustible.

Quería probar a decirlo: «Tuck», no Tucker. A sus empleados los llamaba muchas veces por abreviaciones y motes, pero aquello era diferente y ella lo sabía. Aquello era vocalizar la electricidad que crepitaba entre ellos.

Él no dijo nada. Exhaló, muy despacio, entre unos labios un poco separados, y de todos modos sonó más fuerte que cualquier cosa que pudiese haber dicho.

—Si paras un momento —sugirió June—, desde aquí se ve el pueblo en el que nací.

En el estrecho arcén, Tucker bajó la ventanilla. Tampoco era que hubiese mucho que ver. En el lado más próximo del barranco, los árboles y los arbustos estaban descuidadísimos. En el otro, los pocos edificios que quedaban del pueblo, antaño pintados de vivos colores, se habían desteñido en su mayoría al mismo gris-marrón-naranja que tenía el resto del paisaje.

—Ahí arriba antes había un puente —dijo June—, pero se lo llevó el agua después de que mi familia se marchara. El sitio se llamaba Casto Springs. Mi padre era médico. Llevaba todo tipo de brebajes en el maletero del coche y le daba unos puntos a todo el que se le pusiera por delante, lo que era muy útil porque también le encantaba dar cortes. Es un chiste. Aunque sí le gustaba coser a la gente.

Tucker tenía el codo apoyado en el hueco de la ventanilla y la mano entera apretada contra la boca, como si estuviera conteniendo las palabras. A June no le importaba que no se riera: sabía que estaba escuchándola. Él tampoco tenía por qué divertirla a ella.

Al final, bajó la mano.

—Punta Veneno —dijo—. Así lo llamábamos.

—Sí, recuerdo que alguna gente lo llamaba así. Los mineros.

A fin de cuentas, Tucker no tenía aquel tatuaje de carbón por trabajar en el FBI.

—Los mineros —asintió él.

Se miraron. June catalogó sus rasgos físicos, los que le gustaban y los que no. El sempiterno ceño era demasiado pronunciado. Los ojos eran amables y perceptivos, llenos de alma. La frente era demasiado ancha; tendría que cruzar los dedos para conservar el pelo cuando envejeciera. La nariz, bien; las orejas, aceptables. La boca era toda una joya. Amplia, con el labio inferior blando, capaz de expresar muchísimo sin alterar ni un ápice el resto de la cara. Y, por supuesto, él también estaba catalogando el rostro de June y la evidente atracción podía añadirle encanto a un semblante inusual, claro.

—Había otro puente —dijo él—. Más arriba del pueblo. Creo que debió de sobrevivir a la riada.

June respondió a la pregunta tácita.

—Sí.

De modo que la limusina Pierce-Arrow rugió durante unos cuantos kilómetros más. El angosto puente permanecía intacto, aunque las barandas estaban cubiertas de enredaderas y la carretera en sí oculta bajo una capa de hojas podridas deshechas. Tucker no se tomó con calma el cruce. Al otro lado, la carretera de un único carril era casi invisible. Era solo porque ambos sabían que había estado allí que aquel hueco en el sotobosque invitaba a circular por él.

Tucker dejó que la limusina perdiera velocidad.

—Las zarzas van a rayarte la pintura...

June se imaginó a Gilfoyle, a su regreso, encontrando la limusina sucia de barro y marcada por un día que no lo había incluido a él. Pensó en la carta que aún reposaba en su mesita de noche. «Al mal tiempo, buena cara».

—Que la rayen —dijo.

La Pierce-Arrow siguió adelante.

Dos kilómetros de dificultades: ese fue el recorrido durante el que la limusina tuvo que soportar que las zarzas le rasparan los costados y le azotaran el chasis. Y luego, de pronto, los árboles dejaron paso a una calle principal en ruinas, pero cuyo centro había mantenido despejado alguna afortunada combinación de pavimentado y entorno.

June era muy pequeña cuando se marcharon de Casto Springs. Pero lo reconoció.

El pueblo debía de estar compuesto por solo unos quince edificios. Lo que había sido una tienda general, un colmado, la estafeta que también era la consulta del médico, donde el padre de June estuvo trabajando un tiempo, la oficina de minería, la escuela a la que June aún no había tenido edad para ir. Una pensión, un restaurante familiar. Todos los edificios estaban apiñados a un lado de la calle, porque el otro era montaña, que se elevaba vertiginosa hacia regiones incluso más altas. Todo estaba ya emborronado, olvidado, porches fundidos sobre sí mismos, tejados caídos sobre las malas hierbas, cristal roto a intervalos en las ventanas. La humilde iglesia, de las fanáticas donde manipulaban serpientes que tan frecuentes eran en aquellas montañas, seguía sorprendentemente entera, aunque el antiguo blanco puro de su fachada lateral estaba mugriento de polen viejo y carbonilla descolorida. Era lo que habían entrevisto desde el otro lado del barranco.

Sin tener que comentarlo siquiera, bajaron del coche. Tucker se internó un poco en el bosque para mear contra un árbol; June se fumó un cigarrillo entretanto, para que Tucker no se avergonzara de estar haciéndola esperar. Luego recorrieron la calle por su mismísimo centro, mirando de aquí para allá. Una cómoda rememoración se aposentó en la mente de June. Los años que había estado allí fueron cuando era demasiado joven para percibir las desgracias ajenas y también para que hubieran comenzado las suyas propias, de modo que todo lo que veía, incluso destruido en tiempos remotos como estaba, tenía el vago atractivo de la nostalgia.

—¿Viviste mucho tiempo aquí? —preguntó Tucker, y su voz sonó pequeña, subyugada a los eufóricos pájaros y el constante fragor de un viento que no les llegaba, atrapado en las copas de los árboles.

—Era muy cría cuando nos fuimos. Mi padre consiguió alquilar una casa que tenía un poco de terreno, para que mi madre criara cuatro vacas y unas cuantas gallinas, y se dedicaba a hacer visitas a domicilio hasta que llegó la guerra. La Gran Guerra. ¿Y tú? ¿Estabas por aquí a la vez que yo?

Aunque hubiera estado, era muy posible que no se hubieran cruzado nunca. La casa de los Hudson en Casto Springs se encontraba muy apartada, tanto que solo iban al centro unas pocas veces al mes para abastecerse. Pero June quería saber si Tucker había sido una de las innumerables siluetas de su pasado.

Él se pensó la respuesta.

—Estuve aquí hasta que se inundó.

—¿Cuántos años tienes?

—Treinta y cinco. ¿Cuántos tienes tú?

—Algunas mujeres considerarían de muy mala educación preguntarles eso.

Los ojos de Tucker destellaron divertidos.

—¿Cuántos años tienes?

—Treinta y cinco también.

Qué asombroso era que los dos hubieran empezado en el mismo sitio. Era una historia típica de Virginia Occidental, a su manera, que los dos se hubieran criado allí y luego hubieran terminado a solo unos kilómetros de distancia, montaña abajo, en el Avallon. Solo todas las demás partes de su historia eran diferentes.

Mientras caminaban, June cayó en la cuenta de que no recordaba la última vez que había dedicado tantos minutos a tan poca cosa. Un paseo por un lugar que no iba a procurarle ningún bien en el futuro. June tampoco recordaba la última vez que había pasado tanto tiempo con alguien que requiriese tan poco de ella. El silencio de Tucker no la instaba a llenarlo. Su descontento, si lo tenía, no era una tarea de la que debiese ocuparse ella en esos momentos. Sabía que Tucker habría dado ese paseo en solitario, igual que lo habría hecho ella, pero también sabía que él lo prefería con aquella silenciosa compañía. June era libre de ser ella misma, sin más, y Tucker era libre de ser él mismo, sin más, yendo juntos. June, no la jefa. Tucker, no el agente Minnick.

Qué sensación tan buena iba a ser aquella para dársela al agua.

Al cabo de un rato, llegaron a las casas de los mineros, agolpadas entre sí a ambos lados de la calle. Parecía que un viento aciago había colocado aquellas estructuras más en el camino del aliento de la mina que el resto del pueblo. A diferencia del primer tramo de la calle Mayor, en el que solo el tiempo había hecho estragos, esas casas estaban dañadas por inundaciones. Lo que quedaba de su exterior pintado de blanco estaba teñido del apagado color gris de la carbonilla y el moho.

La mirada que lanzó Tucker a aquellas estructuras fue somera, como mucho, y luego les dio la espalda al momento. June lo cogió por el brazo... ¡y fue eléctrico! ¡Qué vibración tan cálida recorrió todo su cuerpo al tener una excusa para tocarlo! June entraba en contacto con gente a diario sin darle más vueltas, pero aquel gesto funcional, sin embargo, exigía algo más, así que June colocó a Tucker de nuevo de cara a las casas. Ella no las recordaba, pero sabía que no podía decirse lo mismo de él. Fuera lo que fuera aquel pueblo para ella, estaba claro que para él era otra cosa muy distinta.

—Nos hemos dado una buena caminata para llegar hasta aquí, agente —dijo—. No apartes la mirada de lo que has venido a ver.

Tucker se cruzó de brazos y metió las manos en las axilas, una postura muy habitual en él, pero ese día fue como si estuviera adoptándola por primera vez, como si estuviera poniendo a prueba al hombre en que quizá se transformara. No tenía treinta y cinco años. Tenía dieciséis. Estaba mirando una casa en particular, poco más que un porche podrido con media docena de sillas medio caídas unas contra las otras. Se le hincharon las fosas nasales. Estaba respirando con inhalaciones rápidas, pequeñas, empapándose los pulmones de aire antes de sumergirse.

Y entonces pasó el momento y Tucker apartó un poco la cara. Aquello, comprendió June, era la historia que rellenaba los años entre la época de Tucker en Casto Springs y el día en que había llegado al Avallon. La historia de aprender a respirar otra vez después de ahogarse.

En el camino de vuelta a la limusina, June se desvió hacia aquella iglesia tan pintoresca que habían dejado atrás, pero que ahora le resultó irresistible. Mientras subía los dos desvencijados escalones hacia la puerta, Tucker dijo: «Ten cuidado». O quizá solo dio un respingo lo bastante sonoro como para que ella interpretara su significado. June levantó la mano para indicarle que lo había oído, pero cruzó la descolorida puerta roja de todos modos.

—Solo quiero echar un vistazo dentro —dijo.

El interior estaba sorprendentemente intacto. La pintura se había descascarillado en grandes secciones desiguales de la pared, y el terciopelo de los bancos estaba enmohecido y deformado, pero las vidrieras del fondo de la iglesia, las que proyectaban luz del color de caramelos sobre los recios bancos, estaban enteras. June hurgó en su mente buscando algún recuerdo de aquello, pero lo que encontró fue una composición de iglesias iguales que aquella en la memoria de su infancia. Un predicador exclamando: «Levántate, levántate, ¿llevas el espíritu dentro?». Un hombre, una mujer o a veces, por sorprendente que pareciese, un niño levantándose del banco para parlotear en lenguas que nadie más entendía. Embargado por un espíritu amorfo que gobernaba los cielos o, en opinión de June, más probablemente por las montañas, por el agua, por los metros y metros de tierra rocosa que los superaban en número.

En el altar de la vieja iglesia, una viga caída del techo había perforado el suelo. Para asombro de June, al llegar a los tablones rotos vio movimiento debajo. Agua. Cuando se agachó, hasta alcanzó a oírla, corriendo furiosa hacia el barranco. La aguadulce que se había alzado para descuartizar aquel pueblo seguía fluyendo por debajo de él. Punta Veneno. Años atrás —para ser precisos, en 1922, como había señalado Gary Foglesong, el alcalde de Constancy— aquella agua se había torcido, pero eso ocurrió hace mucho y June ya no sentía ninguna malevolencia ni insatisfacción. La irresistible atracción que había experimentado fuera se había vuelto más fuerte si cabe.

Meneó los dedos sobre el agujero en los tablones.

—June, no —dijo Tucker, con un matiz ansioso en la voz.

—No le tengo miedo al agua.

—Yo sí —dijo él en tono inexpresivo.

—¿Qué crees que hago en el Avallon? —le preguntó June.

Tucker cerró los ojos y apartó la cara. Demasiado orgulloso para marcharse, no lo bastante orgulloso para mirar.

Algunas personas veían el miedo y lo reflejaban sin dudarlo, pero June no se dejó afectar por el de Tucker. Lo que fuese que lo asustaba le pertenecía solo a él.

Fue bajando los dedos hasta el agua igual que hacía siempre. Meñique, anular, corazón, índice, pulgar, palma. Un gesto repetido tantas veces que el personal lo usaba como inflexión informal para referirse a ella en código. «¿Dónde está [gesto de la mano]? ¡Que no te pille [gesto de la mano] haciendo eso!». Jefa. El gesto significaba «la jefa», la persona que mantenía el Avallon firme, inmutable, igual que había sido durante décadas.

El agua de debajo de la iglesia estaba bastante fría. No tanto como habría cabido esperar, porque debería haber estado casi helada, pero tampoco tan cálida como las aguas de alrededor del Avallon.

«Ah, hola —pensó June—. Hola, hola».

Aquella agua era diferente de su agua. Qué dulce, qué salvaje, qué inocente la notaba. Embestía entre sus dedos, no por maldad, sino porque iba con prisas y no sabía lo frágil que era June. Curiosa, le salpicó por la muñeca y hasta el mismo codo, hasta la misma cara, hambrienta, incrédula. Debía de haber pasado mucho tiempo desde que el último humano la holló. Debía de haber pasado mucho tiempo, pensó June, desde que a aquella aguadulce le pedían hacer cualquier cosa que no fuera ser aguadulce. Dejó que jugueteara en torno a su piel, escuchando cómo se sentía, escuchando esa plenitud que June acababa de sentir de camino hacia allí. A cambio, ella escuchó también a la aguadulce, que anhelaba que la oyeran. Dejó que la llenara con su caos de juventud, con su dulce sanación, con su agitada convicción de que debería estar en otro sitio. Se preguntó si el agua que corría bajo el Avallon se había sentido así alguna vez, si con el tiempo le habían arrebatado algo al volverla útil.

June, no la jefa.

«Quiero pasarte al departamento de compras, June —había dicho don Francis—. Los dos sabemos que vas para jefa de personal, pero no puedo ascenderte a ese puesto directamente desde el correo publicitario. En compras, verás cómo se mueve todo en este sitio, desde arriba hasta abajo. Conocerás a todo el mundo. Lo tocarás todo. Eso sí, también va a suponerte mucha responsabilidad. Será difícil reemplazarte. ¿Pretendes quedarte...?».

«Estaré en el Avallon para siempre, don Francis».

—Tendrías que venirte para acá —dijo June a Tucker—. Estoy averiguando cosas sobre la nevada del año pasado.

Tucker no se fue para allá.

—Escucha —insistió ella—, estoy bien, más que bien. ¿No confías en mí?

—Estás distinta.

—¿Qué crees que va a pasar?

—Creo que me recordará —dijo Tucker.

June sopesó esa frase, decidió que no merecía la pena presionarlo y se levantó, sacudiendo la mano casi entumecida. Cuando empezó a secársela contra el pantalón, vio que el miedo de Tucker había claudicado ante otra cosa: una pesarosa admiración.

—Conque por eso cruzarían el fuego por ti —dijo.

—Cruzarían el agua, pero ya te entiendo. Supongo que sí.

No parecía muy buena idea esperar al anochecer para recorrer la carretera llena de malezas y el puente, así que regresaron a la limusina. Sin decir ni una sola palabra, Tucker abrió la puerta del copiloto y se sentó, de modo que June condujo montaña abajo. Regresaron igual que habían empezado el trayecto, en silencio. Un silencio pleno, creciente, que llenó el coche hasta el último recoveco.

Cuando por fin entraron en Constancy, el día ya había pasado a mejor vida y el mundo era negro como el azabache, por supuesto a excepción del Avallon, cuyos focos refulgían a través de los árboles en la cima de la colina. June rebasó el hotel y condujo hasta la oscura estación de ferrocarril, casi dos kilómetros carretera abajo. Llegó con la limusina hasta el mismo andén y apagó el motor. Aún sentía que estaba moviéndose. Había refrescado.

En la oscuridad del coche, oyó un roce. Supo lo que pretendía Tucker incluso antes de que acabara de moverse, y terminó ella por él, recorriendo la escasa distancia que aún los separaba. Allí estaba su boca, tan maravillosa como había esperado, dulce y complaciente contra la de ella. Los dos habían hecho aquello antes, con otras personas, así que la única incomodidad radicaba en que nunca lo habían hecho entre ellos. Pero esa incomodidad también se desvaneció rápido: un buen beso siempre eliminaba la duda. Tucker tenía un agradable olor varonil tan de cerca, la clase de aroma masculino a trabajo, a café y metal, que las colonias siempre intentaban capturar y amplificar, y June gozó de saborearlo tanto como había disfrutado de mirarlo. Le tocó el pelo, el cuello. Las manos de Tucker se asombraron con el cuello de June, con su esternón, se adentraron curiosas por el borde del sujetador. Estaban tan pegados como se lo permitía el asiento delantero; acercarse más requeriría planificación, pensamiento lógico, compromiso. June se lo planteó mientras Tucker se metía el lóbulo de su oreja en la boca. Aquella agua juvenil de antes aún le recorría el cuerpo, incitándola a la velocidad, la exploración, la sorpresa. Le metió la mano bajo la chaqueta, poniendo a prueba su propio deseo, y lo encontró a carretadas. Tuvo la sensación de que había pasado mucho tiempo desde la última vez que había ansiado algo de un modo tan delicioso, tan exhaustivo, tan directo.

—Espera —dijo Tucker.

No se refería a esperar. Se refería a parar.

Pararon. Se reclinaron en el asiento. June se llevó la mano al cuello y notó el corazón acelerado bajo la palma. Sus ojos se habían ajustado a la escasa luz, y vio que el pecho de Tucker subía y bajaba. ¡Y pensar que le había parecido que estaba refrescando! El calor le inundaba todo el cuerpo.

Tras un momento, Tucker dijo:

—Mi agente especial al mando me dio una carta de dimisión justo antes de salir hacia el hotel. Con mi nombre abajo del todo. No la firmé.

June rebuscó en su mente y descubrió que no tenía ninguna respuesta lista. El relato de Tucker describía un mundo del que ella había oído hablar, sobre el que había leído, pero que nunca había experimentado. Unas circunstancias masculinas. Unas circunstancias militares. Unas circunstancias de «¿Me estás escuchando, soldado?». Juegos mentales y apretones de mano, obediencia y obsequiosidad. Algo tan alejado del Avallon como alcanzaba a imaginar, lo opuesto al lujo.

—¿Por qué? —preguntó.

Un ruido tenue, repetitivo. Tucker estaba pasando el dedo corazón por el salpicadero una y otra vez, de izquierda a derecha, de izquierda a derecha, de izquierda a derecha, de izquierda a derecha, intentando desterrar la energía que habían generado entre ellos.

—Volvieron a investigar el pasado de todo el mundo después de Pearl Harbor —dijo— y, en mi caso, no les gustó lo que encontraron. Si demuestro aquí que tengo un valor inestimable, harán la vista gorda, porque llevo en esto diez años. Más que la mayoría. Así es como expiaré mi culpa. Por lo que hice.

June no estaba nada segura de que las culpas y la expiación funcionaran así, y de hecho aquello sonaba mucho más a chantaje, pero entendió lo que Tucker estaba diciéndole en realidad.

Estaba explicándole por qué aquella misión era importante para él. Estaba revelándole que antes fue otra persona. Estaba aclarándole que por eso no la llevaba al asiento de atrás y hacía algo que los dos quizá lamentaran más adelante.

Estaba proporcionándole una salida para *esperar*. Para *parar*. Y hacía bien. Por supuesto que hacía bien. El Avallon estaba allí mismo, subiendo la colina. ¿Qué creía June que iban a hacer? Cuando coronaran la colina, ella se convertiría de nuevo en la directora del Avallon y él se convertiría de nuevo en el agente especial Tucker Rye Minnick. Ella no iba a marcharse. Él no iba a quedarse. ¿Se podía saber qué estaban haciendo?

—Diez años son mucho tiempo —dijo June, cauta, sin alterarse, porque sentía la riada de aguadulce bajo su corazón y, después de aquello, tendría que volver al Avallon, que siempre la escuchaba con mucha atención—. Tu vida entera.

Tucker puso una expresión tan agradecida que resultaba absurda.

—Sí. Exacto.

—No puede sentar bien que te acusen de un delito —dijo ella—. No cuando llevas todo este tiempo intentando hacerlo por los motivos correctos.

—Exacto.

—Y llevas tantos años invertidos en esto que ahora es quien eres.

—Exacto.

Lo que iba a hacer June, pensó, era poner en orden la Casa del Lirio. Llevaría allí sus pertenencias de una vez. Dejaría de esperar que le pidieran instalarse en los aposentos de la familia Gilfoyle. Establecería nuevas normas para el hotel ahora que don Francis había muerto, normas que pudiera sobrellevar. Ya era hora de dejar de hacer el tonto y agradecer lo que tenía. June le había dicho a don Francis que debería pensar en lo que el hotel necesitaba, no en lo que él quería. June tenía que pensar en dónde había invertido ella diez años de su vida.

—¿Este es el asunto del FBI que querías comentarme? —preguntó.

Tucker titubeó, moviendo la boca.

—Sebastian Hepp fue quien les dio a los periodistas los uniformes de doncella —dijo al cabo. Antes de que June pudiera plantearse cómo la hacía sentir esa información o por qué se la estaba revelando él, Tucker añadió—: Podría detenerlo. Por ayudar a nazis.

La calidez se tornó calor abrasador.

—Pero ¿qué diantres dices?

—Aún no lo he hecho.

—¿Cómo que aún? ¡Estamos hablando de Sebastian! ¿Tú sabes el golpe que se llevaría la Gruta? ¿Sabes lo que le pasaría a él? ¿Y por cometer qué crimen? El crimen de la ternura. Por el crimen de ser amable en este mundo, cuando podría haber sido cualquier tipo de hombre. Por elegir ser uno con clemencia. Por el...

—June —la interrumpió él y, a pesar de todo lo que había dicho Tucker, oírlo pronunciar su nombre envió una corriente eléctrica por su cuerpo. June, no jefa, pero no importaba, porque él pertenecía al FBI y ella pertenecía al Avallon—. June, para. Por esto te lo he dicho. Por esto pedí hablar contigo. Quería oír lo que tenías que decir al respecto.

Y ahora June sí que tenía frío. Un frío atroz, hasta la misma columna vertebral, que la obligó a poner los dedos entre los muslos para calentárselos. Tucker abrió su puerta. Entró un olor a humo de leña y tierra húmeda.

—¿Qué haces?

—Ya he oído lo que tenías que decir —respondió él—. Y, ahora, volveré andando. Buenas noches, señorita Hudson.

Esa noche, ya bastante tarde, cuando June se preparaba para acostarse, fue a ponerse un vaso de aguadulce a la pila de la cocina mientras los dachshunds la miraban preocupados. Entonces, por primera vez, se apartó del grifo sin tocarlo.

No quería que aquel sentimiento estuviera ni cerca del Avallon.

21

Hannelore le tenía bastante miedo a Sandy, lo que significaba, por supuesto, que no había forma de mantenerla apartada de él. Se parecía un poco a lo que pasaba con el puma de la fuente de su balcón. Hannelore no quería estar cerca de ese puma, por si se movía. Tampoco quería darle la espalda, por si se movía. Y, en el fondo, no habría sabido decir si estaba terriblemente asustada o terriblemente intrigada.

Ciudadano seguía intentando que Sandy lo acariciara. Seguro que un perro lo sabría si Sandy Gilfoyle fuese algo a lo que temer, ¿verdad?

Cuando Hannelore no estaba asistiendo a las clases que impartían en el altillo de la tercera planta (14.400 segundos) ni recibiendo lecciones de piano de frau Hof (3.600 segundos) ni comiendo en el Comedor Magnolia (2.750 segundos) ni buscando caracoles, recorría el hotel hasta descubrir dónde estaba Sandy en esos momentos. No se movía por sí mismo, claro. Solo iba de un lado a otro cuando su cuidadora, Stella, lo empujaba en su silla de ruedas de madera, que nunca abandonaba. A veces Stella lo llevaba a dar paseos y se pasaba el rato diciéndole cosas dulces y tontas, como si fuese un perrito. A veces, cuando hacía buen día (lo cual era cada vez más frecuente), Stella leía para él en alguna galería o terraza. Stella leía despacio, y los libros que escogía eran muy infantiles, en opinión de Hannelore. Ya le había leído *Los pingüinos del señor Popper* más de una vez.

La mayoría de la gente no parecía interesada en él. Los empleados posaban la mirada en él cuando entraba en una habitación, pero, al contrario que Hannelore, quien lo encontraba más fascinante cuanto más tiempo pasaba allí, para ellos destacaba cada vez menos. Los diplomáticos le prestaban un poquito más de atención, pero era sobre todo en sus exagerados intentos de aparentar que no le prestaban ninguna. Apartaban con educación sus ojos de él cuando Stella lo llevaba por lugares concurridos. Aparte de Stella, la única persona que reparaba en su presencia con alguna regularidad era June Hudson, la mujer que Hannelore ya sabía que estaba al mando del hotel entero.

June Hudson siempre saludaba a Sandy con una inclinación completa de la cabeza cuando se cruzaba con Stella y con él en los pasillos, a pesar de que él nunca se la devolvía, y al menos una vez al día iba a hablar con él. A veces durante veinte minutos, a veces durante solo uno.

Pero, aparte de eso, a Sandy apenas le hacían ningún caso. A menudo Stella llevaba la silla de ruedas hasta una ventana, le daba una palmadita en el hombro, le deseaba que tuviera un buen día y se marchaba.

Esos eran los mejores momentos.

Porque entonces Hannelore podía rodear a Sandy a hurtadillas, observándolo. Al principio no se había acercado. Se escondía detrás de sillas, o se apretaba contra las molduras, o se agachaba en el hueco de una chimenea apagada para observar la parte trasera de su pelo revuelto. Pero, con el paso de los días, hizo acopio del valor suficiente para encararse a él. Los ojos a la altura de los suyos. Sandy tenía una perenne expresión de leve angustia. Cuando pestañeaba, despacio y con poca frecuencia, Hannelore se espantaba y tardaba en volver.

A ese hombre le ocurría alguna cosa terrible. ¿Qué lo había

puesto así? ¿Lo habría paralizado alguna bruja malvada? ¿Se habría puesto enfermo? ¿Eso podía sucederle a cualquiera? ¿Era lo mismo que le había pasado al puma? ¿Hannelore podía despertarse un día y verse atrapada en una silla también?

Era espantoso; no podía evitar acercarse.

Ese día, Hannelore tenía a Sandy Gilfoyle para ella sola en la Galería de los Retratos.

Era una estancia muy aburrida para los niños, dado que solo contenía cuatro cosas: sofás, macetas con plantas, espejos y docenas de retratos colgados en las paredes de color azul oscuro. Pero tenía buenas vistas, o eso le había dicho Stella a Sandy Gilfoyle al aparcarlo junto a la ventana, darle una palmadita en el hombro y dejarlo allí. Era otro día implacablemente gris, primaveral pero no de una primavera propiamente dicha, en el que la lluvia caía a chorro sin cesar y teñía el paisaje empapado de profundos tonos verdes, púrpuras, negros.

Hannelore estaba agachada detrás de un sofá, con la mirada fija en Sandy. Le veía la cara entera en uno de los espejos colgados al otro lado de él.

El corazón de Hannelore ya se le estaba acelerando un poco.

La sobresaltaron unos pasos que entraban en la Galería de los Retratos. Pero el miedo tardó poco en resolverse cuando oyó voces, hablando en alemán.

—... no es tan sencillo. Huy, aquí ya hay alguien.

—Es solo el hijo —dijo otra voz, y Hannelore reparó en que era la de su padre.

Avanzaron hasta quedar, reflejados en el espejo, a la vista de Hannelore, que se encogió para que no la viesen. Eran Lothar Liebe, el doctor Otto y su padre. Llevaban copas en la mano, a excepción del esbelto y oscuro Lothar Liebe, que fumaba un cigarrillo.

—¿Nos buscamos otro sitio?

El doctor Otto señaló a Ciudadano, que tenía las zarpas en

las rodillas de Sandy. El joven no se movió y, al poco, el terrier bajó las patas al suelo, decepcionado.

—El otro día, en la galería comercial, vi que ese agente de color le tiraba café encima. ¡Ni se inmutó! Es un vegetal. Que se quede contemplando las vistas.

Se sentaron todos, haciendo crujir y suspirar a los sofás, y retomaron su conversación, que era de lo más plomiza. Al poco rato, llegaron unos camareros trayendo bebidas y un pequeño refrigerio. Cuando los platos tintinearon contra las mesas, a una horrorizada Hannelore le rugió el estómago. Para su gran alivio, las pisadas de los camareros taparon el ruido.

Cuando el personal se hubo marchado, el doctor Otto dijo:

—No pensaba que pudiera aburrirme tanto como lo estoy aquí. Llevamos el suficiente tiempo en este hotel para que me haya vuelto un borracho y luego me haya aburrido de beber y lo haya dejado. Me siento como ese tipo de ahí. —Debía de estar señalando hacia algún retrato que Hannelore no alcanzaba a ver desde su posición—. Me he acostado con una mujer distinta cada noche. Y creo que ya he agotado todas mis posibilidades, así que igual me toca volver a empezar por el principio.

—O empieza con los hombres —le sugirió Friedrich.

Rieron todos, mientras a Hannelore le ardían las mejillas. Sandy siguió mirando por la ventana. Hannelore se fijó en que había tres caracoles vivos debajo del sofá, avanzando despacio, uno detrás del otro, meneando las antenas.

Lothar Liebe dio una calada enérgica a su cigarro y replicó:

—Las negociaciones ya casi han terminado. Lieselotte Berger vendrá con nosotros, así que ya no queda nada más que tratar.

—¿Cómo lo sabes? —preguntó el doctor Otto.

—¿Cómo sabe Lothar las cosas que sabe? —terció el padre de Hannelore—. Mejor no preguntar. Lothar, ¿cómo de peligrosa creemos que será la travesía hasta Portugal?

—Nuestro barco debería estar marcado como un vehículo diplomático neutral, así que estaremos tan a salvo como pueda estarse en estos tiempos —dijo Lothar—. ¿Se os da bien la natación?

Eso les recordó a todos algún destino común previo y se pusieron a rememorar batallitas, mientras a Hannelore le daban calambres en las piernas de tanto estar acuclillada. Echó un vistazo al espejo. Sandy Gilfoyle aún miraba la lluvia como distraído. Ciudadano no le tenía miedo, pensó. Hannelore quería creer que el terrier tenía un conocimiento secreto acerca del bien y el mal, pero también sabía que había vomitado el día anterior por haber comido basura del cubo de la suite.

—¿Cómo le va a Sabine? —preguntó Lothar a Friedrich—. ¿Ya ha dejado de preocuparse por vuestra hija?

Hannelore se quedó tan quieta como Sandy. Nadie respondió. ¿Se habría imaginado la pregunta? ¿O se había perdido la respuesta? El silencio era denso como unas natillas.

—Creo que hubo un malentendido con la situación —dijo Friedrich, y su voz sonó extraña. Estrujada—. A Hannelore no le sientan bien los cambios, como ya habéis visto, y mi mujer procura evitárselos si puede.

—Pero, sin duda, que la separen de sus padres sería el mayor cambio que se le podría pedir a Hannelore que soportara —repuso Lothar—. Venga, Wolfe, no dejes que tu mujer te mangonee. Lo he consultado. Creen que es buena candidata para la esterilización y, posiblemente, para un condicionamiento suave. No tienes por qué preocuparte.

Hannelore se apretó fuerte contra el suelo. Esa conversación estaba haciéndola sentir igual que cuando los niños de su lista de odio la rodeaban con su charla incomprensible.

—Friedrich —dijo Lothar cuando el padre de Hannelore no respondió.

Intervino el doctor Otto.

—Friedrich, es una parte de su vida que parece poco probable que eche en falta siquiera.

—Precisamente —dijo Lothar—. Por favor, no me pidas que divida más mis lealtades.

—Claro, claro, no vaya a ser que le complique la vida a un canalla sin hijos con corazón de armiño —restalló su padre, en un tono tan poco propio de él que Hannelore nunca habría pensado que fuese quien hablaba.

—Ven aquí, Friedrich. Mírame a la cara, brinda conmigo. No dejes que esta guerra se interponga entre nosotros.

Las copas tintinearon una contra la otra.

—Lo siento.

—Sé que lo sientes. Y, ahora, dime lo que significa su canción.

—¡*Scheibenkleister*, Lothar! Eso dejémoslo para Alemania.

El humor había entrado en la voz de Lothar.

—Entonces, la niña sí que se vuelve para Alemania, ¿eh?

No había entrado en la del padre de Hannelore.

—Lothar, me están dando ganas de atizarte.

—Llevo años soñando con eso —observó el doctor Otto, quitándole hierro a la situación.

Regresaron a su conversación sobre política, pero Hannelore dejó de concentrarse en las palabras. Estaba pensando en volver a Alemania. Estaba pensando en la mano de su madre sobre su muñeca. Estaba pensando en la esterilización.

Los hombres se marchaban. Entre roces de ropa y risitas, haciendo tintinear sus vasos al dejarlos en las mesas, apagando los cigarrillos en los ceniceros. Hannelore no se había dado cuenta de lo ruidosos que eran, pero la Galería de los Retratos pareció quedar muy en silencio tras su desaparición. Volvía a oírse el chaparrón que caía fuera.

Solo estaban ella y Sandy Gilfoyle.

Esperó un poco más de tiempo (65 segundos) para asegurarse y después se levantó. Miró la nuca de Sandy en la vida real y su frente en el espejo mientras retrocedía hacia la puerta de la galería, rodeando el sofá a tientas. Llegó a la puerta, que los hombres habían cerrado después de salir. Sin apartar la mirada de Sandy, tanteó en busca del pomo. Al otro lado del umbral estaban el pasillo y la seguridad.

En vez de encontrar el pomo, sin embargo, lo que sintió fue humedad.

Había metido las manos en la fuente con cabeza de animal que había junto a la puerta. La sorpresa de la sensación hizo que le sisearan los oídos. Estaba *dentro* de ella, todo lo que estaba diciéndose en el hotel, todo a la vez; Hannelore podía sentir la posición de todos los caracoles que había por todo el edificio, y por los terrenos, y hasta en un lugar que veía con toda claridad en su mente: un manantial cálido y un manantial frío que emergían a un brazo de distancia, separados por un espacio cubierto de musgo verde, verde, verde y rebosante de hermosos y multicolores caracoles.

«Esterilización», pensó de nuevo.

El agua la llenó de una sensación. Pero esa vez no era alegría ni calma.

Era «corre».

Hannelore se tambaleó. Y, mientras lo hacía, un movimiento le llamó la atención. Lo vio como a cámara lenta: fuera de la ventana, una forma oscura se precipitaba desde algún lugar más arriba hacia algún lugar más abajo. Era grande. Al principio, pensó que sería parte del tejado. Luego le pareció que era ropa. Entonces... No, entonces comprendió que aquello era de carne y hueso, que se movía.

Entonces comprendió que era una mujer.

Caía una mujer fuera de la ventana.

Hannelore le vio la cara durante un instante de claridad. Tenía los ojos azules.

Y entonces Hannelore empezó a chillar, porque Sandy Gilfoyle volvió la cabeza.

22

¿Está muerta?

—Cielos —dijo Pennybacker. Se arrugó la cara entre las manos—. Cielos. ¿Cómo hemos llegado a esto?

—Señor Pennybacker, ¿está muerta? —repitió June.

El hombre del Departamento de Estado estaba derruido en uno de los mullidísimos butacones de cuero que había en la Biblioteca Isley, la más pequeña y personal de todas las del hotel. Tras su forma alicaída se veía un fondo de los volúmenes de Sandy sobre lengua, sus interminables diccionarios, manuales, textos en idioma original, textos con anotaciones, libros, *bücher*, *könyveket*, *hon*, *knigi*, *libri*. El brazo del butacón en el que estaba sentado aún tenía una mancha fea y oscura de cuando Sandy había seguido anotando más allá del borde de la página y se había salido al cuero, donde luego había empeorado la situación al frotarlo.

—No tenía ni idea de que esto era posible, o habría... No sé qué habría hecho —dijo Pennybacker—. No, no está muerta. Todavía no, al menos. Se ha roto una pierna, una clavícula y otra cosa que no recuerdo ahora mismo, pero lo último que sé es que estaba consciente. Los médicos no podían creerse que haya sobrevivido a una caída desde tanta altura. ¿Está usted segura del piso desde el que ha saltado?

—El cuarto —confirmó June.

Desde la terraza que su habitación compartía con la suite de los Wolfe hasta los arbustos de delante del salón de té. La misma distancia que había salvado aquel travesaño podrido de la galería. Ese era el recorrido a plomo que Lieselotte Berger, periodista alemana de veintiocho años con cicatrices en la cara, había hecho ese día.

—Acababa de enterarse de que al final sí que tenía que volver a Alemania —explicó Pennybacker—. No, esa es una manera muy cobarde de expresarlo. Yo acababa de decirle que tenía que regresar. Que el Departamento de Estado no podía concederle su petición de quedarse. Y entonces subió ahí arriba y...

Aún estaba todo demasiado reciente para mirarlo al completo, pero June no pudo evitar echar un vistazo a los bordes. Lieselotte Berger sentada en el suelo del garaje, con un sucio uniforme de doncella y el pelo enmarañado, tres payasos con vestidos robados. El irlandés enumerando todas las formas de morir que los esperaban en Alemania.

—¿Es por lo de Hannelore? —preguntó June.

—No, no, señorita Hudson. Hannelore supone otro problema en mi aritmética del diablo, sí, pero esto no tiene nada que ver con lo suyo. Ya estaba fracasando en mi intento de convencer a Estados Unidos de quedarse con la señorita Berger. Así es como lo ven ellos: estuvo un año entero publicando pequeños artículos desmoralizadores a partir de hechos sesgados. Ella afirma que la chantajeaban, pero no hay pruebas. Sin ellas, el estado solo ve a una joven dispuesta a enviar datos sobre la maquinaria bélica norteamericana a sus colegas de la prensa en Alemania, de cuyos motivos malintencionados no cabe ni la menor duda.

Calló al ver que se abría la puerta. Por ella entró Sandy Gilfoyle en su silla de ruedas, empujada por Tucker, acompañado a su vez por Hugh Calloway. Por un instante, un efecto óptico del brillante sol primaveral hizo pensar a June que Sandy por fin la miraba a los ojos, pero, incluso mientras el corazón la daba un salto en el pecho, comprendió que había sido solo un espejismo ilusionado. Las cicatrices de sus mejillas le recordaron al rostro de Lieselotte Berger, con sus marcas simétricas.

La mirada que cruzaron June y Tucker fue cuidadosamente profesional, sin carga alguna. Qué triste fue verlo a la implacable luz del día siguiente y comprender que no lamentaba la intimidad que habían compartido, sino más bien lo contrario. Pasar el día con él había borrado todo lo que antes no le gustaba a June de sus rasgos. No era solo que lo deseara a él: deseaba ser la persona que era con él. Todos sus anteriores afanes le parecían ingenuos. Abreviados. Reactivos.

«Espera —dijo él—. Para».

Pennybacker aguardó a que Hugh hubiera cerrado la puerta para proseguir con lo que estaba diciéndole a June.

—A mi juicio, parece mucho menos probable que la señorita Berger fuese una sofisticada agente de la Alemania nazi que, sencillamente, una joven que tomó varias malas decisiones en un momento muy malo para tomar malas decisiones. Pero, por desgracia para ella, ahora mismo le es más útil a nuestro gobierno como moneda de cambio que como ninguna otra cosa. Si ella se queda aquí, un civil estadounidense en particular que está detenido con nuestros diplomáticos tendría que permanecer en Alemania, y el Departamento de Estado teme mucho más por la seguridad de ese individuo que por la de la señorita Berger.

Así era la aritmética del diablo. Lieselotte a cambio de aquel otro ciudadano estadounidense. Sebastian a cambio de la carrera de Tucker. Cuántas veces había estado June en aquella biblioteca, escuchando cómo Sandy probaba su pronunciación, sin saber que se dirigía hacia un futuro en el que él iría en silla de ruedas, silencioso ante todas sus palabras, mientras ella recibía ese informe sobre las desgracias que burbujeaban dentro de su hotel.

—Agente Minnick, ¿tiene alguna novedad sobre su estado? —preguntó Pennybacker.

—Tiene a un pelotón de la Patrulla Fronteriza con ella en el hospital de Malden —dijo Tucker—. Han decidido no trasladarla a Charleston. Por nuestra parte, hemos terminado de registrar la suite y, aunque no sospechamos que la haya empujado nadie, creo que sería mejor si los Wolfe, que comparten la terraza con ella, se cambian de habitación.

—Les buscaremos una en otra planta —convino June.

Iba a tener que entrar otra vez en la Avallon IV, ¿verdad? No había comprobado la reacción de las aguas a la desgracia de Lieselotte, pero tampoco era difícil de predecir. ¿Qué felicidad podía ofrecer ella? Supuso que podría enseñarle al agua aquel paseo por la calle Mayor de Casto Springs. No quería renunciar a ese sentimiento, pero una mujer acababa de intentar suicidarse.

«La mayoría de la gente no lo sabe cuando el agua está a punto de torcerse —dijo don Francis—. Eso es lo que nos distingue a nosotros. Que sí que lo sabemos. Significa que podemos impedirlo. Podemos mantenerla agradable para siempre. ¿Sabes, June? Antes de ti, me sentía un poco solo, siendo el único».

—Por favor, avísenos cuando los traslade para que podamos documentarlo todo —dijo Tucker.

Era demasiado formal, demasiado correcto. Esa vez, cuando lanzó una mirada a June, ella vio que Hugh estudiaba el momento con interés.

—¡El FBI y sus registros! —exclamó Pennybacker—. Agente Minnick, ¿por qué no pone al señor Gilfoyle junto a la ventana? Lo tiene de cara a la estantería, seguro que más aburrido que una mona.

Tenía buena intención, pero June se oyó a sí misma decir:

—Son sus libros.

—Ah, ¿sí? —Pennybacker se levantó, fue junto a Sandy y ladeó un poco la cabeza para leer los lomos. Siempre tan sensible, era consciente de haber metido la pata—. ¿Y leía todos estos idiomas?

—Los lee —lo corrigió June. Por algún motivo, notó calientes las mejillas. No había motivo para volver a enfadarse por lo de Sandy, pero estaba enfadándose. Mientras un dachshund le movía la mano con el morro, las palabras siguieron fluyendo espontáneas de ella—. Y también los habla. Siempre ha querido entenderlo todo. Y a todos. Buscaba el verdadero significado, el pretendido. Aquí tenemos a mucha gente de todo el mundo. Sandy opinaba que era una idiotez obligarlos a todos a traducir sus pensamientos al inglés para nosotros. Me dijo que quería que la gente fuese ella misma cuando estaba con él, así que ya haría él de intérprete.

Decirlo en voz alta hizo que June comprendiera que aquello era solo otra forma de lujo. Por mucho que Sandy se diera cabezazos contra don Francis, esa parte crucial sí que la tenían en común. La última vez que June vio a Sandy en persona, casi un año antes, no habían hablado de su padre en absoluto. Se había presentado allí él solo, no para ver el Avallon, sino para verla a ella. Habían charlado sin parar en la cocina del apartamento de June, en la cantina del personal, en su despacho, en las zonas de preparación fuera de la Gruta. Sandy sabía cómo era el trabajo y se había amoldado a la forma que tenían los ratos libres de June. Hablaron de Robert Prager, de la guerra, de por qué el sacrificio por el sacrificio en sí mismo no era un acto noble en absoluto. Pero también hablaron de bobadas, se contaron anécdotas hilarantes de la vida de June como directora y de la vida de Sandy traduciendo y entrenando en la armada. La muerte de don Francis aún estaba en el futuro, lo que les dejaba tiempo de sobra para reconciliarse, así que no había por qué sacar de nuevo a colación las antiguas discusiones sobre si el concepto de la hospitalidad que tenía don Francis estaba anticuado o no. La reavivación de la aventura de June con Gilfoyle estaba también en el futuro, por lo que no había necesidad de que Sandy le dijera: «Atún, si ya sabes cómo es, ¿por qué te haces esto a ti misma?». Se habían dedicado a parlotear acerca de todo y acerca de nada hasta bien entrada la noche, y luego Sandy le había dado un beso en la mejilla y se había marchado para hacer el bien en el mundo. June quería mucho a todos los Gilfoyle, pero Sandy era el que mejor le caía. Qué idea más curiosa.

Qué frustrado había estado don Francis con él, al final.

«Sandy oye el agua, don Francis».

«Lo sé. La oye, pero se niega a escuchar».

La aguadulce era el único idioma que Sandy nunca intentó aprender.

—Muy impresionante —dijo Pennybacker, y sonaba sincero—. ¿Planeaba utilizarlo aquí, en el hotel?

—No —respondió June. Había mucho más que podía decir, que quería decir, pero había recobrado el control sobre sus palabras. Notaba la mirada de Tucker en ella. No iba a devolvérsela. Apenas estaba logrando mantener la compostura. Si lo miraba en esos momentos, sería June, no la jefa—. Quería hacer más en el mundo.

«¿A qué te dedicas aquí, June? —le había preguntado Sandy—. ¿A qué se dedica aquí toda esta gente?».

«Hacemos muy muy felices a unas pocas personas», respondió ella.

«¿Y basta con eso, ahora mismo?».

Había bastado.

Hugh intervino, amable.

—Y lo hizo.

Era increíble, pensó June, que Rana pasara un día tras otro con ese sentimiento dentro, que fuese al trabajo a diario y limpiara habitaciones después de Pearl Harbor, con su hijo muerto y su marido alistado. Era increíble que la guerra no se hubiera llevado su cuerpo y su alma en un mundo en el que un submarino alemán acababa de enviar a pique a dos docenas de hombres a la vista de la costa de Massachusetts. En el que Pennybacker estaba negociando para salvar a Hannelore Wolfe de una posible eutanasia, en el que Sandy solo miraba todos los libros que antes leía en voz alta, en el que los periodistas murmuraban que todo el mundo sabía lo que se decía de Francis Gilfoyle. En el que Tucker Rye Minnick se ocupaba de sus asuntos y ella de los suyos. Al mal tiempo, buena cara. Al mal tiempo, buena cara. Al mal tiempo, buena cara.

Por un momento, June pensó que lo odiaba. Todo lo relacionado con ese trabajo, con ese hotel. Recordó aquella agua tan dulce, tan libre que corría debajo de la iglesia de Casto Springs y, durante un instante, sintió una envidia avasalladora y desgraciada, tan agresiva que se preguntó cuánto tiempo debía de llevar dentro de ella, silenciada, ignorada.

—Hertha —dijo—. Quiero encontrar a Hertha.

—¿Quién es Hertha? ¿De qué conozco el nombre?

—Es la prometida de Erich von Limburg-Stirum. Del piloto.

—Ah, es verdad, es verdad, lo siento. Tengo la mente trastocada. Ya puse esa situación en conocimiento del Departamento de Estado. No la han encontrado. Es una mujer en un país de mujeres.

—No me lo creo —dijo June—. No teniendo al FBI entre mis paredes. Ustedes tienen archivos sobre todo el mundo. Si fuese una prioridad, ya habrían traído aquí a Hertha, entre el Departamento de Estado, el FBI y los demás hombres trajeados que puedan tener por ahí a su disposición para pulular por...

—Espere, espere —la interrumpió Pennybacker—. Señorita Hudson, ¿a qué viene tanta prisa? ¿Esto tiene algo que ver con la señorita Berger? ¿Le ha ocurrido algo al señor Von Limburg-Stirum?

Le había ocurrido algo a June Hudson. Le había ocurrido algo y ya era hora de que aquellos diplomáticos se fueran de su hotel, ya era hora de alejarlos a todos de la aguadulce tan rápido como fuese posible. A los diplomáticos, a los agentes de la Patrulla Fronteriza y a Tucker Rye Minnick. June estaba notando cómo el Avallon se le escurría entre los dedos.

—Hertha es alemana —explicó—. Me lo dijo Erich. Ciudadana alemana. Erich dice que estaba en Nueva York. Tengo contactos hoteleros allí arriba yo también. Podemos encontrarla. Si acepta regresar junto a él, entonces su dichosa aritmética quedará satisfecha, ¿verdad, señor Pennybacker? Y habremos resuelto lo de Hannelore. Hertha será otra alemana que se marcha, así que una alemana más podría quedarse: Hannelore. Y todo esto habrá terminado, ¿me equivoco?

Pennybacker la observó durante un largo momento, como si June hubiera hablado en un idioma que él solo entendía a medias, pero entonces dijo:

—Sería una solución muy elegante, si conseguimos encontrar a esa mujer. Sí, creo que el proceso podría acelerarse mucho si fuera el caso. Estaría bien poder complacer a alguien.

Hubo un tiempo en el que todos los huéspedes del Avallon quedaban satisfechos. June se volvió para marcharse y entonces se detuvo.

—Un momento, ¿qué era eso que quería decirme sobre los suizos? Hace siglos, me dijo que tenía algo que contarme sobre ellos.

—Ah, eso —dijo Pennybacker—. Decidí que no me correspondía a mí revelarlo.

Hubo un tiempo en que June habría insistido, en que hasta los detalles más nimios de aquella incertidumbre le habrían parecido tremendamente importantes. Habría dedicado el trabajo de una jornada entera, y el personal de un departamento entero, a descubrir cualquier pequeño descontento y luego a resolverlo. Pero ese día se notaba tan exhausta como si acabara de salir arrastrándose de la Avallon IV.

No quería volver a entrar en la Avallon IV. No iba a volver a entrar en la Avallon IV. «Menudo sitio, ¡menudo sitio!».

—Venga, a trabajar —dijo Pennybacker—. Creo que esta gente ya nos ha soportado mucho más tiempo del debido.

·✧· Cuarta parte ·✧·

DEL REVÉS

Pedido, habitación 411, 1 de abril de 1942

Periódico *The New York Times*
Revista *Vogue*
Revista *Britannia and Eve*
Revista *Modes & Travaux*
2 limones
2 cruasanes
El flautista, Nevil Shute
El enemigo japonés, Hugh Byas
La luna se ha puesto, John Steinbeck

23

Como June había esperado, solo tardaron unos días en localizar a Hertha gracias a los recursos combinados del FBI, el Departamento de Estado y los contactos hoteleros de June. Hertha trabajaba de secretaria y vivía con otras secretarias en el barrio de Glendale, distrito de Queens, Nueva York. Una parte muy pequeña de June temía que Hertha fuese una persona razonable y se negara a viajar con su prometido a Alemania en plena guerra, pero no tenía por qué preocuparse. Igual que Erich había estado languideciendo en el hotel, Hertha había estado languideciendo en Nueva York, torturándose al pensar que él la había abandonado.

—El Departamento de Estado está muy contento —dijo Pennybacker a June—. Sobre todo por el hecho de que quieran casarse cuanto antes. Todo bien ordenadito.

—Estupendo —respondió June. Pennybacker había olvidado darle la vuelta a un informe al verla entrar en la Sala de Cristal, y June acababa de leer que Lieselotte Berger estaba viva, se esperaba su recuperación y seguía sin ser bienvenida en Estados Unidos—. Una esposa. ¿Qué tal la suya, por cierto?

—Qué curioso que lo pregunte —dijo Pennybacker. Intentó acariciar a un dachshund, que lo esquivó—. No le respondí a la primera carta y me ha enviado otra de todos modos.

—Qué misterioso es el mundo.

—La he encontrado menos satisfactoria que la anterior. Su contenido venía a ser una enumeración de los casos concretos en los que no cumplí sus expectativas. Con sumo detalle. Esa mujer siempre ha tenido una memoria buenísima. Si tuviera que describir la carta, creo que la llamaría el incómodo retrato de un profesional nada atlético.

—No conteste. Espere a su tercera carta —dijo June—. Esa es la que querrá enmarcar.

Hertha llegó al hotel flanqueada por tantos agentes fronterizos que podrían haberla llevado en volandas. Lo había dejado todo en el instante en que tuvo noticias de su piloto. El joven Erich se había vestido con sus mejores galas para recibirla en el vestíbulo, y una cantidad nada insignificante de miembros de las delegaciones y el personal, incluyendo a Fortéscue, fueron testigos de su reunión desde la galería, además de Tucker, Hugh y Doble, presentes para registrar sus maletas en busca de dispositivos de escucha, bombas o cualquier otro regalo de boda en tiempos de guerra.

—Erich —dijo Hertha, quitándose el sombrero—. ¿Me reconoces?

Erich von Limburg-Stirum brillaba como el sol, con las mejillas encendidas.

—¿Cómo no voy a recordar qué aspecto tiene el paraíso? —respondió.

—Caballeros —dijo Basil Pemberton, tras el mostrador, con su voz untuosa—, sepan que así es como debe hacerse.

La planificación de la boda ya estaba en marcha y, una vez satisfecha la aritmética de rehenes de Pennybacker, sin duda la repatriación esperaba a la vuelta de la esquina. ¿Quién sabía qué iba a depararle el destino a un piloto excelente en cuanto sus botas hollaran suelo alemán? Las prometidas no tenían ningún derecho, las esposas sí. June se enteró de que la ceremonia de Erich y Hertha iba a ser una cosa breve y tosca: los guardias escoltarían a la pareja por la carretera hasta el ayuntamiento de Constancy para que los unieran en matrimonio civil, y luego los devolverían al hotel tras un breve registro para asegurarse de que no hubieran recibido ninguna comunicación ilegal durante el proceso de convertirse en marido y mujer.

June fue a ver a 411 para pedirle que hiciera magia.

—La boda que me encantaría planificar es la tuya —dijo 411 a June—. Serían narcisos, claro, y lirios del valle. Un enrejado de dos pisos a tu espalda, cubierto de flores y hiedra. Únicamente arpas y flautas: serías una princesa de la montaña y los hombres sollozarían por no haber pensado en pedirte matrimonio antes.

June se había sentado con la espalda contra el marco de la puerta, como otras tantas veces, y escuchaba el chorrito de la aguadulce en las fuentes mientras pensaba en que Lieselotte Berger se había arrojado por la ventana a solo unas habitaciones de distancia. Pensaba en que esa mañana había visto al clavecinista sentado al piano del vestíbulo, interpretando una espontánea melodía alegre, y había comprendido que por lo menos él había pasado a ser feliz, lo que significaba que no lo había sido cuando llegó. Tenía el rostro incandescente.

—No me casaré nunca.

—Eres muy aburrida cuando te pones así —dijo 411.

—Tú sí que eres muy aburrida cuando te pones así.

—Yo siempre estoy así. ¿Cuándo van a irse esos diplomáticos, para que por fin tenga cosas reales que hacer otra vez?

June estuvo a punto de decirle que, habiendo una guerra en marcha, ¿qué clase de fiestas pensaba 411 que iban a dar? Pero, casi con la boca abierta, comprendió que 411 no la creería. Había gente muriendo en las calles durante la Gran Depresión mientras June se gastaba el dinero de los Gilfoyle en lámparas nuevas para las mesitas de noche de las suites. Qué importante le había parecido que el hotel fuese un dechado de felicidad, demostrar que la alegría aún podía existir en aquella época tan poco alegre. A decir verdad, June aún creía que había sido importante en esos momentos. Era solo que no lograba convencerse de que lo fuese ahora.

—¿Nunca te has preguntado cómo habría sido el hotel si Sandy lo hubiera heredado? —preguntó June.

—Sandy es el más aburrido de la familia —respondió 411—. A estas alturas, seguro que ya sería un aeródromo o una granja lechera.

—Él no es así.

—Una vez llamó a mi puerta, ¿lo sabías? Me dijo: «Solo quiero ver qué clase de mujer es usted».

—¿Y qué clase de mujer eres?

—La clase que no le abrió la puerta. A ver, escucha, ¿cuánto tiempo vas a seguir así?

Ese mismo día, June había visto a Sabine hablándole suavemente a Hannelore en la galería comercial mientras la niña miraba inexpresiva a los demás viandantes a su manera de búho, y había pensado en lo terrible que era que el final más feliz que el Avallon podía organizarles a ambas fuera separarlas. June siempre hablaba de su propio abandono en términos desenfadados, pero, en el fondo, sabía que superar la adversidad con éxito no era lo mismo que mantenerse inmune a ella. A June le había quitado flexibilidad, ¿verdad? Llevaba muchos años considerándose una persona satisfecha, pero se daba cuenta de que en realidad estaba siendo autocomplaciente, que no era lo mismo en absoluto. Y, sabedora de esa diferencia, ya no lograba recordar cuánto tiempo llevaba sin ser feliz. Incandescente.

—Madre mía —dijo 411 cuando June no respondió—. Lárgate de aquí y no vuelvas hasta que sepas complacerme mejor.

El día de la boda de Erich y Hertha amaneció precioso, con los narcisos que 411 había deseado floreciendo por todo el camino de acceso hasta internarse en el bosque, que seguía sin hojas. La caravana partió en dirección a Constancy según lo planeado: dos Cadillacs del hotel, uno llevando a Erich y a medio cuarteto de cuerda, el otro llevando a Hertha y al otro medio cuarteto de cuerda, escoltados por dos coches negros federales. El tercer Cadillac, adornado con flores, se quedó atrás, reservado para sorprender y animar a los presentes después de la ceremonia civil.

Todo salió como estaba previsto y, cuando la pareja descendió del Cadillac adornado del hotel, June pensó que parecía feliz y duradera. Los violines interpretaron las hermosas notas agudas de Händel mientras los dos recorrían un camino jalonado por docenas de tiras de seda multicolores y docenas de pulcros uniformes de empleados del hotel, que fueron apartando cada cinta justo antes de que los pies de la pareja la tocaran y luego dejaban que la seda aleteara al caer de nuevo tras ellos. El efecto fue como si los recién casados estuvieran abriéndose paso por un túnel acuoso y ondulante hasta el hotel. 411 había prometido que sería mágico. Y, cómo no, lo era.

Una vez dentro, Erich, con muy buena planta en el traje que le había ajustado el sastre del hotel, dijo a June:

—Te estoy muy agradecido.

—Gracias por todo, señorita Hudson —añadió Hertha—. Le he escrito una tarjetita.

June la abrió y la leyó. «El Avallon demuestra que todavía merece la pena luchar por este mundo. ¡Muchos besos! Señor y señora Von Limburg-Stirum». Una mano joven y masculina había dibujado un bamboleante avioncito de papel.

Iría al cajón con las demás tarjetas.

Erich contó con los dedos tres cosas agradables que decirle a su anfitriona.

—El trayecto hasta el pueblo ha ido de maravilla; todos han llegado a tiempo; el papeleo ha sido fácil.

Doble y Hugh se acercaron por detrás de ellos. Los dos agentes parecían un poco fatigados, pero Hugh habló con auténtica calidez para decirle a Hertha:

—Se lleva a un hombre bueno y leal, señora Von Limburg-Stirum.

—Bien lo sabemos nosotros —añadió Doble—. Lleva semanas bajo vigilancia.

Aquello era lo que pasaba por romanticismo en el Avallon durante aquellos tiempos, supuso June.

Con los recién casados de nuevo en territorio del Avallon, la celebración se amplió para incluir al resto de los diplomáticos. 411 había insistido en que se diera la fiesta en el jardín que había al lado de la casa de juegos infantiles. La casa de juegos era una elaborada atracción del Avallon, un disparate con el mismo tamaño que la mayoría de las casas de Constancy, diseñado con las propiedades absurdas y caricaturescas de una casa de muñecas. Las paredes eran de color amarillo mantequilla, los techos de color azul aciano, los suelos cubiertos de baldosas disparejas al estilo de *Alicia en el país de las maravillas*. En todas las habitaciones había palancas, diales y botones que, al accionarlos, abrían paneles secretos, revelaban casilleros llenos de juguetes en las paredes o desplegaban un tobogán desde el altillo hasta el exterior. Incluso los jardines eran una fantasía infantil. Arbustos podados con forma de animales y pompones, flores asomando inclinadas de macetas sostenidas por faunos tallados, una fuente de aguadulce que caía a baldosas de brillantes colores para dejarse salpicar con el buen tiempo.

La pared norte entera de la casa de juegos se abría como la cubierta de un libro, dejando a la vista un escenario, que fue donde la orquesta de cámara del Avallon se arrancó a tocar. Era allí también donde los huéspedes podían participar en los complicados juegos que 411 había diseñado para los convidados, entre ellos una búsqueda del tesoro que requería que los participantes recolectaran el segundo nombre de tanta gente como pudieran. Siempre se le habían dado bien los trucos invisibles en las fiestas que generaban conversaciones reales.

Todo el mundo iba enmascarado.

Ese elemento en concreto revelaba el peculiar toque de 411. Los niños más pequeños estaban situados en un puesto de máscaras, donde preparaban unas creaciones de papel divertidas, horripilantes, encantadoras e inocentes que luego el personal del hotel ayudaba a ponerse a cada persona recién llegada. Las máscaras no ocultaban del todo la identidad del portador, claro, pero la sensación de llevar el rostro cubierto era inconfundible. Con la expresión oculta, la gente podía bailar mientras Lieselotte Berger seguía convaleciente y la guerra bullía.

Los niños le dieron a June una máscara que tenía pintada una cara infantil en pleno grito. Sí, pensó ella. Era lo adecuado. En otras circunstancias, el personal habría captado de inmediato la presencia de June en su visión periférica. Ya habría oído la palabra «jefa» más de una vez, y ya habría notado que alguien estiraba el brazo para darle un golpecito en los dedos con los suyos. Pero, en esa ocasión, los dachshunds y ella consiguieron llegar hasta la casa de juegos sin despertar ni siquiera un susurro. En la sala principal, donde los niños de las delegaciones reían y jugaban con las genialidades de la casa, un hombre que llevaba una máscara multicolor la abordó. La sonrisa de la máscara era enorme, torcida, dibujada en verde, azul y violeta. La voz que había detrás dijo:

—¿Directora?

June notó su propio aliento cálido contra su máscara.

—Agente.

Sin decir más, June se volvió y Tucker fue tras ella. Lo llevó a un pasillo desocupado de un acogedor tono amarillo, donde se arrodilló para apretar un caracol tallado que sobresalía un poco del zócalo. Una portezuela apenas lo bastante ancha para ella se abrió en el papel de pared. Detrás de ella había una escalera angosta y alta, en realidad poco más que una escalerilla de mano, cuyos peldaños tenían pintados soles, estrellas, flores, enredaderas.

—Quedaos aquí —dijo a los perros—. No vais a caber ahí arriba.

June y Tucker se volvieron de lado y subieron, apoyando cada vez la palma de la mano en el peldaño de arriba para mantener el equilibrio. Al poco tiempo llegaron a una sala muy pequeña con una ventana a cada lado y las paredes cubiertas por completo de minúsculos cajones pintados de vivos colores. En algún momento el suelo había estado pintado también, pero años y años de zapatos se habían llevado por delante casi toda la pintura de la madera.

—¿Sabes dónde estamos? —preguntó June.

—¿En la cúpula? —aventuró Tucker—. Debajo de la veleta. ¿Qué hay en los cajones?

June abrió uno para enseñarle el contenido: una pequeña talla de un oso con zuecos. Abrió otro: una bruja con una escoba en la mano. Y otro: una rana con corona. Juguetes. Tótems. Rarezas de bolsillo.

Tucker abrió un cajón: un dachshund con chaqueta a cuadros.

June tiró de otro: un caballero andante de rostro ceñudo.

Durante varios minutos se hizo el silencio, a excepción del tenue raspar de los cajones al abrirse y cerrarse.

Entonces Tucker dijo:

—Yo inundé la mina. Eso es lo que salió a la luz cuando volvieron a investigarme.

June se quitó la máscara. Tucker no. Ella sintió cómo observaba su cara tras la seguridad de aquella sonrisa cómica que ocultaba su verdadera expresión. Nada de la experiencia de June en el Avallon la había preparado para saber qué hacer en ese momento, así que hizo lo que habría hecho antes del hotel: escuchar.

Con voz inexpresiva, él le contó la historia:

Tucker tiene dieciséis años.

Su padre trabaja en la mina. Es el cuento de siempre. Empiezan viviendo en una cabaña, en el valle, pero se mudan al pueblo de la empresa, porque la mina obliga a sus trabajadores a vivir donde les puedan echar un ojo... y, sobre todo, donde ellos no puedan cultivar un huerto, porque cuando un minero tiene unas pocas temporadas buenas en el valle, ya no vuelve a la mina. La piel de su padre siempre está oscura de carbón, por mucho que se frote. Lo mismo les pasa a los suelos y los alféizares de su casa propiedad de la empresa. Hablando con los amigos de su padre y los maridos de sus hermanas, Tucker aprende todas las formas en las que la gente puede morir: explosiones, escapes de gas, filtraciones de agua, túneles derrumbados, pulmones viniéndose abajo después de años y años de tragar polvo. Los mineros les han puesto nombre a los distintos tipos de gases nocivos que pueden matar mineros. Airepeste. Airefuego. Aireblanco. Airenegro. Los accidentes acaban con uno, dos, cuarenta, sesenta mineros de una sola vez, a veces al instante, a veces después de estar días enteros atrapados.

También hay pequeños agravios. Manos aplastadas, pies aplastados. Jefes de la mina escatimando con el peso de las vagonetas de carbón para pagarlas más baratas. El desahucio inmediato de las viudas después de un accidente, de los mineros sospechosos de estar sindicalizándose. Corrupción, intimidación, brutalidad como algo cotidiano. Una sensación de ser prescindible, de inevitabilidad. Siempre hay más hombres dispuestos a meterse en el suelo.

«¿Por dónde iba?». En la casa de juegos, en el presente, Tucker se había perdido en su propio pasado.

«Tenías dieciséis años», le recordó June con suavidad.

«Tenía dieciséis años».

Con el avance de los locos años veinte, comienzan las guerras mineras. Miles de hombres, el padre de Tucker entre ellos, se rebelan contra los corruptos detectives de Baldwin-Felts y la policía local, tantos que el gobierno envía al ejército, con apoyo aéreo.

Pero ahí no es donde termina la historia de Tucker. Quizá habría sido todo más limpio si al padre de Tucker lo hubieran matado en la batalla de Matewan o la batalla del monte Blair. Pero lo que sucede es que, después de que se haya disparado un millón de balas, el poderío del gobierno estadounidense obliga a diez mil mineros a volver al trabajo y los sindicatos se disuelven. El padre de Tucker regresa a la mina con el resto. Un mes después, un túnel se derrumba y él muere sin pena ni gloria. Tucker se queda sin aliento por la injusticia. Se suponía que el monte Blair iba a cambiar las cosas. Que, cuando la gente viera lo que estaba mal y lo que estaba bien, elegiría el bien.

«¿Por dónde iba?».

«Tenías dieciséis años».

«Tenía dieciséis años».

En toda la semana posterior a la muerte de su padre, Tucker no pega ojo. El derrumbe de la mina ha empezado a torcer la aguadulce, que ahora le susurra una idea, una idea que Tucker ya no logra quitarse de la cabeza. La idea es la siguiente: Tucker puede inundar la mina. Sabe que probablemente signifique su muerte. Pero no deja de darle vueltas: desconsolado, azuzado a la locura por la injusticia, por el abuso, no puede parar de pensar en ello. No quiere morir, pero ¿y qué si lo hace? Ya murieron cientos de hombres en el monte Blair. Y todo para que su padre volviera y tuviera que ir al trabajo igual que antes, y para que el trabajo lo matara, como él ya sabía que iba a hacer. Si Tucker inunda la mina, estará quitándoles a las empresas carboneras algo que les importa. Podría ser un símbolo, como Sid Hatfield. Es una idea espantosa, es una idea inmortal. Le da mala espina, pero es que ya todo le da mala espina.

La noche que se levanta para hacerlo hay luna llena. Quiere que la compañía lo pague. Quiere que la gente haga lo correcto. Quiere que otra persona haga esto en su lugar. Pero no hay otra persona. En la mina, se hace varios arañazos para cabrearse a sí mismo, para ponerse en un estado de energía silvestre. Nota el polvo de carbón asentándose en las líneas de las heridas, pero tampoco cree que vaya a importar mucho. Le ha dejado una nota a su madre en la mesa de la cocina: «No llores por mí, madre, lo hago por ellos, he tenido una buena vida».

Tucker lleva los utensilios de su padre mientras desciende a la mina. Ya ha estado antes allí abajo, echándole un vistazo a su propio futuro. El equipo de su padre es una armadura familiar contra la oscuridad. Durante un tiempo, mientras recorre los pasadizos en dirección al lugar que sabe que tendrá que volar, se siente bastante poderoso. Es un héroe solitario, lo agasajarán en el pueblo, está haciendo lo que otros tenían miedo de hacer. Sin embargo, para cuando llega al final del túnel, unas silenciosas lágrimas le surcan el rostro. No se detienen mientras Tucker comprueba la pared para confirmar que es la más cercana al río. Ni tampoco mientras coloca los explosivos. Ni mientras corre, horrorizado al comprender de pronto que, primero de todo, no va a sobrevivir, y en segundo lugar que aquello es un error, un terrible error, que lo que él quería no era morir sino que su padre...

Tucker recuerda las rocas cayendo, la ráfaga de viento derribándolo, el fanal apagándose. Recuerda llegar a la escalera, recuerda la inundación alcanzándolo antes de subir muy alto. Recuerda cuando el aire empezó a ser agua.

La mañana siguiente, antes del alba, a Tucker lo encuentran muy muy lejos río abajo, entre las rocas y los caracoles y las ruinas de Casto Springs. La mina se ha ido al garete. La aguadulce se ha torcido, así que Casto Springs se ha ido al garete también, con los edificios empapados de los sentimientos horribles de

Tucker y los caracoles cubriendo el suelo. Toda la gente que puede marcharse ya lo ha hecho, y los demás tardarán poco en seguirlos. Pero la empresa minera aún no sabe que lo ha perdido todo. Tucker aún no está detenido, juzgado, hallado culpable, aún no ha pasado el resto de su vida pagando por esa noche, pero todo llegará. No se le da nada bien mentir; en toda su vida solo ha logrado colar una mentira, en realidad.

«¿Cuál era esa mentira?».

«Ahora llego ahí. ¿Por dónde iba?».

«Acababan de encontrarte. Tenías dieciséis años».

«Tenía dieciséis años».

El caso era que Tucker siempre había sido un chico que les caía bien a los adultos. Un chico hecho para ganarse el corazón de quienes no podían ser igual de idealistas. Y esa mañana se gana sus corazones, cuando los hombres mayores comprenden quién es y lo que ha hecho. Y entonces se enteran también las esposas y las hermanas y las madres, y no les cuesta nada de tiempo tramar una argucia. Porque él tiene un primo, claro, Tucker Rye Minnick, que murió unos años antes en el valle. ¿Quién sabe que murió? Nadie. Los asuntos del valle son cosa del valle. Y la diferencia de edad es lo bastante pequeña como para que cuele. No hace ninguna falta que ese chico tan valiente y tan tonto pierda a su padre y su futuro de una tacada, no cuando solo intentaba hacer lo correcto. Un puñado de dólares procedentes de la venta de la propiedad más cercana al famoso manzano Golden Delicious financia su huida del estado y la transformación se completa.

Entró en las minas siendo Richard Monrow Minnick. Salió como Tucker Rye Minnick. Richard Monrow Minnick murió por combatir la injusticia. Tucker Rye Minnick vivió para combatirla.

—¿Por dónde iba? —preguntó Tucker, aturdido.

Fuera, la orquesta de cámara pasó a una pieza de Saint-Saëns. Desde la cúpula, June veía al entrecano director suizo de pie junto a la orquesta, su expresión oculta detrás de una cara roja llorosa, sus nudillos apretados contra los labios de papel. El clavecinista estaba a su lado con una nerviosa máscara verde que tenía dibujada una frondosa barba. Sus dedos rozaron la otra mano del director.

June le quitó la máscara a Tucker.

—Ibas por aquí.

Al instante, se abalanzaron uno sobre el otro. No importaba que él hubiera dicho que estaba esforzándose mucho por seguir en el FBI; no importaba que ella creyese haber elegido el hotel. El beso en el coche…, fue como si no hubiera existido ninguna interrupción entre entonces y el presente, como si aquello hubiera sido un mero preámbulo de aquel momento. Podían saltárselo e ir directos a la blusa de June en el suelo, la corbata de Tucker colgando del pomo de un cajón, su arma reglamentaria soltada junto a la escalera. June lo liberó de sus tirantes, le arrancó la camisa de la cintura del pantalón y dejó vagar las manos por su columna vertebral, por sus omoplatos, sin compararlo con Gilfoyle, pero en cualquier caso considerando todos los rasgos que los diferenciaban. Gilfoyle, suave y experimentado, mañoso, como un hechicero. Tucker, musculoso y directo, preciso, como un ingeniero. June apretó la mejilla contra su cuello, al lado del tatuaje de carbón, y él apretó la mejilla contra su pelo. Qué cerca, qué gratificante. Tucker le había bajado la mano por la tripa y entre las piernas y dejó que June se aferrara a él, jadeando. El tiempo se elongó y se comprimió, y June a la vez posponía el paso de cada cálido segundo, con su visión explotando en colores, y lo urgía anhelante a acelerarse. Apretó una mano contra la parte delantera de sus pantalones y él dijo, sencillamente: «Ah…».

Se quedaron muy quietos.

Había algo…

Tucker parpadeó hacia ella y ella hacia él, pero ninguno de los dos estaba mirando al otro en realidad.

Los dos estaban tensos, concentrados, escuchando.

El timbre de la fiesta había cambiado fuera de la casa. Por la ventana, June y Tucker vieron que las celebraciones se detenían mientras el agente Doble Harris se encaraba con Sebastian Hepp. Por una vez, la sonrisa de cocodrilo de Doble había desaparecido; por una vez, la benévola de Sebastian también. Al lado de June, Tucker irradiaba una furia silenciosa. June estaba abstraída en la imagen de los huéspedes estirando el cuello para ver cómo el agente esposaba al jefe de camareros.

El episodio quedó interrumpido por la llegada de un vehículo, que serpenteaba sigiloso camino arriba por detrás de la conmoción. Era reconocible, incluso a esa distancia, incluso en ese estado: metros interminables de crema y cromo, un elegante y exquisito vehículo deportivo de la marca Auburn.

Edgar Gilfoyle había regresado.

24

La primera vez que Edgar Gilfoyle le había dicho a June que la amaba fue en la Casa del Lirio.

Edgar Gilfoyle, compañero de juegos, compañero de cama. Después de sacar a Sandy del agua, a June la habían invitado primero a cenar con la familia Gilfoyle, y luego a jugar a juegos de mesa en el apartamento, a recibir lecciones con los hermanos, a acompañarlos a obras de teatro, a películas, a otros hoteles de vacaciones, a ser una de ellos. Cómo los quería a todos. Al resto como familia, a Edgar como otra cosa, siempre otra cosa, ya en aquellos tiempos. Fue en la Avallon III donde Edgar la besó por primera vez, después de meses volviéndose locos con roces accidentales y luego deliberados en pasillos, bajo mesas, en la piscina. Luego ella lo besó a él en el invernadero, y él a ella otra vez en el ascensor de servicio que bajaba a la Gruta. Jugaban a las cartas con el resto de la familia en la mesa de la salita, con las rodillas juntas por debajo, esperando a que cayera la noche y todo el mundo se fuese a la cama para poder reunirse en la Torre, un solitario sinsentido de una sola habitación que sobresalía del apartamento como una planta adicional. Pasaban juntos cada momento posible, él leyendo o pegándole a una bola de cróquet o a un winnet, ella estudiando sus apuntes o ganándole al cróquet o al winnet. «Pienso en ti a todas horas». Entonces él se fue al internado y June se enredó en su aprendizaje con don Francis, pero, cuando Edgar volvía de vacaciones, era como si no hubiera pasado el tiempo. La única diferencia era que la boca y las manos de Edgar se volvieron más diestras, más expertas. «¿Dónde has aprendido esto?», le susurró June. Y él respondió: «¿Qué te crees que nos enseñan a los chicos en la escuela?».

Edgar Gilfoyle, compañero de juegos, compañero de cama. June había visto exactamente en qué se iba convirtiendo a medida que pasaban los años: en un hombre atractivo, desenvuelto, apasionado, deseado. Pese a lo que dijeran los periódicos, sin embargo, no era que pasara por las relaciones sin sentir nada. Al contrario, las sentía todas profundamente. Al llegar el último año de instituto de Edgar, June se enteraba de todo ello gracias a la amistosa correspondencia semanal que mantenían y las llamadas de teléfono. Edgar cortejaba, atrapaba, amaba y perdía más deprisa que nadie a quien June conociera. Sufría los desamores a un ritmo semanal, y los tilines, y los disgustos y los embelesamientos, y para él las Diana Goelet, las Mary Rockefeller, las Irma Goldberg y las Eugenie Vanderbilt eran siempre emergencias nacionales.

El problema era que, de joven, June siempre había dado por hecho que, cuando Edgar se hartara de sus Dianas, sus Marys, sus Irmas y sus Eugenies —e iba a ocurrir, porque esas chicas no lo conocían y ella sí—, regresaría al Avallon y descubriría, con un suspiro de alivio, que June seguía allí.

Segundo piso de la Casa del Lirio, en casa por vacaciones. Una tormenta de verano gruñía al otro lado de las montañas, todavía por llegar. El agua estaba recién equilibrada y todo daba la sensación de estar recién creado. Para entonces, June ya era jefa de personal y acababa de instalarse en su apartamento del sótano. Don Francis estaba tumbado en algún sitio, a oscuras, recuperándose de la carga de absorber los problemas de un hotel entero, y Madeline envió a June y a Gilfoyle a la Casa del Lirio a poner cortinas nuevas para la visita de una tía. June podría haber destinado a doncellas para hacerlo y disfrutar de su día libre, pero aceptó la tarea para dejarle espacio a Madeline.

Gilfoyle puso un disco mientras ella arrastraba una silla hasta las ventanas para llegar a las barras de las cortinas. June, con los brazos estirados hacia arriba, sintió las manos de Gilfoyle en la piel expuesta de su espalda. Dejó que la bajara al suelo. Kate Smith cantaba con dulzura de fondo *(«I've waited long in vain for you, dear»)* mientras ellos bailaban en lentos círculos sobre las olvidadas cortinas nuevas, esparcidas por todo el suelo. Al oído de June, con cautela, él probó a decir la frase:

—Te amo, June.

Ella recordaba que se limitó a sonreírle. No lo dudaba.

¡Ah, qué regalo tan agridulce era la Casa del Lirio! June era solo una persona. Y aquello era muchísimo más grande que una limusina.

—No sabía que venías —dijo June—. No tenemos nada preparado.

Lo normal era que, cuando los miembros de la familia Gilfoyle llegaban al Avallon, hiciera falta toda una división del personal asignada solo para ellos. Un maltrecho libro mayor guardado en el despacho contenía el protocolo completo de comidas, limpieza, lavandería y esparcimiento, además de un listado con las peticiones personales de cada uno de ellos. (A June le avergonzaba reconocer que una vez había escrito una versión ficticia de cómo serían sus peticiones si se añadieran al libro mayor, pero ya hacía mucho tiempo que había arrugado el papel y lo había tirado). Rezaba:

Calientacamas preparados
Polvo de madreselva en el baño
Rosas amarillas en la mesa
Papel de carta nuevo en la sala de estar

—Ah, no pasa nada —dijo Gilfoyle—. Tenemos que hablar, June, después tenemos que hablar.

«June», no «señorita Hudson», y con todo el mundo mirándolos en el vestíbulo, algunos aún ocultos tras sus máscaras. Su nombre de pila le clavó los pies al suelo.

—¿Cuándo?

Gilfoyle miró su reloj, que no daría bien la hora porque sus relojes nunca la daban, y luego el reloj de pared que había tras el mostrador de recepción. Pareció caer en la cuenta de que el personal los observaba, porque frunció el ceño.

—Esta noche, señorita Hudson.

Entre el «ahora» y el «esta noche» estaba Pennybacker, que la llamó a sus aposentos, una suite espaciosa en color turquesa con vistas a las montañas occidentales. En ese lado de la propiedad había una sola vereda sinuosa que cruzaba los campos y se internaba en el bosque. Si alguien la siguiera el tiempo suficiente, acabaría en Casto Springs. La suite había degenerado en el tipo de caos personal que solo era posible en una habitación de hotel de larga estancia, porque doblar los calcetines era el último de los problemas de Pennybacker. Estaba sentado a su escritorio, sosteniendo una pluma en el puño cerrado, con la camisa muy arrugada y el pelo muy desaseado.

June entró y vio que había una bandeja de desayuno al pie de su cama, donde una bola de papel estaba medio hundida en huevo seco.

—Señor Pennybacker, seguro que en la Gruta estarán encantados de prepararle algo de comer.

Él solo meneó una mano para indicarle que cerrara la puerta y dijo:

—Tenía usted razón sobre la tercera carta. Intenta cortejarme. Mi esposa. La señora Pennybacker.

—Enhorabuena.

—A usted también —respondió él. Al ver que June mostraba confusión, añadió, cohibido—: Había dado por supuesto que el señor Gilfoyle ha venido corriendo hasta aquí para darle la noticia. Tenemos un tren programado. Mañana, a medianoche. Está hecho.

June había estado tan convencida de que Pennybacker la llamaba para hablar de la detención de Sebastian que al principio no comprendió lo que pasaba. Descubrió que le hacía falta partir la afirmación en palabras individuales. Tren. Mañana. Medianoche. Hecho.

Tren.

Mañana.

Medianoche.

Hecho.

—Lo sé —dijo él—. Después de tanto tiempo. Yo tampoco me lo podía creer. Pero por fin está todo en orden, en buena parte gracias a usted. Sin Hertha, quién sabe cuánto más se habría prolongado esto.

June se preguntó cómo iba a tomarse Sabine la noticia. O tal vez Pennybacker ya se la hubiera dado. Ahora que lo pensaba, no había visto a Sabine Wolfe en la celebración de la boda, aunque el omnipresente trío de Friedrich, el doctor Kirsch y Lothar Liebe sí que había acudido, por supuesto, para escudriñar a la delegación alemana.

—¿Cómo se hará lo de que Hannelore se quede?

Pennybacker, muy despacio, dejó la pluma en la mesa.

No tuvo que decir nada. Las palabras que no pronunció ya se lo estaban gritando a June.

—¡No! —exclamó ella—. No, no lo acepto. ¿Por qué no?

Pennybacker le esquivó la mirada.

—Han venido ustedes aquí y me han enviado a pique el hotel. La temporada estival está hecha un desastre. El reclutamiento me ha dejado sin personal y no tengo ni la menor certeza de cuándo debería ponerme a contratar. Acaban de detener a mi jefe de camareros. Y todo ello a tarifa reducida, tanto que en la práctica estamos pagándoles por el privilegio de alojar a una gente que se burla de mis empleados cuando les llevan el café. Lo único que le pido es que solucione esto, que consiga que una niña se quede aquí. Le he dado a Hertha. Usted puede darme eso.

Pennybacker estaba avergonzado.

—El Departamento de Estado se niega a quedársela.

—No —repitió ella—. Sé que usted tiene poder burocrático. Conozco el poder. Lo huelo en usted.

—Señorita Hudson, Hannelore no tiene un tutor legal aquí —dijo Pennybacker—. Los Wolfe no están en condiciones financieras de dejar fondos para su cuidado. Y luego está la cuestión de sus padres. ¿Quiere ver el archivo de la pobre niña? Esto es con lo que tengo que lidiar.

Se levantó del escritorio, removió una pila de papeles que cubría por completo sus maletas abiertas y dejó caer unos pocos en el regazo de June. Uno, un recorte de periódico, era un artículo de opinión que Friedrich Wolfe había escrito en defensa del Partido Nazi. Otro era una invitación a una fiesta que Sabine Wolfe había organizado por el cumpleaños de Hitler el pasado abril. Eso de ahí era la declaración de la esposa de un senador, afirmando que Friedrich Wolfe había defendido la opinión de Hitler de que los empresarios alemanes que sentían compasión por los judíos estaban desprovistos de conciencia. Aquello de allá, una foto de Sabine Wolfe durante una visita oficial a Alemania, asistiendo a un mitin del partido. Eso otro, una lista de los parientes y los amigos más íntimos del matrimonio en Alemania, con sus distintos puestos en el Partido Nazi a la derecha del nombre. Todo junto narraba la historia de un calendario social vibrante y frenético. June ya había visto vidas como aquellas. Pero había una diferencia fundamental. La red de los Gilfoyle estaba llena de familias adineradas e influyentes.

La red de los Wolfe estaba llena de nazis.

La inusual personalidad de Hannelore no les había cambiado la vida a los Wolfe: solo se la había complicado.

June cayó en la cuenta de que Sabine nunca había pedido quedarse en Estados Unidos con su hija.

Le sisearon los oídos, un torrente de agua en las cavernas. June había reconfortado a Sabine en aquel banco, junto al campo de winnet. Le había hecho promesas como se las habría hecho a cualquier otro huésped, sin cuestionar si Sabine las merecía. ¿Quiénes eran los Morgan fuera del hotel? ¿Quién era Sabine Wolfe? Se suponía que no importaba.

Pero importaba. June no sabía cómo podría no volver a importar de nuevo jamás.

Pennybacker sonaba cansado.

—Ya ve que el Departamento de Estado es poco propenso a compadecerse de Hannelore Wolfe.

No, June no veía nada. ¿Qué era June a esa edad? Una doncella silenciosa y medio huérfana en la trastienda de un hotel, ya no una montañesa, pero tampoco una Gilfoyle honorífica todavía. Hannelore tenía toda la vida por delante, sin importar su apellido.

—Pero Hannelore es una niña —dijo June.

—Motivo por el que he hecho cuanto estaba en mi mano.

—¿Y puede dormir por la noche?

—¡Dormir, dice! Me enfrento a esa dama asesina que es el tiempo.

Pennybacker lanzó una carta hacia ella y, mientras el papel volaba hasta la alfombra a sus pies, June recordó aquel día lejano en el salón de baile, cuando Erich, Paul y Sebastian se dedicaban a tirar aviones de papel a su fuente. Erich, quien, en muy breve, estaría derribando a estadounidenses del cielo; Sebastian, quien, en muy breve, se sometería a juicio acusado de traición por ayudar a unos alemanes a salir de un hotel.

—Voy a revelarle —añadió Pennybacker—, en la más estricta confidencialidad, que en ese hotel alemán sí que hay espías estadounidenses y que, como los descubran, los matarán. El tiempo no es un lujo que podamos permitirnos. Señorita Hudson, ¿qué dice esa carta?

Con una sensación enfermiza y embotada en el estómago, June devolvió el papel a su sitio en el escritorio.

—Que los norteamericanos están pasando hambre.

—La reciprocidad diplomática es una farsa, ya sea por falta de principios o por falta de suministros. Nuestros compatriotas retenidos en Bad Nauheim llevan desde diciembre perdiendo peso. Los estadounidenses de Japón están... No quiero ni pensarlo. Ya me entiende. Tienen que volver. Me preocupa mucho el destino de esa niña tan peculiar, y llegaría al extremo de acogerla bajo mi propio techo si su alojamiento fuese el único problema, pero los diplomáticos de este hotel son solo una de las incontables piezas que están moviéndose. Un tren viene a por ellos; un hotel de Jersey City los espera; un barco ha sobrevivido a manadas de submarinos alemanes para reunirse allí con ellos; una ruta documentada y fechada para su travesía de vuelta a Europa está comunicada ya a un océano lleno de gente haciendo maldades que ha aceptado hacer un receso en dichas maldades; y al otro lado de ese océano esperan más hoteles llenos de estadounidenses en peligro que han estado preparando un proceso simétrico. Si hay el más mínimo fallo en todo esto, ¿quién sabe cuánto tiempo costará que los acontecimientos vuelvan a confluir de este modo? Intento, y no he dejado de intentar, salvar tantas vidas como sea posible.

June fue consciente de que aquella habitación ya iba a contener para siempre aquella conversación. Nunca más, durante todo el tiempo que estuviese en el Avallon, sería capaz de entrar en esa suite sin recordar la carta que describía cuánto peso habían perdido los diplomáticos estadounidenses y sus familias mientras esperaban a que las negociaciones llegaran a buen puerto. Había innumerables habitaciones del hotel que iban a quedar permanentemente codificadas con la guerra. Y la casa de juegos, con Tucker. ¿Qué iba a hacer June con Tucker? Un día. Le quedaba un día para todo aquello.

—Señorita Hudson —dijo Pennybacker, comprensivo—, no todo es horrible. He convencido al Departamento de Estado de que el intento de suicidio de Lieselotte Berger fue el acto de una mujer inocente, y gracias a Hertha los números cuadran. Le ha dado usted a esa joven una vida en América. Ha hecho un trabajo soberbio. No es culpa suya que la guerra sea el infierno y que, en el infierno, haya que hacer concesiones.

Tren.

Mañana.

Medianoche.

Hecho.

—¿Y Sebastian? —preguntó June—. ¿Sebastian Hepp?

—El señor Hepp viajará en el tren con ellos hasta Washington —respondió Pennybacker—. Señorita Hudson, lo único que podemos hacer es seguir esforzándonos al máximo.

¿Qué le había dicho Sabine Wolfe hacía tantos días? «No hay absolutamente nada que pueda hacer, señorita Hudson».

Comprendió que Pennybacker estaba diciéndose esas mismas palabras para sus adentros.

June recogió la bandeja del desayuno, igual que habría hecho cuando era doncella, y dijo:

—Voy a hacer que la Gruta le prepare una cena como Dios manda.

La noticia del tren que llegaba recorrió el hotel como siempre lo hacían las noticias que apenas eran secretas. De la trastienda pasó al personal de cara al público, que tardó poco en sembrarla entre los huéspedes para que floreciese en forma de rumor bien colorido y maduro.

June tenía que hablar con Tucker.

Pero antes, debía reunirse con sus tenderos, que querían saber si tenían que seguir imponiendo unas limitaciones tan estrictas a algunas mercancías, ahora que solo quedaba un día más para ir de compras. Luego debía hablar con Griff y coordinar un plan de personal para la partida en sí, porque el tren, previsto para la medianoche con objeto de evitar periodistas y multitudes, también evitaría el turno de día. Y el presupuesto del Departamento de Estado no daba margen para ninguna paga adicional, de modo que tendrían que darles a los botones un día libre más adelante. Después de eso, reunión con Friedrich Wolfe y Takeo Nishimura: los diplomáticos querían que el alcohol fluyera libre en las horas previas a su marcha, y estaban dispuestos a afrontar el gasto que conllevaría. Manteniendo un semblante tan profesional como pudo, June les aseguró que lo organizaría con la Gruta y el encargado de licorería. Luego fue a hablar con Fortéscue para acordar las últimas comidas y los pedidos, y luego con los suizos, que querían asegurarse de que varios mensajes importantes relacionados con la venta de material de las embajadas salieran por correo antes de la partida de los diplomáticos.

La tarde se le estaba escapando, pero captó un atisbo de la silueta de Tucker fuera, junto a una torre de vigilancia, y pensó que, si utilizaba el ascensor de personal que don Francis había dejado maldito, probablemente conseguiría alcanzarlo sin que ningún empleado la atrapara de nuevo.

Solo consiguió bajar dos pisos. Las puertas se abrieron prematuramente en la tercera planta y el ruido de una conmoción fluyó al interior. El pasillo estaba ocupado por un grupo de doncellas que hablaban con voces febriles.

Mattie Howard era la doncella que había llamado el ascensor; aún tenía el dedo junto al botón. Al ver a June, su expresión se inundó de alivio. Preguntó:

—¿Sube o baja, jefa?

Saltaba a la vista que la respuesta correcta era: «Salgo». June cruzó el pasillo.

El centro de atención era una doncella conocida como Carol Carol Carol, apodada así porque era la tercera Carol que June asignaba al servicio de limpieza desde que era la directora. En esos instantes, Carol estaba de rodillas con la frente apretada contra la alfombra. Era un gesto intenso y sincero, que no se hacía para ojos de nadie más. Las otras doncellas se habían llevado la mano a la boca, o estaban abrazadas a sí mismas o a sus compañeras, en unas expresiones más prosaicas y aceptables de sorpresa y dolor.

Sin decir nada, le dieron a June un paquete para que lo inspeccionara.

Era un manojo de unos cuarenta sobres en no muy buen estado, atados con cordel. June vio que el de arriba tenía el remite, el nombre completo de Carol, escrito con letra femenina en la esquina superior izquierda e iba dirigido a su marido, con quien se había casado el año anterior, en una ceremonia pequeña a la que invitaron a June. Había sido muy bonita. Carol y su marido ya tenían un bebé juntos y el niño, que apenas caminaba, había sido el encargado de llevarles el anillo, aunque tropezó varias veces. June aún tenía la tosca invitación guardada en algún sitio.

Un sello sobre las palabras manuscritas, en letras de molde, rezaba:

DEVOLVER A REMITENTE
FALLECIDO

El siguiente sobre estaba igual. Y el siguiente. Y el siguiente. Poco a poco, June comprendió lo que estaba mirando y por qué Carol estaba entregada a aquella súplica silenciosa. ¿Cuántos meses llevaba escribiéndole cartas a un cadáver? ¿Cómo era posible que aquel paquete se hubiera adelantado al telegrama oficial?

June permaneció de pie durante varios largos segundos, con los ojos en las cartas, en las palabras en gruesas letras, en las sollozantes doncellas, por último sosteniéndole a Mattie la mirada elocuente y sombría. No había nada que se pudiera hacer, pero eso no era suficiente.

Así que June trazó un plan, como siempre hacía, aunque no fuese a cambiar gran cosa.

—Mattie —dijo—, ve a buscar a Rana y que se ocupe del permiso de Carol. Wilma, Joan, vosotras llevadla a casa. Las demás, limpiaos la cara, volved al trabajo y después hablaremos de esto.

Se agachó junto a Carol y, con suavidad, le giró la cara desde el suelo. La pobre tenía los ojos secos, muertos, inexpresivos; parecía que acabara de salir arrastrándose de la Avallon IV. June le apartó el pelo de la frente a la joven, como si fuese una niña pequeña, y le dijo:

—No está bien. No va a estar bien durante mucho tiempo. Pero tienes que ir a casa y ser valiente por tu chiquillo.

Por todo su alrededor llegaban los sonidos del hotel en el trabajo cotidiano. Una aspiradora a lo lejos. El tintineo de las bandejas del servicio de habitaciones. Murmullos de conversaciones a viva voz en pisos que aún no había tocado la muerte. Carol se levantó y miró el pasillo como si no lo reconociera. June sabía cómo se sentía.

Las puertas del ascensor se abrieron. June y las doncellas que aún estaban allí contemplaron el lugar donde había muerto don Francis.

—Jefa, el agua… —susurró Mattie.

—El agua déjamela a mí —respondió June.

Edgar Gilfoyle, compañero de juegos, compañero de cama. Había llegado la noche, por fin, y June se descubrió de nuevo en compañía de Gilfoyle, esa vez en el gran bar del hotel. Lo tenían para ellos solos exceptuando a Tucker, quien, a pesar de los territoriales carraspeos de Gilfoyle cuando entraron, no se había dado por aludido. Estaba al final de la barra repasando documentos, tomándose un agua de soda con una rodaja de lima en el borde del vaso. June había esperado que estuviera en la Casa del Trilio, pero tal vez también él había estado buscando un momento para hablar con ella. Se había quedado tan absorto con sus papeles que parecía estar en una habitación para él solo.

Gilfoyle escogió el reservado de la esquina más lejana para sentarse con June. Era un atractivo cliché, allí en el bar de su propiedad, con un brazo flácido sobre el respaldo del reservado de cuero, el pelo revuelto, su perfil cincelado al detalle como si lo hubiese tallado un escultor. El niño bonito de las páginas de sociedad, Edgar Gilfoyle, coche rápido, vida rápida, hombre rápido. Comprador de cubrebotas de visón.

Un camarero de impecable uniforme se había acercado ya a su mesa para servirles sus copas, un Peter Dawson para June, un sidecar que puso delante de Gilfoyle, quien se asombró al verlo.

—¿Cómo es que se acuerdan, después de tanto tiempo?

Se acordaban porque había un papel pegado detrás de la barra que ponía «Familia Gilfoyle» encima de una lista de sus bebidas favoritas, igual que lo había en casi cualquier otro departamento, pero June respondió:

—Es magia.

—Dime algo que solo tú puedas decirme. Cuéntame un cuento financiero para antes de dormir. Una historia de racionamientos, de la temporada estival. ¿Cómo nos va?

—¿De verdad quieres oírlo?

June sospechaba que Gilfoyle solo quería aparentar utilidad, pero le recitó el mismo informe que sus jefes de departamento habían oído al final del trimestre, el mismo que había repasado con los contables y los coordinadores de eventos y cualquier otra persona involucrada en manejar aquel circo de tres pistas que era el panorama financiero del Avallon. Él escuchó, removió su cóctel, se encendió un cigarrillo. Al final, dijo:

—¿Sabes que el otro día me escupió una mujer?

Así que, en realidad, él no había querido que lo informara.

—No puede ser un suceso tan impactante como sugiere tu tono.

—Salía de la oficina de Nueva York e iba caminando por la calle, y ella se me acercó y me escupió. No, espera, no hagas chistes. Me soltó: «¿No te da vergüenza?». Lo decía porque yo no iba de uniforme. Fuera del Avallon, todo el mundo va de uniforme, o al menos todo hombre capaz de andar en línea recta. «¿No te da vergüenza?», me preguntó, porque los demás estaban luchando y yo no.

—Y te dio vergüenza.

—Pues sí.

June se lo imaginó. La mujer levantando la voz para dirigirse a él a medida que se acercaba. La barbilla de Gilfoyle sacudiéndose, porque las viejas costumbres nunca morían, solo dormitaban, cuando la humillación tiró de sus ligamentos. Era una imagen mala que acumular a otras muchas imágenes malas de ese día, pero June mantuvo la voz ligera. Gilfoyle quería que lo tranquilizaran, y esa era su forma de tranquilizarlo.

—¿Es tu primer encontronazo con la vergüenza?

—No tiene gracia.

Por debajo de la mesa, la pierna de Gilfoyle tocó la suya. Los recuerdos ardieron en su interior. La había llamado June delante de los empleados, no señorita Hudson. Estaban sentados juntos en el bar del hotel, donde podía verlos cualquiera. Las cosas habían cambiado, no eran imaginaciones suyas.

—Eso lo dirás tú. He oído que rompiste con esa mujer, Goelet.

—Dios, sí. Diana. Qué pena. Pero es para bien, porque tú... —Se interrumpió. Hizo un gesto con el cigarrillo al camarero, que le trajo otra copa, y luego siguió hablando—. Esto sabe a nostalgia. ¿Te acuerdas de aquella celebración tan horrible del Cuatro de Julio en el Palmers?

—Recuerdo que vomitaste.

—Lo siento mucho, sé que te gustaban esos zapatos.

Aquella charla ingeniosa era familiar, fácil. Pero dejaba demasiado margen a la mente de June para vagar. Hacia Hannelore, hacia Carol, hacia Sebastian, hacia Tucker tras su máscara.

—¿Qué ibas a decirme hace un momento? —preguntó—. Después de lo de Diana. Empezaba con: «Porque tú...». No será nada aburrido ni de mal gusto, ¿verdad?

Él se echó a reír.

—Pero qué June Hudson que eres. Siempre me olvido de lo junehudsoniana que eres.

—Yo nunca me olvido. Ese es mi secreto.

—Intentaré ser yo más junehudsoniano, entonces —dijo Gilfoyle—. Pensaba en qué pasará después de todo esto. Mi padre me contó lo de la Casa del Lirio, ¿sabes?, así que..., no sé, igual todo este asunto sería..., puede que fuese más fácil si nos... En fin, es todo por culpa de Sandy. Me ha hecho replantearme mi manera de actuar. Era lo que iba a decirte antes. Es un horror que esté así. Lo que pasó.

June captó movimiento por el rabillo del ojo. En la barra, Tucker estaba volviendo la cabeza. Seguía mirando abajo, con la barbilla apretada contra el hombro, pero June conocía la postura y, sin duda, estaba escuchando.

—Cuando esa mujer me escupió, estaba pensando en Sandy —dijo Gilfoyle—. Él sí que se alistó. A estas alturas, a lo mejor habría terminado reclutado de todos modos, pero da lo mismo: lo que importa es que se alistó. Qué bueno ha sido siempre. ¿Por qué no podía ser un poco alimaña? Así podríamos estar todos diciendo: «Le hará bien estarse quieto una temporadita», y otras burradas insensibles por el estilo.

—Y, en vez de eso, las alimañas somos nosotros —comentó June.

—Tú no. Yo, en cambio... —repuso Gilfoyle—. ¿Te molesta hablar de él?

June parpadeó. No creía estar llorando, pero pestañear seguía pareciéndole un poco peligroso. Sí que le molestaba. El diligente Sandy, prometiéndole que se quedaría si June se lo pedía. Todo aquello, a punto de terminar. Los parroquianos habituales regresarían. La limusina, la Casa del Lirio. Sabine estando en lo cierto respecto a que Hannelore no tendría tiempo de aprender bien a orientarse por el mundo. Lieselotte Berger prefiriendo la muerte a lo que fuese que la esperaba en Alemania. Sebastian Hepp renunciando a su libertad por unos uniformes de doncella. Las bodas en vano de Carol y de Erich von Limburg-Stirum. El clavecinista tocándole la mano al director de orquesta con solo un día más por delante. Gilfoyle diciendo: «Pensaba en qué pasará después de todo esto». June sabía lo que estaba diciéndole. Después de tanto tiempo. Y aun así... Pestañeó otra vez. ¡Dichoso whisky!

—Ay, Junípera —dijo Gilfoyle. Tomó su mano y la apretó entre las suyas. Palma contra palma, envuelta por él. Le llegaba el olorcillo cítrico de su sidecar y el penetrante aroma de su colonia Dunhill. Desde tan cerca, el magnetismo físico de aquel hombre era sedoso e inmediato; siempre había sido muy bueno con las manos. Gilfoyle murmuró—: Yo también añoro a mi hermano. No paro de preguntarme qué puedo hacer para ayudarlo. ¿Cómo se puso así? ¿Cómo se siente ahora? ¿Está sufriendo? Ojalá pudiera...

El estruendo de algo arrastrándose ahogó el final de la frase y los dos alzaron la mirada para descubrir que Tucker había echado atrás su taburete con agresividad al levantarse. Apoyó la mano en la barra como habría hecho un borracho para ganar un poco de equilibrio antes de lanzarse, pero no había tomado nada más que aquella agua de soda.

Mientras se acercaba a la mesa, Tucker tenía un aspecto menos familiar, con aquella luz tenue y teatral dejando la mitad de su figura en la sombra y la otra mitad iluminada de infernal rojo neón. Parecía más afilado, más joven, más peligroso. Su cuerpo estaba recordando que había nacido allí; la aguadulce estaba recordándolo a él.

—Señor Gilfoyle, tengo que hablar con usted —dijo en tono terso.

—Son casi las tres de la madrugada, agente —respondió Gilfoyle—. Mañana iré a verlo.

Cualquier otra persona del hotel habría cedido ante Edgar Gilfoyle, pero Tucker se quedó allí plantado, con las piernas separadas, los brazos cruzados, como un boxeador. June podría haber identificado esa silueta bajo cualquier luz. La mirada de Tucker estaba fija en las manos de Gilfoyle cerradas sobre la de June.

—Haga el favor de interpretar la situación —dijo Gilfoyle.

Hubo carbonilla al rojo vivo incrustada en el tono de Tucker.

—Alégrese de que haya tardado tanto en hacerlo.

Gilfoyle soltó la mano de June.

—¿Qué ha querido decir con eso?

—No me busque las cosquillas a estas horas, señor Gilfoyle, que he tenido un día muy largo —restalló Tucker. Desvió su atención hacia ella—. Señorita Hudson...

June, dolida, apaleada, alzó la mirada hacia él. Se sentía del tamaño de una sombrillita en un cóctel. Gilfoyle, compañero de juegos, compañero de cama, había volcado su sidecar al levantarse para ponerse al lado de Tucker y marcharse. Había dicho que tenía que hablar con June, pero ¿le había dicho ya lo que quería decirle? Ella sabía que no. Percibía la forma de lo tácito muy pegada a la de lo pronunciado. Su mano en torno a la de ella, la cara de June apretada contra el tatuaje de carbón de Tucker, la cuenta atrás de días hasta la llegada del tren reduciéndose a cero. Ella anhelaba, anhelaba, anhelaba, ¿pararía en algún momento?, aquel anhelo, aquella frustración, aquel abismo que jamás se cerraba entre necesidad y realidad. ¡Condenado whisky! Ya notaba que le ardían los ojos otra vez.

—Señorita Hudson —repitió Tucker—, se lo devolveré enseguida.

25

Tucker intentó sacudirse de encima la furia mientras salía de la improvisada reunión que había forzado con Gilfoyle; fracasó. Intentó dejarla atrás caminando; fracasó. La sentía bullir en su interior igual que el agua fluía por debajo y a través del hotel y, cada vez que empezaba a enfriarse, una frase recordada de aquella conversación que había escuchado a hurtadillas avivaba el fuego en su interior otra vez. Había que tener redaños para apelar a Sandy Gilfoyle.

En el sótano, de camino hacia la Gruta, Tucker encontró a Doble y a una telefonista ocupados en un trabajo poco productivo. Antes había descubierto un telegrama del cuartel general en el escritorio de Doble, junto con sus notas más recientes. Era evidente que Doble había decidido que una detención sonada lo ayudaría a afianzar su propia posición inestable en el FBI. Con el reglamento en la mano, Tucker no podía reprocharle nada. Doble estaba en su derecho de hacerlo. Y, aunque Tucker oía la voz de June en su cabeza preguntándole si iba a perjudicar al trabajo, de todos modos recorrió el pasillo a zancadas hasta llegar a Doble, dejando atrás a varios trabajadores de la cocina que jugaban a las cartas y preparaban el servicio del día siguiente. Sin decir ni mu, Tucker agarró a Doble por el cuello de la camisa, lo desencajó de detrás de la telefonista (que resultó ser Ulcie Crites, ¡nada menos que Ulcie Crites!) y lo arrastró pasillo abajo, haciendo que se volvieran cabezas para mirarlos en todas las puertas.

Doble le enseñó sus hileras de dientes.

—¿Qué hay, Minnick?

—Esto es una conversación sobre la conducta apropiada en un agente del FBI —le dijo Tucker.

—El FBI —respondió Doble— estaba consolando a la señorita Crites en su último día de trabajo.

¿June había despedido a Ulcie, al final?

Tucker soltó el cuello de la camisa de Doble con tanto ímpetu que envió la cabeza rubia del otro agente a estrellarse contra el papel de pared.

—O te la guardas de una vez, Harris, o voy a enviar un informe tan encendido que Hoover se lo leerá a sus amantes las noches que haga frío.

Doble esperó a que Tucker se hubiera alejado a una distancia segura pasillo abajo antes de soltar:

—Lo que tú digas, vejestorio.

Tucker se volvió.

Su puño.

La barbilla de Doble.

La velocidad del golpe los sorprendió a ambos. Pero Doble se prestaba a aquello y se lo devolvió fácil, casi perezoso. Había pasado por la academia, igual que Tucker. Y la pelea ya era justa, después de que los dos establecieran las condiciones. Durante unos minutos, se empujaron y se atizaron y se machacaron uno al otro un poco en el pasillo, respirando a ráfagas de ametralladora, raspando alfombra y madera con los zapatos, sus uñas y sus cráneos rozando paredes y marcos de puerta, hasta que Doble le hizo un corte en la mejilla con su anillo de graduación y Tucker le acertó con un puñetazo memorable en la oreja y luego le arreó una patada, ya puestos. Doble se quedó en el suelo, gimiendo resentido y sujetándose el muslo como el *Gálata moribundo*.

El incidente no había enfriado a Tucker ni una pizca. Dejó a Doble allí y regresó por el pasillo, sin saber muy bien adónde lo llevaban sus pies, hasta que oyó la voz de Hugh decir:

—Tuck, eh, eh, Tuck. Ven aquí un segundo.

Tucker entró en la sala de trabajo adyacente a la Gruta. Las melancólicas notas de Virginia Bruce interpretando *I've Got You Under My Skin* de Cole Porter salían de algún lugar de dentro. «¿No sabes, tontito, que no puedes ganar?», cantaba.

—¿Camina dormido, agente Minnick?

Había media docena de empleados de todas las edades, colores y géneros rehidratando rodajas de manzana secas y preparando tartas. Hugh estaba sentado a una mesita, jugando al solitario y fumando un cigarrillo. Antes incluso de que Tucker supiera que iba a quedarse, le acercaron una banqueta, una taza de café y unas rodajas de manzana que dejaron al lado. Al momento llegó también un pedazo de hielo dentro de un trapo. Se lo puso contra la mejilla partida.

—Pintor de acuarelas.

—Pastor.

—Fabricante de xilófonos.

A Tucker le costó un rato darse cuenta de que hablaban de él. Jugaban a adivinar a qué se había dedicado antes de entrar en el FBI.

—Vaquero de rodeos.

—Pescador de atunes.

—Gracias por el café —dijo Tucker—. ¿Qué estoy mirando?

Manzanas Golden Delicious, eso estaba mirando. La cosecha del año anterior, que inmediatamente habían cortado en rodajas y puesto a secar en ventanas, lechos de camionetas y tejados de gallineros, cubierta de telas para que no se las comieran los bichos. Ahora estaban cociendo las rodajas a fuego lento, humedeciéndolas, añadiéndoles un poco de azúcar, convirtiendo unas conservas secas en un capricho.

—¿Sabe que la Golden Delicious es una manzana de Virginia Occidental? —preguntó un hombre nervudo con cicatrices de quemaduras en el dorso de las manos.

—¿Y vosotros sabéis que la hectárea donde crece el árbol original es el terreno más caro de todo el estado? —contraatacó Tucker.

Sonrisas. Estaban complacidos. Tucker era uno de ellos, pero no uno de ellos. Eso lo volvía una presa mucho mejor para sus chanzas. Dos empleados salieron de la hilera y se pusieron a bailar, la mujer todavía sosteniendo un colador tras la espalda de su pareja de rumba. Dejaron en paz a Hugh y a Tucker; la Gruta era un lugar donde no se hacían preguntas.

—Pones cara de que te hayan birlado la cartilla de racionamiento —dijo Hugh—. ¿Eso que he oído ahí fuera era la cabeza del agente Harris dando contra el suelo?

Tucker ya lo lamentaba. ¡Ulcie Crites! Eso ya tenía que ser suficiente castigo.

—¿Por qué ha sido en realidad? —preguntó Hugh—. ¿Es por esa mujer?

Tucker solo apoyó la cabeza en las manos y contempló la ensombrecida forma de las rodajas de manzana entre sus codos. Pensó, pero no podía decir: «Está con él».

—Si merece que sufras así por ella, no importará. Vendrá a ti —aseguró Hugh—. Y, si no lo hace, no te interesaba desde un principio. Huy, eso me recuerda que tendrías que echarle un vistazo a la carta que había hoy en el correo. Venga, sácala de mi chaqueta, está ahí al lado. Sí, me gusta la sensación de darte órdenes. Creo que la próxima vez tendría que ser yo el AEM.

Tucker sacó el sobre que Hugh se había guardado en la chaqueta.

—Es de PeNIIIque.

Hugh alzó las cejas.

—Y él sabe que estamos leyéndolo todo. No tenía por qué enviarla por correo normal. Debía de querer que la viéramos.

La carta estaba mecanografiada, con la misma pulcritud que cualquier comunicación del Departamento de Estado.

Saludos, Linda:

Después de pensarlo un poco, he comprendido que al final tenías razón en lo que me dijiste al marcharte. Ya no nos hacemos ningún bien el uno al otro. Richie se ocupará del papeleo.
Con afecto,

Benny

Tucker se descubrió admirando de mala gana al desmañado agente. Pennybacker había mantenido su irritante e imperturbable buen humor y había resuelto una compleja negociación que abarcaba dos océanos mientras, entre bambalinas, otra negociación que le importaba solo a él se desmoronaba poco a poco. Hugh tenía razón, pensó Tucker. Daba la sensación de que esa carta se había enviado a través del guantelete con que el FBI estrujaba la oficina postal para que ellos la vieran. Los polizontes no habían preguntado, así que Pennybacker no había contestado, pero ahí tenían una verdad sobre él, una verdad que estaba soportando mientras los demás agentes federales hacían piña para obligarlo a almorzar con los suizos.

—Pero no pienso trabajar a tus órdenes, Calloway —dijo Tucker mientras doblaba la carta otra vez—. No pienso volver a trabajar a las órdenes de nadie nunca más.

Tal y como lo dijo, sintió lo desgraciada y magníficamente cierto que era. Sabía que estaba a un pelo de ganarse el regreso al FBI, pero ya no importaba. Daba igual lo que consiguiera entre ese momento y la llegada del tren para llevarse a los diplomáticos, porque iba a dejarlo.

—¿El agente Minnick, el soldado más leal de Hoover? —se sorprendió Hugh—. Tengo que haberlo oído mal.

—Ya no valgo para el trabajo. Este sitio... —Tucker empezó la frase, pero no sabía cómo terminarla—. Enviaré la carta de dimisión con Doble.

Diez años. Diez años de su vida. Más, en realidad, porque ya iba encaminado hacia el FBI estando en el instituto, ¿verdad? Iba desde el momento en que sus pies lo sacaron de Virginia Occidental y pensó: «Voy a arreglar esto», donde «esto» significaba «todo». Centenares de noches de dormir mal en sitios malos, de comida pésima en momentos pésimos, de sopesar el bien con una mano y el mal con la otra hasta que se volvió imposible observar una situación sin sentir ese juicio dentro de sí mismo. Toda una vida dejando que ese trabajo le diera forma, e iba a dejarlo sin tener una idea muy concreta de lo que iba a hacer al otro lado.

Pero sabía que la decisión era irreversible.

—¿Vas a metértela en el sostén para que Doble se fije en ella? —le preguntó Hugh.

Mientras Tucker reía, sin poder evitarlo, una empleada le puso delante una de las tartas de manzana que habían estado preparando. Sobre ella brillaban cuatro velitas de cumpleaños. Cuando Tucker alzó la mirada, vio que su confesión había tenido un público entregado y feroz en el personal de la Gruta. Caras que reconocía, de entrevistarlas, de cargar mesas con ellas. La más cercana era la de René Durand, que le había cerrado una puerta en las narices durante su primera semana allí.

—Enhorabuena, polizonte —dijo Durand—. Bienvenido al mundo real.

Había tardado varios meses, pero el Avallon por fin había encontrado la forma de concederle un lujo.

26

Después de que Gilfoyle se marchara con Tucker, June subió a la cuarta planta.

Aunque todas las puertas estaban cerradas, seguía habiendo una sensación de actividad vital. Todo el mundo estaba despierto, hablando de la inminente partida. Y, aunque June no alcanzara a oír sus conversaciones, sí que las percibía. Cualquiera conocía la diferencia entre un hotel dormido y uno despierto.

Iba en dirección a la 411.

Durante muchísimo tiempo, los Gilfoyle habían vivido en la cuarta planta. Eso fue antes de que llegara ella, cuando don Francis era un hombre mucho más joven y el actual apartamento de la familia todavía se empleaba como suite presidencial, sus habitaciones llevadas a un nivel de lujo que el resto del hotel aún estaba por alcanzar. En una suite de la cuarta planta, don Francis había criado a su joven familia, enterrado a su primera esposa, contraído matrimonio con la segunda. No hablaba mucho de su pasado, pero una vez sí dijo: «No pretendía quedarme tanto tiempo», y June no había sabido si el tono era de cariño o de pena. No se lo había preguntado.

Llegó a la antigua puerta de don Francis y se detuvo. Daba la impresión de que se extendía una mancha oscura desde debajo de ella, pero era difícil saber si era un efecto óptico. Apretó la punta del zapato contra la alfombra y vio líquido. No, era real. Alzó la mirada hacia la placa con el número.

La antigua suite de los Wolfe.

La antigua suite de don Francis.

«El agua déjamela a mí».

Sacó su llavero de llaves maestras y pasó dentro. Tras un leve respingo, cerró la puerta a su espalda.

La suite apestaba a azufre y a sangre. Un arroyo lento, somero, resplandecía al fluir desde la sala de estar hasta la puerta cerrada de un dormitorio. Franjas de humedad en el papel de pared, sangrando de debajo del espejo, goteando de un enchufe. Las luces se afanaban en perforar el espeso aire. Un sonido susurrante, risueño, salía de ninguna parte y de todas, el sonido de un riachuelo sobre piedras.

El agua estaba torciéndose.

Durante muchos años, June lo había impedido. Había pasado interminables horas colgada en la angosta abertura de la Avallon IV, con el agua a la misma temperatura que su cuerpo lánguido, empapándose de cada impulso terrible que hubiera tenido jamás un huésped, dejando que el agua absorbiera todos los sentimientos positivos de ella. Había merecido la pena, por ver ese gozo amplificado después. En el campo de winnet, en el comedor, mientras la poesía ondeaba en el salón de baile. June había visto sus esfuerzos reseñados en revistas, comentados en conferencias, reflejados en los poderosos huéspedes que acudían para deleitarse en su mente durante un breve periodo de tiempo, sin comprender lo mucho que estaban halagándola cuando exclamaban: «Menudo sitio, ¡menudo sitio!».

June abrió la puerta del cuarto de baño. El hedor emergió, la humedad le cubrió la piel. La bañera no tenía el grifo abierto, pero estaba llena. Un agua turbia había subido por el desagüe y la había llenado hasta el borde y más. El fétido charco le llegaba casi hasta los pies.

Se preguntó cómo fue que don Francis había topado con aquel hotel en ruinas. ¿Hacia dónde estaría yendo cuando sus pasos lo llevaron allí, entre las montañas, a extender la mano sobre un estanque de brillante agua? ¿Por qué ese estanque había hecho que se detuviera?

Pero entonces recordó lo que había sentido al meter la mano en el agua de Casto Springs. Ella también se habría quedado atrapada.

Salió del baño y siguió la filtración de agua hasta la puerta cerrada del dormitorio. Dentro hacía un calor sofocante. El agua humeaba. June olió a tierra caliente, a piedra mojada, a cosas verdes, a cosas creciendo, el olor del agua al completar su viaje hasta la superficie, justo después de que la volviera ardiente un oculto y ondulante núcleo. Sus pies chapotearon en el charco mientras abría la puerta de la terraza. Allí el vapor ascendía incluso más denso. Los focos de abajo atravesaban la nube con sus enloquecidos haces refulgentes. Un puma tallado chillaba la aguadulce a la fuente.

June sabía que debía ir a la Avallon IV otra vez. Si no lo hacía esa noche, tendría que ser la siguiente, nada más se hubieran marchado los diplomáticos. De lo contrario, no habría temporada de verano, no habría temporada de otoño. El Avallon dejaría de ser una isla inalterada, donde lo único que importaba era un glorioso presente, día tras día. Ella sería la directora de nada.

Arriba, abajo, todo del revés. Qué fantástico había sido darse cuenta de que, respaldada por el agua, podía hacerse entender. No solo entender, sino apreciar. Nunca le había reprochado a la Avallon IV que se cobrara su precio; el coste era lo que lo hacía especial. Pero en ese momento, le resultaba difícil no plantearse la escala que tenía todo aquello. La alegría, el lujo, el gasto. June era la mente del Avallon, la aguadulce el latido de su imponente corazón. Pero, si se equivocaba..., entonces el Avallon era otra cosa, un animal enorme y repulsivo, con la aguadulce volviendo las ideas más poderosas de lo que June habría sido capaz nunca por su cuenta.

Sandy lo había rechazado.

Don Francis lo había custodiado hasta que encontró a otra persona.

Y ahora a June no le quedaba nadie más que ella misma.

Extendió la mano por encima del agua revuelta de la fuente, pero no tocó la superficie. ¿El agua habría oído a Lieselotte Berger cuando saltó desde ese balcón? ¿O habría oído ella el agua? En el Avallon era difícil saberlo. Los huéspedes hacían de él lo que era, y él hacía de los huéspedes lo que eran: un tira y afloja, unos espejos enfrentados.

El agua se estiró hacia ella.

«Corre».

—Déjame entrar —dijo June.

En la puerta se abrió apenas una rendija. El brillante ojo verde de 411 apareció en ella.

—Directora, ¿acaso estás borracha?

—411, déjame entrar.

411 nunca había abierto la puerta del todo, ni siquiera en aquella noche espantosa de hacía diez años, y la verdad era que June tampoco se lo había pedido nunca. Pero esa noche, puso la palma de la mano en la madera y empujó.

—Querida, qué asco —dijo 411—. Nunca hagas eso en público, donde pueda verte un hombre.

June ni siquiera se había dado cuenta de que estaba llorando.

—Necesito hablar contigo —dijo—. Hablar contigo de verdad.

411 abrió la puerta.

June cayó a través de ella.

Durante diez, quince, veinte años, nadie había entrado en la habitación 411 a excepción de Rana. El servicio de habitaciones le dejaba la comida en la puerta. El de limpieza se llevaba la basura que ella sacaba al pasillo. Los recaderos le dejaban allí sus diversos pedidos y, en ocasiones, las cajas de objetos sobrantes ocupaban su lugar al lado de la jamba. Si alguna vez 411 se aburría, se sentía sola o enfermaba, no había ni la menor señal desde fuera. Todo lo pagaba don Francis de una forma silenciosa, automática, e incluso tras su muerte había un fondo fiduciario que se ocupaba de garantizar su residencia permanente allí. Si Madeline estaba al tanto, nunca lo comentaba. A veces Carrie tiraba piedras a la ventana de 411, pero eso era lo más cerca que había llegado nadie a explicitar la forma de su historia.

Y allí estaba June, dentro de la suite, mirando alrededor con embotada sorpresa. No estaba muy segura de qué expectativas había tenido, solo de que aquel lugar las desafiaba. Había imaginado que las paredes estarían combadas por el peso de recuerdos sin ordenar, indicios de una vida marchita, detenida a medio paso por algún suceso que había alterado su rumbo para siempre.

Pero no era así en absoluto.

Era hermoso.

Cada centímetro de cada superficie estaba diseñado al dedillo. Cuadros y objetos inusuales decoraban la pared de la sala de estar a intervalos exactos, como en un museo. Había libros formando pulcras pilas que componían un rectángulo perfecto de palabras bajo una mesa que sostenía tres maniquíes de sastre, los tres luciendo blusas maravillosamente alocadas, dos de ellas todavía sin terminar, sujetas con imperdibles. Un maniquí completo en la esquina llevaba un desenfadado sombrero de copa, un vestido precioso y chaleco de hombre, con los brazos colocados para sostener un libro abierto. Ahí había una lámpara con la pantalla cosida a mano, allá un dibujo a medio hacer de jugadores de winnet. Aquí un gramófono, ahí una revista apoyada en un surtido de cremas y mascarillas aromáticas. Un enrejado en el que se entrelazaban retales de gasa sobrantes enmarcaba la puerta de la terraza.

No había ni la menor señal de que la vida de 411 debiera haber sido nada diferente a aquello.

La propia 411 tampoco era ningún jardín abandonado. Era una bella mujer madura de edad indeterminada. Su cabello oscuro, largo hasta los hombros y entrecano, llevaba un rizado atemporal y un poblado flequillo que disimulaba cualquier arruga que pudiera tener en la frente. No podía haber esperado visita, pero estaba maquillada como si fuese a salir.

Fumaba un cigarrillo, que utilizó para señalar la silla que había junto al escritorio.

—Siéntate y recupera la compostura. Hueles a purgatorio y tienes un aspecto infernal. Supongo que será por lo mismo que la última vez, ¿verdad?

Dijo «la última vez» como si no hubiera tenido lugar ninguna de sus conversaciones entre la primera y aquella. Había una caja de pañuelos de papel en una mesita auxiliar, y June sacó uno para secarse las lágrimas.

—Esto no es por Gilfoyle.

Para su asombro, supo que era cierto en el momento en que lo dijo.

411 apagó el cigarrillo y sirvió dos copas. Se las bebió las dos y luego, tras pensarlo un poco, rellenó una y se la dio a June. Se hacía raro verla de cuerpo entero, porque era como si June hubiera estado viéndola así desde el principio. No había ninguna sorpresa en su apariencia plena, allí de pie con una mano en la cadera, clavando en June esa mirada destellante que, de algún modo, tenía el mismo efecto exacto que su ojo entrevisto en la rendija de la puerta.

—Y, entonces, ¿por qué es? —preguntó 411.

¿Por qué era?

—Es por yo y el Avallon.

—Por *mí* y el Avallon. —411 fue hasta la puerta de la terraza. ¿Cuántas veces la había visto June desde el otro lado, silueteada justo en esa postura—. Es raro que nunca te marcharas, ¿no crees?

Por el tono, parecía que lo dijo con ánimo de pinchar, y lo hizo.

—Tú sí que no te marchaste nunca —restalló June—. ¡Te pasaste la vida entera esperando a don Francis!

411 dio una súbita media vuelta.

—¿Eso es lo que crees?

—¡Eso es lo que sé! ¡Prácticamente me lo dijiste! ¡Desperdiciaste tu vida esperando a que abandonara a Madeline por ti!

La risa. La risa desde luego sí que era distinta a ese lado de la puerta. Desde el pasillo, era crema de mantequilla. En persona, era arsénico y vinagre y vodka, todos aplicados de la manera más cariñosa posible. 411 respondió:

—Si a ese hombre le hubiera dado por volver a presentarse en estas habitaciones, habría sido un día muy oscuro, directora. ¿Sabes por qué me quedo? Mira alrededor. Llevo media vida alojada en el mejor hotel de Estados Unidos, pagado por otra persona, y se me permite utilizar todos los medios que he adquirido y heredado para mi propio deleite. Es una vida fabulosa. Yo amo el Avallon.

La indirecta era evidente.

—¿Y yo no?

—Tú solo tienes miedo de lo que eres sin él.

June aún no había probado la copa que 411 le había puesto en la mano, así que 411 la recuperó y se la echó al gaznate con la practicada gracilidad de una bailarina.

—«Criadora de zarigüeyas» —le espetó June.

411 soltó una risotada. Se divertía muchísimo a sí misma.

—¿Y si las decisiones que tomo son las malas? —preguntó June—. Mi única jefa soy yo misma.

—¿Seguimos hablando de ti y del hotel?

No. June había pasado a hablar de Hannelore, aunque no quería decírselo a 411. June estaba planteándose intervenir en la enrarecida atmósfera de la legislación internacional, y no quería involucrar a nadie más si no era necesario. June había urdido muchos planes en sus tiempos, y en ese momento estaba rumiando uno nuevo: ocuparse en persona del asunto de Hannelore. Porque, lo que era más importante, estaba pensando qué pasaría si *no* se ocupaba en persona del asunto de Hannelore, si se limitaba a poner al mal tiempo buena cara y dirigir el hotel como de costumbre mientras esa niña navegaba en silencio de vuelta a Alemania. June tendría que vivir el resto de sus días sabiendo que, durante unos meses, tuvo a Hannelore bajo su techo, en su hotel, con todo el poder de la aguadulce respaldándola, y aun así no había hecho nada. ¿De verdad estaba planteándose sacrificarlo todo por una sola persona?

¿Acaso no era eso el lujo?

—Pensándolo mejor, tendría que hacer lo que me salga de las narices e inculparte a ti, vieja chocha —dijo June, y 411 dio un bufido que partió su segundo anillo de humo por la mitad—. Esto es muy serio. Estoy hablando de la posibilidad de perder este lugar, quizá de perder la persona que soy aquí. Tendrías que buscarte otra acompañante con la que hablar a través de la puerta. Rana, a lo mejor.

Aquel tema de conversación no le interesaba para nada a 411. Aburrida, dijo:

—¿La persona que eres? Ahora mismo, lo único que haces es interpretar un guion maravilloso de cara a la alta sociedad, fingiendo que algún día serás una de ellos. ¿Cuánto tiempo más te gustaría fingir? ¿Otra década? ¿Dos?

—Y me lo dice la mujer cargada de diamantes.

—Querida, ¿es que no lo entiendes? Yo tampoco pertenezco a la alta sociedad; solo soy rica. ¿Qué es eso que te encanta decir?

«La riqueza y el lujo no son lo mismo».

411 le indicó que se marchara con un gesto, recordándole por sorpresa a Tucker.

—Lo único que quieres es que rubrique lo que sea que ya tienes decidido. Frank también adoraba montar un poco el espectáculo. ¿Sabes cuál creo que ha sido mi mejor idea, aquí en el Avallon? Los caracoles de cristal. Estaban por todas partes cuando Frank compró este sitio, ¿sabes? Los vivos, digo. Había que quitarlos de las fuentes cada día. Todo el mundo pensaba que eran feísimos. Grotescos. Incluso después de que limpiaran bien todo esto, seguían apareciendo dentro del hotel. Así que le dije a Frank que repartiera unos preciosos caracoles de cristal entre los huéspedes y les explicara que eran especiales, propios de este lugar, y de pronto encontrar un caracol vivo era todo un acontecimiento. Era la promesa del hotel, cumplida. ¡Qué maravilla! Los caracoles no habían cambiado. Lo único que pasó fue que engañé a todo el mundo para que los adorase durante un ratito. Aquí tienes lo que opino: levántate de mi silla y vete a hacer lo que vayas a hacer, directora. Y diles a tus chicos que espabilen con mis libros, que me he quedado sin lectura.

Y así, sin más, June se encontró de nuevo en el pasillo. La puerta estaba cerrada como si nunca se hubiera abierto, y solo el tenue aroma a brandy en las yemas de sus dedos le confirmaba que aquel episodio hubiera tenido realmente lugar.

27

El día en que el hotel cambió para siempre empezó como cualquier otro. En otros lugares, los ciudadanos estadounidenses tenían que devolver sus viejos tubos de hojalata usados si querían comprar más pasta de dientes, las Filipinas habían caído ante Japón y Rana acababa de recibir carta de su marido diciéndole que seguía con vida, pero allí la orquesta estaba afinada, la Gruta estaba en plena forma y los huéspedes vaciaban sus cajones.

June despertó antes del amanecer en su apartamento del sótano, en el alojamiento de personal más cercano a las aguas termales. Salió de la cama desplazando a tres dachshunds, dos de pelaje suave y uno de pelaje hirsuto, que bajaron al suelo para seguirla a una distancia prudencial. June pasó agachada por debajo de la cuerda de tender, extendida cruzando la habitación, y descolgó su blusa y la ropa interior antes de tender la colcha en su lugar para que se airease durante el día.

A la luz de una única lámpara en la mesita de noche, se vistió con su atuendo habitual: pantalones anchos de cintura alta, blusa arremangada con esmero, un delicado reloj de muñeca, un toque de pintalabios. Su oscuro cabello estaba cortado a media melena, por debajo de las orejas, y para trabajar lo llevaba elegantemente engominado hacia atrás. Después de ponerse sus merceditas de tacón bajo, June fue a la cocinita del apartamento y se sirvió un vaso de aguadulce. Lo dejó en la encimera y lo observó. El agua no tenía un aspecto distinto al de antes.

En vez de beberse el agua, June la vertió en el bebedero de los dachshunds, les dio unos pedazos de carne de la nevera y se fue al trabajo.

Trabajo, trabajo. Al cabo de dieciocho horas llegaría el tren que iba a llevarse a los diplomáticos. Arriba, arriba, arriba hasta Jersey City, donde se apresurarían a esperar de nuevo, pasando unas noches en hoteles (mucho menos glamurosos) antes de subir a un barco de mil pasajeros con destino a Portugal. Los libros mayores con sobrecubierta gris de June contenían listas de las tareas que debían ejecutarse, de todo el frenético trabajo previo a la partida. Todas las delegaciones querrían que les empaquetaran sus compras de última hora para llevar; querrían cortarse el pelo; querrían recuperar su equipaje confiscado. En recepción ya estaban cerrando la cuenta extraoficialmente a los huéspedes que no pretendían añadirle más compras, bebida ni servicio de habitaciones. La cocina estaba planificando las últimas comidas para, con un poco de suerte, utilizar todos los ingredientes perecederos, ya que no podrían recibir a nuevos huéspedes hasta que tuvieran garantizado que el tren no iba a retrasarse. Guarda de mozo y hallarás de viejo, como al cocer las tarrinas de mermelada para recuperar el azúcar. El camino de acceso al hotel vibraba de ajetreo con camionetas recorriéndolo arriba y abajo, transportando material federal a la vigilada estación de ferrocarril.

La primavera ya hacía un chillón acto de presencia por todos los terrenos del hotel. No había nada como la visión del edificio de piedra emergiendo del césped verde oscuro mientras los capullos florecían en amarillo y blanco por todo el camino. Ay, el Avallon, el Avallon.

Cuánto lo había adorado June.

Antes de ir a su despacho, visitó el almacén de la planta baja donde tenían retenido a Sebastian Hepp, porque era la única estancia disponible que podía cerrarse con llave desde fuera. Cuando Hugh le abrió la puerta, June vio a Sebastian sentado en un catre al lado de estanterías repletas de verduras encurtidas, pero el camarero se levantó para recibirla. Aunque parecía un hombre muy joven, June se resistió a abrazarlo: el gesto le habría transmitido la idea de que su situación era desesperada. Se limitó a pasarle el avioncito de papel que había hecho con un albarán de pedido y dijo:

—He contratado a Dennis Hinkman para que te defienda. Es el único abogado al que don Francis se dignaba a darle la hora.

—Gracias.

—Sebastian, lo…

Haciendo gala de una considerable gallardía, Sebastian la interrumpió diciendo:

—Hoy tienes un día demasiado ajetreado como para dedicarme más tiempo, jefa.

Sebastian tenía razón, pero June hizo una parada más de camino al despacho y encontró a Sabine Wolfe en la periferia del comedor de desayunos, viendo cómo los otros huéspedes murmuraban emocionados sobre la repatriación. Parecía muy frágil, a punto de quebrarse, pero June tampoco la abrazó.

Huésped.

Nazi.

Mujer.

Madre.

June le tocó el codo con suavidad y Sabine se sobresaltó.

—Señora Wolfe, a propósito de nuestra anterior conversación…

Los ojos de Sabine recorrieron a toda prisa a los comensales. Sin duda, Lothar Liebe estaba allí en algún sitio.

—Sé que es el último día, pero aún estoy planteándome hacer cambios en el menú —dijo June—. Me figuro que todavía le resulta a usted poco satisfactorio.

Sabine asintió, tensa. June le devolvió el gesto, una vez, y las dos mujeres se separaron.

June de veras tenía que elegir si iba a hacer algo al respecto de Hannelore.

Se estaba quedando sin tiempo para tomar la decisión.

—Ya me han dicho que estarías aquí dentro.

Gilfoyle entró en el abarrotado despacho, con un aspecto muy diferente al del personal de June con su chaqueta cruzada, sus pantalones a medida y su meticuloso corte y peinado. Mientras apretaba los dedos en el borde de la mesa, leyendo los papeles de June como si tuviese la menor idea de lo que estaba mirando, a ella la asaltó la incertidumbre. Su corazón se había puesto a latir a marchas forzadas desde que Gilfoyle había entrado en el hotel, y no tenía visos de ir a tranquilizarse.

—Necesito hablar contigo —añadió él.

—Pues eso tendrá que esperar, Ed.

¡La de veces que don Francis le había dicho lo mismo a uno de ellos, o a todos! Llegaría tarde a cenar, no podría reunirse con ellos en la Avallon II, no podría responder a su pregunta. «Ve a preguntarle a Madeline, lo siento mucho, pequeño, pero llevo despierto desde las cuatro». El Avallon era su dueño. El Avallon era el dueño de ella.

—No puede esperar.

June alzó la mirada hacia él. Gilfoyle estaba dando golpecitos con los dedos en el borde de la mesa, igual que si tocara el piano, mientras paseaba la mirada por todo el despacho y la posaba en los utensilios del oficio de June como si estuviese viéndolos por primera vez. Estaba nervioso, comprendió ella.

De pronto, June también estaba nerviosa. Echó a hablar sin freno.

—¿Quieres mirar cómo tengo esta mesa? ¿Quieres que deje estar esto? ¿Quieres que posponga la reunión con la gente de contabilidad? ¿Quieres que no haga la ronda por la Gruta? Ahí fuera hay una fiesta a la que debo tenerle el ojo echado. ¿Y tú quieres que…?

Presa de una gran agitación, Gilfoyle dijo:

—June, quiero que te cases conmigo.

En el escritorio había doce facturas. Un vaso de aguadulce, con solo una tercera parte llena. Un caracol de cristal, sus antenas apuntadas con curiosidad hacia la pared llena de llaveros. Dos plumas. No, tres. La cuenta mal calculada de un huésped esperando a rehacerse. Una galleta salada dividida en tres trozos, esperando a que los dachshunds se la comieran. Un cuarto de bocadillo sacado de una bandeja de la merienda.

—¿Has oído lo que te he dicho?

June pasó una factura encima de otra, luego deshizo el cambio, luego miró a Gilfoyle. Tenía el puño derecho agarrado con la mano izquierda y los retorcía uno contra la otra, con la misma inseguridad infantil de siempre.

Ella estaba observándose a sí misma desde arriba, igual que hacía de niña. Apartada a una distancia segura, perpleja por los sentimientos que veía fuera de sí misma. La mujer del escritorio estaba sentada bien erguida y recatada en la silla del escritorio. Tenía el pulpejo de la mano manchado de tinta por haber estado escribiendo, y había una marca en la piel de su muñeca por haberla tenido apoyada demasiado tiempo en el borde del protector de cuero. Tenía el pelo recién lavado y recogido detrás de las orejas; había tenido que frotarse mucho para quitarse de encima el olor de la aguadulce del cuarto piso. Esa habitación seguía destrozándose a sí misma detrás de una puerta cerrada. Igual que ella.

—Ya lo había intentado —dijo Gilfoyle—, en un momento mejor. Pero entonces el momento dejó de ser bueno.

El bar del hotel. Había estado preparando el terreno para ello. Sí. June lo sabía. Quizá no supiera exactamente qué iba a decirle, quizá no supiera que sería justo aquello, pero sí que había estimado la forma que tenían las palabras no pronunciadas. Por eso se había quedado sentada en el reservado durante tanto tiempo, incluso cuando se hizo evidente que él no regresaría, intentando decidir si iba al apartamento de los Gilfoyle, llamaba y decía: «Termina la frase».

En vez de eso, había ido a la cuarta planta. Entonces no había estado preparada para oír lo que le faltaba, y resultó que tampoco estaba preparada para oírlo en esos momentos.

—Ahora no puedo hacer esto. Vuelve a sacarme el tema después, cuando se hayan ido, cuando pueda escuchar lo que estás intentando decirme.

—¡Intento decirte que seas mi mujer! —exclamó Gilfoyle, en una voz tan alta que June estuvo segura de que la habrían oído en el mostrador de recepción. En el vestíbulo. En el salón de baile. En el césped. En el pueblo. En la capital, al otro lado del océano, en los campos de batalla, en Bad Nauheim, donde los estadounidenses esperaban su turno para volver a casa—. June, siempre haces lo mismo. Para de concentrarte en esos papeles, para de concentrarte en el trabajo. Me has oído muy bien y sabes muy bien lo que intento decirte. Siempre hacías esto también, cuando éramos unos críos. Quiero que estés presente, aquí, ahora. Que te olvides de la vieja casa de la viuda, te olvides de tu viejo apartamento y te vengas al ala norte. Dejémonos de tonterías. ¿No estaba claro que esto terminaría así?

Los oídos de June sisearon de nuevo, con aquella aguadulce que fluía por su mente. Estaba pensando en el viaje a Nueva York. El viaje a Nueva York, el único viaje a Nueva York que había importado y que importaría jamás.

La historia fue la siguiente:

Tres semanas de visitas, turismo, baile y encuentros con otros habitantes del mundo de los Gilfoyle, todo ello estando alojados en el Soria, un hotel propiedad de un amigo de don Francis. El Avallon, dejado en indulgente reposo, estaba siendo objeto de todas las ruidosas reparaciones que eran incompatibles con la presencia de huéspedes. Las chicas tenían sus perlas, sus vestidos. A June le habían tomado medidas para bastante ropa nueva, incluido un vestido ajustado y de espalda abierta que la tenía abochornada y encantada a partes iguales. ¿Dónde se suponía que iba a ponerse una cosa así? En todas partes. Para ir de copas. Para asistir a cócteles. Para bailar, ay, para bailar. Mientras Carrie y Madeline salían a tomar el té y a otros encuentros sociales, don Francis llevaba a June a un hotel tras otro, le presentaba a un director tras otro, la dejaba para que los acompañara por la trastienda, explorase las cocinas, se entrevistara con su gobernanta, leyera sus manifiestos de carga, escuchara las amistosas lecciones de los contables más expertos. Por la noche, June iba a fiestas. Sin que ella supiera muy bien cómo, siempre había una ristra de hombres jóvenes de una clase social muy superior a la suya pidiéndole bailar, pero los ojos de June no se apartaban de Gilfoyle.

Una noche, cuando ya llevaban dos semanas en la ciudad, ver a Gilfoyle bailar con la enésima debutante hizo que June se excusara y abandonara el salón de baile. Vagó por los pasillos antes de convencer al personal de que la dejara pasar a la trastienda y terminar en la enorme cocina, en las entrañas de la bestia. Con aquel vestido ajustado, se sentó donde no molestaba y observó el trajín de la cocina comercial, empapándose de su ritmo, escuchando los gritos iracundos del chef a sus subordinados, viendo las cosas que funcionaban y las que no. Pasó el tiempo y la cocina se relajó, y el chef le dio un beso en la mejilla y la llamó su ángel, y June se quedó sola en aquella cocina a oscuras. Fue allí donde Gilfoyle la encontró.

Le dio un suave empujoncito para bajarla de la encimera. Sin mediar palabra, empezaron a bailar y sus cuerpos encajaron con la perfección de dos mitades almacenadas mucho tiempo una junto a la otra. En ese momento, June jamás había amado a nadie tanto como a Edgar Gilfoyle, meciéndose al lado de las cacerolas de sopa vacías y las cebollas amontonadas para el servicio del día siguiente. Le pareció que podía morir de amor.

Don Francis los esperaba en la suite. Estaba furioso, y June nunca lo había visto ni enfadado. Arrastró a Gilfoyle a la habitación y, aunque la puerta estaba cerrada, June oyó la conversación con toda claridad.

«June no está para que juegues con ella —le rugió a Gilfoyle—. No es el servicio. No es una pinche de cocina que luego puedas olvidar y ya está».

«No estoy jugando», respondió Gilfoyle.

«Cuando volvamos, June va a sustituirme como directora, ¿me has entendido? Va a formar parte del hotel para siempre. Es la única persona a la que puedo confiárselo. ¡No juegues con ella!».

«¡Acabo de decirte que no lo hago!».

«Pensaba que te crie para ser sincero. Me avergüenzas —dijo don Francis—. De ahora en adelante, vas a tratarla con el respeto que exige su puesto y ya le pondrás tus zarpas encima a alguna ascensorista si no puedes contenerte».

La comprensión había cristalizado entonces en la mente de June: no era el servicio, pero tampoco era una Gilfoyle. Era demasiado buena para prescindir de ella, pero no lo suficiente para que don Francis considerase su relación con el heredero de la familia como algo más que un escarceo. Ella no era como Carrie, y el viaje a Nueva York nunca había sido para presentarla en sociedad. June iba a ser la directora para que los Gilfoyle por fin pudieran ser libres; aquello era su última comida antes de la ejecución.

June no recordaba nada de cómo había salido del hotel, ni de cómo había encontrado un autobús, aunque ahora, siendo directora ella misma de un muy buen hotel, podía hacerse una idea. Cuando salió trastabillando al vestíbulo, el conserje o algún botones o algún recepcionista debía de haberla interceptado y escuchado su historia y, siendo conserje o botones o recepcionista y no un Gilfoyle, se habría compadecido profundamente de ella. Le habría buscado un autobús. Le habría buscado dinero, si no lo llevaba ya en aquel vestido negro ajustado. Le habría buscado un abrigo, si no lo tenía, y June sabía que así era, porque aún conservaba el apolillado chaquetón de marinero que alguien le había puesto encima.

Se fue a casa. A la única casa que tenía, el Avallon. Tuvo que hacer dos trasbordos y le costó casi un día entero llegar, tambaleándose de agotamiento y tristeza, solo con un vestido de espalda muy abierta y un chaquetón de marinero. Dios protegía a los necios, supuso. Cuando llegó en plena noche, el hotel estaba en silencio, funcionando con un personal mínimo mientras todos los demás aprovechaban para dormir de un tirón porque no tenían a ningún huésped que atender.

Bueno, ningún huésped salvo una.

June merodeó por los pasillos del hotel que estaba destinada a dirigir, llorando como nunca había llorado. Fue esa June la que encontró una rendija abierta en una puerta del cuarto piso. Fue esa huésped la que había puesto su ojo verde en la rendija mientras June deslizaba la espalda por el marco de la puerta para sentarse y sollozar en el suelo junto a su habitación. Fue esa huésped, la de la habitación 411, quien se quedó despierta con June toda la noche, hablándole a través de una puerta casi cerrada.

—«June no está para que juegues con ella» —dijo June—. Nueva York. ¿Te acuerdas?

Gilfoyle frunció el ceño.

—Ah. Qué noche más horrible fue, sí.

No lo bastante horrible para que él defendiera la relación que mantenían. No lo bastante horrible para que June hubiera pasado los últimos diez años siendo June Gilfoyle, su esposa. Lo bastante horrible, eso sí, para empujarlo a Mary, a Irma, a Eugenie, a Diana, a un sinfín de relaciones muy públicas que le habían dejado a June el corazón tan cicatrizado que no sentía las cosas hasta que ya casi era demasiado tarde.

Por detrás de Gilfoyle, el rostro de Griff Clemons apareció en la puerta, con las cejas enarcadas, evaluando la situación con un solo vistazo. June lo miró, aturdida, el tiempo suficiente para que Gilfoyle volviera la cabeza y encontrara allí al jefe de personal.

—¿Qué quieres tú ahora? —preguntó Gilfoyle.

Griff Clemons mintió como un profesional.

—Necesitamos a la jefa.

La oleada de afecto que June sintió por Griff Clemons, que le concedía la dulce oportunidad de escapar y recuperarse, quedó machacada al instante por la irritación cuando Gilfoyle replicó:

—Apañáoslas. Vete y cierra la puerta al salir. Ya.

La puerta apenas había vuelto al marco cuando June dijo:

—Yo no les hablo así a mis empleados.

—June, me estás volviendo loco —respondió Gilfoyle—. Sí o no. Dime que sí.

June recordó haber metido la mano en la brillante y salvaje agua que corría bajo la iglesia. Recordó la huella de su mano en la puerta de la Casa del Lirio. Recordó el pulgar de Gilfoyle apretado en su palma. Cuánto lo había amado.

—No —dijo.

Fue un no rotundo. Un no que podía dejarse caer sobre un fajo de papeles para que no se los llevara una ventolera. La barbilla de Gilfoyle se sacudió, como si no hubiese pasado ni un día desde su infancia, y luego se dejó caer contra la puerta como si June le hubiera descerrajado un tiro.

—Debes hacerlo.

June también se sintió como si le hubieran disparado al corazón. Le salió la voz débil al responder:

—No tengo por qué hacer nada, Ed.

—No lo comprendes, porque tú no eres un hombre —dijo él—. No sabes cómo me miran. Todos los hombres van de uniforme. Allá donde vaya. Esté en casa de quien esté. Por todas partes corre el rumor de que me he librado del reclutamiento a base de sobornos. Es... No puedo soportarlo.

A June se le partió el corazón. No por sí misma, sino por absolutamente todas las Junes que había sido en los últimos veinte años, todas esas Junes más jóvenes que se habían sentado un poquito más rectas cuando alguien decía: «El señor Gilfoyle al teléfono». Pobre chica. Pobre chica tonta.

—¿Y quieres casarte conmigo para evitarte la vergüenza? —preguntó.

—Sí..., no. Si estoy casado, se acabaron los rumores, sí. Porque si ya estuviera casado de antes, no se me podría reclutar. Pero no es que quiera casarme con cualquiera. Quiero casarme contigo. ¿Es que no somos excelentes juntos? ¿No hemos sido siempre buenos juntos? ¿No quieres este hotel? No solo la Casa del Lirio. Si te casas conmigo, te casas con el hotel. Será todo igual que ahora, o casi. No me entrometeré en tu trabajo. —No dijo la segunda parte, pero June la comprendió: y tú no te entrometerás en mi vida fuera del hotel—. Le diremos a la gente que no queríamos alterar a mi padre, pero que llevamos casados desde hace siglos. Que estamos locamente enamorados. Eso lo resuelve todo.

Qué ansioso se lo veía. June notaba que los últimos meses habían sido infernales para él. El Avallon le había enseñado a Gilfoyle que se podía hacer desaparecer cualquier problema con el suficiente dinero y mano de obra, pero el Avallon se equivocaba. El pobre e insustancial Edgar Gilfoyle, siempre reculando ante un mundo moldeado por el conflicto.

Con voz cansada, June repuso:

—Entiendo lo que dices. El rumor de que pagaste por librarte del uniforme desaparecería.

—Y los rumores de que tú eres una cazafortunas desaparecerían también —asintió Gilfoyle.

June tuvo que tomarse un momento. Cogió una pluma y dibujó un duro cuadrado oscuro en el protector antes de dejarla otra vez. Cuando habló, su voz salió calmada.

—Solo que no voy a casarme contigo.

—June.

—Para empezar, no te amo.

—Claro que sí.

—Y, además, hay otra persona.

Le llegó el turno a Gilfoyle de tener que tomarse un momento. Se cruzó de brazos. Los descruzó. Se atusó el pelo. Lo desatusó. Luego dijo:

—No me lo creo.

June pensó en el encuentro que había tenido con Tucker en la casa de juegos, el paseo por la calle Mayor de Casto Springs. Tucker comprendía la diferencia entre la jefa y June. Y, al contrario de todos los demás, prefería a June. Desde que sabía que algo así era posible, Gilfoyle ya nunca había tenido ninguna posibilidad.

—Te quise muchísimo, Ed —dijo—. Bebía los vientos por ti. Si me lo hubieras pedido en Nueva York, hace tantos años...

Él bajó los párpados. June vio cómo tiraba del sedal una y otra vez, cómo sacaba de las profundidades los recuerdos de sus malas decisiones. Don Francis le había dicho una vez a June: «Dicen que la juventud se desperdicia en los jóvenes. ¿Por qué odiamos la estupidez que nos hizo dejar de ser estúpidos?». June tiró de su propio sedal en busca de lamentos, pero terminó con las manos vacías. Al fin y al cabo, toda elección, todo sufrimiento, toda victoria la había llevado a ese momento, ¿verdad?

Al momento en que June comprendió que había tomado su decisión.

Vio que Gilfoyle tragaba saliva antes de decirle:

—Aún estamos a tiempo.

Con amable lástima, June respondió:

—Cierra la puerta al salir.

28

Hannelore nunca había visto tantas esvásticas en su vida. Estaban cosidas en las cortinas. Pintadas en los manteles. Formadas con fruta en las bandejas. También habían empujado las mesas del comedor para que compusieran una esvástica. Los cubiertos, envueltos en servilletas, estaban colocados como esvásticas. Lo más impresionante, sin embargo, era el símbolo recién pintado, todavía húmedo, que había en el centro del suelo del salón de baile. Daba toda la impresión de estar hecho con prisas y a hurtadillas: los brazos eran de diferentes longitudes y uno de ellos estaba un poco desdibujado, como si el autor hubiera tenido que huir antes de aplicarle una segunda capa.

Todo el mundo hablaba de esa última esvástica mientras sonaba la música y fluía el vino. Solía mencionarse en el mismo aliento que el objeto decorativo que el personal del hotel había colocado esa mañana por todas partes: unos centros de mesa con vela hechos a partir de madera rústica y metal. Tenían un aspecto bastante raro y tres cerillas especiales de fósforo rojo, blanco y azul que se exhibían erguidas sobre unos agujeros hechos a propósito en la base. Cada centro de mesa tenía una inscripción impresa que rezaba:

¡SOLO PARA APAGONES!
Pedido especial para John Willy, Hotel Monthly, Chicago, Illinois
Recuerden Pearl Harbor, dom. 7 de diciembre, 1941
Compren sellos de defensa

La esvástica pintada, por lo que Hannelore tenía entendido, era una especie de castigo por poner aquellas velas en las mesas. Ambas cosas eran actos de guerra en una batalla de la que hasta ese día, el último, no se había hablado. Y tampoco era que estuviera hablándose mucho de ella, pero ya tampoco podía negarse.

A Hannelore le parecía que alguien debería sufrir un castigo por algo, o bien el personal del hotel por las velas, de algún modo ofensivas, o bien los alemanes por las definitivamente ofensivas esvásticas, pero el hotel se había atascado en un extraño paréntesis. Los diplomáticos estaban allí, pero también estaban casi no-allí. Venía un tren de camino para recogerlos en esos precisos instantes y, aunque aún no habían vaciado del todo sus habitaciones, sí que habían aplastado la oreja contra esas almohadas por última vez. Ya no había más clases para los niños, ni más reuniones con los suizos. Ya no había conversaciones con los camareros sobre el desayuno del día siguiente, ni preguntas a los tenderos sobre qué recibirían a finales de semana. El tablón donde se habían anunciado las próximas películas que podrían verse en la sala del cinematógrafo estaba vacío.

De modo que los empleados vieron la esvástica del suelo, cuchichearon a toda prisa entre ellos y no montaron ningún escándalo. Solo se marcharon en silencio. «Eso, corred, corred —dijo un cónsul—. Ya no pueden hacernos nada». Pero un poco más tarde, en el pasillo, Hannelore vio a un botones orinando dentro de la maleta de algún alemán. El botones se dio cuenta de que Hannelore lo había visto, pero, minga en mano, ni se inmutó. Solo se movió un poco para ocultar el miembro y terminó lo que estaba haciendo. Se subió la cremallera, cerró la maleta y se volvió para dedicarle a Hannelore una mirada que fue puro ácido. Ella se limitó a observarlo.

El botones se fue sin decir nada.

El hotel estaba distinto. Todas las fuentes por las que pasó vibraban con una energía taciturna, crepitante. Todos los diplomáticos canturreaban así también. El aire titilaba. Hannelore olía la aguadulce con cada inhalación. «Corre». No podía correr. ¿Hacia dónde iba a correr? Se marchaba a Alemania.

«Esterilización».

En el pasillo, Hannelore vio a Erich von Limburg-Stirum y al camarero majo, Sebastian Hepp, hablando en alemán. Lo normal habría sido que Sebastian tuviese unas palabras amables para ella, pero ese día no pareció verla pasar; estaba contemplando la nada, muy atento a lo que le decía Erich:

—Deberíamos hacer una promesa...

Inquieta, Hannelore correteó hasta encontrar a su padre y a Lothar en el bar, hablando en voz baja. Las luces de aquel sitio eran muy tenues y todo estaba pintado de color azul verdoso, como si estuviesen bajo el agua. No estaba claro si era solo que el bar aún no había abierto esa noche o que ya no iba a abrir durante el resto de la reclusión. Estaban los dos solos, aparte de Ciudadano sentado a los pies del padre de Hannelore. No había ni barman ni clientes en los reservados. No, no estaban solos del todo. Al entrar, Hannelore vio allí también a Sandy Gilfoyle en su silla de ruedas, de cara a una pared de paneles de madera vacíos, un sitio muy aburrido para dejarlo, pero también Stella había parecido algo pachucha antes. Un empleado del hotel le había puesto un libro en las manos y la había llevado a una de las salitas más tranquilas.

El padre de Hannelore extendió una mano hacia ella y dijo:

—Cántanos esa canción, *Liebchen*, antes de que venga tu madre. A ver cómo de bien te la sabes.

A ella no le apetecía mucho cantar, pero, tras una mirada suspicaz hacia Sandy, lo hizo.

—H 1 6 2 / 9 4 P 3 6 / 8 22 A...

Mientras cantaba, oyó que su padre le decía a Lothar:

—¿Tienes suficiente con eso? El único que sabe cómo descifrarlo soy yo, y la única que tiene la lista entera es ella, ahora que ya no están los papeles de la embajada.

—¿Y por qué me lo dices ahora? —preguntó Lothar.

—Por si se me hace desaparecer en cuanto lleguemos —dijo su padre.

Normalmente ni se les ocurriría hablar así delante de ella, pero era como si pensaran que Hannelore no podía oírlos porque estaba cantando. Pero ¿acaso no era capaz de contar miles de números mientras escuchaba una conversación? Pues claro que podía recordar aquellas estrofas sin dejar de enterarse de nada.

—¿Por qué se te iba a hacer desaparecer?

—¿Por qué se iba a hacer desaparecer a nadie, Lothar?

Lothar se echó a reír, pero era una risa sin diversión. Hannelore conocía la diferencia.

«Corre».

—¿Os parece que es momento y lugar para esto? —La voz de Sabine atravesó el humo del bar. Espetó—: Hannelore, para de cantar.

Su madre ya iba preparada para la llegada del tren, con la falda y la chaqueta de su traje de viaje favorito. Una vez le había dicho a Hannelore que, en los trayectos largos, era importante ir cómoda y a la vez vestir como era debido para un acontecimiento social. La gente la trataba a una como una lo pidiera, decía, y la ropa era lo que expresaba las primeras peticiones.

Las manos de Sabine, en cambio, no iban vestidas para el viaje. Hannelore vio cómo temblaban.

—Están sacando vuestras pistolas del sótano. Ve a confirmar que esté todo en orden con tu equipaje —dijo Sabine a Friedrich.

Aquella era la clase de orden directa por la que Lothar se habría burlado de Friedrich, pero ese día los dos obedecieron sin rechistar y se marcharon. Sabine se acuclilló delante de Hannelore y le puso las manos en ambos lados de la cara. Hannelore sabía que era un gesto de intimidad, así que se quedó más o menos quieta, aunque no le gustaba. El silencio del bar solo acentuaba los estruendosos susurros del agua; el brillo del pelo cobrizo de su madre solo acentuaba la oscuridad de los paneles de madera que las rodeaban. Hannelore miró a su madre a los ojos y contó los segundos hasta que Sabine por fin suspiró y la soltó.

—Señora Wolfe, ¿podemos hablar un momento?

Era el hombre del Departamento de Estado, Benjamin Pennybacker. Ciudadano corrió hacia él, que, distraído, se agachó para rascarle las orejas.

—¿Lo envía la señorita Hudson?

—¿Qué? No. No, me parece que no —respondió Pennybacker—. Esto es por...

Se extendió un silencio complejo, del tipo que a Hannelore todavía no se le daba bien interpretar. El semblante de los dos adultos no revelaba nada, por mucho que Hannelore lo escrutase.

—Hannelore, siéntate en esa mesa —dijo Sabine, y desenrolló un pañuelo para ponerlo delante de Hannelore en la mesa y que pudiera fingir que dibujaba en él—. No te levantes de ahí hasta que yo te lo diga.

Luego su madre se internó más en el bar con Pennybacker. Se pusieron a hablar en voz muy baja, pero Hannelore aún los oía bastante bien.

—Este es el momento, señora Wolfe, de que me lo cuente si hay algo, absolutamente cualquier cosa, que pueda ayudarme a ayudarla —dijo Pennybacker—. Si tiene alguna cosa que esté dispuesta a compartir con el gobierno estadounidense acerca del trabajo de su marido, es posible que estén dispuestos a acogerlas a las dos.

La respuesta de Sabine fue gélida.

—Creo que malinterpreta usted por completo mis intenciones. No busco la amnistía. Solo intento proteger a mi hija, no traicionar a mi marido. ¿Es apropiado siquiera que el Departamento de Estado mantenga esta conversación con una integrante de una delegación diplomática?

Era la misma versión de su madre que había dado un paso adelante para tranquilizar a aquellos húngaros malhumorados el día de su llegada al hotel. Sabine Wolfe, la esposa del diplomático, representante de los ideales alemanes. Eso parecía algo de mucho tiempo atrás. En aquella época, Hannelore no siempre había sabido cuánto tiempo pasaría entre una mudanza y la siguiente, pero sí que esa próxima mudanza llegaría, que irían de destino en destino, de país en país, siendo alemanes para que el resto del mundo lo viese. Ahora ya no estaba segura de lo que iba a depararles el futuro.

—Por supuesto, por supuesto, no pretendía insinuar que su marido estuviera haciendo nada, hum..., inapropiado. Solo buscaba soluciones creativas. Comprenderá que tengo las manos bastante atadas. Pero es que..., es que anoche no dormí, señora Wolfe. No pude conciliar el sueño. Estaba pensando en Hannelore. La miro y veo...

—Hannelore es una niña muy especial —lo interrumpió Sabine.

—Lo sé, lo sé —respondió él a toda prisa—. Es justo lo que iba a decir. Cuando observa una habitación, de veras que es digno de verlo. Se nota que está asimilándolo todo, catalogándolo. La he visto trabajar sin parar en sus listas. Es una niña extraordinaria. Estoy seguro de que será una mujer interesante.

Hannelore había observado a Benjamin Pennybacker también, igual que a todo el mundo en el hotel. Recordó cómo desayunaba, sus dedos pringosos de gelatina o sirope mientras usaba una pluma para pasar con cuidado la página del expediente o el libro que estuviera leyendo. Recordó su torpeza en el salón, a los otros agentes federales hablando con facilidad entre ellos mientras él embutía sus palabras en todos los lugares incorrectos. Vio su mano apoyada amable, por instinto, en la cabeza de Ciudadano mientras hablaba con su madre.

La madre de Hannelore calló un momento y luego dijo, con voz distinta:

—¿Y no podría quedarse con usted, aunque sea solo unos meses?

Con qué calma lo había propuesto su madre, igual que si Hannelore fuera una maleta. «¿Me la guardaría detrás del mostrador hasta que volvamos?».

Hannelore trazó en su servilleta la forma de la boca apretada de Pennybacker.

—Le he dado vueltas y más vueltas a esa misma cuestión —dijo el hombre del Departamento de Estado—. No puedo impedir que suba al tren donde me han dicho explícitamente que debo ponerla. Hacerlo sería un acto de guerra. Puedo seguir trabajando después de que se marchen, confiando en salirme con la mía antes de que partan de New Jersey, pero... no estaría preguntándole por su marido si tuviera alguna opción mejor.

Desde más al fondo del hotel se alzaron unas voces en rauda hostilidad, que remitieron enseguida. Los sonidos de la discordia. Hannelore no se había dado cuenta de lo inusuales que esos sonidos se habían vuelto para ella; el Avallon los había repelido durante muchísimo tiempo. Entonces comprendió que eso estaba a punto de terminar. Hannelore hizo un dibujo invisible de sí misma de pie ante una ventana del hotel. Caía agua por el alféizar. Su mano, como la de su madre, estaba temblando.

—Me pide —dijo Sabine— que renuncie a uno de los dos.

—No —repuso Pennybacker con gesto grave—. Me temo que es su país el que lo hace.

29

Las pisadas de Tucker eran más pesadas que de costumbre cuando recorrió el camino que bajaba desde el hotel en sí a las cabañas en la linde del bosque, no por ninguna carga espiritual —aunque desde luego había algo plomizo ahí, no iba a negarlo—, sino más bien por lo que transportaba. Sobre un hombro llevaba su máquina de escribir y papel en su estuche, y sobre el otro una bolsa llena de grabaciones y los registros telefónicos de Doble. El cielo era extenso y muy azul hasta la mismísima sonrisa de Dios. Los pájaros cantaban hasta desgañitarse. Era primavera y por todo su alrededor había señales de alegre afán. El personal estaba igualando la hierba de los campos de winnet, arrancando malezas de los parterres, plantando esquejes anuales procedentes del invernadero y pintando los alféizares mugrientos de polen. Los diplomáticos aún no se habían marchado, pero lo harían pronto y el Avallon tenía que estar preparado para quienquiera que llegase a continuación. Algunos empleados saludaron con la mano al ver que Tucker pasaba caminando. Unos pocos hasta le dirigieron aquel gesto tan raro de la mano voladora que usaban tanto para saludar a June como para referirse a ella, en una equivalencia de sus identidades que Tucker desearía que fuese real.

Estaba cansado, despierto, anhelante, dubitativo; no tenía el cerebro tan embrollado desde su primer destino tras la academia. Mucho tiempo antes. Iowa. Su AEM tenía a Tucker echando sesenta, setenta, ochenta horas semanales para localizar a un ladrón de cerdos. Sonaba pintoresco, pero en la práctica era un robo muy lucrativo y sangriento que implicaba centenares de cabezas de ganado porcino cruzando fronteras estatales en plena noche. No había mucho trabajo glorioso que hacer, pero del que había se ocupaba el agente especial al mando Des Moines, mientras Tucker se atareaba en tomar declaración a vecinos, montar guardia en zanjas mientras los tornados rugían a dos condados de distancia y raspar tablones del suelo sanguinolentos en unas cajas hechas a propósito para enviar las muestras al laboratorio. Su AEM gruñía órdenes: «Minnick, levanta. Minnick, ya. Minnick, tómales declaración. Minnick, siéntate. No salgas de aquí hasta que vuelvan. Minnick, tengo pelos del culo más largos que este informe, a ver si espabilamos».

De eso hacía mucho tiempo.

—Hugh, ¿estás aquí? —llamó Tucker mientras entraba en la Casa del Trilio.

Dejó caer la bolsa en el catre pegado a la pared del recibidor. Ya sonaba una de sus grabaciones de seguridad desde más adentro de la cabaña, una chirriante conversación murmurada en alemán. Tucker fue a la oscura sala de estar y encontró a Sandy Gilfoyle en una silla ante la chimenea sin encender mientras los murmullos alemanes llenaban la estancia a su alrededor.

A su espalda, oyó que la puerta se abría y luego, con retraso, unos nudillos golpeándola.

—¿Tienes un minuto? —le preguntó June Hudson.

Estaba en el umbral igual que las montañas estaban en el horizonte: una vez que Tucker la había visto, ya no tenía sentido mirar hacia ningún otro sitio. Solo había una pregunta a la que Tucker buscase respuesta, pero, a la manera de los hombres y las mujeres desde tiempos inmemoriales, era capaz de hacerlas todas menos esa.

—¿Cómo están los diplomáticos?

Sabía que Edgar Gilfoyle le había pedido matrimonio. Aunque Tucker ya hubiera desmantelado sus aparatos de vigilancia, las paredes del hotel tenían sus propios ojos y oídos. Todo el mundo estaba al tanto. Saber que la Gruta y los jardineros y los botones y las chicas de la limpieza de Rana lo apoyaban a él en vez de a Gilfoyle no lo reconfortaba ni una pizca. Al final, lo que contaba era el corazón de June y lo que fuese que aquella familia representaba para ella. Tucker era solo un hombre. Gilfoyle era toda una forma de vida.

—Han pintado una esvástica en mi salón de baile. Un italiano ha escupido a un cónsul japonés. Breznay les ha dejado una carta llena de odio a las doncellas. ¿Tú has hecho lo que necesitabas hacer? —le preguntó—. Para conservar tu puesto, me refiero.

Era una forma insoportablemente educada de expresarlo. Tucker apiló un montón de papeles y cuadró los bordes. La verdadera tarea de empaquetarlo todo requeriría mucho más esfuerzo que ese, pero le pareció importante parecer diligente, sereno.

—Sé que ya te lo han contado —dijo.

—Acaba de hacerlo Durand —reconoció ella—. ¿Va todo bien? ¿Tú te sientes bien?

Una pregunta fácil, por fin. Tucker le sonrió.

June lo miró como si estuviera buscando la complicación oculta en aquella respuesta, pero, bajo aquella brillante luz del día, no había ninguna. La única complicación era ella.

—Necesito hablar contigo —dijo June. Lanzó una mirada hacia Sandy—. Creo que será mejor que lo hagamos en privado.

Salieron por detrás mientras la grabación en alemán seguía murmurando de fondo. El porche era una rudimentaria losa sin barandilla, solo una excusa para beber y mirar las montañas. Los jardineros no habían sacado sillas, así que Tucker y June se sentaron en el borde del hormigón, dejando colgar las piernas entre la maleza. Los sinsontes se cantaban entre ellos. En el bosque, un ciervo bufó una distante voz de alarma. June fijó la mirada en las montañas; Tucker la fijó en ella.

—No sé lo que oye y lo que no —dijo June—, pero prefiero que no se lo pueda involucrar en esto, si es que oye. Quiero impedir que Hannelore suba a ese tren.

No era para nada lo que Tucker había esperado que dijera.

—June.

—Lo sé, y no me des lecciones sobre cosas que ya tengo claras. Sé con qué puedo vivir y con qué no, y con esto no puedo vivir. Me parece que, si consigo que el tren salga de la estación sin ella a bordo y sus padres no dan la alarma hasta llegar a New Jersey, los engranajes ya estarán girando. La buscarán, pero pensarán que ha desaparecido en algún sitio y no van a detener toda la maquinaria por una niña pequeña. Así que solo tenemos que mantenerla fuera del tren y se subirán todos al barco.

—¿Y luego?

—Y luego, aunque se la localice, pasarán meses antes de que los secuaces de Pennybacker puedan presentar todo el papeleo necesario para hacer algo al respecto.

Era una idea gloriosa. Era una idea horrible. Era la clase de idea potente e inviable que la aguadulce susurraría en un día despejado.

—¿Y cómo vas a apartarla hoy?

—El agua.

Una punzada de nervios, tanto por el recuerdo como por la anticipación, justo debajo del ombligo. June meneó los dedos, como si el aire fuese aguadulce y ella pudiera leerlo.

—¿Aún te da miedo, después de todo esto?

Casto Springs. Punta Veneno. Tucker recordaba yacer en la oscuridad sabiendo que la aguadulce se movía por su senda secreta bajo la roca, muy interesada en cómo se sentía él. Desde entonces había descubierto que era el veneno lo que llevaba dentro, no el agua. La aguadulce debería haberle tenido miedo a él, no al revés. ¿A qué se dedicaba antes de que llegara la gente? A recordar la nieve del año anterior.

—Yo no lo llamaría miedo.

—¿Y cómo lo llamarías?

Tucker contempló el lado de su cara, su boca pensativa, sus ojos inteligentes. No pudo soportarlo más.

—June, ¿qué soy yo para ti?

El viento hizo que bajara los ojos, que pestañeara.

—¿Qué quieres ser para mí?

La primera noche que Tucker vivió como Tucker Rye Minnick en vez de como Richard Monrow Minnick había durado una eternidad. Había intercambiado el alojamiento de esa noche por recuperar el buey de un granjero y se había aovillado sobre una colcha en el suelo de la despensa, escuchando cómo el hombre reprendía a su esposa en tono duro y grave, y pensó en que aún podía regresar a pie con su madre y sus hermanas, aún podía afrontar la justicia en vez de dejarlo todo atrás. Pensó en la cárcel y pensó en la horca. Pensó en su padre. Tuvo la fría y desgraciada certeza de que nunca volvería a ser feliz.

Pero a la mañana siguiente el cielo estaba despejado, y el camino que tenía por delante era cuesta abajo y el camino de detrás cuesta arriba, y se sintió como si acabara de comenzar una vida completamente nueva. Tucker Rye Minnick. Lo que pasara a continuación iba a ser algo que nunca habría podido ni imaginarse.

Era como se sentía ahora.

—Todo —respondió—. Quiero ser lo que te haga sonreír cuando volvamos a casa con el otro y quiero ser lo que te haga pararte bajo una luna llena y quiero ser lo que te ponga frenética cuando no estoy y quiero ser lo que te haga reír cuando estoy dentro de ti y quiero ser lo que te haga llorar cuando muera y quiero ser todo lo demás entre esas cosas y quiero sacarte al mundo y verlo contigo, pero, si tiene que ser aquí, entonces aquí es donde me quedo.

Las palabras rara vez le salían con facilidad a Tucker, pero en ese momento no pararon de llegarle, de emerger a la superficie hasta que ya no quedaron más. Quería que ella lo supiera. Quería que todas las partes de ella lo supieran, de un modo pleno, de un modo que no dejara ni el más mínimo lugar a dudas.

—Pues eso es lo que deberías ser para mí —susurró June.

Se les da mucho bombo a los primeros besos, y no el suficiente a los terceros o los cuartos besos. No el suficiente a la tercera o la cuarta vez que un hombre coge a una mujer de la mano. No el suficiente a la tercera o la cuarta vez que una mujer sonríe a un hombre con todos los dientes, como una niña. June y Tucker se besaron, FBI y hotel, aunque solo fuese a ser cierto durante unas pocas horas más, y fue mucho mejor por no ser la primera vez. Luego Tucker tiró de ella hacia dentro. Ella se dejó hacer, y él supo que esperaba y quería que la llevara a una habitación. Y él también quería. Pero tendría que ser más tarde.

De momento, la llevó a la sala de estar. La conversación grabada en alemán se había calentado un poco. Sandy aún estaba delante de la chimenea, con anotaciones amontonadas a su lado. Si June se hubiera fijado, posiblemente habría reconocido la letra. Tucker echó las cortinas para cubrir las ventanas que separaban el prado de la cabaña. Una no tenía cortina, así que empujó un aparador para tapar la vista. Volvió al lado de Sandy. El benjamín de los Gilfoyle estaba sentado inmóvil, mirando la nada, apuesto y con cicatrices.

Cuando se encontró por primera vez con Sandy, Tucker había pensado que era solo otro Gilfoyle, pero desde entonces había comprendido que ese hombre se parecía muy poco al resto de su familia. Era mucho más como June. Tenía sentido, la verdad, una vez lo sabías.

—Veinte jinetes —le dijo Tucker.
El silencio se prolongó en la penumbra.
Entonces Sandy se volvió sobre un codo y dijo:
—Feliz inocentada del Primero de Abril, June.

30

Sandy Gilfoyle estaba levantándose. Estaba hablando. Como desde fuera de sí misma, June lo vio alzarse, lo vio rodearla con los brazos. Era el joven al que June había criado desde pequeño, y ella era la mujer a la que June había criado desde que era una huerfanita rara. La maraña de pelo rubio oscuro de Sandy contra el elegante corte moreno de June. Sandy parecía un hijo recién llegado de la guerra. Ella parecía alguien a quien acabaran de encargar una tarea desconcertante que aún no sabía cómo emprender.

Sandy se reía de June, abrazándola fuerte, mientras ella parloteaba.

—Yo venga a hablarte y tú ni parpadeabas. ¡Stella contó el chiste del fariseo y no moviste ni un pelo! ¡No comías! ¡Te pasabas horas mirando por la ventana! —June no parecía capaz de dejar de encontrar pruebas que contradecían lo que tenía justo delante—. ¡Me contaron que el agente Calloway te había tirado café caliente encima y ni te inmutaste!

—Eso era necesario —explicó Tucker—. Hubo que hacerlo delante de los alemanes, para que se lo creyeran.

—No fue fácil —reconoció Sandy—. Sobre todo porque sabía lo que me esperaba. Los picores también eran un incordio. Y luego, cuando esa mujer cayó desde el balcón...

El corazón de June siguió estallando y estallando. Sentía el gozo recorrer sus venas, cosquilleándole en cada una, por los brazos, por las piernas. A eso se referían cuando decían que alguien bailaba de alegría, pensó. Sandy estaba bien, Sandy estaba sano, Sandy estaba espabilado y diligente y todo lo demás que June ya sabía sobre él. Sandy estaba *bien*. La guerra no había echado a perder su bellísimo cerebro. Estaba allí y era feliz y valiente y ¡ay, June podría saltar del sofá a la mesa y a la repisa de la chimenea en esa cabaña! Sandy había dado un paso atrás, pero June tenía que abrazarlo otra vez, agarrar fuerte su caja torácica, el flacucho de Sandy, que ya no era el niño pequeño al que June había rescatado, pero seguía dándole una sensación familiar y maravillosa abrazarlo de todos modos.

—El accidente durante el entrenamiento fue real, por supuesto —dijo Tucker—. Cuando me enteré de que volvía a casa para recuperarse, vi mi oportunidad.

El pelo de la franja afeitada por encima de la oreja de Sandy ya había vuelto a crecer hacía tiempo, pero seguía teniendo un lado de la cara marcado con cicatrices. Se pasó un dedo ligero por una de ellas mientras decía:

—Ya me había presentado voluntario para misiones especiales en las que aprovechar los idiomas que hablo, y sabía que Ed estaba moviéndose para traer a los diplomáticos al hotel y me había mencionado, así que, cuando el agente Minnick me preguntó si me atrevía a hacer una locura..., caray, June, acepté encantado.

De golpe y porrazo, June ató cabos sobre lo que implicaba aquello. La noche del bar. Las manos de Gilfoyle rodeando la suya. Normal que Tucker hubiera perdido los estribos.

—Así que Ed lo sabe.

Sandy le dio un capirotazo en la oreja, como había hecho de niño.

—Pues claro. Fue el que avisó a Minnick sobre mi accidente. Estaba en el ajo desde el principio.

June le sostuvo la mirada a Tucker. Él levantó un solo hombro. No había nada que añadir.

—... que nadie mira a un hombre en silla de ruedas, y tenía razón —estaba diciendo Sandy—. No sabes la de cosas que la gente dice delante de mí.

Mientras Tucker descolgaba el teléfono y decía unas palabras por el auricular, June se derrumbó en el raído sofá de la cabaña. Daba igual que Gilfoyle fuese una alimaña. Había salido el sol, y Sandy estaba bien, y Tucker quería serlo todo para ella. El agua tendría que apartar a Hannelore de Alemania y June sabía que podía obligarla a hacerlo, si se lo proponía. La felicidad y el terror se entremezclaron dentro de ella, a mucha menos distancia de la que pudiera haber sospechado. Si June hubiese sido clavecinista, también ella se habría arrojado al piano del vestíbulo para gritar ese sentimiento.

—Eh, Minnick, Minnick —dijo Sandy. Había una familiaridad en su tono, que fue, más que ninguna otra cosa, lo que convenció a June de lo mucho que habían estado colaborando los dos hombres—. Escucha. Antes de que apareciera June, había bajado hasta aquí para decirte... ¿Puedo decirlo delante de ella? Bien. Sé cuál es el código.

Tucker se puso en alerta al instante. Se notó que le costaba esfuerzo, pero tuvo la paciencia de poner a June en antecedentes, explicándole que Friedrich Wolfe había enseñado a Hannelore un código cantado, pensando que serviría para mantenerla con vida en Alemania. Sandy y Tucker llevaban semanas intentando averiguar qué información ocultaba ese código.

—¿Cómo lo has descubierto? —preguntó Tucker a Sandy.

—Se lo ha dicho a Liebe en el bar esta mañana. Está poniéndose muy nervioso por lo que va a pasarles, ahora que ya viene de verdad. Es una lista de individuos que se oponen al nazismo en los círculos diplomáticos alemanes.

—Dos pájaros de un tiro —asintió Tucker—. Sirve para hacer que Hannelore parezca valiosa y para demostrar la lealtad de Friedrich. ¿Y ha impresionado a Liebe?

—Pues ¿sabes qué? La verdad es que Liebe me ha parecido un poco decepcionado. Supongo que pensaba que Wolfe era el bueno del grupo. Y esto es bastante cruel por su parte. —Sandy se rascó la cabeza—. No sé si su amistad sobrevivirá a la Alemania nazi. ¡Qué lujo es rascarte cuando te pica! ¿Qué voy a hacer con mi vida cuando pueda moverme de día? A mí me parece que el plan de Wolfe es una causa perdida. Hacer que su hija memorice el código solo demuestra lo extraña que es. Como le dé un ataque mientras esté dictándolo, será peor que si Wolfe no hubiera hecho nada. O hasta desastroso, porque igual le encuentran alguna utilidad a la pobre y le toca pasarse años cantando códigos en salas de guerra. ¿Qué le hace pensar a Wolfe que funcionará?

—La desesperación —dijo Tucker—. Cuesta tenerle lástima cuando está dispuesto a hacer que maten a otras personas por esto. No lamentaré tener que quitarle a su hija.

Despiadado. Contundente. Pero June sabía por qué estaba diciéndolo. Ya había leído sobre la política nazi de los Wolfe en su expediente, pero aquello, que estuvieran dispuestos a delatar a unos asociados inocentes a cambio de Hannelore, era una violencia íntima. Sí, Hannelore era la hija del matrimonio, pero las personas a las que iban a condenar también eran los hijos de alguien, las hijas de alguien. Gente como moneda de cambio, igual que pasaba con Lieselotte Berger y con Hertha y con Sebastian.

—Ah, señor Clemons —dijo Sandy—, tome asiento. Es el día de las revelaciones.

Griff Clemons, el fiel jefe de personal del Avallon, entró en la cabaña. Al ver la expresión estupefacta de June, se frotó el ojo malo poniendo cara de disculpa: era evidente que no estaba nada sorprendido de ver a Sandy despierto y alegre. Sin extenderse mucho, Tucker explicó a June que Sandy, creyendo estar solo, se había rascado la oreja el día después de llegar, así que al vigilante y suspicaz jefe de personal del hotel hubo que hacerlo partícipe del plan en ese mismo momento.

—Se me ha hecho muy pesado tenerte en la inopia, jefa —dijo Griff.

El momento parecía merecer un apretón de manos. June y su jefe de personal se la estrecharon, como si hubieran estado separados mucho tiempo, y luego se pusieron a la faena.

—June quiere que Hannelore no suba a ese tren —reveló Tucker a los demás.

Sandy la miró con sincera admiración. Griff hizo «Fsssssst», un ruido que solía indicar que June había pedido algo que se salía mucho del presupuesto. June comprendió que Tucker había hecho bien en llamarlo, porque Griff tenía que saber que era ella quien estaba provocando el revuelo, o de lo contrario haría todo lo posible por detenerlo. Los hombres guardaron silencio, y June supo que estaban pensando las mismas cosas que pensaba ella desde la noche anterior. Todas las salas llenas de gente. Los agentes de la Patrulla Fronteriza esperando para escoltar a los diplomáticos hasta el tren. Las listas de pasajeros del Departamento de Estado exigiendo cumplirse con exactitud. June tendría que llevarse a Hannelore de allí, de una forma que no la viese nadie o, si la veían, de una forma que fuera fácil de justificar, nada que provocase un incidente internacional, nada que resultara en que June tuviese que pasar mucho tiempo explicando sus crímenes en un juzgado. Hannelore tendría que permanecer escondida durante los días que tardase el barco en zarpar con los diplomáticos.

—Y hay más —dijo Tucker—. Sebastian Hepp.

—Minnick, no —intervino Sandy al instante—. Es ir demasiado lejos. Hepp está encerrado bajo llave.

—El agua servirá de distracción —dijo June—. Si basta para cubrir lo que vamos a hacer con Hannelore, bastará para cubrir eso también.

—Sabrán que la puerta la has abierto tú —advirtió Griff a Tucker—. O tú o Calloway. ¿Quieres que cargue él con las culpas? Jefa, ¿qué pasará con la niña después de que la saques?

—Me la quedo yo —terció Sandy de nuevo—. Tú sácala del hotel y yo me la llevaré. A mí no me mira nadie. La gente espera que no termine de recuperarme nunca. Nadie sospechará que he sido yo quien se la ha birlado a plena luz del día. La tendré escondida hasta que el barco haya partido y luego se la llevaré a Pennybacker. Hoy en el bar ha dicho que estaría dispuesto a adoptarla. Lo haré con una condición.

June no recordaba la última vez que Sandy le había pedido algo.

—Tienes que dejar este sitio —dijo Sandy—. Tómate unos días para poner en orden tus asuntos y que nadie crea que tuviste algo que ver con todo esto, pero luego quiero que te alejes de la Avallon IV todo lo que puedas.

—Será el fin del hotel —respondió ella—. Si me marcho, se acabó.

Sandy no respondió. Ya lo sabía.

Qué amargo había sido todo, al final. Don Francis había terminado renunciando a intentar explicarle el lujo y la intención a un joven que no tenía necesidad de ello, y Sandy había renunciado a intentar hacerle entender que ese mundo ya estaba muerto a un hombre mayor que aún vivía en él. En medio estaba Edgar, claro, quien nunca había mostrado ni el menor interés en dirigir el hotel. Carrie ya estaba casada y ni por asomo pretendía internarse en una segunda prisión. Y Madeline..., bueno, ella ni siquiera era capaz de hablar del agua. ¿Quién quedaba?

—June —dijo Sandy, muy serio—. Me moría cada vez que ibas ahí dentro.

Estaba refiriéndose a la Avallon IV.

Él había estado allí meciéndose durante horas. Sabía lo que podía ser. Añadió:

—Nunca le perdoné que te convenciera para ser la directora.

Diez años de la vida de June, preparando alegría intencionadamente para todo aquel que llegara al hotel. Dejando sus huellas en cada persona que se alojaba allí. Aprendiendo tan a fondo las maneras de la alta sociedad que Sachiko Nishimura, incapaz de interpretar su acento, la había confundido con una Gilfoyle. Cambiándoles la vida a los centenares de personas empleadas allí, algunas de las cuales no podrían haber sobrevivido en ningún otro lugar, incluida la propia June. Le había entregado mucho a la Avallon IV, y estaba dispuesta a parar, pero eso no cambiaba todo el bien que había tenido lugar antes de ese momento.

June no lo lamentaba. Pero estaba lista para marcharse.

Le sostuvo la mirada a Griff. A fin de cuentas, la vida del jefe de personal también estaba vinculada del todo al Avallon, y a saber lo que vendría después de aquello. A saber lo que sería el Avallon sin ella. Los dos habían llegado tan alto como les era posible allí, en esa montaña, y ninguno habría podido hacerlo sin el otro.

—Todo tiene que cambiar en algún momento, jefa —dijo Griff.

La cabaña quedó en silencio. Tenía su aljibe para la lluvia, así que no había aguadulce que oyera el sentimiento que la embargaba. Lo oiría bien pronto.

Desde fuera les llegó el sonido del personal hablando a voces. Los botones estaban emprendiendo la hercúlea tarea de cargar el equipaje en las camionetas de reparto. Aquello casi se había acabado.

31

El tren llegó a medianoche, y los japoneses estaban cantando. Cantaban una animada melodía marcial, al ritmo de sus pisadas mientras bajaban la gran escalinata del vestíbulo por última vez. Era lo más alegre que nadie había visto hacer a esa delegación, y el personal y los miembros de las demás delegaciones dejaron lo que estaban haciendo para ver cómo hasta los niños de ojos somnolientos se unían al cántico. ¿De qué hablaba la letra? Nadie lo sabía, al menos hasta que Sachiko Nishimura se desgajó del grupo el tiempo suficiente para susurrarle a June al oído:

—«Más allá de las nubes del alba / se alza la cima del monte Fuji / eterna y hermosa / ¡Qué orgullo para Japón!».

La traducción era un regalo de despedida: el regalo del entendimiento, solo para ella.

June le hizo una inclinación a Sachiko, como las que había visto hacer a los otros japoneses.

Sachiko, sorprendida, se la devolvió.

En realidad el tren había llegado casi una hora antes, y la Patrulla Fronteriza y un puñado de agentes estatales ya estaban atareados con las docenas de trayectos con escolta que iban a requerirse para llevar todo el equipaje a la estación. Cuando terminaran, las mujeres y los niños bajarían también en vehículos motorizados. Y luego, por último, los hombres irían a pie hasta el tren. Era el mismo proceso que a su llegada, pulcramente invertido.

La Patrulla Fronteriza demolería sus torres de vigilancia a la mañana siguiente y cargaría toda la madera en camionetas. Tucker, Hugh y Doble meterían lo que quedaba del equipo de grabación en el coche del FBI y guardarían todas las pruebas delicadas en bolsas selladas para llevarlas al cuartel general. El servicio de limpieza empezaría a preparar las habitaciones. La Gruta haría inventario en las despensas y dejaría sus pedidos en la mesa de June. Los teléfonos sonarían y las llamadas pasarían directamente por la centralita sin que ningún agente las escuchara, y los recepcionistas empezarían a aceptar reservas para la temporada de verano.

Ese era el plan del gobierno.

No era el plan de June.

Ella observó a la delegación italiana, que descendía por la gran escalinata, algunos deteniéndose un momento para darle una propina al personal. Muchos saludaron con la cabeza o con la mano a June al pasar, entre ellos el tipo que le había pegado fuego a su habitación.

Ahí llegaban los periodistas, exceptuando a Lieselotte Berger, trasladada a un hospital de Charleston esa misma mañana. Cuando por fin sanara, le permitirían salir por la puerta a Estados Unidos y a dondequiera que la llevase su futuro. Los otros dos periodistas pasaron por delante de June sin decirle ni una palabra. El hotel nunca había dejado de ser una prisión para ellos, y June era solo una de sus carceleros.

Tucker había aparecido en una puerta y June fue junto a él. ¿Estaba Sandy en posición? Tucker asintió.

Sin decir nada, vieron cómo la delegación alemana llegaba al rellano de la segunda planta. Friedrich Wolfe, con Lothar muy cerca a su espalda, los detuvo antes del siguiente tramo de escalera y se dirigió a todos ellos en alemán. A June le era imposible saber cuáles eran los contenidos del discurso; solo sabía que, más o menos a mitad, Erich von Limburg-Stirum, de la mano de su esposa, apartó la mirada, y que al final tanto Friedrich Wolfe como Lothar Liebe hicieron un brusco saludo con un brazo que hizo que los empleados del vestíbulo contuvieran la respiración.

Cayó un pesado silencio.

El Avallon estaba acostumbrado a mantener la ilusión del lujo en toda clase de circunstancias, pero aquel gesto dejó perforado ese velo para siempre.

La atención de Tucker se centró y June siguió su mirada. Sabine y Hannelore Wolfe se habían unido a la delegación un poco tarde. Se notaba que Sabine había estado llorando; no había aplomo diplomático capaz de ocultarlo. Hannelore, en cambio, tenía la mirada despejada, el semblante relajado, sin más expresión que la que había tenido June cuando su madre la abandonó en Constancy.

—¿Pueden prestarme todos un momento de atención? —pidió Basil Pemberton, alzando su untuosa voz desde la puerta principal—. Son ustedes muchos y disponemos de pocos automóviles, por lo que les agradeceré que tengan paciencia mientras los llevamos a todos al tren, muchas gracias. Por favor, no dejen de decírnoslo si podemos hacerles más cómoda la espera.

Llegaba el momento. Meses antes, June le había dicho «no» a Benjamin Pennybacker. Ni siquiera había sabido lo que iba a pedirle, solo que el Departamento de Estado sin duda llevaría la discordia a su hotel. Durante más de una década, June había dedicado cada minuto en vela de cada día a mantener la paz. Gozaba de tanto conocimiento acumulado sobre la materia que los otros hoteleros le pedían sus secretos. June era el Avallon; el Avallon era June. ¿Renunciaría cualquier otra mujer a tantísimo poder? ¿Destruiría alguna otra mujer su propia creación?

Pero June ya lo tenía decidido. Tan solo le faltaba ejecutar el plan.

Dejó que la muchedumbre la empujara poco a poco hacia Sabine, inevitable como una marea llegando a la costa.

—Señora Wolfe, le prometí que la ayudaría. ¿Aún quiere que lo haga?

Sabine la miró. Sorprendida. Afligida. ¿Dónde estaba la reina dorada que había llegado al Avallon? Desde luego, no a la vista. La madre de June también había puesto esa misma cara, justo antes de abandonar a June en Constancy. Esa expresión vidriosa que significaba que no sería capaz de soportar ninguna adversidad más, que estaba al límite de su capacidad de supervivencia. Del mismo modo, Sabine no parecía capaz de haber oído siquiera a June, aunque las dos mujeres no podían estar más cerca.

—Deprisa —dijo June—. Necesito saberlo ya. Sucederá muy rápido.

«Sí o no», había preguntado Gilfoyle.

—Sí —respondió Sabine.

Un aroma a primavera bañó el vestíbulo mientras la gente cruzaba las puertas abiertas de par en par. Los árboles ya debían de estar bonitos a ambos lados de la calle en ruinas de Casto Springs. ¿Haría ese calor también en Alemania? ¿El olor a flores y a hierba recién cortada estaría colándose en el hotel de Bad Nauheim mientras los estadounidenses salían apresurados hacia su propio tren? ¿O solo les llegaría la enfermiza y repugnante peste a maquinaria y podredumbre, la de una eterna estación de guerra?

Sabine cogió la mano de Hannelore. Su hija observó aquella unión de dedos. June sabía que estaría analizando el gesto, analizando todos sus posibles significados, tratando de decidir qué se esperaba de ella, tratando de interpretar eso para su madre.

—Érase una vez una niña llamada Hannelore —susurró Sabine—, que viajó en tren a una tierra mágica. Mucho tiempo antes, sus padres habían hecho un trato con un rey malvado, así que tenían que volver a su antiguo hogar durante un año y un día para acabar con la maldición. Lo habían acordado mucho tiempo antes de que Hannelore naciera. No era culpa de ella. La reina quería a Hannelore un...

Sabine se interrumpió. Pasó la mano de Hannelore a la de June en vez de terminar la frase.

—Sé buena —le dijo a su hija.

Hannelore no retiró la mano. June la notaba como un peso muerto en la suya. El ceño solemne de la niña se acentuó mientras Sabine retrocedía hacia el resto de la delegación alemana, y sus ojos brillaron cada vez más. El cuerpo de Hannelore estaba empezando a estremecerse, pero se quedó quieta, obediente, hasta que Sabine flaqueó, incapaz de ver la lenta comprensión de su hija, y dio media vuelta.

La niña hizo un ruido inarticulado, suave como el de un gatito.

La madre de June no se había despedido. Solo le había dicho a June que esperase mientras ella se iba a mendigar, y luego ya no había vuelto. A June le costó un día entero comprender lo que pasaba.

—Lo siento mucho —dijo June a Hannelore. Al otro lado del vestíbulo, vio que Tucker y Calloway estaban entreteniendo a Lothar Liebe y Friedrich Wolfe hablándoles del arma que habían confiscado. Cerca del pasillo que iba al bar, Griff estaba llevándose a los dachshunds y al perro de los Wolfe—. Con el tiempo, le verás más sentido.

Con gestos mecánicos, la niña alemana dejó que June la llevara entre los diplomáticos congregados hasta la preciosa fuente de aguadulce que había en el vestíbulo, esculpida para el hotel por Cyrus Edwin Dallin, famoso por sus dinámicas estatuas ecuestres. Tres caballos, cuyas crines estaban talladas como olas del océano, vertían aguadulce a la pila de abajo. Los caracoles reptaban bajo sus cuellos y se les metían por los ollares.

Tan de cerca, el aroma de la primavera quedaba ahogado por el hedor del agua. Era el hedor de aquel saludo con el brazo. Era el hedor de la esvástica. Era el hedor de una lista de colegas traicionados. El hedor de la guerra.

Hannelore gimió.

Al otro lado del vestíbulo, Griff puso la mano en una puerta, preparado para abrirla.

—No pasa nada por chillar —dijo June.

Hundió la mano de las dos en el agua.

June recordaba su última rabieta. Sucedió vergonzosamente tarde, mucho después de que su madre la dejara en Constancy, mucho después de entrar en el Avallon a trabajar de doncella. Estaba muy alterada. No fue por nada importante: le habían echado la culpa de la última escasez de enseres de tela en el departamento de limpieza. Y ella sabía que no se le había extraviado ni un solo trapo. Siempre era muy meticulosa; no le salía ser de otra manera, por mucho que lo intentase. Mientras las otras doncellas intentaban hacer que reconociera su fallo, la vergüenza y la furia la inundaban en oleadas de creciente poder, erosionando más y más su calma. Aunque las demás todavía estaban hablándole, e impidiéndole hablar, June se marchó. Pasillo abajo, hasta el almacén de material. Cerró la puerta para aislarse de sus voces lejanas y, en la oscuridad, un iracundo calor le encendió las mejillas. Sintió que su trémulo cuerpo preparaba los chillidos.

Se hizo un ovillo en el suelo y apretó los puños. El tablón del suelo le apretaba la mejilla. En el Avallon todo olía. El abrillantador de suelos. Los saquitos florales. La leña. El pan recién hecho. La aguadulce. Le susurraba a través de las cañerías, tranquilizándola. «Cálmate».

Y se calmó.

En aquel pequeño silencio, descubrió que era capaz de ser práctica. Se puso a pensar quién más podría haber sido responsable de la pérdida. Los trapos de cocina quemados se tiraban a la basura, no al cesto de la colada. Los *plongeurs* a veces guardaban trapos en su taquilla sin darse cuenta, al dejar la chaqueta. Las doncellas perezosas los dejaban enrollados detrás de cojines en las salas de estar que no se usaban, para ir a buscarlos más tarde. Los fontaneros los arrugaban para improvisar esponjas que poner debajo de las fugas de agua. Los camareros recogían las servilletas caídas durante el servicio y luego olvidaban sacárselas de los bolsillos al final del turno.

Pensó que iría a explicarle todo eso al resto del departamento. Encontraría los trapos perdidos, no había necesidad de defenderse. No volvería a ocurrir.

La rabieta desapareció, como si jamás hubiera sido ni una posibilidad.

No era que todo empezase a tener sentido en ese momento, sino que por fin podía. El mundo tenía su forma de funcionar, y June solo tenía que prestarle oído. Observar. Y luego ponerlo en práctica.

Fue la primera vez en su vida que no se sentía impotente.

El primer regalo que le hizo la aguadulce.

El agua de la fuente del vestíbulo era caliente y desagradable. La desgracia le arañó la piel. Hannelore empezó a gimotear. Algo borboteó dentro de las paredes.

Al otro lado del vestíbulo, Griff Clemons cruzó la mirada con ella. Los recepcionistas cruzaron la mirada con ella. El personal de la escalera, de los pasillos. Los que sostenían la puerta abierta para los diplomáticos. Los empleados que asomaron la cabeza desde el comedor, los que se amontonaban fuera de la cocina. Los que se inclinaban desde las galerías de los pisos más altos. Mucho de lo que sucedía en un hotel tenía que hacerse sin hablar. Una mirada desde el otro extremo de un pasillo, un sutil gesto de la mano desde una terraza, una queda anticipación de lo que necesitaba la otra persona, manteniendo silencioso el mundo del lujo.

Todo el mundo miraba a la jefa. Confiando en ella, como siempre habían confiado en ella. June no sabía lo que les habría dicho Griff, aunque estaba segura de que algo les había dicho, pero sí sabía lo que les decía siempre ella misma:

«El agua dejádmela a mí».

Habían creado algo maravilloso todos juntos, pero el coste del lujo se había vuelto demasiado elevado. June no sabía lo que sería el Avallon después de aquello, pero estaba segura de que ya nunca volvería a lo mismo de antes.

Con su expresión, June le dijo a su adorado personal: «Gracias».

Con su corazón, June le dijo al agua: «Sé libre».

La fuente, bajo su mano, derramó agua a la baldosa del suelo.

El agua formó resplandecientes perlas en el yeso del techo, muy por encima de ellas. El agua goteó desde detrás de los cuadros de las paredes. El agua caló desde las fuentes a ambos lados de la puerta principal, mientras los diplomáticos retrocedían. En los pasillos, en la Gruta, en las habitaciones. Explotaron cañerías. Las bañeras tosieron y escupieron agua desde sus desagües. Las paredes sollozaron agua. ¿De dónde salía toda? Había muchísima. Estaban en una montaña, pero de pronto aquellos huéspedes que nadie había pedido estaban mojados hasta los tobillos.

Sonó un estruendo desde arriba. No era 411 arrojando muebles. Algo violento estaba sucediendo en la vieja suite de los Wolfe, en la vieja suite de don Francis.

¡Y qué olor!

Durante mucho tiempo, el aroma metálico, sulfúrico de la aguadulce había sido sinónimo del Avallon. Pero, en ese momento, todos los demás olores del hotel estaban fluyendo desde las fuentes. Barniz y cuero recién curtido. Sábanas limpias y alfombras enjabonadas. Café por la mañana y bourbon por la noche. Décadas de actividad humana que se habían filtrado al agua, enseñándole todo lo que sabía.

La confusión murmuró y luego se lio a gritos por todo el vestíbulo. Era fundamental sacar a la gente del edificio tan rápido como se pudiera. Los agentes federales y los botones del Avallon y los agentes fronterizos y los policías estatales se entremezclaron con la muchedumbre, con el caos, mientras la gente salía en tropel por las puertas principales. Todo estaba saliendo según el plan. Cómo le gustaban a June los planes.

El agua estaba por todas partes. Mientras Tucker empujaba para salir del vestíbulo, el agua le devolvió el empujón, arremolinada contra sus piernas. Caía por la escalera que los nazis habían bajado unos momentos antes. Tucker se echó atrás para esquivar una lámpara de araña que se precipitó desde el techo empapado. Aterrizó en medio de la estancia con una salpicadura amortiguada y parecía un naufragio a medio hundir mientras Tucker la rodeaba. Las luces titilaban. Por un instante, pensó en volver por donde había venido, en regresar a las voces que se alzaban apremiantes.

Y entonces la luz se fue del todo.

Una vez más se encontró en un túnel que se llenaba de aguadulce. Cuando estiró el brazo para avanzar a tientas, el papel de pared ya estaba empapado. Oyó el fragor del agua desde algún otro lugar dentro de las paredes. Pero Tucker ya no era un niño, pensó, y aquella agua no apestaba a tristeza y sangre. Obedecía a June Hudson, quien estaba introduciendo en ella todo el deleite y el amor y la pasión que había sentido por aquel lugar.

Tucker se dio cuenta de que no estaba asustado.

Así que continuó adelante, avanzando todo lo rápido que podía en la tiniebla. Se dirigía al almacén de la planta baja donde tenían retenido a Sebastian Hepp. Hugh estaba fuera, con muchísimos testigos, así que no podrían culparlo por la huida de Sebastian. Tucker tampoco quería sufrir las consecuencias, pero lo que de veras no quería era que a Sebastian Hepp lo electrocutaran en Sparky solo para que a Doble Harris lo ascendieran. No tenía la llave del almacén, pero daba igual. Echaría la puerta abajo. La abriría a patadas. Ese hotel no estaba construido para ser una cárcel.

Justo cuando levantaba el pie para dar el primer golpe, sin embargo, oyó un rugido atronador. Era un sonido que ya había escuchado antes, muchos años atrás. Era el sonido de una enorme bestia sin rostro, con una mente como un espejo. La aguadulce corría por el pasillo hacia él en la oscuridad. Tucker apenas tuvo tiempo para llenarse los pulmones de una bocanada antes de...

El agua golpeó la pared a su lado con una fuerza explosiva.

Tucker cayó derribado. Sintió un caos de escombros contra el cuerpo y notó un sabor a felicidad, y entonces, tan deprisa como había llegado, el agua se marchó. El rugido fue remitiendo por el pasillo mientras la destrucción proseguía corriente abajo. Tucker estaba sin aliento y calado hasta los huesos, pero no estaba seguro de haber corrido ningún peligro. La aguadulce obedecía a June Hudson, y Tucker sabía lo que sentía por él.

Seguía sin estar asustado.

—Agente Minnick —dijo Sebastian Hepp en tono sorprendido.

Tucker vio que el agua había arrancado la puerta de sus goznes.

—Ahora vas a hacer lo que yo te diga. —Tucker le puso un puñado de dinero mojado en la palma de la mano—. Cámbiate el nombre. Desaparece.

—El abogado...

—La ley te prefiere muerto, ahora mismo.

Sebastian se guardó el dinero en el bolsillo. Tenía los ojos muy abiertos. «Guau».

El agua retumbaba en el hueco del ascensor, cerca de allí. El sonido se había vuelto escalofriante: la confusión y el miedo de las delegaciones tardarían poco en sobrepasar el control de June. Pronto terminaría todo.

Cuando Tucker regresó por donde había venido, ya no había ni rastro de Sebastian Hepp.

—¿Oyes lo que está diciendo el agua? —susurró June a Hannelore, con las manos de ambas todavía hundidas en la fuente.

«Corre».

La niña alemana miró por el vestíbulo y vio que ya solo estaban ellas dos. Mantenía una postura erguida, pero, de algún modo, parecía incivilizada. Salvaje. Parecía, pensó June, lo mismo que el agua que corría bajo la iglesia en Casto Springs. El agua no era solo una cosa: podía ser lluvia, nieve, hielo y ríos. Hannelore tenía la vida entera por delante. June tenía la vida entera por delante.

Entonces, mientras la aguadulce caía en cascada por la escalera, oliendo a flores, a fruta, a vainilla delicadamente especiada, a un hotel que sollozaba despacito por cada junta, June se llevó a Hannelore de allí.

Epílogo

Era la semana del 30 de abril. Henri Giraud, el general francés, acababa de escapar de la fortaleza de Königstein; la Caravana de la Victoria de Hollywood, de la que formaban parte Bing Crosby, Spencer Tracy y Groucho Marx, acababa de visitar la Casa Blanca; a todos los judíos de los Países Bajos acababan de obligarlos a llevar un emblema amarillo. Y Benjamin Pennybacker, del Departamento de Estado de Estados Unidos, estaba de pie ante la ventana de su casa de una sola planta en Virginia, viendo cómo Sandy Gilfoyle aparcaba sobre el brillante bordillo.

Cuando Pennybacker se hubo puesto las pantuflas para salir a recibirlo, Hannelore Wolfe ya estaba sacando una maleta del maletero. Vio cómo la niña la acercaba, la dejaba con cuidado en la acera y volvía al coche para recoger un fardo de listas del asiento del copiloto. Luego Sandy le hizo una seña y Hannelore echó a andar de nuevo hacia el coche para sacar las llaves del contacto, a todas luces una distracción para apartarla de la conversación adulta. La niña se entretuvo en el asiento del conductor mientras Sandy le entregaba a Pennybacker una segunda maleta. El joven Gilfoyle y la niña sin duda habían acordado aquello de antemano.

—Han buscado a esa niña por todas partes —dijo Pennybacker con un hilo de voz.

—Por todas partes no —lo corrigió Sandy.

Los pájaros de barrio residencial cantaban alegres. El sol avanzaba despacio por el cielo. Pennybacker había pensado, había deseado, que el caso de la desaparición de Hannelore Wolfe estuviera relacionado con alguna clase de subterfugio aliado, pero la sorpresa que lo embargó al verla allí en persona le dijo que en realidad no se lo había creído. Había supuesto que su destino era una tragedia más en una situación llena de ellas. Pero tenía sentido, viéndolo en retrospectiva. Durante el desastre del hotel, June se había esfumado; sus empleados le habían dicho a todo el mundo que estaba trabajando entre bambalinas para mitigar los daños. El momento de la desaparición de Sandy había sido más difícil de precisar, porque nadie prestaba atención a un hombre en silla de ruedas. ¿Se había marchado después de la inundación o para entonces ya no estaba? No era un interno, de modo que Pennybacker no lo había vigilado muy de cerca. La ausencia de Hannelore se había hecho dolorosamente evidente en Jersey City, aunque el punto en el que comenzó dicha ausencia estaba menos claro. Su nombre figuraba en la lista de pasajeros del tren y su madre insistía en que había subido a bordo con ellos. Nadie se había apeado en ningún punto del trayecto.

Fue un día tenso. Pese a las apariencias, a Pennybacker se le daba muy bien su trabajo. Nunca antes había perdido a un ser humano entero.

Registraron el hotel de Jersey City. Registraron el tren, aunque ya se había ido. Registraron el Avallon, con sus pasillos taponados y su marchito papel de pared. Al final, con el incremento de las tensiones internacionales, habían enviado al resto de los diplomáticos a cruzar el océano.

Caso cerrado. Por ahora.

—Bien, escuche. Hannelore tiene la cabeza llena de información cifrada —le dijo Sandy—. Una lista de simpatizantes de

Estados Unidos en el cuerpo diplomático alemán. ¿Servirá para algo? No tengo ni idea. Pero la niña se la cantará si le prepara un bocadillo de atún. Le chiflan. Eso sí, hágaselos más bien secos. Como se pase de mayonesa, le echará una buena bronca.

Pennybacker quiso responder algo como: «¿Qué le hace pensar que voy a quedármela?», pero ya sabía la respuesta, porque Sandy estaba en el bar cuando se lo dijo a Sabine Wolfe. Menuda semanita tenía por delante, de pronto. Era demasiado tarde para subirla al barco, por supuesto; ya se había asegurado Sandy de ello. Pero la niña aún corría peligro. Pennybacker tendría que seguir envolviéndola en burocracia hasta que, como había pasado con el hijo del embajador, todas las personas con algún poder se olvidasen de ella.

—June dice que esto le irá bien —añadió Sandy, y sonrió de oreja a oreja.

A Pennybacker ni se le había ocurrido sospechar de June, aunque sus llamadas al Avallon terminaran siempre con Griff Clemons o Basil Pemberton al otro lado de la línea. «No sabe cuánto lo lamentamos, pero la señorita Hudson no está disponible en estos momentos». Había pensado que, igual que sus dachshunds, ya no quería saber nada de él. ¿Y por qué iba a querer? Pennybacker había encabezado la misión que dejó para el arrastre su encantador hotel.

Tampoco se le había ocurrido sospechar de Tucker Minnick, cuya carta de dimisión estaba escrita incluso antes de su llegada al Avallon.

—¿Debo temerme que un día de estos se presente aquí ese camarero también? —preguntó Pennybacker.

—Ah, de eso yo no sé nada —dijo Sandy.

Pennybacker aún iba con pantuflas. En casa había poca comida. No se le daba bien vivir solo. Tendría que salir a comprar. Tendría que hacer la cama de invitados. Tendría que reabrir expedientes. Dejaría de levantarse tarde. Prepararía desayunos por la mañana y bocadillos de atún a la hora de comer, sin demasiada mayonesa.

Alcanzaba a sentir el leve toque de June Hudson incluso tan lejos, en su barrio residencial a las afueras de Washington D. C.

—El Departamento de Estado quiere comprar el Avallon, ¿se había enterado? —preguntó Pennybacker. La inundación había causado muchos desperfectos en el hotel, pero al gobierno no le importaban cuatro paredes mohosas ni unas escaleras podridas: significaba que podrían comprarlo a precio de ganga—. Vi la propuesta preliminar el otro día.

—¿Cómo voy a saber yo nada de las maquinaciones del Departamento de Estado? —replicó Sandy.

Pennybacker le lanzó una mirada. Llevaba mucho tiempo trabajando para el gobierno, y era evidente que el benjamín de los Gilfoyle o bien había hecho amigos o bien se había creado un nido en los servicios de inteligencia.

—¿Qué me dice?

—Hospital de guerra —murmuró Sandy, dejando de fingir—. Es una buena forma de hundir el viejo barco, me parece a mí. Espero que Ed esté de acuerdo. Nunca quiso dirigir ese hotel. Es el fin de una era.

Hannelore salió del coche, esperó a que el terrier de su madre bajara de un salto y cerró la puerta. Dejó caer la correa al suelo y se hizo visera sobre los ojos para observar el pulcro y cuadriculado vecindario. Era el puro arquetipo de barrio residencial estadounidense, elegido por los Pennybacker años atrás por sus prosaicos encantos, y sin duda tenía que ser muy distinto de cualquier otro lugar en el que se hubiera alojado la niña.

—¿Dónde están? —preguntó Pennybacker—. El hotel dice que June no está localizable. Y sé que él tampoco. Tengo su expediente.

Sandy compuso una sonrisa alegre. Seguía siendo apuesto y adorable, incluso con las cicatrices de metralla.

—¿Y cree que a mí me lo han contado?

—Sí.

—Esto es lo que yo me imagino —dijo Sandy—. Creo que es posible que la Gruta les preparase una merienda campestre, porque a ella le encantan. Me figuro que intentaron dejar atrás a los perros salchicha, pero no hubo manera de separarlos de June, así que al asiento trasero que fueron. Seguro que a Rana se le saltaron las lágrimas. Seguro que llevaron esa limusina de June hasta Charlotte y allí sacaron por ella todo el dinero que pudieron. Creo que le compraron un automóvil a alguien que no tenía combustible que echarle en su cartilla, de todos modos. Creo que estuvieron un tiempo conduciendo. Supongo que se cogerían mucho de la mano. Florida tiene que ser bonita en estas fechas. Pensacola, Miami, playas de arena blanca.

—¿Piensa que a él lo reclutarán?

—Puede —dijo Sandy—. Ya le tuvieron que extirpar una bala. Es un tipo duro.

—¿Qué cree que hará ella?

—Algo grande —respondió Sandy—. Es su forma de ser.

El terrier de los Wolfe llegó brincando junto a Pennybacker, arrastrando la correa. Pidió caricias y Pennybacker se las dio.

—¿Y qué hará usted?

Sandy meneó un dedo hacia él.

—Cuídese, señor Pennybacker.

Benjamin Pennybacker se quedó de pie en su luminoso camino de acceso mientras Sandy Gilfoyle arrancaba el coche y se marchaba, y allí permaneció sin moverse hasta que el ruido del motor hubo desaparecido por completo. Entonces se volvió hacia Hannelore Wolfe, que estaba junto a él con las manos a los costados. Lo miró a la cara. Aun estando triste, no lloraba, pero Pennybacker le encontró sentido: él tampoco había llorado cuando estuvo triste. No era la clase de persona que necesitase caras para contar la historia completa.

En ese momento, pensaba solo en cómo iba a ingeniárselas durante unas pocas semanas con ella. Más tarde, se reiría de la persona que había sido. ¡Unas pocas semanas! Qué ingenuos habían sido todos, pensaría, al principio de la guerra. Era una época distinta.

—Bueno, pequeña —dijo—. Pues aquí estamos tú y yo.

Pedido, habitación 411, 13 de mayo de 1942

Periódico *The New York Times*

2 limones

2 cruasanes

1 billete Constancy - Charlottesville - Washington - Nueva York, solo ida

La novia de la gloria, Bradda Field

Maldad bajo el sol, Agatha Christie

31 de enero de 1962
Eric Parnell
Departamento de Estado de EE. UU.
Washington D. C.

Querido señor Parnell:

Muchas gracias por la historia. Sé que dijo que era para ayudarme a entender a mi padre, pero también me ha ayudado a entender a Hannelore. Mi padre nunca me contó la historia de su adopción y ella, como quizá haya descubierto usted también, está más interesada en los secretos ajenos que en los propios. Ahora sé por qué ella lo llama por teléfono cada enero para recitarle una canción de Burns.

Espero que tenga usted razón sobre los milagros. Mi padre siempre ha sido un optimista. Puede que esas aguas curativas todavía lo recuerden, al fin y al cabo.

De nuevo muy agradecida,

JILLIAN PENNYBACKER

Nota de la autora

¿Qué hacer con los diplomáticos? Ese fue un dilema muy real en los días posteriores a Pearl Harbor. Durante el transcurso de la guerra, varios hoteles se vieron en la tesitura de tener que alojar a delegaciones diplomáticas del Eje: el hotel Greenbrier de Virginia Occidental, el Grove Park Inn de Carolina del Norte, el Hershey de Pennsylvania, el TriangleT Ranch de Arizona y los hoteles Homestead e Ingleside de Virginia.

Aunque June y el Avallon sean ficticios, buena parte de las situaciones en las que June se ve involucrada fueron reales. Un general alemán realmente cerró un acuerdo con el Departamento de Estado para salvar a su hijo, que luego llevó una vida larga y productiva en Norteamérica, donde resultó que su diagnóstico mental había sido erróneo. También es cierto que un periodista se arrojó desde una ventana con tal de no regresar a Alemania; fue uno de los muchos ciudadanos extranjeros atrapados en la amplia red que lanzó el Departamento de Estado. El FBI facilitó bodas exprés en los descansos de sus trabajosas e interminables horas de vigilancia. Otro dato verídico es que los japoneses pidieron que las mesas de un comedor se colocaran formando el Sol Naciente, y que despreciaban tanto a los diplomáticos alemanes que hubo que tenerlos separados. Como novelista, lo normal es que tenga que dramatizar, exagerar la realidad. En *La voz del agua*, me sorprendió estar haciendo lo contrario. Había tantos casos exacerbados y estrambóticos que me era imposible utilizarlos todos. ¡Aún no me creo que un diplomático italiano quemando documentos secretos que llevaba en el zapato solo haya merecido una frase en el manuscrito definitivo!

También he intentado ser fiel a las alegrías y los retos de dirigir un hotel de lujo en la década de 1940. Los menús, las cifras de empleados y los servicios del Avallon salen de combinar varios hoteles de la época, todos los cuales acusaron el pellizco del racionamiento y el bofetón del reclutamiento. June, una mujer, habría sido un caso extraordinario como directora de un hotel de la categoría del Avallon, pero los números de la revista *Hotel Monthly* de la época revelan que sí había un puñado de mujeres dirigiendo hoteles más pequeños por todo Estados Unidos. Sin saberlo, June era la avanzadilla de una revolución silenciosa, cuando el reclutamiento impulsó a las mujeres en el mercado laboral de una manera nunca vista antes.

En la vida real, algunos de estos hoteles sobrevivieron al conflicto y otros no. El Greenbrier se convirtió en hospital de guerra. El Ingleside acabó en ruinas. Ninguno fue del todo lo mismo que había sido antes, porque, aunque la guerra no los había cambiado por completo a ellos, había cambiado por completo al pueblo estadounidense.

Agradecimientos

Durante este proceso de cinco años me ayudó mucha gente, pero me gustaría agradecérselo en particular a:

- Mi agente, Richard Pine, y mi editora, Andrea Schulz, las mentes más dedicadas y alentadoras que podría haber deseado para este proyecto. Guiaron esta idea de ser un susurro a ser un grito, y no podría haberlo hecho sin su paciencia y su sabiduría.
- Las muchas personas que me ayudaron con la investigación: Rick Armstrong de la Sociedad Histórica del Condado de Bath; Kenna Jenkins de los Archivos del Hotel Greenbrier; Kayla Gross, que me asistió con los préstamos interbibliotecarios; Harvey Solomon, autor de una de las obras esenciales sobre reclusión en hoteles; Bill Quain, mago y hotelero; Niklaus Leuenberger, hotelero y cuentacuentos, y Bruce O'Brien, que inspiró en mí la pasión por la investigación histórica crítica.
- Los Trobaugh, que me dieron una gira por el hotel Hershey allá por 2019.
- BeePee, que debió de estar bastante segura, en un momento dado, de que ella también permanecería detenida en el Avallon para siempre.

- Brenna, Vanitha, Coleman, papá: primeros ojos en feos borradores, una tarea muy ingrata.
- Victoria, William y Emy, por soportar mi forma cada vez más intangible, preparar comidas sorpresa y obligarme a precipitar en una versión real de mí misma de vez en cuando.
- Edward…, bueno, ya sabes cómo es esto.

Lecturas recomendadas

Con la idea de hacer *La voz del agua* tan verosímil como me fuese posible, pasé cuatro años hurgando en fuentes primarias y secundarias: visité los archivos del Greenbrier, leí autobiografías, exhumé revistas del ramo de la época, entrevisté a hoteleros, estudié artículos de prensa y soporté informes del FBI. Y debo confesar que esta licenciada en Historia se lo pasó de rechupete.

Le ahorraré al lector los textos más áridos y me limitaré a señalar que, si alguien tiene interés por ampliar sus conocimientos sobre la historia que discurre bajo las aguas de esta novela, los siguientes son puntos de entrada bastante accesibles.

Sobre los diplomáticos:
Axis Diplomats in American Custody: The Housing of Enemy Representatives and Their Exchange for American Counterparts, 1941-1945 de Landon Alfriend Dunn y Timothy J. Ryan

Y aún más accesible:
Such Splendid Prisons: Diplomatic Detainment in America During World War II de Harvey Solomon

Una crónica hotelera divertida:
Do Not Disturb de Frank Case

Sobre el FBI:
FBI Man: A Personal History de Louis Cochran

La perspectiva de los internos:
Puente al sol de Gwen Terasaki

Por último, historias del frente interno transmitidas oralmente:

Americans Remember the Home Front: An Oral Narrative of the World War II Years in America de Roy Hoopes.